알래스카 샌더스 사건

알래스카 샌더스 사건 1

초판 1쇄 발행일 2023년 8월 16일 │ **초판 2쇄 발행일** 2024년 7월 12일
지은이 조엘 디케르 │ **옮긴이** 임미경 │ **펴낸이** 김석원 │ **펴낸곳** 도서출판 밝은세상
출판등록 1990. 10. 5 (제 10 – 427호) │ **주 소** (10881) 경기도 파주시 문발로 119, 202호
전 화 031-955-8101 │ **팩스** 031-955-8110 │ **메일** wsesang@hanmail.net
블로그 blog.naver.com/balgunsesang8101 │ **인스타그램** www.instagram.com/wsesang
ISBN 978-89-8437-463-8(04860) │ **값** 17,800원 │ 잘못된 책은 구입한 곳에서 교환해 드립니다.

일러두기 각주는 모두 옮긴이 주입니다.

알래스카 샌더스 사건 ①

조엘 디케르 장편소설
Joël Dicker

L'Affaire Alaska Sanders

임미경 옮김

밝은세상

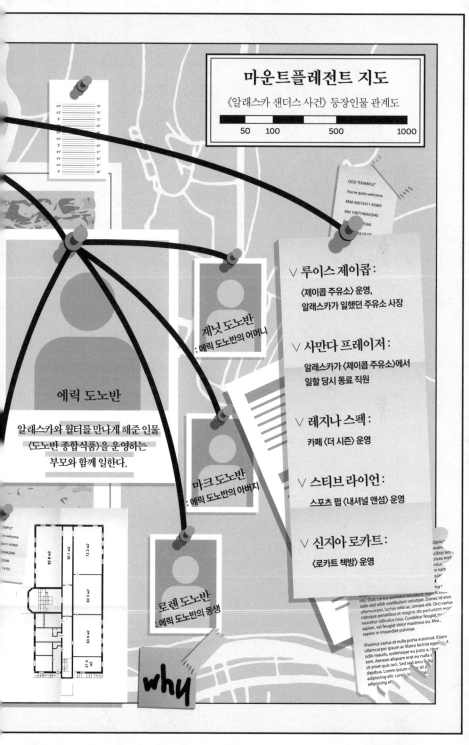

마운트플레전트 지도

《알래스카 샌더스 사건》 등장인물 관계도

| 50 | 100 | 500 | 1000 |

∨ 루이스 제이콥:

〈제이콥 주유소〉 운영,
알래스카가 일했던 주유소 사장

∨ 사만다 프레이저:

알래스카가 〈제이콥 주유소〉에서
일할 당시 동료 직원

∨ 레지나 스펙:

카페 〈더 시즌〉 운영

∨ 스티브 라이언:

스포츠 펍 〈내셔널 앤섬〉 운영

∨ 신지아 로카트:

〈로카트 책방〉 운영

재닛 도노반
: 에릭 도노반의 어머니

에릭 도노반

알래스카와 월터를 만나게 해준 인물
〈도노반 종합식품〉을 운영하는
부모와 함께 일한다.

마크 도노반
: 에릭 도노반의 아버지

로렌 도노반
: 에릭 도노반의 동생

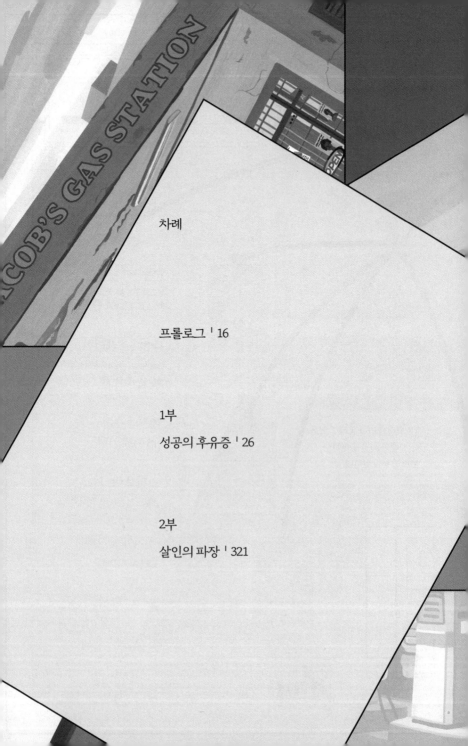

차례

마리클레르 아르두앵에게,
그가 없었다면 어떤 일도 해내지 못했을 것이다.

/

살인사건 하루 전
1999년 4월 2일 금요일

/

살아 있는 알래스카 샌더스를 마지막으로 본 사람은 21번 도로에 위치한 주유소 주인 루이스 제이콥이었다. 저녁 7시 30분, 편의점을 겸한 주유소 사무실에서 루이스는 퇴근을 서둘렀다. 생일을 맞은 아내와 함께 외출해 저녁 식사를 할 계획이었다.

"자질구레하게 챙길 게 많아 문단속하기가 쉽지 않은데 혼자 할 수 있겠어?" 루이스가 계산대에 선 여직원에게 물었다.

"문제없어요, 사장님."

"잘 부탁해, 알래스카."

한순간이긴 했지만 루이스는 맞은편 여자를 홀린 눈으로 바라보았다. 환한 햇살처럼 밝고 아름다운 여자였다. 게다가 성격은 또 얼마나 상냥한지! 알래스카가 주유소에서 일한 지난 여섯 달

동안 루이스는 마치 다른 삶을 살고 있는 느낌이었다.

"오늘 저녁에는 별다른 계획이 없어?" 루이스가 물었다.

"데이트가 있어요."

여자가 생긋 웃어 보였다.

"표정을 보아하니 예사 데이트가 아닌가봐."

"로맨틱한 저녁 식사를 하기로 약속되어 있어요."

"월터야말로 진정한 행운아라니까." 루이스가 말했다. "두 사람 사이에 긍정적인 진전이 있다는 뜻이지?"

알래스카는 대답 대신 어깨를 으쓱 추어올렸다. 루이스가 유리문을 거울삼아 넥타이를 고쳐 매고는 물었다.

"괜찮아 보여? 좀 차려입어 봤는데."

"완벽해요. 어서 가보세요. 늦지 말아야죠."

"좋은 주말 보내, 알래스카. 월요일에 만나."

"사장님도요."

알래스카는 그를 향해 한 번 더 웃어 보였다. 그가 영원히 잊지 못할 미소였다.

***

다음 날 아침 7시에 루이스는 주유소로 출근했다. 첫 손님을 맞기 전에 준비할 시간이 필요했다. 그때 별안간 미친 듯이 문을 두드리는 소리가 들려왔다. 고개를 돌려보니 유리문 바깥에 추리닝 차림인 젊은 여자 하나가 서 있었다. 여자가 겁에 질린 얼굴로 무슨 말인가 외쳤지만 알아들을 수 없었다. 서둘러 문을 열어주자 여자가 안으로 뛰어들며 소리쳤다. "경찰을 불러요. 경찰!"

***

그날 아침 뉴햄프셔주의 소도시 마운트플레전트는 엄청난 충격에 빠져들었다.

프롤로그

/

2010년에 일어난
일에 대하여

/

　2006년에서 2010년까지 몇 년간 나는 작가로 성공을 거두고 이름을 알렸지만 그때의 시간들은 내게 아주 힘들었던 기억으로 남아 있다. 그 당시 나는 분명 롤러코스터 같은 삶을 살았다.

　1999년 4월 3일 뉴햄프셔주 마운트플레전트에서 주검으로 발견된 알래스카 샌더스 이야기를 시작하기에 앞서 그 당시 내가 개인적으로 맞닥뜨렸던 상황, 특히 작가로 입문한 나의 초기 행보를 되돌아볼 필요성을 느끼는 건 그런 이유 때문이다. 그래야 2010년 여름, 과거의 범죄 사건으로부터 11년이나 지난 시점에 내가 무슨 사정으로 그 사건의 재수사에 뛰어들게 되었는지 설명이 가능해지니까.

　2006년에 나는 첫 소설을 발표해 200만 부가 팔리는 눈부신 성과를 거두며 작가로 첫걸음을 내디뎠다. 고작 스물여섯에 부와 인기를 한꺼번에 누리는 작가 반열에 오른 나는 미국 문단의 새로운 스타로 부상했다. 하지만 모든 영광은 대가가 따른다는 사실도 곧 깨달았다. 데뷔 때부터 나를 지켜본 사람들은 첫 소설의 예기치 않은 대성공으로 내가 어떤 혼란을 겪었는지 알고 있다. 과분한 명성에 짓눌린 탓인지 나는 첫 소설을 낸 이후 글을 단 한 줄도 쓸 수 없는 백지 증후군에 시달렸다. 영감이 메말라버린 내가 할 수 있는 일이라고는 텅 빈 화면을 마주하고 절망하는 게 전부였다. 백지 증후군 중에서도 중증에 해당되었다.

그러다가 해리 쿼버트 사건을 만나게 되었다. 그 사건에 대해서는 다들 들어본 기억이 날 것이다. 1975년에 15세 나이로 실종된 놀라 켈러건이 2008년 6월 12일에 미국 문학계의 전설인 해리 쿼버트의 집 정원에서 매장된 시신으로 발견되었다. 그 사건은 내게도 큰 충격을 안겨주었다. 해리 쿼버트는 나의 대학 은사이자 당시 가장 가까운 벗이었다. 나는 해리가 결코 그런 끔찍한 범죄를 저질렀다고 생각할 수 없었다. 모두들 해리를 범인으로 단정할 때 나는 뉴햄프셔주로 가서 내 방식대로 그 사건을 되짚어 추적했다. 마침내 해리의 결백을 입증해내긴 했지만 그 과정에서 드러난 진실로 우리의 우정은 위기를 맞았다.

그 사건을 추적한 과정을 소재로 쓴 책이 바로 《해리 쿼버트 사건의 진실》이다. 2009년 가을에 출간되어 대성공을 거둔 이 책은 작가로서의 내 명성을 전국 차원으로 끌어올렸다. 첫 소설의 후속작을 기다려온 독자와 평단은 이 책의 출간과 함께 내 머리 위의 월계관을 마침내 추인했다. 내가 그저 반짝스타, 어둠 속으로 사라지는 유성, 잠시 찬란했던 폭죽이 아니라는 사실이 입증되었다. 이제 나는 대중이 인정하는 인기 작가가 되어 문단에 당당하게 자리 잡았다. 아무것도 보이지 않는 불모의 사막에서 3년간의 방황 끝에 드디어 나 자신을 되찾은 기분이었다.

2009년 연말이 되었을 때 나는 비로소 평화로운 기분에 젖어들었다. 12월 31일 날 밤에는 타임스퀘어에 가서 새해를 축하하는 군중들의 물결에 파묻혔다. 첫 소설을 출간한 2006년 이후로 한동안 건너뛴 전통이었다. 그날 밤 타임스퀘어에서 나는 익명의 바다를 익명으로 떠돌면서 즐거워했다. 그러다가 문득 한 여자와 눈길이 마주쳤고, 마음이 끌렸다. 그 여자는 샴페인을 마시다가 나를 향해 미소 지으며 잔을 들어 올렸다. 그 이후에 벌어진 일들을 생각할 때마다 그 순간이 떠오른다. 마침내 평화를 누리게 되었다는 환상을 내게 불러일으킨 장면이었다.

2010년에 마주친 사건들은 그런 생각이 착각이었음을 아프게 일깨워주었다.

/

살인사건 당일
1999년 4월 3일

/

　아침 7시에 로렌 도노반은 홀로 21번 도로를 따라 달리고 있었다. 봄을 맞아 도로 양편을 수놓은 푸른빛이 싱그러웠다. 이어폰으로 들려오는 경쾌한 리듬에 맞춰 발걸음도 리듬을 탔다. 달리는 속도는 빨라도 호흡은 편안했다. 2주 후면 보스턴 마라톤 대회 출발 선상에 서게 될 테고, 모든 준비가 되어 있었다. 멋진 하루가 될 것이다.

　지평선 위로 솟아오른 해가 야생화가 깔린 들판에 빛을 쏟아붓기 시작했다. 저 너머 들판이 끝나는 지점부터 곧바로 울창한 화이트마운틴 국유림이 펼쳐져 있었다. 잠시 후 로렌은 루이스의 〈제이콥 주유소〉에 당도했다. 집에서 주유소까지의 거리는 정확히 7킬로미터였다. 처음에는 더 멀리까지 달릴 계획이 없었는데 좀 더 뛰고 싶었다. 주유소를 지나쳐 계속 달린 끝에 그레이비치 교차로에 이르렀다. 로렌은 그 지점에서 방향을 틀어 비포장도로로 접어들었다. 여름철이면 피서객들이 장사진을 치는 길이었다. 주차장까지 그대로 달렸다. 주차장에서 시작되는 오솔길을 따라가면 화이트마운틴 숲을 통과해 스코탐 호수로 이어졌다. 숲을 빠져나가면 자잘한 조약돌이 깔린 모래밭이 나왔다. 로렌은 그레이비치 주차장을 통과하며 매사추세츠주 번호판을 단 파란색 컨버터블 한 대를 무심히 쳐다보았다. 이어서 숲을 가로지르는 오솔길로 들어서서 호숫가를 향해 달렸다.

숲의 어귀에 다다랐을 때 모래밭 위에 올라앉은 어떤 형상이 눈에 들어왔다. 로렌은 문득 발길을 멈추었다. 무슨 일인지 파악하기까지 몇 초가 흘렀고, 오싹한 공포로 몸이 얼어붙었다. 곰은 아직 이쪽 상황을 눈치채지 못하고 있었다. 숲에서 곰과 마주칠 경우 무엇보다 소리를 내지 말아야 한다. 곰의 눈에 띄는 즉시 달려들 게 뻔했다. 로렌은 조심스레 나무 둥치 뒤로 몸을 숨겼다가 오솔길을 살금살금 돌아 나왔다. 어느 정도 위험한 상황에서 벗어났다는 생각이 드는 순간 죽을힘을 다해 뛰었다. 그렇게 빠른 속도로 달려본 적이 없을 정도였다. 달리기에 집중하려고 휴대폰은 일부러 집에 놓아두고 왔다. 21번 도로로 다시 올라섰다. 지나가는 차라도 만날 수 있기를 바랐지만 한 대도 보이지 않았다. 이 세상에 홀로 버려진 기분이었다. 로렌은 전력 질주로 〈제이콥 주유소〉까지 왔다. 숨이 턱에 찬 상태로 주유소 사무실까지 달려갔다. 다행히 유리문 안쪽에 사람이 보였다. 다급하게 문을 두드렸다. 사람이 다가와 문을 열었다. 로렌은 사무실 안으로 뛰어들며 소리쳤다.

"어서 경찰을 불러줘요. 경찰!"

/

경찰보고서 발췌
피터 필립스의 진술

/

피터 필립스는 근속 15년 차 마운트플레전트 경찰서 소속 경찰로 사건 현장에 가장 먼저 출동했다. 피터 필립스의 증언은 1999년 4월 3일 마운트플레전트 경찰서에서 기록되었다.

그레이비치에서 사건이 발생했다는 연락을 받았을 때 처음에는 잘못 들은 줄 알고 다시 말해보라고 했죠. 스토브팜 구역을 순찰 중이었는데 거기서 그레이비치까지는 그리 멀지 않아요.

— 곧장 현장으로 달려갔습니까?

먼저 21번 도로에 있는 주유소로 갔어요. 최초 목격자가 주유소에서 전화로 응급구조대에 신고했다고 하더군요. 그래서 현장으로 가기 전에 우선 목격자의 이야기를 들어보려고요. 적어도 모래밭에서 기다리는 게 뭔지는 알고 가야죠. 목격자는 로렌 도노반이라는 이름의 젊은 여자였는데 잔뜩 겁을 집어먹은 상태였어요. 로렌이 무얼 보았는지 이야기해 주더군요. 경찰 생활 15년 차이지만 그런 일은 한 번도 본 적이 없었죠.

— 그래서 어떻게 했습니까?

주유소에서 곧장 그레이비치로 갔죠.

— 혼자 현장에 갔습니까?

달리 방법이 없었어요. 일분일초를 다투는 일이었으니까요. 곰이 달아나기 전에 찾아내야 하잖아요.

— 그래서 곰을 보았나요?

차의 속도를 높여 달린 끝에 그레이비치 주차장에 도착했어요. 차를 세우면서 보니까 거기에 이미 파란색 컨버터블 한 대가 서 있더군요. 매사추세츠주 번호판을 단 차였어요. 하여간 거기서부터는 산탄총을 챙겨 들고 오솔길을 따라 호수로 내려갔죠.

— 그래서 어떻게 되었습니까?

호숫가에 도착해보니 곰은 여전히 모래밭에 있었어요. 그 불쌍한 여자의 몸에 주둥이를 처박고 제대로 판을 벌였더라고요. 곰의 행위를 멈추게 하려고 일단 고함을 질렀어요. 곰이 머리를 쳐들더니 나를 빤히 쳐다보더군요. 그러더니 천천히 나에게로 다가오기 시작했어요. 한 방에 끝내지 못하면 내가 죽을 수도 있다는 느낌이 들었죠. 경찰 생활을 15년이나 해왔어도 총을 쏴본 적은 한 번도 없었어요. 오늘 아침에 처음으로 방아쇠를 당겨봤죠.

1부

성공의 후유증

세인트로렌스 강변에 대형 창고처럼 자리 잡은 영화 촬영소들 위로 봄눈이 흩날렸다. 그곳 스튜디오에서 내 첫 소설 《골드스타인의 G》가 몇 달 전부터 영화로 제작되고 있었다.

/

1장
해리 쿼버트 사건의 여파
2010년 4월 5일. 퀘벡주, 몬트리올

/

첫 소설이 영화로 각색되어 크랭크인에 들어간 날 내 두 번째 책 《해리 쿼버트 사건의 진실》이 출간되었다. 날짜가 겹친 건 그저 일정상의 우연이었지만 영화는 새 작품이 서점가에서 거둔 성공에 힘입어 일찌감치 대중의 관심을 촉발시켰고, 외부로 흘러나온 첫 촬영 스틸들은 할리우드를 들썩이게 했다.

바깥에서는 얼음처럼 찬바람이 눈꽃 회오리를 만들어내고 있었지만 스튜디오 안은 한여름 같았다. 실제 거리를 완벽하게 재현한 세트장에서 출연 배우들과 엑스트라들은 강렬한 조명을 받아 마치 땡볕 아래 나앉은 듯이 보였다. 마침 그 장면은 내가 책을 쓰면서 아주 마음에 들어 한 부분이었다. 행인들이 오가는 거리의 한 카페 테라스에서 남녀 주인공 마크와 알리시아가 마침내 마주친다. 몇 년 동안 헤어져 지내다가 다시 조우하는 순간이다. 그들은 상대방에게 애써 말을 건넬 필요가 없다. 서로 마주보는 눈길만으로도 잃어버린 지난 시간을 되찾기에 충분하다.

나는 모니터 뒤편에 자리 잡고 앉아 그 장면을 지켜보았다.

"컷!" 별안간 감독이 소리를 질러 눈앞의 아름다운 모습을 별안간 사라지게 했다. "오케이." 옆에 있던 조감독이 그 말을 방송으로 전달했다. "오케이, 오늘 촬영 끝."

그 말이 스피커를 통해 울려 퍼지자마자 촬영장은 개미집으로 변했다. 스태프들이 장비를 챙기는 사이 배우들은 대기실로 돌아갔다. 나는 세트장을 여기저기 둘러보았다. 차도, 보도, 가로등, 쇼윈도, 모든 게 다 실제와 똑같았다. 카페 안에도 들어가 기웃거렸다. 책에 묘사해놓은 자질구레한 소품들까지 그대로 재현해놓아 감탄이 절로 나왔다. 내 책 안에 들어가 어슬렁거리는 기분이었다. 카운터 뒤편으로 돌아가자 샌드위치와 케이크가 수북이 쌓여 있었다. 화면에 나오는 배경이나 소품들 모두가 실물처럼 보였다.

익숙한 목소리 하나가 나를 불러 세운 탓에 더는 영화 세트장과 현실의 상관성에 대한 고찰을 계속할 수 없었다.

"카페 알바를 시작한 건가?"

내 책을 출간하는 〈슈미트 앤 핸슨〉 출판사의 로이 바나스키 사장이었다. 로이는 사전 연락도 없이 나를 만나러 뉴욕에서 몬트리올까지 날아왔다.

"커피 한잔 드릴까요?" 내가 빈 잔을 들어 올리며 물었다.

"샌드위치나 하나 줘. 배고파 죽을 지경이니까."

소품을 마음대로 먹어도 되는지 알 수 없었지만 터키햄과 치즈 조합으로 만든 샌드위치 하나를 집어 들고 로이에게 내밀었다. 로이는 두툼한 샌드위치를 한 입 덥석 베어 물더니 맛나게 우물거리며 말했다. "이 영화는 분명 대박 날 거야. 영화의 성공을 감안해《골드스타인의 G》특별판도 준비해 두었는데 불티나게 팔리겠지."

《해리 쿼버트 사건의 진실》을 읽은 독자라면 나와 로이 사이의 묘한 애증 관계에 대해 잘 알고 있을 것이다. 로이와 소속 작가들의 친밀감은 벌어다주는 금전에 비례한다. 2년 전만 해도 나는 계약한 날짜에 소설 원고를 마무리하지 못해 갖은 구박을 당하던 처지였다. 하지만《해리 쿼버트 사건의 진실》이 나오자마자 대박을 친 덕분에 로이가 관장하는 황금알 판테온의 제일 윗자리를 차지하게 되었다.

"구름 위에 올라앉은 기분이겠네." 로이가 말을 이어갔다. "영화가 성공하길 기대하지? 2년 전, 내가 알리시아 배역으로 카산드라 폴락을 캐스팅하려고 사방팔방으로 뛰어다닐 때 자네가 나를 얼마나 비난했는지 기억하나? 지나고 보니 어때? 분명 애쓸 가치가 있는 일이었잖아. 길을 막고 사람들에게 물어봐. 카산드라 폴락이 어떤 배우인지. 다들 하나같이 끝내주는 배우라고 할 거야."

"카산드라를 캐스팅한 공로는 인정해요. 하지만 내가 카산드라와 사귄다는 소문을 퍼뜨리는 바람에 곤욕을 치른 건 무엇으로 보상받죠?"

"결과적으로 책이 많이 팔렸잖아. 난 촉이 좋은 사람이야. 출판으로 성공한 이유지. 오늘 내가 자네를 만나러 온 이유는 따로 있으니까 지난 얘긴 그만하자고. 아주 중요한 이야기가 있거든."

로이가 느닷없이 몬트리올의 영화 촬영장에 나타난 걸 보면 중대한 일이 있다는 뜻이었다.

"무슨 일인데요?"

"자네가 들으면 희색이 만면할 소식이 있어서 내가 직접 전해 주려고 왔어."

로이가 계속 뜸을 들이는 걸 보면 그다지 좋은 징조가 아니었다.

"어서 뭔지 말해봐요."

로이가 비로소 입을 열었다.

"《해리 쿼버트 사건의 진실》의 영화 판권 계약을 논의하고 있어.

MGM이 파트너인데 성사 직전이야. 그 책을 영화로 만들 경우 성공은 보장된다고 봐야지. MGM에서도 성공을 자신해 계약을 서두르고 있어."

"그 책은 영화로 만들고 싶지 않아요." 나는 시큰둥하게 말했다.

"계약서에 사인하는 순간 200만 달러가 들어오는데 반대한다고? 영화 판권료도 크지만 영화가 흥행에 성공할 경우 얻게 될 간접 수입도 어마어마할 거야."

나는 로이와 입씨름을 벌일 마음이 없었다.

"영화 판권 문제는 내 에이전트나 변호사와 이야기하세요." 내가 그쯤에서 대화를 끝내려고 하자 로이가 버럭 소리를 질렀다.

"자네 에이전트가 말귀를 제대로 알아듣는 사람이었으면 내가 애초에 여기까지 찾아올 이유도 없잖아."

"내가 이제 곧 뉴욕으로 돌아갈 테니까 그때 논의하시죠?"

"뉴욕으로 돌아왔다가 또다시 부리나케 내뺄 거면서 왜 그래? 난 자네가 뉴욕에 붙어있는 꼴을 못 봤어."

"해리가 싫어할 거예요." 나는 샐쭉한 얼굴로 말했다.

"해리?" 로이가 목멘 소리를 냈다. "해리 퀴버트 말인가?"

"예, 해리 퀴버트. 이 문제는 더 얘기할 필요도 없어요. 난 그 책을 영화로 만들고 싶지 않아요. 이제 그 사건은 잊고 싶어요. 인생의 한 페이지를 넘기고 싶다고요."

"철딱서니 없는 꼬맹이처럼 징징대지 좀 마." 로이가 버럭 화를 냈다. 누구든 자신이 공들여 추진하는 일에 반대하고 나서면 참지 못하는 성격이었다. "캐비아를 떠먹여주면 그냥 잠자코 먹어둬. 맛있는 음식을 먹여 주겠다는데 자꾸 도리질 치며 거부하지 말고."

그 정도 독설은 자주 들어 귓등으로 흘려버리면 그만이었다. 로이가 연락도 없이 찾아온 것에 대해 사과했다. 목소리에 꿀을 잔뜩 바른 걸 보면 전략을 바꿔 다시 시작하려는 심산이 분명했다.

"나에게 설명할 기회를 줘. 내 설명을 듣고 나면 생각이 달라질 테니까."

"생각보다는 기분을 바꾸고 싶어요."

"그럼 오늘 저녁에 근사한 식당에 가서 맛있는 식사나 하자고. 그렇잖아도 올드 몬트리올에 식당을 예약해두었어. 저녁 8시 어때?"

"저녁에는 약속이 있어요. 뉴욕으로 돌아가서 이야기해요."

나는 로이가 샌드위치를 끝까지 먹을 수 있도록 그 자리에 남겨두고 먼저 세트장을 나섰다. 촬영소 건물 출입문 바로 앞에 음료수 판매대가 있었다. 매일 촬영이 끝나면 나는 그곳에서 커피를 주문해 마셨다. 나를 본 판매원이 종이컵에 커피를 따라 내밀었다. 내가 미처 커피를 주문하기도 전이었다. 내가 고맙다는 뜻으로 웃자 여성 판매원도 웃음으로 화답했다. 사람들은 나를 보면 웃어준다. 보편적 인류애에 바탕을 둔 웃음인지 좋아하는 소설을 쓴 작가에게 보내는 애정 표현인지 알 수 없다. 여성 판매원은 고맙게도 계산대 아래에서 《해리 쿼버트 사건의 진실》을 꺼내 흔들어 보이며 나를 향해 웃은 이유를 설명했다.

"어젯밤에 다 읽었어요. 책을 손에서 내려놓을 수 없던데요. 사인 좀 해주실래요?"

"이름이?"

"데보라."

커피를 주문할 때 벌써 몇 번이나 들은 적 있는 이름이었다.

나는 호주머니에서 펜을 꺼내 표지 안쪽 면에 사인과 함께 의례적으로 곁들이는 헌사를 적어주었다.

해리 쿼버트 사건의 모든 진실을 알게 된 데보라에게
마커스 골드먼

"좋은 하루 보내세요, 데보라." 나는 책을 돌려주며 말했다.

"좋은 하루 보내세요, 마커스. 내일 만나요."

"내일 뉴욕으로 돌아갔다가 열흘 후에 다시 올 거예요."

"그럼 그때 다시 만나겠네요."

몸을 돌려 서너 걸음 떼어놓는데 데보라가 나를 다시 불러 세웠다.

"그 사람을 다시 만나봤어요?"

"누구?"

"해리 쿼버트요."

"아뇨, 근래에는 소식을 듣지 못했어요."

나는 촬영장 출입문을 나와 주차해둔 차의 운전석에 올랐다. 그 책을 출간하고 나서 '해리 쿼버트를 다시 만나봤어요?'라는 질문을 끊임없이 받았다. 그때마다 아무렇지 않은 듯 담담하게 대답해주려고 애썼다.

'해리는 지금 어디에 있을까? 어떻게 되었을까?'

해리를 생각하지 않은 날이 단 하루도 없었다. 나는 세인트로 렌스강을 따라 달리다가 몬트리올 시내 쪽으로 방향을 틀었다. 얼마 지나지 않아 고층 빌딩들이 눈앞에 펼쳐졌다. 나는 몬트리올이 좋았다. 내가 오길 간절히 기다리는 사람 때문이었다. 몇 달 전 한 여자를 만났고, 나는 그녀를 내 인생의 여자라고 생각하고 있었다.

몬트리올에 올 때마다 리츠칼튼 호텔 최고층 스위트룸을 예약했다. 호텔 문을 열고 들어서자 프런트 직원이 나를 손짓해 불렀다. 바에서 나를 기다리는 사람이 있다고 했다.

벽난로 옆 구석진 테이블에 앉아 모스크바 뮬을 홀짝이는 레이건의 모습이 눈에 들어왔다. 아직 파일럿 제복 차림이었다. 나를 보자 레이건의 얼굴이 환해졌다. 우리는 서로 허리를 감싸안고 가벼운 키스를 했다. 레이건을 만나는 날이 쌓일수록 기쁨도 커져갔다.

레이건은 나와 동갑인 서른 살이고, 에어캐나다 조종사였다. 우리는 만난 지 석 달 되었다. 레이건을 만나면 내 삶이 더 충만해지고, 한층 성숙해지는 기분이었다. 레이건을 만나기 위해서라면 그 어떤 수고도 마다하지 않을 수 있었다.

5년 전, 엠마 매튜를 사귀었는데 몇 달 가지 못하고 헤어졌다. 한동안 연애에 소홀해서인지 《해리 쿼버트 사건의 진실》을 쓰고 나자 애정 문제에 매진해야겠다는 마음이 들었다. 상대를 자주 바꿔가며 만났지만 그리 성공적이지 않았다. 내 마음이 너무 조급했던 것 같다. 누구를 만나든 곧바로 채용 면접을 시작하는 심산이었으니 제대로 될 리 없었다. 고작 몇 분 전에 만난 상대를 이리저리 관찰하면서 나에게는 좋은 아내, 내 아이들에게는 좋은 엄마가 될 수 있을지 가늠해보았다. 그러다가 머릿속에서 불쑥 어머니가 튀어나와 데이트에 끼어들었다. 머릿속의 어머니는 상대 여성 옆에 찰싹 붙어 앉아 온갖 흠결을 찾아내기 바빴다.

"이 여자가 너에게 어울린다고 생각하니?"

어머니는 기나긴 인생을 위해 한순간의 열정을 억누르는 게 당연하다는 금욕주의자였다. 하지만 오늘 밤까지 살아 있을 거라 장담할 수 없는 게 우리네 인생이다. 아들의 빛나는 미래를 꿈꾸는 어머니가 한마디 덧붙였다.

"백악관 자유의 메달 수여식에 네가 이 여자와 부부 동반으로 참석한다고 상상해볼래?"

그 말을 할 때 어머니는 나를 얕잡아보는 투였다. 그런 말투로 내가 상대 여성을 포기하게 만들려는 심산이었다. 그래서 나는 포기했다. 그 결과 나의 독신 시대는 자꾸만 연장되었다. 레이건을 만나기 전까지. 레이건을 만나게 된 것 역시 어머니 덕분이긴 했다.

***

석 달 전
2009년 12월 31일

매년 연말이 되면 늘 그래왔듯이 나는 뉴저지주 몬트클레어의 부모님 집을 방문해 함께 시간을 보냈다. 거실에서 커피를 마실 때면 어머니는 이따금 나를 짜증 나게 만드는 질문을 꺼냈다.

"넌 이미 원하는 일을 다 이루었잖아. 새해 벽두인데 넌 어떤 소원을 빌고 싶니?"

"잃어버린 친구를 찾고 싶어요." 나는 불쑥 그렇게 대답했고, 이내 가슴이 찌르르했다.

"저런! 친구가 죽었어?" 어머니는 내 말뜻을 되새겨볼 필요도

없다는 듯 가여운 표정을 지었다. 어머니의 오해를 풀어주어야
했다.

"해리 퀴버트요. 해리를 다시 만나보고 싶어요. 해리가 어떻
게 살고 있는지 궁금해요."

"해리 퀴버트가 널 그렇게 고생시켰는데 그가 밉지도 않아?
진정한 친구라면 고생을 시킬 게 아니라 도움을 주었어야지."

"해리 덕분에 작가가 되었어요. 그 빚이 커요."

"넌 그가 아니더라도 작가로 성공했을 거야. 따라서 빚을 졌
다고 생각하지 마. 너를 세상에 나오게 해준 이 엄마 말고는 넌
빚이 없어. 넌 해리 같은 친구 말고 여자 친구가 필요해."

"잘 어울리는 상대를 만나는 건 그리 쉽지 않아요."

어머니가 목소리를 누그러뜨리려고 애썼다.

"넌 여자 친구를 만드는 일을 너무 등한시해. 넌 툭하면 방 안
에 틀어박혀 앨범을 뒤적이며 시간을 보내지. 해리 퀴버트와 함
께 찍은 사진을 들여다보면서 추억을 되뇌어봐야 인생에 무슨
도움이 되니?

"어떻게 알았어요?" 나는 깜짝 놀라 되물었다.

"네 집에 드나드는 가사도우미가 말해주더구나."

"가사도우미와는 언제부터 연락을 주고받았어요?"

"네가 나에게 모든 정보를 차단한 다음부터."

그 순간 내 눈길은 액자에 든 어떤 사진을 응시했다. 큰아버지

사울과 큰엄마 아니타 그리고 내 사촌들과 플로리다에서 찍은 사진이었다.

"네 큰아버지는……." 어머니는 말을 우물거렸다.

"더 말하지 않아도 알아요, 엄마."

"내가 바라는 건 네가 행복해지는 거야, 마키. 넌 행복해지지 못할 이유가 없어."

나는 그만 돌아가려고 외투를 집어 들었다.

"오늘 저녁에는 뭘 할 거니?" 어머니가 물었다.

"친구들을 만나기로 했어요." 나는 어머니를 안심시키려고 말을 꾸며냈다.

부모님에게 인사하고 집으로 돌아왔다.

어머니 말대로 나는 방에 틀어박혀 자주 사진 앨범을 펼쳐놓고 추억에 잠겼다. 뉴욕으로 돌아오자마자 사진 앨범을 펼치고, 위스키를 잔에 따라 들고 마셔가며 사진을 보았다. 해리를 마지막으로 본 날이 정확하게 일 년 전인 2008년 12월 어느 저녁이었다. 그날 해리는 나를 찾아와 작별 인사를 했고, 이후로는 연락을 완전히 끊었다. 해리의 살인 혐의를 벗기고 명예를 되찾아 주기 위한 일이었지만 그 결과 나는 그를 잃게 되었다.

해리가 몹시 그리웠다. 물론 해리의 종적을 찾아보았지만 헛수고였다. 해리가 지난 30년간 살았던 뉴햄프셔주의 오로라를 무작정 찾아가 몇 시간이고 시내를 헤매고 다녔다. 해리의 집 앞을 어슬렁거리며 시간을 보내기도 했다. 언제 어느 때라도 해리를 다시 만나면 모든 문제를 원래대로 돌려놓을 수 있으리라 기대했다. 하지만 해리는 단 한 번도 내 앞에 모습을 드러내지 않았다.

앨범의 사진들을 보며 해리와의 추억을 돌이켜보고 있을 때 테이블에 올려둔 유선전화가 울렸다.

혹시 해리의 전화가 아닐까?

서둘러 전화기를 들어 올렸다. 내 기대와 달리 어머니였다.

"전화를 왜 받아?" 어머니가 나무라는 목소리로 말했다.

"엄마가 전화했잖아요."

"새해 벽두이고, 오늘 저녁에는 친구들을 만나기로 했다면서? 또 혼자 집에 틀어박혀 망할 사진들만 들여다보고 있니? 가사도우미에게 그 사진들을 당장 태워버리라고 부탁해야겠다."

"가사도우미를 해고해야겠네요. 성실한 분인데 방금 엄마 때문에 일자리를 잃게 되었어요."

"그러지 말고 어서 집에서 나가거라. 고교 시절에 새해맞이를 하러 타임스퀘어에 갔던 걸 기억하니? 친구들에게 전화해 타임스퀘어로 나오라고 해. 명령이야. 엄마 말 들어."

나는 어머니 말대로 타임스퀘어에 갔다. 친구들 없이 혼자였다. 뉴욕에는 함께 어울려 새해맞이를 할 친구가 없었다. 타임스퀘어 일대는 수십만 인파로 북적거렸다. 인파 속으로 섞여들자 마음이 한결 가벼워지며 위로받는 기분이 되었다. 사람들 물결에 몸을 맡기고 흘러 다니다가 어느 순간 한 여자와 마주쳤다. 샴페인을 마시며 내게 미소 지은 그 여자에게 나는 곧장 끌렸다.

새해 카운트다운이 끝났을 때 우린 키스했다.

레이건은 그렇게 내 인생으로 들어왔다.

***

레이건은 나를 만나러 자주 뉴욕에 왔다. 내가 영화 촬영장에 갈 때는 몬트리올에서 만났다. 만난 지 석 달이 지났어도 우린 서로에 대해 잘 몰랐다. 우린 레이건이 비행을 하지 않는 시간이나 연이틀 계속되는 촬영 사이에 낀 하룻밤을 이용해 만났다. 4월의 어느 날 저녁에 몬트리올 리츠칼튼 호텔 바에서 레이건을 마주한 나는 확신을 느꼈다. 레이건은 내 어머니의 면접시험을 문제없이 통과했다. 우리가 함께할 삶의 여러 단계를 고려해봤을 때 레이건은 그 어떤 경우에도 내 옆자리에 완벽하게 잘 어울려 보였다.

레이건은 그다음 날 아침 7시에 뉴욕 JFK공항으로 비행이 예정되어 있었다. 저녁 식사를 하러 나가자고 하자 레이건은 호텔 안에 머물러있고 싶다고 했다.

"그럼 호텔 식당에 갈까?"

"아니, 난 그냥 룸에 있는 게 좋아."

그날 밤, 우리는 리츠칼튼 호텔 스위트룸에 틀어박혀 보냈다. 넓은 욕조를 채운 따뜻한 물과 거품 속에서 편안하게 몸을 눕히고 창문 너머로 몬트리올의 상공에서 끊임없이 흩날리는 눈송이를 바라보았다. 식사는 룸서비스로 해결했다. 마치 우리 몸에 삼투현상이 일어나 서로에게 스며드는 기분이었다. 레이건과 더 많은 시간을 함께할 수 없어 아쉬웠다. 나는 뉴욕에 살고, 레이건은 몬트리올에서 차로 한 시간 거리인 소도시에 살았다. 거리도 문제였지만 조종사인 레이건의 비행 근무 시간표가 늘 발목을 잡았다. 그래서 또다시 그날 밤은 너무나 짧았다.

새벽 5시에 레이건과 나는 떠날 준비를 했다. 샤워를 하다가 열린 욕실 문으로 레이건을 보았다. 파일럿 제복 바지에 브래지어만 착용한 레이건은 커피를 마시며 화장을 하고 있었다. 우리 둘 다 뉴욕으로 가야 했지만 각자 가는 방법은 달랐다. 레이건은 하늘로, 나는 육로로 가야 했다. 몬트리올에 올 때 차를 직접 운전해왔다. 트뤼도 공항까지 레이건을 데려다주었다. 공항 터미널 앞에 차를 세우자 레이건이 물었다.

"비행기를 타지 않는 이유가 뭐야?"

나는 잠시 대답을 망설였다. 내가 이유를 설명해도 납득하기 쉽지 않을 듯했다.

"뉴욕에서 몬트리올까지 오는 드라이브 코스를 좋아하거든."
일단 편하게 둘러댔다.

레이건은 내 말에 반신반의하는 눈치였다.

"비행기를 겁내진 않지?"

"물론이지."

레이건이 가볍게 키스하고 나서 말했다.

"사랑해, 아주 많이."

"우리, 또 언제 만날 수 있지?"

"몬트리올에 언제 올 건데?"

"4월 12일에."

레이건이 다이어리를 펼쳤다.

"그날은 시카고에서 묵어야 해. 일주일간 교대근무로 토론토행 노선을 뛰어야 하거든."

레이건은 실망한 내 표정을 힐끗 쳐다보더니 말을 덧붙였다.

"그다음은 일주일 휴가니까 그때 함께 지내자. 호텔 방에서 한 발자국도 나가지 않고 지내는 거야."

"며칠간 어딘가로 떠났다가 오는 건 어때?" 나는 미처 대답도 듣기 전에 말을 이었다. "뉴욕이나 몬트리올 말고. 당신과 단둘이 어디론가 떠났으면 좋겠어."

레이건은 고개를 끄덕이며 매력적인 미소를 지었다.

"듣기만 해도 행복해." 레이건이 속삭이듯 말했다. 나는 레이건의 달콤한 말이 사랑 고백처럼 느껴졌다.

긴 키스를 나눈 뒤 레이건은 차에서 내렸다. 나는 레이건과 함께하는 미래를 꿈꾸며 가슴이 부풀어 올랐다. 공항 건물 안으로 사라지는 레이건의 뒷모습을 바라보다가 나는 돌연 놀라운 계획을 떠올렸다. 레이건과 바하마로 사랑의 도주를 벌일 결심이었다. 바하마의 하버아일랜드 호텔이 좋다는 이야기를 들은 적이 있었다. 휴대폰으로 호텔 사이트를 열었다. 아름다운 섬에 자리한 호텔이었고, 척 보기에도 낙원이었다. 계획대로 된다면 레이건과 나는 비취색 바다가 눈앞에 펼쳐진 바하마 해변의 고운 모래밭에서 일주일간 휴가를 보내게 될 것이다. 당장 호텔을 예약했고, 뉴욕을 향해 출발했다. 이스턴 타운십을 가로질러 마고까지 달렸다. 마고에서 잠시 차를 세우고 커피 한 잔을 구입하고 나서 남쪽으로 방향을 틀어 캐나다와 미국 국경에 있는 작은 마을 스탠스테드까지 갔다. 그 마을의 도서관은 국경선 위에 위치해 있어 두 나라 왕래가 가능했다.

국경을 통과할 때 미국 세관원이 출발지와 목적지를 물었다. 몬트리올에서 오는 길이며 맨해튼으로 갈 예정이라고 하자 세관원이 말했다. "뉴욕으로 곧장 가려면 이 도로를 타면 안 돼요." 세관원은 내가 길을 헤매고 있다고 생각했는지 이런저런 경로를 따라 87번 국도를 타고 가라고 일러주었다. 나는 세관원의 설명을 얌전히 들으며 예의 바르게 감사를 표했지만 그가 안내한 길로 갈 생각은 없었다.

나는 어느 도로로 가야 하는지 잘 알았다.

뉴햄프셔주의 오로라, 나의 친구 해리 쿼버트가 생의 절반을
보낸 곳, 그가 연락처도 남기지 않고 사라져버린 그곳이 내 목적
지였다.

/

살인사건 당일
1999년 4월 3일

/

경광등과 사이렌을 켠 쉐보레 임팔라 한 대가 뉴햄프셔주 마운트플레전트로 가는 21번 도로를 질주했다. 도로 양편으로 야생화가 한창인 들판이 펼쳐져 있고, 곳곳에 보이는 연못에는 수련이 가득 피어 있었다. 들판 너머로 화이트마운틴의 울창한 숲이 보였다.

임팔라를 운전하는 사람은 페리 게할로우드 경사였고, 그와 이인조로 움직이는 매트 반스 경사가 조수석에 앉아 그 지역 지도를 유심히 들여다보고 있었다.

"잠시 후 우회전이야." 매트가 말했다. 그들은 방금 전 도로변에 있는 주유소를 지나쳐왔다. "조금만 더 가면 샛길이 보일 거야. 샛길로 들어가면 숲으로 이어져."

"이 지역 경찰이 지원팀을 보내 안내해줄 거라고 했어."

두 사람은 잠시 후 맞닥뜨릴 상황을 전혀 상상하지 못했다. 샛길로 접어들자마자 길게 늘어선 차들이 시야에 들어왔다. 페리는 반대편 차선으로 넘어가 천천히 역주행을 했다. 구경꾼 수십 명이 샛길을 메우고 있었다.

"도대체 무슨 일인데 이 난리 법석이지?" 페리가 투덜거렸다.

"작은 동네라서 사건이 벌어지면 유랑서커스단 공연을 보러가는 기분일 거야. 너도나도 맨 앞자리에서 구경하고 싶겠지."

페리와 매트가 탄 차는 마침내 그레이비치 주차장으로 들어서는 지점에 도착했다. 경찰이 설치한 폴리스라인이 눈에 들어왔다. 페리가 차창을 내리고 앞을 막아선 경찰관들을 향해 배지를 내보였다.

"뉴햄프셔주 경찰청 강력계에서 나왔습니다."

"이 길로 계속 가세요." 경찰관 한 사람이 흙길을 가리키며 출입 통제를 위해 쳐놓은 폴리스라인을 들어 올렸다.

페리와 매트가 탄 차는 좁은 길을 따라 몇백 미터를 더 이동했다. 페리가 차를 세운 곳은 풀이 우거진 평지였다. 그곳에 먼저 와 있던 지역 경찰관이 보였다.

"뉴햄프셔주 경찰청 강력계에서 나왔습니다." 페리가 다시 한 번 차창을 내리고 소리쳤다.

지역 경찰관은 어쩔 줄 몰라 하는 눈치였다.

"차는 여기에 세워두는 게 좋겠습니다." 경찰관이 말했다. "저쪽은 북새통이라서."

두 형사는 차에서 내렸다. 거기서부터는 걸어가야 했다.

그들은 흙길을 걸었다. 매트가 혼잣말하듯 중얼거렸다. "왜 하필 우리가 당직을 서는 주말만 되면 골치 아픈 사건이 터지지?" 매트는 갑자기 운명론자라도 된 듯 한숨을 푹 내쉬었다. "그레그 보네트 사건 기억하지? 그 사건도 토요일에 터졌잖아."

"난 자네와 팀이 되는 바람에 쫄딱 망했어. 그전까지 나의 주말은 아주 평화로웠거든." 페리가 키득거리며 농담을 건넸다. "그나저나 헬렌을 만나기로 했는데 한소리 듣게 생겼네. 오늘 저녁에 이삿짐 푸는 일을 도와주기로 약속했거든. 살인사건이 터졌으니 물 건너갔다고 봐야지."

"살인사건인지 단순 사고인지 아직은 몰라. 살인사건으로 알고 현장에 출동했는데 산책하다가 발생한 단순 사고였던 경우도 있었잖아."

그레이비치 주차장까지는 그리 멀지 않았다. 주차장 일대는 몰려온 구급차들로 북새통을 이루었다. 마운트플레전트 경찰서장 프랜시스 미첼이 페리와 매트를 맞았다. 미첼 서장은 의례적 인사말을 생략하고 곧장 본론으로 들어갔다.

"눈 뜨고는 볼 수 없네요."

"우린 여자가 사망한 사실 말고는 전달받은 게 없는데 무슨 일입니까?" 페리가 물었다.

"직접 현장을 둘러보시고 나서 이야기를 나누는 게 좋겠네요."

미첼 서장은 호수로 이어지는 오솔길로 두 사람을 안내했다.

페리와 매트는 시신이 있는 범죄 현장에 익숙했지만 조약돌이 깔린 호숫가에 도착하는 순간 그 자리에서 발이 얼어붙었다. 한 번도 본 적 없는 광경이었다. 얼굴을 모래밭에 묻은 자세로 엎드린 여자의 몸이 보였고, 그 옆에 숨이 끊어진 곰 한 마리가 널브러져 있었다.

"조깅을 하던 로렌 도노반이라는 여자가 현장을 발견한 즉시 신고했습니다." 미첼 서장이 설명을 시작했다. "곰이 시신을 뜯어먹고 있었답니다."

"곰이 시신을 뜯어먹어요?"

"믿을 수 없지만 그렇습니다."

모래에 얼굴을 묻고 엎드린 자세로 숨겨 있는 여자는 마치 깊이 잠든 듯이 보였다. 호수에서 찰랑거리는 물결과 봄을 맞은 새들의 노랫소리가 어우러져 들려왔다. 끔찍한 현장과 상관없이 평화로운 분위기였다. 사지를 널브러뜨리고 죽어 있는 곰과 모래밭을 흥건하게 적신 여자의 피만이 사건의 비극성을 일깨웠다.

"피해자의 죽음은 몹시 안타깝지만 곰의 습격을 받은 사건인데 굳이 강력계 형사를 부른 이유를 모르겠군요." 현장을 둘러보던 매트가 미첼 서장에게 말했다.

"이 지역에서는 곰이 자주 출몰합니다." 미첼 서장이 대답했다. "저도 가끔 곰들을 상대해봤고, 녀석들 때문에 골치가 아팠던 적이 많습니다. 곰이 사람을 공격하는 건 영역을 지키려는 본능이지 먹잇감으로 여긴 탓은 아닙니다."

"무슨 뜻인지 좀 알아듣기 쉽게 말씀해보세요."

"곰은 시신의 냄새를 맡고 여기에 나타난 겁니다. 피해자는 곰이 나타나기 전에 이미 숨져 있었고요."

페리와 매트는 조심스럽게 시신 가까이 다가갔다. 멀리에서는 평화롭게 잠든 듯이 보이던 시신은 거리가 가까워질수록 끔찍했다. 갈가리 찢어진 옷 사이로 곰에게 물어뜯긴 흔적이 보였다. 머리카락에는 핏덩이가 엉겨 붙어 있었다.

"자네는 어떻게 생각해?" 매트가 물었다.

페리는 시신을 살펴보았다. 죽은 여자는 가죽바지에 굽 높은 앵클부츠로 멋을 부린 차림새였다.

"지난밤에 살해당한 것 같아. 곰에게 물어뜯긴 건 불과 몇 시간 전이고."

"곰이 여기에 나타난 시각은 대략 동틀 때쯤이겠네." 매트가 말했다.

페리가 고개를 끄덕였다.

"심상치 않은 사건이야. 본부에 연락해 과학수사대와 법의학 팀을 보내달라고 해야겠어."

매트가 본부에 전화해 과학수사대와 법의학팀의 현장 출동을 요청했다.

페리는 몸을 숙여 피해자의 시신을 꼼꼼히 살펴보고 있었다. 피해자의 가죽바지 뒷주머니에 비죽이 끄트머리를 내민 종이가 눈에 들어왔다. 페리는 라텍스 장갑을 끼고 종이를 빼냈다. 4절로 접힌 종이를 펼치자 컴퓨터로 쓴 짤막한 문구 한 줄이 나타났다.

나는 네가 한 짓을 알아.

정오가 가까워질 무렵 오로라에 도착했다. 뉴잉글랜드 지역 어디나 그렇듯이 서서히 녹기 시작한 새하얀 눈을 보자기처럼 덮어쓴 소도시가 밝은 햇살 아래에서 빛나고 있었다. 나는 틈만 나면 오로라를 찾아와 해리 쿼버트와의 추억을 더듬어보았다.

/

2장
추억
2010년 4월 6일. 뉴햄프셔

/

나는 《해리 쿼버트 사건의 진실》을 써서 세상에 내보이는 일이 갑자기 단절된 우리의 우정을 예전으로 되돌릴 수 있는 방법이라고 믿었다. 이 책에 대한 세상의 열광적인 반응 속에서 확인한 건 내가 여전히 그 사건으로부터 자유롭지 못하다는 사실이었다. 종결된 수사나 그 결과에 연연해서는 아니었다. 계속 나를 따라다니는 질문, '해리 쿼버트는 어디로 갔는가?'에 대한 답을 얻지 못한 탓이었다. '해리에게 무슨 일이 생긴 걸까? 어째서 해리는 내 앞에서 사라지기로 마음먹었을까?'

해리와 내가 둘도 없는 친구가 된 과정은 《해리 쿼버트 사건의 진실》에서 길게 언급해놓았다. 그 이야기를 또다시 꺼낼 필요는 없지만 한 가지 사실만은 명확히 해두고 싶다. 해리는 내가 작가로 성공하리라 믿었고, 슬럼프에 빠졌을 때 나를 집으로 초대해 글을 쓸 수 있도록 격려해주었다. 2000년 1월에 나는 처음 오로라에 갔다. 그때 나는 구즈코브에 있는 해리의 멋진 집을 처음 보았다. 세상과 동떨어져 바닷가에 자리 잡은 작가의 집을 보았고, 전혀 짐작하지 못했던 해리의 고독을 보았다. 사람들이 입이 마르도록 칭찬하고 깊이 존경해마지 않는 유명작가 해리 쿼버트는 사실 지독한 외톨이로 살아가고 있었다. 해리의 곁에는 부인도, 아이도, 친구도 없었다. 그의 집 냉장고가 휑뎅그렁하게 비어 있던 모습이 지금도 기억난다. 해리는 집에 사람을 초대하는 일이 없어 냉장고가 텅 비었다고 했다.

해리는 식사를 하러 오로라의 중심가에 있는 다이너 식당 〈클락스〉로 나를 데려갔다. 나는 그 식당에서 여주인 제니 퀸을 만났고, 해리의 일부분이나 다름없다는 테이블도 보았다. 제니 퀸이 지난 25년간 변함없이 해리를 위해 비워두는 테이블이었다. 그 식당에서 가장 좋은 자리인 그 17번 테이블에는 다음과 같은 글귀가 새겨진 표찰이 붙어 있었다.

1975년 여름, 바로 이 자리에서 작가 해리 쿼버트가 유명한 소설 《악의 기원》을 썼습니다.

《악의 기원》은 1976년에 세상에 나와 해리에게 인기와 명예를 동시에 안겨주었다. 그 작품에 대해 내가 감탄을 섞어가며 궁금한 점을 물었더니 해리가 시큰둥한 얼굴로 대답했다.

"나는 단 한 번의 성공으로 끝난 작가야. 지금껏 그 소설 한 편을 우려먹고 있지."

"그래도 얼마나 대단한 소설인데요. 어느 누구도 부정할 수 없는 걸작이죠."

제니가 음식 주문을 받으러 테이블로 오자 해리가 나를 가리켜 보였다. "이 젊은 친구가 복싱하듯이 글을 쓰기 시작하면 위대한 작가가 되는 건 시간문제야."

제니가 테이블에서 떠난 뒤 나는 해리에게 그 말이 무슨 뜻인지 물었다.

"사람들이 원하는 위대한 작가의 모습은 이전 작가들과 닮은 꼴이기 마련이야. 하지만 착각이지. 이전 작가들을 닮지 않아야만 위대한 작가가 될 수 있으니까."

내가 말뜻을 제대로 이해하지 못하고 고개를 갸웃거리자 해리가 덧붙였다.

"자네가 내 서가에 꽂힌 고전들을 빤히 응시하는 걸 봤어. 그 책들을 바라보면서 자네는 과연 무슨 생각을 했을까? '50년 후에도 사람들이 내 작품에 관심 어린 눈길을 보내줄까?' 혼잣말로 이렇게 묻고 있었을 테지. 무엇이 되었든 일단 쓰기 시작해. 그것만으로도 이미 해낸 거야. 사람들이 어떤 눈으로 보아줄지는 신경 쓸 필요 없어."

"세상의 평가에 연연하지 않는군요. 당신을 닮고 싶어요."

"나는 무슨 수를 써서라도 자네가 나를 닮지 않도록 하고 싶어. 내 집으로 자네를 오게 한 이유야."

해리는 한층 더 이해할 수 없는 말을 했다. 그 시절 나는 길잡이가 되어줄 멘토를 찾아온 풋내기에 불과했다. 세상모르고 순진했던 내가 그때부터 몇 년 후인 2008년 여름에 그 평화로운 소도시에서 벌어질 사건을 상상이나 했겠는가? 미국 문학을 대표하는 해리의 소설 《악의 기원》이 그 사건 때문에 서점과 도서관의 서가에서 퇴출당하는 일이 벌어지리라고 짐작이나 했겠는가?

**

오로라에 처음 왔을 때로부터 10년의 세월이 흐른 2010년 4월 그날에 나는 〈클락스〉 앞에 차를 세웠다. 꿈 많은 학생이었던 마커스 골드먼이 성공한 작가가 되어 돌아왔지만 해리는 그곳에 없었다.

2008년 여름에 벌어진 사건의 여파로 〈클락스〉는 타인에게 매각된 상태였다. 식당 안으로 들어갔지만 아는 얼굴이 전혀 없었다. 덕분에 마음이 놓이기도 했다. 사실 그 사건을 파헤치며 오로라의 밑바닥을 들춰낸 이후로 주민들 대부분이 나를 쌀쌀맞게 대하고 있었다. 주인이 바뀌었다는 점만 빼고 〈클락스〉는 예전 그대로였다. 실내장식과 메뉴도 익숙했다. 마침 해리의 테이블이 비어 있어 그 자리에 앉았다. 사람들은 마치 병균이 옮기라도 하듯 그 테이블을 기피했다. 어쩌다 들어오는 뜨내기손님들이나 그 자리를 이용했다. 테이블에 붙어 있던 표찰은 2008년 여름의 사건 여파로 떼어냈다. 표찰이 붙어 있던 자리에 나사 구멍들만이 탄흔처럼 남아 있었다. 나는 치즈버거와 감자튀김을 주문해 창밖을 내다보면서 먹었다.

　식사를 마칠 무렵 시립도서관 사서 어니 핀커스가 눈앞에 나타났다. 이제 오로라에서 내가 의지할 수 있는 유일한 사람이었다. 어니는 너그러운 남자였고, 책을 사랑했다. 아내를 잃고 홀아비가 된 뒤로 책은 어니의 유일한 동반자가 되었다. 내가 버로스 대학교와 협력해서 만든 작가 캠프인 〈해리 쿼버트의 집〉 프로그램 운영을 어니가 맡고 있었다. 구즈코브에 있는 〈해리 쿼버트의 집〉에 전도유망한 젊은 작가들이 와서 머물며 글쓰기에 전념할 수 있도록 하자는 취지였다. 2008년 여름의 그 사건으로 해리의 명성은 큰 타격을 받았지만 그의 오라는 여전했다. 해리의 아름답고 안락한 집에서 지낼 기회를 얻길 바라는 지원자들이 쇄도했다.

어니는 재정후원자인 버로스 대학교 문학부와 공동으로 지원자 심사를 맡았다. 〈해리 퀴버트의 집〉이 수용할 수 있는 최대 인원은 여섯 명이었고, 심사를 통과한 젊은 작가들은 석 달 동안 그 집에서 머물 자격을 얻게 되었다.

어니는 버로스 대학교에서 작은 사무실을 얻게 되었고, 그 일에 무척이나 자부심을 느꼈다.

내가 앉은 테이블로 다가온 어니가 맞은편 의자에 앉았다.

"마커스, 어쩐 일인가? 우린 일주일 전에도 만났잖아."

나는 일주일 전 몬트리올에 가기 전에도 오로라에 들렀고, 그러니 일주일 만에 나를 다시 만나게 된 어니가 놀라워하는 건 당연했다. 일주일 전 우리는 해리 퀴버트의 집에서 커피를 마셨고, 나는 그 기회를 이용해 여름까지 그 집에서 지낼 젊은 작가들과 인사를 나누었다.

"지나가는 길에 들렀어요." 내가 대답했다. "식사하고 가려고요."

"몬트리올에서 출발했는데 여길 지나간다는 거야?"

되묻는 말투로 보아 내 말을 믿지 않는다는 걸 알 수 있었다. 내가 해리의 자취를 찾아 헤매고 있고, 그와의 추억이라도 되새기고 싶은 나 자신의 망령을 떨쳐버리지 못하고 여기에 왔다는 걸 알고 있는 말투이기도 했다.

"일부러 길을 잘못 들었군, 마커스." 어니가 말했다.

나는 거짓말을 했다가 들킨 아이처럼 몸을 움찔했다. 어니가 말을 이었다.

"해리도 지금 자네처럼 〈클락스〉에 죽치고 앉아 시간을 보냈어. 나는 해리가 몇 시간이고 바로 이 자리에 앉아 자네처럼 허공에 눈길을 던지고 무슨 생각을 하는지 늘 궁금했지. 처음에는 머리에서 문학적 영감이 떠오르길 기다린다고 생각했는데 알고 봤더니 아니었어. 해리는 놀라를 기다린 거야."

나는 한숨을 푹 내쉬었다.

"해리가 어디에 있든 잘 지낸다는 연락이라도 해주었으면 좋겠어요."

"내가 아는 해리라면 오로라에 다시는 오지 않을 거야."

"어떻게 그리 확신할 수 있어요?"

"해리는 삶의 한 페이지를 넘겼으니까. 자네도 그래야겠지."

"무슨 말이에요?"

"해리는 자네 덕분에 과거와 절연할 수 있게 된 거야. 놀라에게 어떤 일이 있었는지 알게 되었잖아. 이 자리에서 다시는 놀라를 기다릴 필요가 없어졌고, 마침내 떠날 수 있게 되었지. 해리에게 오로라는 감옥이었어. 자네가 감옥에서 해리를 꺼내준 거야."

"그럴 리가요? 오로라는 해리에게……."

"내 추측이 틀리지 않는다는 걸 자네도 알 거야." 어니가 내 말을 끊었다. "해리는 이제 오로라에 오지 않아. 버스와 친구는 달라. 버스는 기다리면 오지만 친구는 아니야. 자네가 계속 오로라에서 기웃거리는 이유가 해리 때문이라면 더는 삶을 허비하지 않는 게 좋아. 자네도 이제 해답 없는 질문으로 힘들어하지 말고 해리를 놓아줘. 삶의 한 페이지를 넘겨야 할 때야."

어니의 말이 옳았다. 하지만 식사를 마치고 〈클락스〉를 나온 내 발걸음은 나도 모르게 다시 구즈코브로 향했다. 나는 해리의 집 아래 해변에서 잠시 어슬렁거리다가 큰 바위에 앉아 주위 풍광을 넋 놓고 바라보았다. 수많은 추억이 얽힌 해리의 집은 여전히 매혹적인 위엄을 뿜어내고 있었다. 갈매기들이 모래 위에서 폴짝거렸고, 하늘에 잿빛 구름이 몰려들더니 이슬비가 내리기 시작했다. 뿌연 비안개 사이로 한 남자가 나타났다. 뉴햄프셔주 경찰청 강력계의 페리 게할로우드 경사였다. 페리는 양손에 테이크아웃한 커피를 하나씩 들고 나를 향해 걸어왔다. 장난기 어린 웃음이 페리의 얼굴에 가득 퍼져 있었다.

《해리 쿼버트 사건의 진실》을 읽은 독자라면 내가 페리와 어떤 인연으로 친구가 되었는지 알고 있다. 페리를 처음 만나는 독자들을 위해 짧게나마 그 이야기를 해두고 싶다. 나는 2년 전 해리 쿼버트 사건 당시 페리를 알게 되었다. 페리는 담당 형사였고, 그와 나는 놀라 켈러건의 죽음을 파헤치기 위해 함께 동분서주했다. 우린 결국 놀라를 살해한 진범이 누군지 밝혀냈고, 나는 두 번째 소설을 세상에 내놓을 수 있게 되었다. 그 사건을 수사하는 과정에서 페리와 나는 우정을 쌓았다. 비범한 형사인 페리는 가시투성이인 단단한 껍질 속에 달고 부드러운 속살을 숨긴 선인장 열매 같았다. 대체로 거칠고 성마르고 투박하지만 의리 있고 올곧고 공정했다. 어떤 사람을 제대로 알려면 가족을 보라는 말이 있다. 나는 페리의 가족들을 볼 때마다 그들이 얼마나 화목하고 행복하게 지내는지 느낄 수 있었다. 해리 쿼버트 사건 때문에 처음 만났을 때부터 나는 페리를 '경사님'이라고 불렀고, 그는 나를 자네라고 불렀다. 그 이후로도 서로를 부르는 호칭은 달라지지 않았다.

"여기서 뭘 하는 거예요, 경사님?"

"사실은 내가 묻고 싶은 질문이야." 페리가 커피를 내밀며 대답했다. "자네가 이곳에서 얼쩡거릴 때마다 경찰에 신고가 들어와. 자네가 이곳에 얼마나 좋은 인상을 심어놓았는지는 그것만 봐도 알 수 있겠더군."

"아픈 데를 찌르는 솜씨는 우리 엄마보다 한 수 위네요."

페리가 웃음을 터뜨렸다.

"이번에는 무슨 일로 마음이 싱숭생숭해 오로라에 온 건가?"

"몬트리올에 갔다가 돌아가는 길에 잠시 들렀어요."

"그 잠시가 두 시간짜리구먼." 내가 둘러댄 말을 그냥 넘길 페리가 아니었다.

나는 자연과 하나가 된 해리의 집을 턱짓으로 가리켰다.

"저 집을 사랑하기에 오로라에 다시 오고 싶었어요."

"자네는 저 집이 아니라 추억을 사랑하는 거야. 일종의 '향수병'이라고 할 수 있지. 지난날은 행복했고, 그 시절 우리의 선택이 최선이었다고 믿게 만드는 게 바로 향수병이지. 지난날 기억을 떠올릴 때마다 '그때가 좋았지.'라고 생각하는 건 사실 우리의 뇌가 병들어 향수든 우수든 찔끔찔끔 분비하는 탓이거든. 지난 과거가 헛일은 아니었다고, 공연히 시간을 허비한 건 아니었다고 믿게 하려는 거야. 시간을 허비하는 건 인생을 내다 버리는 거나 다름없으니까."

나는 어디로 튈지 모르는 페리가 나를 위해 일장 연설을 한 줄 알았다. 나는 페리가 자기 자신에 대해 이야기한 줄 모르고 공연히 가슴이 뜨끔해져 웅얼거렸다.

"그래도 구즈코브에서 지낸 시간은 좋았어요."

"지난번에 이곳에서 나를 만난 걸 기억해? 지난 10월이었을 거야."

"기억해요."

"그때 나는 자네가 이 집에 작별을 고하러 온 줄 알았어. 그 당시 우린 이 바위에 앉아 함께 맥주를 마셨지. 그때 자네는 사랑을 찾아 떠날 거라고 하더니 실패한 건가? 그 조종사와는 아직 잘되어 가고 있어?"

페리는 내 연애사를 가장 잘 아는 사람이었다. 그도 그럴 것이 새로운 만남을 시작할 때마다 페리에게 전화해 알려주었다. 레이건 이야기도 페리에게 가장 먼저 털어놓았다.

"레이건과 진지해요."

"반가운 소식이네. 레이건과 계속 잘 지내고 싶다면 여기에 와서 휴가를 보낼 생각은 아예 하지도 마."

"바하마로 갈 거예요."

"좋은 생각이야."

"바하마의 작은 섬인데 특별한 곳이죠. 그 섬의 사진들을 볼래요?"

"싫다고 해도 내 코앞에 바하마 제도의 섬을 찍은 사진들을 들이밀 거면서."

우리는 바위에 앉아 안개비를 맞아가며 많은 이야기를 나누었다. 대부분 시시콜콜한 이야기들이었다. 나는 페리의 아내 헬렌과 두 딸인 말리아와 리사의 안부를 물었지만 정작 그 자신이 어떻게 지내는지는 묻지 못했다. 페리가 속내를 털어놓고 싶었어도 기회를 빼앗은 셈이었다. 그날 그렇게 함께 시간을 보내면서도 나는 그의 삶에 무슨 일이 벌어지고 있는지 눈치채지 못했다.

페리가 커피를 다 마시자 몸을 일으켰다.

"이제 범죄자들을 잡으러 가시게요?"

"헬렌에게 가봐야 해. 리사의 생일이어서 함께 장을 봐야 하거든. 리사가 어느새 열한 살이 되었어."

"딸이 열한 살이 되면 아빠는 어떤 기분이 들어요? 갑자기 폭삭 늙은 기분이 들지는 않죠?"

내 농담 섞인 질문에 페리는 서글퍼 보이는 표정으로 대신했다.

나는 걱정되어 물었다.

"괜찮아요?"

"오늘만 되면 고통스러운 기억이 떠올라. 정확히 11년 전인 1999년 4월 6일, 그날 나는 낭떠러지로 굴러떨어진다는 게 무슨 뜻인지 처음 알았지."

"어떤 일이 있었는데요?"

내가 신변에 대한 이야기를 꺼내면 페리는 즉시 화제를 바꾸었다.

"별일 아냐. 오늘 저녁에 리사의 생일 파티가 있는데 우리 집에 와서 함께 식사하는 게 어때? 저녁 6시야. 그때 꼭 와."

"조금 일찍 가서 음식 만드는 걸 도울 수도 있는데."

"6시에 와. 그 이전에 오면 절대 안 돼!"

"알겠습니다, 경사님!"

페리는 발걸음을 돌려 몇 걸음 떼어놓았다가 뒤돌아 소리쳤다. 어느새 상대를 약 올리는 평소 말투로 돌아와 있었다.

"내가 자네를 가족처럼 생각한다고 오해하지 마. 자네를 초대하지 않으면 헬렌이 나를 죽이려 들 거라서 그랬으니까."

"그런 변명을 믿으라고요?" 내가 웃으며 맞받아쳤다.

해변에 혼자 남은 나는 문득 11년 전 페리에게 일어난 사건이 궁금했다. 여러 해가 지났어도 기억에서 지워지지 않는 비극이었고, 어떻게 된 일인지 짐작조차 할 수 없었다. 지금부터 이야기하려는 몇 가지 일들이 벌어지기 전까지는 그랬다.

/

살인사건 당일
1999년 4월 3일

/

　마운트플레전트는 발칵 뒤집혔다. 주민들은 상점에서든 식당에서든 서로 얼굴이 마주치기만 하면 살인사건을 화제로 이야기를 나누었다 카페 〈더 시즌〉에서 아침 식사를 하면서도, 〈로카트 책방〉에서도, 캐리 가족이 운영하는 사냥·낚시용품점에서도 손님들의 관심사는 살인사건이었다.

　한 여자가 그레이비치에서 시신으로 발견되었다. 〈도노반 종합식품〉을 운영하는 도노반 가족의 딸 로렌 도노반이 보스턴 마라톤 대회에 참가하기 위해 달리기 연습을 하다가 시신을 발견했다는 소문이 돌았다. 주민들은 너도나도 〈도노반 종합식품〉으로 몰려들었다. 장보기는 핑계일 뿐 다들 새로운 소식이 궁금해서였다. 식료품점은 발 디딜 틈 없이 붐볐고, 사람들이 왁자

지껄 떠들어대는 소리로 시끌벅적했다. 손님들은 도노반 부부와 얼굴이 마주치면 다짜고짜 물었다.

"로렌은 안에 있어요?"

"아뇨."

"그레이비치에서 무슨 일이 있었는지 알아요?"

"나도 몰라요. 로렌이 아직 경찰서에서 돌아오지 않았어요."

"새로운 소식을 들으면 꼭 알려줘요."

마운트플레전트 주민들의 호기심이 극에 달해 있을 때 그레이비치에 출동한 과학수사대가 현장 조사에 착수했다. 지방 경찰과 뉴햄프셔주 경찰청에서 파견된 경찰 병력 50여 명이 인근 숲과 호수 둘레를 샅샅이 수색했다. 법의학팀이 호숫가 모래사장에 얼굴을 묻고 엎드린 시신 가까이에서 조심스레 움직였다. 일부 과학수사대원들은 파란색 컨버터블을 살피고 있었다. 차량번호 조회 결과 스물두 살 여성 알래스카 샌더스가 차의 소유주로 밝혀졌다. 조수석에 놓인 핸드백에 운전면허증이 들어 있었다.

마운트플레전트 경찰서 소속 경찰관 몇 사람이 알래스카 샌더스를 알고 있고, 마운트플레전트 거주자라고 말했다.

"알래스카 샌더스가 맞는지 확인하려면 시신의 얼굴을 봐야겠는데요." 법의관이 시신을 살펴보는 동안 마운트플레전트 경찰서의 미첼 서장이 현장 한쪽에 비켜서 있던 매트와 페리에게로 다가와 말했다.

"알래스카 샌더스는 어떤 인물이었죠?" 매트가 미첼 서장에게 물었다.

"몇 달 전, 남자 친구를 따라 이곳에 왔어요. 이 근처 주유소에서 일했는데 별문제 없이 지내왔고요."

"알래스카 샌더스를 어떻게 알게 되었습니까?"

"마운트플레전트는 좁은 지역이라 누구나 서로 알고 지내죠."

검시를 마친 법의관은 엎드린 자세인 시신을 바로 해도 좋다는 신호를 보냈다. 시신을 똑바로 눕히자 얼굴이 드러났다.

"제기랄." 미첼 서장이 탄식 대신 욕설을 내뱉었다. 마운트플레전트 경찰서 소속 경찰 몇 명이 다가와 시신의 얼굴을 확인했다.

"알래스카 샌더스가 확실합니까?" 페리가 미첼 서장에게 물었다.

"네, 맞아요."

페리와 매트가 시신 가까이 다가갔다.

"우선 검시 결과로 알 수 있는 게 있습니까?" 매트가 법의관에게 물었다.

"부검이 끝나기 전에는 아무것도 말해줄 수 없어. 피해자는 새벽 한두 시 경에 사망했고, 부검을 해봐야 정확한 사인을 알 수 있겠지. 다만 두부의 함몰된 상처가 사망 원인일 가능성이 커. 곰과는 상관없는 상처라고 봐야지."

"살인사건이네요."

"명백한 살인이야. 범인은 둔기로 후두부에 일격을 가했어.

부검 결과 보고서가 나오면 즉시 보내줄게."

"언제쯤 보내줄 수 있죠?"

"최대한 빨리."

"정확하게 언제인지 말씀해주세요." 매트가 불만을 표했다.

"난 최선의 대답을 했어." 법의관이 느긋하게 대꾸했다.

별안간 익숙한 목소리 하나가 들려왔다.

"이런 시골에서 발생한 살인사건이라면 아주 진절머리가 나. 하나같이 끔찍한 사건들이라니까."

뉴햄프셔주 경찰청 형사과장인 모리스 랜스데인이었다.

"언제 오셨습니까, 과장님?" 매트가 물었다. "휴가를 떠나신 줄 알았는데."

"강력 사건이 발생했는데 가긴 어딜 가. 청장님이 무슨 일인지 자꾸 물어보는데 내가 상황을 알아야 대답해주지. 뭐라도 나온 게 있나?"

페리가 간략하게 보고했다.

"피해자는 스물두 살 젊은 여성이고, 이름은 알래스카 샌더스입니다. 매사추세츠주 세일럼 출신이고요. 새벽 한두 시 경 사망했고, 범인이 둔기로 후두부에 가한 일격이 사인으로 보입니다."

매트가 보고를 이어갔다.

"피해자의 차량을 주차장에서 찾아냈습니다. 차 문은 잠기지 않은 상태였고, 차 안에 옷가지가 담긴 여행 가방 하나와 핸드

67

백이 들어 있었습니다."

"살인사건이 확실해?"

"타살이 분명합니다." 페리가 대답했다. "시신에서 편지가 나
왔는데 '나는 네가 한 짓을 알아.'라는 한 줄이었습니다. 컴퓨터
로 작성했는데 협박 편지 같습니다."

"그럼 복수극이라는 건가?"

"그럴 가능성이 있죠. 차에 실린 여행 가방으로 보아 위험한
상황을 피해 어디론가 도망치는 길이었을 수도 있습니다."

"피해자 부모와 빨리 연락이 닿아야 합니다." 매트가 나섰다.
"지방 경찰들은 기자들 앞에서 입방아를 찧어대길 좋아하니까
요. 피해자 가족들이 뉴스로 소식을 접하게 하고 싶지 않습니다."

"옳은 지적이야." 랜스데인 과장이 동의했다. "곰 이야기는 뭔
가? 아까부터 다들 곰 이야기를 하던데?"

"달리기를 하던 로렌 도노반이라는 여성이 시신을 처음 발견
했습니다. 최초 목격 당시 곰이 시신을 뜯어먹고 있었답니다."
매트가 설명했다.

랜스데인 과장이 눈살을 찌푸렸다.

"목격자 진술은 받아두었나?"

"목격자가 근처 주유소에서 우릴 기다리고 있는데 이제 곧 가
서 만나봐야겠습니다."

그때 경찰관 하나가 다가왔다. "수색팀이 숲에서 뭔가 발견했

답니다. 숲으로 가보시죠."

페리와 매트, 랜스데인 과장은 경찰관을 뒤따라 걸었다. 아름드리나무들과 양치류 사이로 좁은 길이 구불구불 이어졌다. 우거진 나무들과 가시덤불 속에 방치된 캠핑카 한 대가 눈에 들어왔다. 수색대원들이 캠핑카 앞에서 강력계 형사 일행이 도착하기를 기다리고 있었다.

"차 안으로 들어가 보지는 않았습니다." 수색대원이 말했다. "차 문이 열려 있어 안을 들여다보기만 했습니다."

"차 안에 뭐가 있던가요?" 페리가 물었다.

"직접 차 안을 살펴보셔야 할 것 같습니다." 수색대원이 손전등을 내밀었다.

캠핑카는 창문마다 차광막을 내려놓은 상태였다. 페리가 차 안으로 고개를 들이밀었다. 너무 어두워 잠시 아무것도 보이지 않았다. 손전등을 비추자 뒤죽박죽인 잡동사니들이 보였다. 스프링이 밖으로 나온 매트리스, 각종 쓰레기, 담배꽁초 따위가 정신없이 널려 있었다. 차 바닥에서 나뒹구는 스웨트셔츠도 눈에 들어왔다. 옷에 난 자주색 얼룩이 눈길을 끌었다. 차 내부를 자세히 살펴보자면 캠핑카 안으로 들어가보는 수밖에 없었다. 페리는 스웨트셔츠를 향해 조심스레 걸음을 떼어놓았다. 스웨트셔츠의 자주색 얼룩은 핏자국이었다.

"과학수사대를 오라고 하세요." 매트가 수색대원에게 말했다.

페리와 매트는 캠핑카 주변을 샅샅이 훑어보기 시작했다. 10여 미터 떨어진 지점에 차량 한 대가 지나다닐만한 산림 도로가 있었다. 산림 관리인들이 이용하는 도로였다. 매트가 바닥에서 차의 후미등 파편 몇 개를 찾아냈다. 바로 옆에 있는 나무 밑동을 차로 들이받은 흔적이 보였다.

"이건 차량 페인트 같은데." 매트가 나무껍질에 생긴 검은색 선을 들여다보면서 말했다.

***

샌더스 부부가 매트의 전화를 받은 시간은 정오였다. 몇 마디 말이 오가고 나서 전화를 끊은 뒤로도 샌더스 부부는 한동안 전화기를 내려놓지 못했다. 혼이 빠져 달아난 얼굴이었다. 세상이 그들의 발밑에서 무너져 내린 듯했다.

그곳에서 200킬로미터 거리, 그레이비치 숲과 21번 도로를 가르는 풀밭에 서서 통화를 마친 매트가 휴대폰 통화를 마치고 페리를 향해 몸을 돌렸다. 숲의 사방이 야생화 천지였다. 페리는 운전석에 올라 매트를 기다리고 있었다.

"빌어먹을! 오늘 같은 날 야생화라니?" 매트가 화풀이하듯 노랑제비꽃 무더기를 밟으며 웅얼거렸다. "알래스카 샌더스의 부모가 오늘 오후 늦게 뉴햄프셔주 경찰청에 오기로 했어."

"부모에게 딸의 죽음을 알리는 일이야말로 차마 못 할 짓이지. 힘든 일을 해줘서 고마워." 페리가 매트의 어깨를 토닥이며 말했다.

"당연히 내가 해야지. 자네는 이제 곧 꼬맹이가 생기잖아. 현장에도 아예 발을 들여놓지 말았어야 해. 그런 험한 광경을 보는 게 아니었는데."

"우리 일이잖아. 그건 그렇고 미첼 서장이 마운트플레전트에 있는 알래스카 샌더스의 거주지 주소를 알려주었어. 상가주택 위층에서 남자 친구와 함께 지내왔나봐. 아래층 사냥·낚시용품점에서 일하는 남자래. 지금 가면 만나볼 수 있을 거야."

"마운트플레전트로 가는 길에 일단 주유소부터 들려야겠네." 매트가 말했다. 쉐보레 임팔라는 비포장도로를 되돌아 나와 다시 21번 도로로 진입하는 즉시 사이렌을 켰다. 몰려온 구경꾼들과 언론사 기자들을 헤치고 빠져나가려면 그 방법밖에 없었다. 매트는 교차로에서 마운트플레전트 방향으로 좌회전했다. 1킬로미터쯤 더 달리자 주유소가 나왔다. 그날 아침, 최초 목격자가 경찰에 신고 전화를 한 곳이었다. 마운트플레전트 경찰서 소속 차량 한 대가 주유소 앞에 세워져 있었다.

사무실로 들어서자 최초 목격자 로렌 도노반과 주유소 주인 루이스 제이콥이 기다리고 있었다. 두 사람은 망연자실한 얼굴로 이따금 울음을 터뜨리며 서로를 다독였고, 경찰 피터 필립스가 그들을 무력하게 지켜보고 있었다. 두 형사가 안으로 들어서자 루이스 제이콥이 물었다.

"죽은 여자가 알래스카 샌더스 맞습니까?"

페리와 매트는 재빨리 눈짓을 주고받았다. 어느새 비밀이 새어 나갔다는 뜻이었다.

"네, 알래스카 샌더스가 맞습니다." 페리가 대답했다.

"피터의 말에 따르면 곰한테 잡아먹혔다면서요? 내가 알기로 이 지역 곰들은 사람을 잡아먹지 않아요. 지난가을에도 곰 두 마리가 쓰레기통들을 뒤엎어놓곤 했는데 소리만 크게 질러도 달아났어요."

"곰한테 당한 게 아닙니다." 매트가 말했다.

"그럼 사인이 뭔데요?"

매트는 대답을 회피했다.

"마지막으로 피해자를 본 게 언제입니까?"

"어제저녁입니다. 나는 7시 30분에 퇴근했고, 알래스카는 8시에 사무실 문을 잠그고 퇴근할 예정이었어요."

"오늘 아침에 나와 보니 문이 잠겨 있던가요?"

"예, 보안경비장치도 작동 중이었고요. 평소와 딱히 다른 점은 없었습니다."

"어제 알래스카는 어때 보였나요? 혹시 평소와 다른 점은 없었습니까?"

"매일 보던 그대로였습니다. 언제나 상냥하고 친절했죠. 정말이지 좋은 여자였는데."

"혹시 데이트 약속이 있다는 말을 하던가요?"

"로맨틱한 저녁 식사를 할 계획이라고 했어요."

"남자 친구와 함께?"

"나도 월터와 식사할 거냐고 물었는데 알래스카는 명확하게 대답해주지 않았습니다. 요즘 알래스카와 월터 사이에 갈등이 있다는 걸 알아요. 월터를 만나보셨습니까?"

"남자 친구 이름이 월터인가요?"

"네, 월터 캐리입니다."

"지금 가서 만나볼 생각입니다."

페리가 눈을 들어 천장을 살폈다. CCTV가 있었다.

"CCTV가 녹화한 영상을 볼 수 있을까요?"

"저는 CCTV 영상을 볼 줄 모릅니다. 아직 지난 영상을 돌려볼 일이 없었거든요." 루이스 제이콥이 말을 이었다. "CCTV를 설치해준 조카를 부르면 볼 수 있을 텐데 지금 여기에 없네요. 버몬트로 주말여행을 떠났거든요."

"그럼 CCTV의 하드디스크를 우리에게 넘겨주세요."

"네 알겠습니다. 필요하면 뭐든 가져가세요."

**

캐나다까지 자동차로 두어 시간 거리, 메인주와의 경계에 위치한 마운트플레전트는 화이트마운틴 국유림에 에워싸인 아름다운 소도시로 알래스카 샌더스가 살해당한 시신으로 발견되기 전까지만 해도 늘 평화롭고 조용한 곳이었다.

시내 중심도로 양편에 줄지어 늘어선 아름드리 단풍나무들은 겨우내 흰 눈을 덮어쓰고 있다가 여름이 되면 넉넉한 그늘을 드리워주었다. 널찍한 중심도로를 따라 양옆으로 자리한 상점들은 이 지역에서 다들 명성이 높았다. 〈도노반 종합식품〉은 마트가 따라올 수 없을 만큼 정선한 상품을 내놓는다는 자부심이 있었다. 신지아 로카트가 운영하는 〈로카트 책방〉은 가끔 작가 사인회를 기획해 이스트코스트 지역의 많은 작가들을 만나볼 수 있는 기회를 제공했다. 〈캐리 헌팅 앤 피싱〉은 캐리 가족이 꾸려가는 사냥·낚시용품점으로 상품의 품질을 보장할뿐더러 전문 사냥꾼이나 낚시꾼만이 알 수 있는 현장 정보와 조언을 보너스로 얹어주어 손님을 끌었다. 스포츠 펍 〈내셔널 앤섬〉은 미식축구, 야구, 아이스하키 내셔널 리그 경기 중계를 대형화면으로 볼 수 있는 곳으로 유명했다.

알래스카 샌더스가 시신으로 발견되었다는 소문이 삽시간에 퍼져 나가면서 마운트플레전트 주민들은 자주 삼삼오오 머리를 맞대고 수군거렸다. 주민들 사이에서 떠도는 소문은 대부분 경찰을 남편으로 둔 몇몇 여자들의 입에서 흘러나왔다.

주민들의 시선이 도로를 거슬러 올라가는 쉐보레 임팔라를 주시했다. 차 지붕에 설치한 경광등으로 보아 경찰차가 분명했다. 차는 〈도노반 종합식품〉 앞에 멈춰 섰다. 차에서 내린 페리가 로렌 도노반이 탄 자리의 차 문을 열어주었다.

"고맙습니다, 형사님." 로렌이 감사 인사를 했다.

"어서 기운을 차리고, 문제 있으면 전화해요."

로렌은 고개를 끄덕이고 나서 몸을 돌렸다. 식료품점 안으로 들어선 로렌은 곧바로 계산대 뒤에 앉은 재닛 도노반의 품으로 뛰어들었다. 재닛이 딸을 감싸 안았다.

"가엾어라."

"너무 끔찍했어요."

상점 안에 있던 손님들이 호기심을 억누르지 못하고 로렌의 주변으로 몰려들었다.

"알래스카의 시신을 직접 봤니?"

"현재 그레이비치 상황은 어때?"

재닛은 북새통을 피해 로렌을 데리고 상점 뒤에 있는 방으로 들어갔다. 재고 물품을 쌓아둔 방이었다.

마크 도노반은 손님들을 진정시키려고 애썼지만 소용없었다. 결국 마크는 손님들을 향해 장을 보러온 게 아니라면 밖으로 나가 달라고 부탁했다.

재닛은 우선 로렌을 의자에 앉히고 나서 커피를 만들어주었다.

일을 돕느라 가게에 나와 있던 로렌의 오빠 에릭 도노반이 방으로 들어섰다.

"죽은 사람이 알래스카야." 에릭을 본 로렌이 떨리는 목소리로 말했다.

"정말?" 큰 충격을 받은 에릭은 한동안 놀란 입을 다물지 못하다가 넋을 잃고 중얼거렸다. "믿을 수 없는 일이야."

"호숫가에서 시신을 처음 발견했을 때 얼마나 무서웠는지 몰라. 그때만 해도 죽은 사람이 알래스카인지 몰랐어. 어찌나 무섭던지 가까이 다가가 확인해볼 엄두가 나지 않았거든."

"알래스카가 죽다니?" 에릭이 믿어지지 않는다는 듯이 또다시 중얼거렸다. "월터를 만나봐야겠어."

"방금 전 경찰이 월터를 만나보려고 〈캐리 헌팅 앤 피싱〉으로 갔어."

**

캐리 가족이 운영하는 〈캐리 헌팅 앤 피싱〉 상점 앞에 쉐보레 임팔라가 세워져 있었다. 〈도노반 종합식품〉에서 불과 수십 미터 떨어진 거리였다. 계산대에 앉아 있던 월터 캐리는 상점 안으로 들어선 두 형사를 본 순간 동작을 멈추고 넋 나간 얼굴이 되었다.

월터는 상점 앞으로 몰려든 구경꾼들을 피해 두 형사를 뒷방으로 안내했다. 건장한 체구의 월터가 얼빠진 얼굴로 같은 말을 되풀이했다.

"알래스카가 살해당했다고요? 알래스카가 살해당했다고요? 도대체 누가 그런 짓을 한 거예요?"

월터가 정신을 차리고 형사의 질문에 대답할 수 있기까지 제법 많은 시간이 필요했다.

"피해자와 같이 살고 있죠?" 매트가 신문을 시작했다.

"예, 이 상점 위층에 살림집이 있어요."

"동거하는 사람이 집에 들어오지 않았는데 이상하다는 생각이 들지 않던가요?" 이번에는 페리가 물었다.

"알래스카가 다른 곳에서 주말을 보낼 거라고 말했거든요."

"어디에서요?"

"부모님 집에 갈 거라고 했어요. 혹시 알래스카의 부모님께 연락해 보셨나요?"

"네, 해봤어요." 매트가 대답했다. "딸이 오기로 했었다는 말은 하지 않던데요."

월터가 두 손으로 머리카락을 움켜잡으며 중얼거렸다.

"그럴 리가!"

"알래스카를 마지막으로 본 게 언제입니까?" 매트가 물었다.

"어제 오후 늦은 시간에요."

"혹시 평소와 달라 보이는 점이 있던가요?"

"오후 5시경 날이 쌀쌀해 스웨터를 찾아 입으려고 위층에 올라갔는데 알래스카가 집에 있었어요. 대개 저녁 8시까지는 주유소에서 일하거든요."

***

하루 전
오후 5시 15분

월터는 집 안으로 들어서다가 알래스카를 보았다. 몸에 찰싹 달라붙는 검은색 가죽바지에 브래지어가 살짝 비치는 레이스 셔츠, 검은색 앵클부츠를 신은 모습이 무척이나 매력적이었다. 알래스카는 현관에 걸린 대형 거울을 바라보고 있었다.

"알래스카."

"어, 언제 왔어?"

놀란 듯 묻는 알래스카의 말투로 보아 월터에게 보이기 위해 옷을 차려입은 게 아니라는 사실을 알 수 있었다.

"웬일이야?" 월터는 실망감을 억누르며 물었다. "오늘 무슨 일이 있는데 그렇게 **빼입**었어?"

"아무 일 없어. 그냥 한번 입어봤을 뿐이야."

알래스카는 곧바로 평소 즐겨 입는 청바지와 폴로셔츠로 바꿔 입었다. 주유소로 일하러 갈 때 흔히 입는 옷이었다. 알래스카는 벗어놓은 옷가지를 뭉쳐 부츠와 함께 큼직한 가죽가방에 쑤셔 넣었다.

"무슨 일 있어?" 월터가 물었다.

알래스카는 화난 눈으로 월터를 쳐다보았다.

"제발 그런 식으로 모르는 척 시치미 떼지 마."

"모르는 척이라니? 내가 뭘?"

"난 이제 떠날 거야. 당신과 이 동네를 떠날 거라고."

"떠나겠다니?"

"우린 서로 맞지 않아. 난 이제 다른 삶을 찾고 싶어. 더는 당신과 살지 않을 거야. 우리가 계속 같이 살 경우 앞날이 뻔해."

"이런 식으로 떠나보낼 수는 없어. 당신은 내게 기회를 준 적도 없잖아."

"미안해."

"어디로 갈 건데?"

"일단 부모님 집으로 돌아갈래. 우선 생각을 정리해 봐야겠어."

***

"그 말이 우리가 나눈 마지막 대화였어요." 월터가 말했다. "알래스카는 그 말을 마치고는 가방을 들고 밖으로 나갔고, 난 어떻게든 잡아보려고 뒤따라갔죠. 하지만 내 말은 아예 들으려고 하지 않고 차에 올라타더니 곧장 떠나버렸어요."

"그런 일이 있고 나서 당신은 뭘 했습니까?" 페리가 질문을 이어갔다.

"가게에 와 있는 손님들을 상대하러 가야 했죠."

"그날 가게에 혼자 있었습니까?"

"예, 부모님이 휴가를 떠나 혼자였어요. 부모님은 내일 돌아올 거예요."

"알래스카가 떠날지 몰랐다는 말이네요."

"우린 서로 좋을 때도 있고, 나쁠 때도 있었어요. 어느 커플이든 다 그렇잖아요. 알래스카가 그렇게 느닷없이 떠날 줄은 미처 몰랐죠."

"혹시 알래스카에게 다른 남자가 생겼습니까?" 매트가 물었다.

"천만에요!" 월터는 처음에는 발끈하더니 이내 풀이 죽었다. "난 잘 모르겠어요. 지금 벌어지고 있는 일들이 모두 현실 같지 않아요."

"알래스카가 떠나고 나서 어떻게 했습니까?"

"폐점 시간까지 줄곧 가게에 틀어박혀 있었습니다. 부모님이 수시로 전화해 체크하기 때문에 가게 문을 일찍 닫을 수 없거든요. 부모님은 어딜 갈 때마다 내가 가게를 잘 지키고 있는지 확인하죠. 가게를 물려줘도 될 만큼 성실한지 보려는 거예요. 아무튼 하루 종일 가게에 틀어박혀 알래스카가 마음을 바꾸고 돌아오길 기다렸는데 끝내 오지 않더군요. 가게 문을 닫고 집으로 올라갔는데 기분이 어찌나 울적하던지 결국 에릭 도노반이라는 친구를 불러냈죠. 에릭과 〈내셔널 앤섬〉에서 햄버거를 먹고 아이스하키 경기를 보고 나서 아주 늦은 시간에 집으로 돌아왔습니다.”

“귀가한 시간이 몇 시인지 기억납니까?”

“정확한 시각은 기억나지 않아요. 술을 너무 마신 탓에 침대에 쓰러져 잠들었다가 깨어났더니 정오더군요.”

“주유소로 알래스카를 찾아가 설득해보려고 했습니까?”

“아뇨.”

“왜 그러지 않았죠?” 페리가 물었다. “함께 살아온 연인이 떠나겠다고 하면 찾아가서 설득하는 게 당연하잖아요.”

“알래스카를 잘 알아요.” 월터가 시큰둥하게 말했다. “알래스카는 한번 마음먹으면 그대로 밀고 나가는 스타일이죠. 가망 없는 일에 구질구질하게 매달려봐야 무슨 의미가 있겠어요.”

“강한 남자 흉내를 냈네요.” 매트가 빈정거렸다.

월터는 어깨를 으쓱 추어올리고 나서 말을 이었다.

“적어도 스무 번 넘게 전화했어요. 메시지도 보내고.”

“알래스카의 휴대폰으로?” 페리가 물었다.

“물론이죠, 왜요?”

“알래스카의 휴대폰이 보이지 않아서요. 몸에 지니고 있지도 않았고, 차에도 없더군요. 다른 물건들은 그대로 있는데 휴대폰만 사라졌어요. 위층 살림집으로 올라가 둘러봐도 될까요?"

"네, 좋을 대로 하세요."

월터는 두 형사를 뒷문으로 안내하며 상점을 빠져나왔다. 문 바로 옆에 위층으로 올라가는 외부 계단이 있었다. 세 사람은 계단을 올라가 집 안으로 들어섰다. 페리와 매트는 곧바로 약식 수색에 착수했다.

"무얼 찾는 거예요?" 월터가 형사들을 지켜보다가 물었다.

"특별히 찾는 건 없어요. 이런 사건이 나면 의례적으로 진행하는 절차라고 보면 됩니다."

"살인사건이라고 보는 건가요?"

"아직은 단정할 수 없지만 타살일 가능성이 큽니다. 알래스카의 물건들은 어디 있습니까?"

"침실에요."

월터는 두 형사를 침실로 안내했다. 방을 둘러보던 페리가 선반 위에 놓인 카메라를 보며 물었다. 여기저기 흠집이 많이 난 카메라였다.

"이 카메라는 누구 겁니까?"

"알래스카의 카메라입니다."

페리가 카메라를 들어 슬롯을 열어보았다. 내부는 비어 있었다.

"메모리카드가 없는데 혹시 이유를 알고 있나요?"

"나야 모르죠." 월터가 시큰둥하게 대답했다. "알래스카 말로는 카메라를 떨어뜨린 적이 있대요. 저는 알래스카가 카메라를 사용하는 걸 한 번도 본 적이 없어요. 오디션을 준비하기 위해 장만했답니다. 알래스카는 영화배우가 꿈이었거든요. 뉴욕에 에이전트도 있다고 했어요. 이곳에서 지내는 동안 꿈을 잠시 접었죠."

"카메라를 사용한 적도 없는데 흠집은 왜 이리 많을까요?" 매트가 물었다.

"그거야 나도 모르죠." 월터가 고개를 저었다.

페리가 옷장을 열고 구석구석 들여다보다가 물었다.

"혹시 평소 옷장 안에 있었는데 없어진 물건들이 있는지 확인해줄 수 있어요?"

"그건 쉽지 않겠네요. 알래스카는 가방 하나를 가져갔어요. 옷가지 몇 벌을 넣어서요."

페리가 개어서 포개놓은 바지들을 들춰보다가 한순간 동작을 멈추었다.

나는 네가 한 짓을 알아.

옷장 안에 시신의 호주머니에서 나온 협박 편지와 똑같은 문구가 적힌 종이가 두 장 더 있었다.

"알래스카가 누군가에게 협박당하고 있었나요?" 페리가 물었다.

"아뇨, 왜요?"

"누군가 알래스카를 협박한 것 같아요." 페리가 협박 편지 두 장을 흔들어 보이며 말했다.

"이게 대체 뭐지?" 월터가 혼잣말로 중얼거렸다. 충격을 받은 얼굴이었다.

"알래스카가 혹시 이 협박 편지에 대해 말한 적이 있나요?"

"없어요. 전혀! 난 지금 악몽을 꾸는 기분이에요."

***

오후 늦은 시각, 그레이비치는 차츰 질서를 회복해갔다. 알래스카의 시신은 부검을 위해 차에 실려 갔고, 호숫가 둘레에 설치해놓았던 폴리스라인도 철거되었다. 다수의 경찰차들도 차례차례 철수했다. 떼로 몰려들었던 기자와 구경꾼들도 몇 사람밖에 남지 않았다.

페리와 매트는 콩코드에 위치한 뉴햄프셔주 경찰청으로 돌아갔다. 그들은 새로운 사건을 맡을 때마다 어김없이 반복되는 의식을 치렀다. 책상 뒤편에 대형 화이트보드를 걸어두고 사건 현장에서 수거한 자료들을 정리했다.

페리는 빨간색 수성 펜으로 알래스카 샌더스 사건이라는 제목을 달았고, 매트는 사진들을 붙였다. 과학수사대가 현장에서 찍은 사진들이었다. 모래밭에 엎어진 알래스카의 시신, 그 옆에 죽어 널브러진 곰 사진 말고도 차마 보기 힘든 안면 근접 촬영 사진이 몇 장 더 있었다. 종이에 인쇄된 문구 '나는 네가 한 짓을 알아.'를 찍은 사진, 파란색 컨버터블 자동차, 차 뒷좌석에서 찾아낸 가죽가방, 가방 안에 든 옷가지와 세면용품들을 찍은 사진도 있었다. 위치를 개관할 수 있는 숲 전경 사진 몇 점, 방치된 캠핑카, 목 언저리에 핏자국이 남은 회색 스웨트셔츠 사진이 가슴께에 새겨진 알파벳 글자 M과 U를 내보이며 화이트보드에 자리를 잡았다. 그 밑으로 숲속 산림 도로, 검은색 차량 페인트 자국이 난 나무 밑동, 자동차 후미등 파편 사진이 이어졌다.

뉴햄프셔주 경찰청 안내센터에서 걸려 온 전화 한 통이 페리와 매트의 작업을 중단시켰다. 알래스카 샌더스의 부모가 도착했다는 소식이었다.

"피해자 부모는 내가 만나볼게." 매트가 말했다. "페리, 자네는 어서 집에 가봐."

페리가 손목시계를 들여다보며 고개를 저었다.

"살인사건이 벌어졌는데 칼퇴근은 무리지."

"오늘 할 일은 다 끝났어. 내일까지 딱히 할 일이 없을 거야. 아마 법의관은 월요일이나 되어야 부검에 착수할걸. 내가 알래스카의 부모를 모시고 시체공시소에 다녀올게. 피해자가 딸이 맞는지 확인해야 하니까. 자네는 걱정하지 말고 헬렌에게 가서 이삿짐을 풀어. 헬렌이 이삿짐 상자를 들어 올리게 하지 말고. 일손이 더 필요하면 연락해. 내가 나중에 달려갈 테니까."

매트가 어찌나 성화를 부리는지 페리는 집으로 돌아갔다. 새로 이사 온 집 앞에 차를 세우면서 페리는 이내 마음이 평온해졌다. 온종일 쌓인 갖가지 감정의 찌꺼기들이 말끔히 씻겨나가는 기분이었다. 차 시동을 끄고 잠시 운전석에 그대로 앉아 새집을 바라보았다. 작지만 예쁜 집이었다. 석 달 전 헬렌과 함께 이 집을 보고 첫눈에 반했다. 헬렌이 임신한 사실을 알고부터 두 사람은 새집을 마련해야겠다고 생각했다. 그들이 사는 아파트는 너무 좁았다. 이제 곧 네 식구가 되는 만큼 더 넓은 공간이 필요했다. 페리는 집이 좀 작더라도 정원이 있었으면 하는 욕심도 있었다. 마음에 드는 집을 찾아내려고 부지런히 발품을 팔았지만 구하기 쉽지 않았다. 이 집을 보는 순간 구입하기로 결정했다. 비가 내리는 날이었는데 궂은 날씨를 깜박 잊게 만들 정도로 매혹적인 집이었다. 집 안을 둘러보는 동안 더욱 마음에 들었고, 새집을 생기로 가득 채울 꿈에 부풀었다. 게다가 수리가 필요하다는 이유로 최저가 매물로 나와 있었다.

열흘 후 두 사람은 매매계약서에 서명했다. 한 달 후 집수리가 시작되었고, 공사 기간이 예상보다 길어지는 바람에 출산 예정일을 일주일 앞두고 나서야 새집으로 이사할 수 있게 되었다.

페리는 현관문을 열고 집 안으로 들어섰다. 이삿짐 상자들이 사방에 널려 있어 어수선했지만 무질서한 모습이 오히려 기분을 들뜨게 했다. 제자리를 찾지 못한 물건들 때문에 발 디딜 틈이 없었지만 마음이 행복했다. 헬렌은 긴 소파에서 몸을 웅크리고 잠들어 있었다. 페리는 가까이 다가가 헬렌의 누운 자세를 고쳐 주었다. 얼핏 잠에서 깬 헬렌이 그를 품으로 끌어당겼다. 페리는 헬렌의 둥그런 배에 조심스레 얼굴을 묻었다.

"이 집에 있으니 정말 아늑한 기분이 들어." 헬렌이 말했다.

"나도 그래. 말리아는 어디 있어?"

"외가에 보냈어. 오늘 밤은 외할머니랑 자고 올 거야."

"미안해. 하루 종일 바빠서 전화할 시간조차 낼 수 없었어."

"미안하긴? 무척 바쁠 거라 짐작했어."

"스물두 살짜리 젊은 여자가 화이트마운틴 국유림 쪽에서 시신으로 발견되었어. 매트와 함께 그 사건을 수사할 거야."

페리는 자꾸만 머릿속에서 떠오르는 알래스카의 끔찍한 형상들을 지우려고 잠시 말을 멈췄다.

"당신은 오늘 어떻게 지냈어?" 페리가 화제를 바꿔보려 했다.

"아이삭 거리의 데코 숍에 갔었지. 내가 무얼 사 왔는지 볼래?"

헬렌은 몸을 일으켜 종이 쇼핑백에서 팻말 하나를 꺼냈다. 철 제주물로 제작한 글자들을 하나로 이어 붙인 모습이었다.

살아가는 기쁨

"이 팻말을 바깥 현관문 옆에 걸어놓을 거야." 헬렌이 말했다.

"무슨 의미인데?"

"이 집에서 살아가는 우리의 기쁨!"

두 사람은 서로 마주보며 활짝 웃었다. 저녁 식사를 마친 뒤 페리는 팻말을 들고 현관으로 나왔다. 포치 아래 벽에 팻말을 거는 일을 마쳤을 때 자동차 한 대가 진입로로 들어와 멈춰 섰다. 매트였다.

"어떻게 됐어?" 매트가 현관 포치로 다가오자 페리가 물었다.

"당연하지만 알래스카의 부모는 깊은 충격을 받은 상태야. 아무튼 피해자가 딸이라는 사실을 공식적으로 확인해주었어."

페리가 집으로 들어가 맥주 두 병을 들고나왔다. 그들은 현관 계단에 나란히 앉아 맥주를 마셨다. 매트가 담배 한 개비를 피워 물었다.

"집이 정말 예쁘네."

"고마워."

"아무리 그래도 출산 예정일이 코앞인데 이사할 생각을 하다니!"

매트는 현관 벽에 걸린 팻말을 쳐다보다가 소리 내어 읽었다.

"살아가는 기쁨?"

"헬렌이 준비한 팻말이야."

"좋은데." 매트가 말했다. "자네가 겪을 험하고 끔찍한 일들을 집에까지 끌어들이지 말라는 소리 같아."

그들은 한동안 말이 없었다. 매트는 다 피운 담배꽁초를 비벼 끄더니 한 개비를 더 피워 물었다. 신경이 곤두서 보였다. 담배 연기를 몇 번 허공에 내뿜은 매트가 다시 입을 열었다.

"이제 내 이야기를 털어놓을 때가 된 것 같아. 이미 오래전부터 생각해온 일인데 알래스카의 시신을 본 순간 마음을 굳혔어."

"무슨 이야기인데?"

"난 뱅고어에서 경찰 생활을 시작했어. 메인주 경찰청 소속이었지. 경찰 초년에 맡은 사건들 가운데 열일곱 살짜리 여자아이가 한밤에 친구 집에서 돌아오던 길에 살해당한 사건이 있었어. 피해자 이름이 가비 로빈슨이야. 나는 지금도 그 이름을 결코 잊을 수 없어. 아직 범인을 체포하지 못했거든. 오늘 아침, 호숫가에서 알래스카의 시신을 본 순간 과거의 악몽이 되살아났어. 알래스카 샌더스 사건은 내가 담당할 마지막 수사가 될 거야. 범인을 반드시 잡아 죗값을 치르게 하겠어. 알래스카의 부모에게 정의가 실현되었다고 떳떳하게 말할 거야. 그다음은 미련 없이 경찰을 떠나려고."

나는 꽃다발과 포도주, 리사를 위한 선물을 챙겨 들고 초대받은 시간보다 일찍 페리의 집으로 갔다. 페리의 집 문 앞에 서서 초인종을 누를 때면 항상 방문객을 맞아주는 팻말 '살아가는 기쁨'에 눈길이 멈췄다.

/

3장
살아가는 기쁨
2010년 4월 6일. 뉴햄프셔

/

페리의 집에 자주 발길을 한 지 2년이 조금 넘었다. 해리 쿼버트 사건 수사가 한창 진행 중이던 2008년 여름에 처음 이 집을 방문했다. 페리의 아내 헬렌, 사랑스러운 두 딸 말리아와 리사도 나와 각별한 사이가 되었다. 2008년 크리스마스 시즌을 계기로 나와 페리의 가족은 한층 더 친밀해졌다.

***

2008년 12월

　해리 쿼버트 사건이 종결되고 나서 몇 달이 흘렀다. 페리와 나는 매일 얼굴을 맞대야 할 일이 없는 만큼 가끔 연락을 주고받으며 지냈다. 마음이 통하는 사람끼리는 연락이 뜸하다고 우정에 변화가 생기지는 않는다. 크리스마스 휴가를 혼자 외롭게 보내던 어느 날 아침 나는 새삼 페리의 우정을 확인했다. 헬렌 게할로우드의 이름으로 소포가 하나 도착했는데, 뉴햄프셔주 특산품인 먹을거리 몇 가지와 크리스마스카드가 들어 있었다. 가족 사진을 넣어 만든 카드로 페리 가족의 단란한 모습이 눈에 들어왔다. 페리는 보기에 끔찍한 넥타이를 매고 멍하니 정면을 응시하고 있는 반면 헬렌은 환한 얼굴로 두 딸을 끌어안고 있었다. 나는 헬렌이 손 글씨로 쓴 글을 읽었다.

　해피 뉴 이어, 마커스.
　당신은 2008년에 우리 가족이 받은 최고의 선물이에요.
　헬렌과 페리, 말리아와 리사로부터

　바로 밑에 페리가 쓴 글이 적혀 있었다.

**나는 헬렌의 말에 동의하지 않아. 그래도 새해 복 많이 받으쇼.
페리**

페리와 헬렌이 쓴 말속에 깃들어 있는 우정에 가슴이 울컥했다. 게할로우드 가족이 나에게 얼마나 소중한 존재인지 새삼 느꼈다. 나도 그들에게 뭔가를 보답하고 싶었다. 내가 만들 줄 아는 유일한 케이크를 선물해야겠다고 생각했다. 큰어머니 아니타가 매년 크리스마스 때마다 만들어주던 케이크였다. 아주 잘 익은 바나나가 케이크 맛을 좌우했다. 나는 직접 구운 케이크를 들고 차에 올라 시동을 걸었다. 뉴햄프셔주 콩코드까지는 차로 네 시간 거리였다. 케이크와 쇼핑센터에서 골라온 선물들을 양손에 들고 페리의 집 초인종을 눌렀다. 이미 점심때를 지나 저녁을 향해 가고 있는 시간이었다. 내가 페리의 집을 찾아간 동기는 오직 하나, 나도 그들 가족들과 어우러지고 싶었기 때문이다. 어설픈 솜씨로 구운 케이크가 내가 준비한 선물이었지만 나 역시 2008년에 얻은 가장 멋진 선물이 게할로우드 가족이라 말해주고 싶었다. 친구란 살다 보니 운 좋게 만나게 되는 존재가 아니라 그가 친구라는 사실을 어느 날 눈앞에서 보여준다. 게할로우드 가족과 함께할 때마다 나는 느꼈다. 해리 쿼버트를 빼고는 친구가 없는 나에게 그들은 진짜 친구임을 보여주었다.

현관문을 연 헬렌이 양손에 쇼핑백을 들고 선 나를 발견하고 환하게 웃었다. 헬렌은 한순간 놀라움과 반가움에 어찌할 바를 모르다가 두 팔을 활짝 벌리며 내 품으로 뛰어들었다.

"마커스, 갑자기 웬일이에요?" 그러고는 고개를 돌려 안쪽을 향해 소리쳤다. "페리, 마커스가 왔어!" 헬렌은 다시 나를 쳐다보며 말을 이었다. "날씨가 추워요. 어서 안으로 들어와요."

"가족들의 시간을 방해하고 싶지는 않아요. 그냥 지나던 길에 잠시 들렀을 뿐이에요."

"잠깐만이라도 들어와요, 어서요."

나는 못 이기는 척 집 안으로 들어섰다. 떠들썩한 집안 분위기를 느낄 수 있었다. 게할로우드 가족은 보드게임을 하고 있었다. 페리가 달려와 내 손을 움켜잡고 으스러뜨릴 듯 힘을 주었다. 언제나 변함없는 페리의 인사에는 반가운 마음이 듬뿍 깃들어 있었다.

"깜짝 놀랐잖아. 우리 집엔 어쩐 일이야?"

"그냥 내가 만든 케이크를 전해주고 돌아가려고요. 소포와 크리스마스카드를 받고 나서 가슴이 찡했거든요."

나는 선물이 들어 있는 네 개의 쇼핑 봉투 가운데 하나를 페리에게 건넸다. 내가 페리를 위해 준비한 선물은 넥타이였다.

페리는 선물 포장을 벗기더니 짐짓 인상을 찡그렸다.

"넥타이 무늬가 괴상하잖아."

"경사님은 괴상한 무늬를 좋아하시면서."

페리는 고맙다면서 씩 웃고 나서 별안간 눈썹을 씰룩했다.

"자네, 조금 전에 돌아간다고 했는데, 뉴욕으로 가겠다는 뜻이야?" 페리가 방금 전 내 입에서 나온 말을 본능적으로 낚아채며 물었다.

"네, 뉴욕."

"굽다가 다 태워 먹은 케이크 하나를 전해주려고 무려 네 시간을 꼬박 달려왔는데 자리에 앉지도 않고 돌아가겠다고?"

나는 고개를 끄덕이며 달리 할 말이 없어 투덜거렸다.

"케이크가 조금 타긴 했지만 원래 그런 종류라서 그래요. 속은 멀쩡해요."

페리가 탄식하듯 허공으로 눈길을 던지며 말했다.

"어서 재킷을 벗고 이리 와서 앉아. 신발도 현관에 벗어두고. 눈을 잔뜩 묻히고 들어와 온 집 안에 뿌리지 말고. 자네, 에그노그 좋아하지? 내가 방금 전에 만들어 놓았는데 맛이 기가 막히거든."

나는 슬며시 웃었다.

"에그노그라면 자다가도 눈이 번쩍 뜨이죠."

나는 해가 질 때까지 페리가 만들어주는 에그노그를 홀짝거리면서 게할로우드 가족과 함께 모노폴리와 스크래블 같은 보드게임을 했다. 페리는 내 에그노그 잔에 독한 브랜디를 수시로 따라 부었다. 이왕 늦은 김에 저녁 식사도 함께했다. 내가 돌아가려고 자리에서 일어서자 헬렌과 페리는 뉴욕으로 가기에는 너무 늦은 시간이라며 걱정했다.

"그럼 모텔에서 자고 갈게요." 나는 그들을 안심시켰다. "국도 근처에 모텔이 있는 걸 봤어요."

"우리 집 지하에도 근사한 모텔이 있어." 페리가 말했다.

페리는 나를 데리고 계단을 내려갔다. 반지하 작은 방은 접이식 간이침대를 펴자 꽉 찬 느낌이 들었다. 페리가 벽장을 열더니 시트를 꺼내 깔아주었다.

"굿나잇, 마커스."

"굿나잇, 경사님. 고마워요."

페리는 대답 대신 들소가 콧김을 내뿜는 소리를 냈다. 페리의 성격으로 볼 때 그 소리에 깃든 의미는 '고맙긴, 뭘?'이었을 것이다. 아주 소중한 우정이 함께한 하루였다.

***

2010년 4월 내가 페리의 집 문 앞에서 불러낸 과거의 추억은 정답기 그지없었다. 하지만 그날, 페리가 나를 맞이한 태도는 그리 정답지 않았다. 문을 열고 나를 본 페리가 투덜거렸다.

"마커스, 자네 여기서 뭘 하는 거야? 저녁 6시에 오라고 했잖아."

"도와주려고 일찍 왔어요."

"자네가 할 줄 아는 게 뭐가 있다고?"

페리의 어깨너머로 헬렌이 나타났다. 언제나 그랬듯이 환하게 웃는 얼굴이었다.

"마커스, 반가워요. 어서 와요."

헬렌은 앞을 가로막은 남편을 옆으로 밀치고 두 팔을 활짝 벌려 나를 포옹했다.

"조금 일찍 왔어요. 식사 준비를 돕고 싶어서." 나는 꽃다발을 내밀며 말했다.

"다정하기도 해라."

꽃다발을 받아든 헬렌은 향기를 맡으며 나를 주방으로 데려갔다. 페리가 우리 뒤를 우물쭈물 따라왔다.

"헬렌은 내가 다정한 사람이라잖아요." 나는 뒤돌아 페리를 보며 이죽거렸다.

"입 닥치는 게 좋을 걸!"

"헬렌처럼 각별한 여성이 어쩌다가 경사님 같은 남자와 결혼하게 된 거예요?"

"하긴 그게 나도 궁금해."

"경사님이 불쌍해 보였나봐요."

"정답."

"자, 받으세요. 이건 경사님 주려고 가져온 와인입니다."

"나야 와인이 최고지."

헬렌과 페리는 생일 파티를 위해 리사가 좋아하는 파히타를 만들 계획이었다. 파티에 스무 명쯤 참석할 거라고 했다. 나는 닭고기를 자르고, 피망과 치즈를 다지고, 잘 익은 아보카도를 으깨 과카몰레를 만들었다. 페리와 나는 케이크를 두 개 굽고, 각자 최대한 재능을 발휘해 장식했다.

"마커스, 아직 여자 친구 없어요?"

헬렌이 케이크 장식에 몰두하고 있는 나를 보며 물었다.

"애인이 있어." 페리가 나 대신 대답했다.

"그래요?" 헬렌은 그 사실을 알려주지 않아 섭섭하다는 듯이 말을 이었다. "어떤 사람인지 이야기해봐요, 마커스."

"사실은 만난 지 얼마 되지 않았어요. 숨기려는 뜻은 없었으니 오해 마세요."

"비로소 여자 친구 채용에 성공했네요." 헬렌이 농담을 이어 갔다. "여자 친구 채용 면접 때마다 중요한 지표가 되는 어머니의 잣대를 통과한 거예요?"

"경사님." 나는 원망하듯 말했다. "시시콜콜한 이야기까지 전부 헬렌에게 일러바치다니 너무 심하잖아요."

"헬렌과 나 사이에는 비밀이 없어. 게다가 자네가 데이트할 때마다 나타나 사사건건 코치를 해준다는 어머니 유령 이야기는 단연 히트작이었지."

"이름이 레이건이에요." 나는 헬렌에게로 고개를 돌리며 말했다.

"어머니 유령 이름이?"

"여자 친구 이름이요. 직업은 여객기 조종사이고, 몬트리올 근처에 살아요."

"언제 만났어요?"

"벌써 석 달째 만나고 있어." 페리는 고자질에 신나 보였다.

"앞으로도 진지하게 만날 생각이 있어요?" 헬렌이 물었다.

"잘 모르겠어요. 아직 함께 있을 기회가 그리 많지 않았거든요."

"아주 진지한 사이야." 페리가 끼어들었다. "조만간 여자 친구와 바하마로 휴가를 떠난대."

"경사님, 제발 부풀리지 말아요."

"그 여자분이 가엾을 따름이야." 페리가 짐짓 탄식했다. "마커스에게 깜박 속아 넘어간 게 분명하니까."

우리는 다 함께 웃음을 터뜨렸다.

말리아와 리사가 차례로 집에 돌아왔다. 두 딸은 나를 보자 깜짝 놀라며 반갑게 내 목을 껴안았다. 둘 다 지난번에 보았을 때보다 많이 자란 모습이었다. 열한 살 생일을 맞은 리사는 초등학교 졸업반이었다. 열아홉 살인 말리아는 작년에 고등학교를 졸업하고 대학 예비과정을 밟고 있었다. 두 딸과 나는 공모자 관계라고 해도 무방할 만큼 잘 통했다. 두 아이는 나를 '마커스 삼촌'이라고 불렀는데, 그 호칭을 들을 때마다 가슴이 뭉클했다.

저녁 6시가 되자 조부모와 삼촌, 숙모, 사촌들이 왔다. 생일

파티는 활기가 넘쳤다. 모두들 왁자지껄 떠들었고, 웃음소리가 끊이지 않았다. 리사가 입김을 불어 케이크의 촛불을 껐다. 페리와 나는 누가 장식한 케이크가 더 인기 있는지 은근히 경쟁을 벌였다. 헬렌은 피아노를 연주하며 재즈곡을 불러주었다.

내가 몸을 일으킨 시간은 밤 11시였다. 그때만 해도 내가 다시 그 집을 찾을 때는 슬픔으로 가슴이 미어지리라는 걸 상상하지 못했다.

페리가 나를 배웅하려고 따라 나왔다.

"자고 가지 그래?"

"고맙지만 뉴욕으로 돌아가봐야 해요."

"뉴욕에 가면 새벽일 텐데."

"상관없어요."

우리는 서로 팔을 둘러 포옹을 나누었다.

"나도 이런 가족을 원해요, 경사님."

"원래 남의 떡이 더 커 보이는 법이야."

"헬렌과 경사님이 부러워요. 두 분은 이 세상에서 가장 멋진 부부죠."

"부부 일은 만만찮은 중노동이야. 자네는 시간을 마음대로 활용할 수 있잖아. 어디로든 훨훨 날아갈 수 있다는 건 멋진 일이지. 결혼하면 그럴 수 없어."

페리는 농담이 아니라고 말하고 싶은 듯 한참 동안 나를 빤히 쳐다보았다.

"경사님에게 한 가지 물어볼 게 있어요. 아까 구즈코브에서 만났을 때 그랬잖아요. 11년 전, 리사가 태어나던 날, 고통스러운 사건이 있었다고."

페리는 답변을 회피하고 싶은 듯 같은 질문을 내게 던졌다.

"자네도 그런 일이 있었잖아?"

"내 사촌 우디와 힐렐 말인가요?"

"내게 그 이야기를 해준 적이 없는데?"

"방금 했잖아요. 이제 경사님이 털어놓을 차례네요. 1999년 4월 6일에 대체 무슨 일이 있었는데요?"

"자네도 알 거야. 진짜 아픈 상처는 꼭꼭 숨겨두어야 한다는 걸. 쉽게 떠벌려서는 안 되지. 상처를 싸매두어야 딱지가 앉고, 아물 수 있으니까."

"과연 그럴까요? 오히려 상처를 공개해야 오염되지 않고 금세 낫지 않을까요?"

한동안 긴 침묵이 흘렀다. 페리가 묘한 말을 꺼냈다.

"화이트마운틴 숲이라고 하면 생각나는 게 있어?"

"없는데요."

"그 숲이 바로 내 상처야. 해묵은 기억을 떠올리느라 이 좋은 밤을 망칠 수야 없잖아. 운전 조심하고, 뉴욕에 가면 무사히 도착했다는 메시지 하나만 날려줘."

"네, 엄마."

페리는 빙긋 웃어주고 나서 등을 돌려 집 안으로 들어갔다. 차에 오른 나는 휴대폰을 꺼내 인터넷에 접속했다. '화이트마운틴 숲, 1999년 4월 6일'을 검색해봤지만 참고가 될 만한 자료를 찾을 수 없었다.

페리는 무얼 암시하려 했을까?

휴대폰 화면을 들여다보고 있을 때 레이건이 보낸 메시지 하나가 들어왔다.

그날 오후 레이건에게 이메일로 비행기 티켓과 하버아일랜드 호텔 웹사이트 링크를 보내주었다.

마커스, 미쳤어?

그 자리에서 레이건에게 전화했다.

"바하마에 가자고?" 레이건의 목소리는 시큰둥하면서도 장난기가 묻어났다.

내가 세운 계획은 몬트리올에서 레이건을 만나 함께 바하마로 출발하는 일정이었다. 며칠 일찍 몬트리올에 가서 영화 촬영을 지켜본 뒤 레이건과 함께 작은 낙원을 향해 날아갈 생각이었다.

"날짜는 어때?" 내가 물었다. "필요하면 지금이라도 예약 날짜를 변경할 수 있어."

"날짜는 문제없어. 멋진 계획이야."

나는 웃었다. 너무나 행복해서.

"열흘 후에 출발하는데 너무 멀게 느껴져." 내가 말했다.

"나도 그래. 당신이 보고 싶어."

"나도 보고 싶어. 지금 잠자리에 들었어?"

"이불 속에 누워 있어. 당신은 뉴욕에 도착했어?"

"아니, 여긴 뉴햄프셔야. 친구 가족과 함께 저녁 식사를 했어. 그 친구 가족에 대해 말한 적이 있는데."

"게할로우드 가족?"

"그래, 맞아. 그들에게 당신을 소개하고 싶어."

"난 언제든 좋아."

"그럼 잘 자." 나는 인사를 건넸다. "내일 이야기해."

우리는 전화를 끊었다.

레이건은 내게 거짓말했다. 그때 레이건은 잠자리에 들지 않았다. 개를 산책시키려고 집 밖으로 나와 인적이 끊긴 거리를 걷고 있었다. 통화를 마친 레이건은 방금 통화한 휴대폰의 전원을 껐다. 나와 통화할 때만 사용하는 선불폰이었다. 레이건은 휴대폰을 따로 주머니 속에 깊숙이 갈무리한 뒤 집으로 들어갔다. 남편이 거실에서 TV를 보고 있었다. 레이건은 남편 곁으로 걸어가 앉았다.

"피곤해 보이는데, 괜찮아?"

"괜찮아."

레이건은 잠시 TV 화면에 눈길을 던졌다. TV를 보는 건 아니었다. 그러다가 2층으로 올라가 이미 잠든 두 아이의 이불을 덮어주었다.

/

경찰보고서 발췌
로비 샌더스와 도나 샌더스의 진술

/

로비 샌더스와 도나 샌더스는 알래스카의 부모다. 본 신문은 1999년 4월 4일 일요일, 뉴햄프셔주 경찰청 형사과에서 녹취되었다.

매트 반스 경사 : 간단하게 자기소개를 해주시겠습니까?

로비 샌더스 : 53세이고, 전력회사를 운영합니다.

도나 샌더스 : 48세이고, 의료 비서로 일해요.

로비 샌더스 : 사는 곳은 매사추세츠주 세일럼이고요. 알래스카도 세일럼에서 나고 자랐고, 그곳에서 공립학교를 다녔습니다. 우린 그냥 평범한 중산층 가정입니다.

페리 게할로우드 경사 : 따님은 어떤 사람이었습니까?

로비 샌더스 : 알래스카는 사랑스러운 아이였어요. 매사 열성적이었고요. 나는 알래스카가 그동안 행복하게 살았다고 생각합니다.

도나 샌더스 : 모두들 좋아하는 아이였죠. 사람들에게 인기가 많았어요. 영화배우가 되는 게 꿈이었고, 사람들은 다들 알래스카가 성공할 거라고 했었죠.

매트 반스 경사 : 혹시 알래스카가 영화에 출연한 적이 있습니까?

도나 샌더스 : 아뇨, 캐스팅에 응모한 적은 많아요. 촉망받는 아이였고, 에이전트도 있었죠. 아주 실력 있는 에이전트라고 했어요.

페리 게할로우드 경사 : 알래스카의 학력과 이력을 말씀해 주시겠습니까?

로비 샌더스 : 세일럼에서 고등학교를 마쳤습니다. 고교 시절에 미스하이틴 선발대회에 나간 적이 있죠. 그 대회에서 입상하면서 많은 인기를 얻었습니다. 정말이지 예쁘고 개성 있는 아이였죠. 그 무렵부터 배우가 되고 싶어 했고, 결국 그 길로 나갔어요. 처음에는 일이 잘 풀린 편이었죠. 지역광고 모델 제의를 받

기도 했으니까요.

　매트 반스 경사 : 그렇다면 직업은 모델이었다고 할 수 있겠네요?

　로비 샌더스 : 그런 셈입니다.

　도나 샌더스 : 알래스카는 모델로 불리는 걸 좋아하지 않았어요. 미인대회 입상이나 광고 출연은 영화배우가 되기 위한 발판으로 생각했으니까요. 그래서 뉴욕에 기반을 둔 에이전트를 찾고자 한 거예요.

　페리 게할로우드 경사 : 뉴욕에 대해 자주 언급하시네요. 그런데 왜 알래스카는 뉴욕이 아닌 마운트플레전트에서 지내게 되었죠?

　도나 샌더스 : 마운트플레전트에서 지낸 시간은 그리 길지 않아요. 알래스카는 지난여름에 월터 캐리를 만나 사귀었죠. 그남자가 마운트플레전트에 살아요. 월터를 세일럼의 어느 바에서 처음 만났다고 하더군요. 월터는 전역 군인이고, 싸움꾼 기질이 다분한 사람이죠. 내가 생각하기에는 알래스카가 월터의터프한 점에 끌렸던 것 같아요. 그러지 않고서야 마운트플레전트에서 월터랑 살겠다는 정신 나간 결정을 하지 않았겠죠. 진로문제로 신경이 곤두서 있다 보니 잠시 판단력이 흐려졌을 수도

있고요.

매트 반스 경사 : 일이 잘 풀리지 않았다는 뜻입니까?

도나 샌더스 : 아뇨, 그 반대였죠. 운을 타고난 아이라는 생각이 들 정도였으니까요. 처음 출전한 미스 뉴잉글랜드 선발대회에서 왕관을 썼거든요. 이른 성공이 오히려 압박감을 주었을 수도 있어요. 남편과 나는 나중에 알았지만 알래스카가 마리화나를 피우고 있더군요. 성공에 대한 압박감이 심했나봐요. 마운트 플레전트로 떠난 이유도 세일럼을 벗어나 머리를 식히고 싶어서였을 거예요. 다시 삶의 중심을 잡을 계기가 필요했던 거죠. 그리 오래 갈 일은 아니었어요. 지난주에 알래스카와 통화했는데 곧 뉴욕으로 떠나게 될 거라고 했으니까요.

페리 게할로우드 경사 : 혹시 통화 중에 알래스카가 평소와 다른 말을 하지는 않았습니까?

도나 샌더스 : 네, 특별히 평소와 다르다는 느낌을 받지는 않았어요.

매트 반스 경사 : 뭔가 고민거리가 있거나 누군가로부터 협박을 받고 있다고 하지는 않던가요?

도나 샌더스 : 아뇨, 그런 말은 하지 않았어요.

로비 샌더스 : 솔직히 알래스카와 우리 사이가 그다지 좋지는 않았습니다. 내가 알래스카의 소지품에서 마리화나를 찾아내

야단을 치자 집을 나갔거든요. 그 아이 딴에는 독립할 기회로 삼고 싶었겠죠. 평소에 늘 독립하고 싶어 했으니까.

　도나 샌더스 : 사이가 썩 좋진 않았지만 우린 알래스카와 수시로 연락을 주고받으며 지내왔어요. 멀리 떨어져 지내다보니 서로 입장을 좀 더 잘 이해할 수 있게 된 것 같기도 해요.

　페리 게할로우드 경사 : 알래스카를 마지막으로 본 게 언제입니까?

　도나 샌더스 : 지난 2월이에요. 우리가 알래스카를 만나보려고 마운트플레전트에 갔었죠.

　매트 반스 경사 : 두 분은 월터 캐리와 어떻게 지냈습니까?

　로비 샌더스 : 그 녀석과 사이가 나쁘지는 않았어요.

　도나 샌더스 : 처음에는 월터를 원망하는 마음이 없지 않았죠. 알래스카가 마운트플레전트의 주유소에서 일한다고 했을 때 월터가 손아귀에 넣고 조종한다는 느낌이 들었어요. 월터가 나이도 훨씬 많고, 사회 경험도 더 많았으니까요. 하지만 나중에는 알래스카가 그곳에서 나름 행복하게 지낸다는 걸 알게 되었어요.

　페리 게할로우드 경사 : 알래스카와 월터는 연애 감정이 식은 상태였던 것 같습니다. 알래스카는 살해되기 전날 월터의 곁을 떠나려고 했으니까요. 알래스카가 혹시 월터에 대해 뭔가 말한 적이 있습니까?

로비 샌더스와 도나 샌더스 : 아뇨, 듣지 못했어요.

매트 반스 경사 : 알래스카의 최근 사진을 한 장 가져오셨나요?

도나 샌더스 : 미리 말씀해주셔서 가져왔어요.

로비 샌더스 : 사진이 왜 필요하죠?

매트 반스 경사 : 언론에 배포하려고요. 알래스카에 대해 증언해줄 사람들이 더 있다면 수사에 큰 도움이 될 테니까요.

로비 샌더스 : 범인에 대한 단서가 있습니까?

페리 게할로우드 경사 : 아뇨, 아직 없습니다.

/

살인사건 다음 날 아침
1999년 4월 4일 일요일

/

알래스카 샌더스의 부모를 상대로 조사를 마친 뒤 페리와 매트는 뉴햄프셔주 경찰청 입구까지 두 사람을 배웅했다.

"가까운 곳에 호텔을 잡아두었습니다." 로비 샌더스가 중얼거렸다. "지금 집으로 돌아가면 심사가 매우 복잡할 것 같아서요."

"도움이 필요하면 언제든지 연락주세요." 매트가 말했다.

"휴대폰번호를 알고 계시죠? 아무 때나 전화하셔도 괜찮습니다." 페리가 한 번 더 강조했다.

"우린 알고 싶어요." 도나 샌더스가 터져 나오는 울음을 겨우 억누르며 나직이 말했다. "알래스카에게 무슨 일이 있었는지 알고 싶어요. 누가 왜 우리 딸에게 그런 짓을 했을까요?"

"법의관이 오늘은 주말이라 쉬고, 내일 정오까지 부검을 마치겠다고 했으니까 새롭게 나온 단서가 있으면 알려드리겠습니다."

"살해당하더라도 주중에 당해야겠네요. 법의관이 주말에는 일을 할 수 없으니까." 도나 샌더스가 빈정거리는 투로 말했다.

페리와 매트는 그대로 서서 멀어져가는 샌더스 부부의 뒷모습을 한참 동안 바라보았다. 두 사람의 허청거리는 걸음걸이에서 고통과 비탄이 배어 나왔다. 페리는 조금 전 받은 알래스카의 사진을 꺼내들었다. 사진과 함께 신문 기사가 하나 동봉되어 있었다. 지난 9월 기사였다. 알래스카는 하늘하늘한 드레스 차림이었고, 양편에 샌더스 부부가 서 있었다. 사진 위에 '미스 뉴잉글랜드 우승자 알래스카 샌더스'라는 제목이 보였다.

"세상이 온통 엉망진창이야." 페리는 사진 속 알래스카의 미소를 바라보며 쓸쓸하게 중얼거렸다. "이 사진을 즉시 언론에 뿌려봐야겠어."

두 사람은 형사과가 있는 뉴햄프셔주 경찰청 건물 2층으로 다시 올라갔다. 사무실에 니콜라스 카진스키가 와 있었다. 랜스데인 과장이 그에게 페리와 매트를 도우라는 지시를 내렸다. 수사를 원활하게 하려면 지원이 필요했다. 니콜라스처럼 정보기술 분야에 능통한 형사라면 특별히 도움이 되었다.

니콜라스가 사무실로 들어서는 페리와 매트에게 말했다.

"좀 전에 루이스 제이콥이라는 남자에게서 전화가 왔었어. 연락해달래."

"무슨 일로?" 매트가 물었다.

"뭔가 보여줄 게 있대. 나에게는 자세히 이야기하지 않으려고 하더군. 하루 종일 주유소에 있을 테니까 연락해달라고 했어."

"그럼 주유소로 직접 가서 만나봐야겠네. 그나저나 주유소에서 가져온 CCTV 하드디스크가 있는데 열어볼 수 있을까?"

니콜라스는 자신 있다는 듯 씩 웃어 보였다.

"그런 일이야 애들 장난이지. 어디 보자."

컴퓨터 화면에 창 두 개가 나란히 떴다. 주유소에 설치된 두 대의 CCTV 카메라에 찍힌 영상들로 한 대는 주유소 외부 급유기가 설치된 곳을 촬영했고, 다른 한 대는 사무실 내부 계산대 방향을 촬영하고 있었다. 니콜라스는 4월 2일 금요일 하루 동안 녹화된 영상을 빨리 감기로 재생했다.

세 사람은 컴퓨터 화면을 통해 아침 6시에 라쿤 가족이 급유기 앞을 지나가는 모습을 보았다. 아침 7시, 루이스 제이콥이 출근해 사무실 문을 열었다. 사무실 안으로 들어선 루이스가 분주하게 움직이는 모습이 지나갔다. 커피를 내리는 모습도 보였다. 한 시간 동안 손님 몇 사람이 편의점에 들어왔다가 나갔다. 8시가 되자 알래스카의 파란색 컨버터블이 주차장에 나타났다. 자동차에서 내린 알래스카는 사무실 안으로 들어가 루이스에게 인사를 건넸고, 둘은 잠시 마주 서서 이야기를 나누었다. 알래스카가 뒷방으로 사라졌다. 옷을 갈아입은 알래스카가 영상에 다시 등장했다. 주유소 로고 색상의 폴로셔츠 차림이었다.

알래스카가 계산대 뒤에 자리 잡고 일과를 시작했다. 한동안 특별한 일이 없는 단조로운 장면들이 이어졌다. 알래스카는 가끔 사무실 계산대에서 일어나 안쪽에 설치된 간이 바 뒤편에서 커피를 내왔다. 주유소에 손님들이 하나둘 나타났다가 사라졌다. 알래스카는 두 번에 걸쳐 주차장으로 나가 커피를 마시며 10분간 휴식을 취했다. 알래스카가 휴대폰을 꺼내 번호를 누르는 모습이 보였다. 정오 무렵에는 사무실 안쪽으로 사라져 30분간 보이지 않았다. 그 시간에 점심을 먹었을 거라 짐작되었다. 알래스카는 다시 계산대 자리로 돌아왔고, 비슷한 일이 반복되었다. 오후 4시 45분, 루이스와 이야기를 나누던 알래스카가 별안간 주유소 사무실을 나가더니 컨버터블에 올라타고 어디론가 떠났다.

알래스카가 주유소로 돌아온 시각은 오후 5시 30분이었다. 갈색 여행용 가방을 든 알래스카는 곧장 사무실 안으로 들어섰다가 뒷방으로 갔다. 다시 계산대로 돌아온 알래스카는 평소에 하던 일을 계속했다.

"월터가 말한 그대로야." 페리가 수첩을 펼치며 말했다. "집 안에서 알래스카와 마주친 시간이 오후 5시 15분경이고, 곧 가죽 가방을 들고 떠났다고 했지."

이어지는 영상은 평소와 다를 바 없는 저녁 시간의 모습을 담고 있었다. 계산대에 앉아 있던 알래스카는 가끔 뒤편으로 들어갔다가 나와 스낵 진열대에 칩을 채워놓았다.

오후 7시 20분, 루이스가 사무실 안쪽으로 사라졌다가 30분에 넥타이를 맨 차림으로 다시 나타났다. 루이스가 잠시 알래스카와 이야기를 나누는 장면이 이어졌다. 유리창을 거울삼아 넥타이를 고쳐 맨 루이스는 유유히 사무실을 떠났다. 외부 카메라가 차 운전석에 올라 출발하는 루이스를 담았다. 해가 지고 어스름이 내린 이후로는 조명이 있는 급유기 부근을 제외하고 죄다 어두워 보이는 게 없었다. 오후 8시 정각에 알래스카는 뒷방으로 사라졌다가 완전히 다른 차림으로 다시 나타났다. 가죽바지에 블라우스, 앵클부츠를 신은 차림새였다. 데이트에 어울리는 옷차림이었다.

"잠깐!" 매트의 말에 니콜라스가 화면을 정지시켰다. "시신으로 발견되었을 당시 알래스카가 입고 있던 옷차림이야."

매트는 한 번 더 확인하려는 듯 화이트보드에 붙여둔 사진 한 장에 눈길을 주었다. 시신을 찍은 현장 사진이었다.

"루이스의 말에 따르면 그날 알래스카는 저녁 식사 약속이 있었어. 옷차림만 봐도 데이트 약속이 있어 보여." 페리가 말했다. "알래스카가 데이트 장소로 출발하기 직전 모습이야."

"데이트 상대가 누군데?" 니콜라스가 물었다.

"나도 몰라. 상대가 누군지 안다면 100만 달러 이상의 가치 있는 정보겠지." 페리가 말했다.

　니콜라스가 영상을 재생시키자 화면 속의 알래스카가 다시 움직이기 시작했다. 알래스카가 주유소 사무실의 메인 스위치를 내렸고, 실내등이 모두 꺼졌다. 이제 음료수 냉장고에서 새 나오는 빛이 실내를 밝히는 유일한 조명이었다. 알래스카는 사무실을 나가 문을 잠갔다. 큰 가죽가방을 든 알래스카가 사무실 열쇠를 우편함 속에 넣고 나서 차를 타고 어디론가 떠났다.

　"왜 열쇠를 우편함에 넣었지?" 니콜라스가 물었다.

　"마지막에 퇴근하는 사람이 늘 그렇게 해왔겠지. 조금 있다가 주유소 주인 루이스를 만날 텐데 그때 확인해볼게." 페리가 말했다.

　"알래스카는 주유소를 나서 어디로 갔을까?" 매트가 혼잣말처럼 중얼거렸다.

　"우리가 풀어야 할 수수께끼야." 페리도 중얼거렸다. "저 CCTV 카메라 각도로는 알래스카의 차가 어느 방향으로 갔는지 잡히지 않아. 니콜라스, 혹시 통신사에 일을 부탁할만한 사람이 있어?"

　"그런 사람이 있긴 한데 알래스카는 선불 유심카드를 썼어. 그 유심을 사용할 경우 통화 내역을 추적할 방법이 없지. 휴대폰의 메모리칩을 꺼내 봐야 해."

　"빌어먹을!" 매트가 투덜거렸다. "그러니까 알래스카가 살해된 당일 누구와 통화했는지 알 수 없다는 뜻이네. 하지만 휴대폰이 사라진 걸 보면 알래스카와 살인범은 서로 아는 사이가 분명해. 서로 통화한 적이 있다는 뜻이기도 하고. 알래스카를 살해한 범인이 휴대폰을 가져갔다고 봐야지."

"알래스카에게 협박 편지를 보낸 사람도 범인일까?" 니콜라스가 물었다.

"그럴 가능성이 커." 페리가 말했다. "이 사건은 우발적으로 저지른 범행이 아니야. 사전에 범행을 치밀하게 계획한 그림이 어딘가에 있을 거야."

"나는 네가 한 짓을 알아." 매트가 화이트보드에 붙여놓은 협박 편지의 문구를 소리 내어 읽었다. "알래스카는 도대체 무슨 짓을 한 걸까?"

페리는 그간의 경험상 가설을 세우면 오히려 프레임에 갇혀 길을 잃을 위험이 있다고 생각해왔다. 우선 가장 타당성 있어 보이는 가설을 기반으로 수사를 펼쳐야 한다. 현재 가장 혐의가 짙은 인물은 알래스카의 남자 친구 월터 캐리였다.

"월터는 알래스카가 다른 남자를 만난다고 의심했어. 알래스카를 겁주려고 저 편지를 보냈을 수도 있지. 알래스카가 결별을 선언하고 떠나려고 하자 월터는 도저히 받아들일 수 없었고, 그레이비치에서 만날 약속을 잡은 거야. 사람들의 이목을 피하려고 산림 관리인이 이용하는 산림 도로에 차를 세워둔 건 미리 계획한 일이라 가능했겠지. 월터는 범행을 저지르고 나서 피 묻은 스웨트셔츠를 벗어서 캠핑카에 내버리고 차에 올라 달아났을 거야. 그 과정에서 서두르다가 나무둥치를 차로 박았겠지."

"자네의 가설을 뒷받침하려면 월터가 검은색 차를 운전한 사실을 밝혀내야 해." 매트가 말했다.

"당장 경찰 데이터베이스에 들어가볼게." 니콜라스가 말했다. "월터 캐리라는 이름으로 등록된 차량이 있는지 보면 되지."

니콜라스의 손가락이 컴퓨터 자판 위에서 재빨리 움직였다. 니콜라스는 단 몇 번의 검색으로 원하던 정보를 찾아냈다. "월터는 검은색 포드 토러스를 보유하고 있어."

"빙고!" 매트의 말이 빨라졌다. "당장 마운트플레전트로 달려가서 월터의 차 후미등이 멀쩡한지 확인해 봐야겠어."

***

"전혀 이상 없이 멀쩡해." 니콜라스가 차량 뒤를 둘러보고 나서 중얼거렸다.

그들은 사냥·낚시용품점 〈캐리 헌팅 앤 피싱〉 앞에 주차된 검은색 포드 토러스를 살펴보고 있었다. 차의 후미등은 양쪽 다 문제가 없었다. 차체 그 어디에서도 충돌한 흔적이 보이지 않았다.

"월터의 차가 확실하지?" 페리가 한 번 더 물었다.

"월터의 이름으로 등록된 번호판이야." 니콜라스가 대답했다.

"내가 또 헛짚었네."

그때 가게 위층 집에 있던 월터가 창문을 열고 인사를 건네 왔다.

"안녕하세요, 형사님들. 뭐 새로운 소식이라도 있습니까?"

"잠시 집으로 올라가도 되겠습니까?" 페리가 물었다.

"네, 물론이죠."

잠시 후, 삼인조 형사는 월터의 집 거실에 자리 잡고 앉았다. 메인 주로 휴가를 떠났다가 돌아온 월터의 부모도 함께 있었다. 아들이 걱정되어 서둘러 돌아왔다고 했다. 거실 탁자에 알래스카의 사진들이 흩어져 있었다. 월터의 어머니 샐리 캐리가 사진들을 모아 다른 곳으로 치웠다.

"이젠 자꾸 생각해봤자 소용없어." 어머니가 아들에게 말했다.

월터의 얼굴이 초췌하기 그지없었다.

"머릿속이 멍해요." 월터가 형사들을 향해 웅얼거렸다. "혹시 꿈은 아닌지 생각되기도 하고."

"어떤 심정일지 짐작됩니다." 페리가 말했다.

"혹시 주목할 만한 단서가 나왔습니까?"

"아직 유력한 단서는 없습니다. 다만 알래스카가 당신에게 결별을 통보한 이유가 뭔지 추적하고 있어요. 당신과 알래스카 사이에 불협화음이 있었다는 걸 주유소 주인인 루이스도 눈치채고 있었더군요."

"알래스카는 꿈이 컸어요. 배우로 성공해 빛나는 삶을 살고 싶어 했죠. 나는 여기에 사는 걸 더 선호했고요. 그러다 보니 서로 부딪치는 부분이 많이 생겼습니다. 게다가 우리는 좀처럼 데이트를 할 기회를 마련하지 못했습니다. 난 토요일에 상점을 지켜야 했고, 알래스카는 일요일마다 야외로 바람을 쐬러 나갔으니까요. 개인적인 일이 있다면서."

"어디로요?"

"어디로 가는지는 나도 모릅니다. 다만 최근 두 달 동안에는 일요일에도 주유소에 출근했습니다. 알래스카 말고도 직원이 하나 더 있었는데 갑자기 그만두는 바람에 대신 나가서 일했죠."

"알래스카의 부모님을 만나봤는데 알래스카가 마운트플레전트에서 살겠다고 했을 때 몹시 당혹스러웠다고 하더군요."

"혹시 알래스카가 뉴욕으로 갈 계획이 있었다고 말하지 않던가요?"

"네, 그런 말을 했어요."

"알래스카는 부모님과 얼마간 거리를 두고자 했습니다. 세일럼을 떠나온 이유이기도 해요."

"뉴욕으로 가면 더 멀리 떨어져 지내게 될 텐데요?" 매트가 물었다.

"반드시 그렇지는 않습니다. 뉴욕으로 갔더라면 부모님이 수시로 찾아와 귀찮게 했을 테니까요. 알래스카의 부모님은 심할 정도로 딸이 하는 일에 참견했습니다. 알래스카는 여기에서 지내면 내가 늘 옆에 있으니까 부모님이 간섭하기 쉽지 않으리라는 걸 알고 있었던 거죠."

"알래스카가 다른 남자를 만나고 있었다고 생각합니까?" 이번에는 페리가 질문했다.

"아뇨! 어쨌거나 나야 알 수 없는 일이었습니다. 형사님들은 알래스카가 다른 남자가 생겨서 나를 떠났다고 생각하십니까?"

그때 샐리 캐리가 아들의 말을 가로채며 끼어들었다. "내 짐작으로는 알래스카와 에릭 도노반 사이에 뭔가 있어 보여요. 어제 월터가 나에게 전화해 알래스카가 집을 떠났다고 했을 때 내가 가장 먼저 에릭 도노반 얘기를 해주었어요."

"엄마, 그만 하세요. 그런 말을 함부로 하시면 안 돼요. 에릭과 알래스카는 아무런 사이도 아닙니다."

"난 두 사람이 함께 있는 걸 봤어."

"그저 함께 있었다는 것만으로는 아무것도 증명할 수 없어요."

"무얼 봤는데요, 캐리 부인?" 이번에는 페리가 물었다.

"2주 전, 월터는 퀘벡에서 열리는 낚시용구대회에 참가하려고 며칠 동안 여길 떠나 있었어요. 그래서 내가 대신 가게를 봐주기로 했죠. 가게에서 잘 내다보이는 도로변에서 에릭과 알래스카가 함께 있었어요. 두 사람이 목청 높여 싸우더군요."

"가령 어떤 식으로요?"

"내가 보기에는 연인 사이 같았어요." 샐리가 자신 있게 말했다. "알래스카가 에릭을 향해 '이렇게 된 이상…'이라고 언성을 높이자 에릭이 '그럼 월터에게 다 털어놓자는 뜻이야?'라고 되물었어요. 그다음 날에도 두 사람이 같이 있는 걸 봤는데 또 싸우더군요. 아무런 사이도 아니라면 굳이 만나서 싸울 일이 없잖아요."

"그만해요, 엄마!" 월터가 소리쳤다.

매트가 나섰다.

"이미 어제도 했던 이야기지만 금요일 저녁에 있었던 일을 다시 한번 이야기해 줄래요?"

"저녁 7시에 가게 문을 닫았어요. 물건을 대충 정리하고 금고보안장치를 켜놓고 집으로 올라왔어요. 7시 30분쯤이었을 거예요. 나는 알래스카 때문에 머릿속이 혼란스러웠어요. 마침 부모님이 전화해 알래스카가 집을 나갔다는 이야기를 했죠."

"월터는 그때 잔뜩 풀이 죽어 있었어요." 샐리가 또다시 끼어들었다. "혼자 있으면 더 속상할 것 같아서 친구를 불러내 같이 시간을 보내라고 했죠."

"아, 그런 이유가 있었네요." 페리가 월터에게 말했다. "〈내셔널 앤섬〉에 가서 아이스하키 경기 중계를 보았다고요. 어제 그렇게 들었는데."

"네, 그랬어요."

"동행한 친구는 누구죠?"

"에릭 도노반."

"알래스카와 만난다는 그 친구 말인가요?"

"두 사람은 아무런 사이도 아니라니까요." 월터가 벌컥 화를 냈다. "에릭은 오래전부터 가깝게 지내 온 내 친구입니다. 에릭의 부모님이 운영하는 〈도노반 종합식품〉이 우리 가게 바로 옆에 있죠. 어제 오후, 손님이 뜸한 틈을 타 에릭이 있는 식료품점에 가서 무슨 일이 있었는지 다 털어놓았습니다. 에릭이 아이스하키 중계를 보면 기분이 풀어질 거라면서 〈내셔널 앤섬〉에 가자고 하더군요."

"직접 차를 운전해서 갔습니까?"

"그냥 걸어갔어요. 여기서 5분 거리거든요."

"거기에 도착한 시각은 몇 시입니까?"

"여기서 8시쯤에 나갔으니까 8시 15분쯤 되었겠네요. 정확한 시간은 모르겠습니다. 아무튼 가보니 아이스하키 경기가 벌써 시작되었더군요."

"두 사람 말고 다른 동행이 있었나요?"

"에릭의 누이동생 로렌 도노반이 동행했어요. 로렌은 더럼에서 학교에 다니는데 주말에는 마운트플레전트로 돌아오죠."

페리와 매트가 서로 눈짓을 주고받았다. 로렌은 달리기를 하러 나갔다가 시신을 발견한 최초 목격자였다.

"〈내셔널 앤섬〉에서는 몇 시까지 있었습니까?"

"문 닫을 때까지 있었습니다. 새벽 2시가 넘었을 겁니다. 달리 할 일도 없었거든요."

"거기서 나온 후에는 어디로 갔습니까?"

"집에 돌아와 곧장 잠이 들었습니다. 술이 좀 취했거든요. 어제 아침에 상점 문을 열고 나서부터 방문하는 손님들마다 그레이비치에서 살해된 여자 시신이 발견되었다는 말을 꺼내더군요."

"살해당한 여자가 알래스카일지도 모른다는 생각을 해봤습니까?"

"아뇨, 전혀. 알래스카가 매사추세츠의 부모님 댁에 갔다고 생각했거든요."

월터는 더는 눈물을 참지 못했다. 페리가 그의 어깨에 손을 올려놓으며 말했다.

"미안합니다. 우리가 당신의 상처를 건드렸군요. 오늘은 여기까지 하겠습니다. 그 대신 내일 참고인 신문을 해야 하니까 뉴햄프셔주 경찰청으로 나와 주십시오. 공식적인 진술을 받아놓아야 하거든요."

"내일 아침에 일찍 찾아뵙겠습니다."

***

앞서 경찰의 신문을 받은 로렌 도노반은 알래스카의 남자 친구와 밤늦게까지 함께 시간을 보낸 사실을 말하지 않았다. 월터의 집을 나온 삼인조는 그 사실에 주목했고, 로렌 도노반을 다시 만나보기로 했다.

〈도노반 종합식품〉은 일요일에는 문을 열지 않는다고 했다. 로렌을 만나려면 도노반 가족의 집으로 찾아가야 했다. 도노반 부부와 에릭과 로렌 남매가 함께 사는 집은 마운트플레전트 주택가에 위치한 아담한 목조 가옥이었다. 삼인조 형사들이 찾아갔을 때 도노반 가족은 식탁에 둘러앉아 식사를 하기 직전이었다. 형사들은 재닛 도노반이 먹으라고 권하는 칠리 콘 카르네를 사양하느라 진땀을 빼야 했다.

"그리 오래 걸리지는 않을 겁니다. 우리는 질문이 끝나면 곧바로 돌아가봐야 하고요." 매트가 말했다. "지난 금요일 밤에 있었던 일에 대해 몇 가지 물어볼 게 있어서 왔습니다." 매트는 그렇게 말하면서 에릭 쪽으로 고개를 돌렸다. "월터의 말로는 당신과 함께 〈내셔널 앤섬〉에 가서 아이스하키 경기를 보았다던데요."

"네, 그랬습니다." 에릭이 대답했다. "로렌도 함께 갔었죠."

매트는 고개를 돌려 로렌을 향해 물었다.

"어제 주유소에서 질문했을 때 금요일 밤 이야기를 하지 않은 이유가 뭐죠? 그날 밤, 피해자의 남자 친구와 함께 시간을 보냈다면서요?"

"큰 충격을 받아 제정신이 아니었나봐요. 곰이 시신을 먹는 장면이 눈앞에서 자꾸 아른거려서인지 정신이 몽롱한 상태였어요. 아침에 피터 필립스라는 경찰이 현장에 출동했다가 주유소로 다시 와서 상황을 알려주었죠. 경찰이 곰을 사살했다고 하더군요. 경찰은 동료에게 계속 전화를 하거나 루이스와 나에게 말을 걸었어요. 몇 번이나 했던 말을 또 하는 걸 보니 그냥 두서가 없어 보이더군요. 경찰은 곰을 죽였다는 이유로 징계를 받지 않을까 걱정했어요. 그러다가 어디론가 전화하더니 주유소 주인과 나에게 새로운 사실을 알려주었어요. 시신으로 발견된 피해자의 신원이 알래스카 샌더스로 밝혀졌다고요. 주유소 주인 루이스는 큰 충격을 받아 그 자리에 주저앉았죠. 나 역시 그 사실을 믿을 수 없었어요."

"피해자와는 잘 아는 사이입니까?"

"마운트플레전트는 좁은 곳이라 주민들끼리 어느 정도는 서로 알고 지냅니다. 나는 집을 떠나 지내는 날들이 많아서 알래스카 샌더스를 잘 알지는 못해요. 더럼에 있는 뉴햄프셔 대학에서 생물학 공부를 하고 있거든요."

"마운트플레전트로 돌아와 있을 때는 언제입니까?"

"일정하지 않은데 요즘에는 자주 왔어요. 에릭 오빠와 3주 후에 열리는 보스턴 마라톤 대회에 참가하려고 함께 달리기 연습을 하고 있거든요. 대개는 금요일에 와서 월요일 아침에 떠나 월요일 아침에는 수업이 없으니까."

"지난 금요일 저녁에는 무슨 일이 있었는지 다시 이야기해봐요."

"그날은 늦게 도착했어요. 교통이 정체되어 평소보다 시간이 좀 더 걸렸거든요. 이곳에 도착하자마자 곧장 〈내셔널 앤섬〉으로 갔어요."

"그때가 몇 시인지 기억합니까?"

"밤 8시 30분이었어요."

로렌이 자신 있게 대답했다.

"분 단위까지 정확하게 기억하네요." 매트가 말했다. "확실합니까?"

"네, 원래는 에릭 오빠에게 오후 6시 30분까지 가겠다고 했는데 두 시간이나 늦어진 거예요. 〈내셔널 앤섬〉으로 들어서면서 얼마나 늦었는지 확인하느라 시계를 봤죠. 그 집에 맥주병 모양의 대형 벽시계가 있거든요. 그래서 시간을 잘 기억해요."

"월터도 그 자리에 와 있던가요?"

"아뇨."

***

이틀 전
1999년 4월 2일 금요일 저녁

오후 8시 30분에 〈내셔널 앤섬〉은 사람들로 붐볐다. 대형 스크린에서는 뉴저지 데블스와 탬파베이 라이트닝의 아이스하키 경기가 중계되고 있었다. 에릭은 양옆 두 자리를 지키기 위해 신경을 곤두세워야 했다. 마침내 로렌이 나타났다. 북적거리는 사람들을 비집고 다가온 로렌이 뺨에 입을 맞추며 말했다.

"늦어서 미안해, 오빠. 길이 너무 막혔어."

로렌은 옆자리에 앉아 바텐더에게 맥주를 주문했다.

"그 자리에는 누가 앉을 건데?" 로렌은 빈 옆자리를 다른 손님에게 빼앗기지 않으려고 몹시 신경 쓰는 에릭에게 물었다.

"월터가 오기로 했는데 아직 나타나지 않네. 오늘 같이 살던 여자 친구가 떠났대. 월터에게 우리와 함께 아이스하키 중계를 보면서 시간을 보내면 기분전환이 될 거라고 말해주었지."

"그럼 알래스카와 월터가 갈라선 거야?"

"잘은 모르지만 그런가봐. 처음부터 그리 오래 갈 것 같지 않았어. 알래스카는 영화배우가 꿈인데 월터는 시골에 처박혀 낚싯대를 팔면서 지내길 원하잖아."

별안간 시끌벅적한 환호성이 울렸다. 뉴저지 데블스 팀의 득점이 터진 바로 그 순간 월터가 도착했다. 표정이 어두워 보이는 월터는 알래스카가 떠난 사실을 짤막하게 언급했다. 로렌이 헤어진 이유를 자세히 물으려고 하자 월터가 잘라 말했다. "그 얘기는 더 이상 하고 싶지 않아."

그들은 햄버거로 저녁 식사를 했고, 에릭과 월터는 맥주를 많이 마셨다. 로렌은 다음 날 아침 에릭과 마라톤 연습을 하기로 약속한 사실을 떠올리며 몸을 사렸다. 숙취가 가시지 않은 몸으로 달리기 연습을 하고 싶지는 않았다.

에릭과 로렌은 밤 11시에 〈내셔널 앤섬〉을 나와 부모님이 기다리는 집으로 돌아왔다.

로렌은 다음 날 아침 6시 15분에 잠이 깨어 주방으로 내려왔다. 아무리 기다려도 에릭이 방에서 나오지 않아 몹시 걱정스러웠다. 예상대로 에릭은 숙취를 이기지 못하고 침대에 퍼져 있었다. 로렌은 혼자서라도 달리기 연습을 하려고 운동화를 신고 집을 나섰다.

***

"그다음 일은 이전에 이야기한 그대로입니다." 로렌이 삼인조 형사에게 말했다.

"금요일 밤 11시에 〈내셔널 앤섬〉을 떠났다고요?"

"적어도 11시 15분에는 그곳을 나왔어요. 집에 돌아왔을 때 시계를 보니 11시 30분이었으니까요."

"월터도 함께 나왔습니까?"

"아뇨, 월터는 〈내셔널 앤섬〉에 혼자 남아 있었어요. 집에 돌아가 혼자 있는 게 내키지 않는다면서 좀 더 있다가 가겠다고 하더군요."

페리는 잘생긴 에릭의 얼굴을 유심히 바라보았다. 건장한 체격과 붉은 기운이 감도는 머리카락이 눈길을 끌었다.

"이 집에서 부모님과 함께 살고 있죠?" 페리가 물었다.

"네, 하지만 당분간입니다."

"오빠는 당분간이라고 하지만 언제 끝날지 몰라요." 로렌이 오빠를 놀렸다.

에릭은 자신의 사정을 설명해야 할 필요성을 느꼈다.

"매사추세츠에 있는 대학을 졸업하고 세일럼에서 직장을 구했어요. 중소 마트 체인의 상품개발부에서 일했죠. 사장과 마음이 맞지 않아 힘들었어요. 결국 사장은 작년 가을에 나를 해고했죠. 나는 오히려 해고가 좋은 기회를 제공해줄 거라고 생각했어요. 마운트플레전트로 돌아온 나는 부모님이 운영하는 〈도노반 종합식품〉에서 일하기로 결심했죠. 내 목표는 고품질 상품을 내세운 지역 기반 프랜차이즈를 설립하는 것이었어요. 일단은 부모님이 운영하는 가게에서 일을 배우려고요. 요즘은 아버지의 건강이 그다지 좋지 않아 힘을 내실 수 있도록 돕는다는 자세로 일하고 있어요."

에릭의 아버지 마크 도노반이 아들의 말을 듣고 있다가 끼어들었다.

"내 건강은 일시적인 문제였어요. 지금은 괜찮습니다. 그렇지만 지난가을에 에릭이 와서 많은 도움이 되었죠. 에릭이 돕지 않았더라면 가게 일이 제대로 돌아가지 않았을 거예요."

페리가 에릭을 향해 다시 물었다.

"그렇다면 얼마 전까지 세일럼에서 지냈겠네요?"

"네, 세일럼에서 한 5년간 살았어요."

"알래스카도 세일럼에서……."

"지난해 봄에 세일럼에서 알래스카를 만났어요. 자주 가는 술집이 같아서 우연히 몇 번 본 적이 있었죠. 스물을 넘긴 지 얼마 안 된 알래스카는 저녁에 친구들과 어울려 놀면서 성인이 된 기분을 즐기고 싶었나봐요. 매일 함께 어울려 노는 또래 친구들이 있었죠. 월터는 가끔 세일럼으로 나를 만나러 왔어요. 어느 날 저녁 세일럼에 온 월터는 그 술집에서 알래스카와 마주쳤고, 서로 마음에 들어 했죠."

"월터를 알래스카에게 소개해준 사람이 당신이라는 말인가요?"

"내가 소개시켜 주었다기보다는 자기들끼리 눈이 맞았다고 봐야죠. 다만 월터가 그 술집에 들른 이유는 나를 만나기 위해서니까 내가 다리를 놓았다고 해도 과히 틀린 말은 아니겠네요."

"당신과 알래스카 사이에도 남다른 감정이 있었나요?"

에릭은 그 질문을 받고 몹시 놀란 눈치였다.

"알래스카와 내가 서로 끌린 적이 있는지 물었습니까? 결코 그런 적 없습니다. 알래스카는 어느 자리에서든 빛나는 여자고, 나도 인정합니다. 하지만 나와 알래스카 사이를 의심하다니요?"

"샐리 캐리가 그런 의심을 하더군요." 페리가 말했다.

"캐리 부인은 왜 그런 이야기를 했을까요?"

"2주 전 당신이 알래스카와 함께 있는 모습을 두 번 보았답니다. 두 번 다 당신이 알래스카와 다투고 있었다고 하더군요. 마치 사랑 싸움을 하듯이."

에릭은 어이없다는 듯 피식 웃음을 흘렸다.

"내가 알래스카와 다투었다고요? 전혀 그렇지 않습니다. 알래스카는 나름 성깔이 있어요. 하고 싶은 말이 있으면 마음속에 담아두지 않고 즉시 털어놓는 스타일이죠. 그날 알래스카가 했던 말은⋯⋯."

"혹시 여자 친구 있습니까?" 페리가 물었다.

"세일럼에 있을 때는 사귀는 여자 친구가 있었는데 요즘은 없어요. 세일럼의 그 여자 친구와는 지난가을에 끝났습니다. 여자 친구와 헤어지고, 사장한테 해고당하고 나니까 세일럼을 떠날 때라는 생각이 절로 들더군요."

/

살인사건 다음 날 오후
1999년 4월 4일 일요일

/

　도노반 가족을 만나본 결과 4월 2일 금요일 밤과 관련해 새로운 사실을 알게 되었다. 월터는 스포츠 펍 〈내셔널 앤섬〉의 폐점 시간까지 남아 있었다고 했지만 도노반 남매는 그보다 앞서 자리를 떴다. 따라서 월터의 주장은 근거가 부족했다.

　페리와 매트, 니콜라스는 즉시 〈내셔널 앤섬〉으로 갔다. 그곳은 낮에도 영업하는 스포츠 펍이었다. 주인인 스티브 라이언은 저녁 영업 준비로 몹시 바빠 보였다. MLB 야구 시즌이 시작되는 날이었고, 개막전인 샌디에이고 파드리스와 콜로라도 로키스의 경기가 생중계될 예정이었다.

　"몇 가지 물어볼 게 있어서 왔습니다. 시간을 많이 빼앗지는 않을 겁니다." 매트가 주인에게 말했다. 주인은 형사들의 방문이 탐탁지 않은 기색이었다. "금요일 저녁에 이곳을 방문했던 손님에 대해 물어볼 게 있어서요."

"금요일 저녁에는 손님이 너무 많아 정신이 하나도 없었습니다. 과연 그 많은 손님들을 일일이 기억할 수 있을지 자신이 없네요. 일단 말씀해보세요. 물어보고 싶은 사람이 누군데요?"

"월터 캐리. 그 사람이 누군지 알고 있습니까?"

"월터라면 잘 알죠. 금요일 밤에 여기 왔었습니다. 알래스카가 결별을 선언하고 떠났다고 하더군요. 나랑 이야기를 나누고 싶어 하는 눈치였는데 너무 바빠 도저히 짬이 나지 않았습니다. 그다음 날 알래스카가 시신으로 발견되리라고는 어느 누구도 상상하지 못했을 겁니다. 설마 월터가 살인범이라고 의심하는 건 아니죠?"

"아직 누군가에게 유력한 혐의를 둘 만큼 수사가 진척되지는 않았습니다. 지금 단계에서는 부지런히 단서를 취합하는 수밖에 없습니다."

"월터는 파리 한 마리조차 쉽게 죽이지 못하는 친구입니다. 아니, 낚시를 좋아하니까 파리 한 마리쯤은 죽이겠네요. 어쨌거나 월터는 착한 친구이고, 여자를 살해할 만큼 파렴치하지 않아요. 게다가 월터가 좋아한 여자입니다."

"월터는 폐점 시간까지 여기 남아 있었다던데, 사실입니까?"

"정확한 건 모르겠습니다. 그 시간에도 여전히 손님들로 북적거렸으니까요. 직원들이 경찰을 불러 손님들을 다 내보내고 나서야 홀이 비게 되었습니다."

"금요일에 근무한 직원들에게 월터가 폐점 시간까지 남아 있었는지 물어봐야겠네요."

"네, 그렇게 하시죠."

***

〈내셔널 앤섬〉을 나온 삼인조 형사는 마운트플레전트 중심가를 따라 〈캐리 헌팅 앤 피싱〉까지 걸어갔다. 그때 경찰차 한 대가 다가오더니 옆에 멈춰 섰다. 운전석에 앉은 미첼 서장이 눈에 들어왔다.

"형사님들이 수고가 많군요." 미첼 서장이 차에서 내리며 말했다. "수상한 세 남자가 중심가를 어슬렁거리며 돌아다닌다고 신고가 들어왔어요. 어제 발생한 살인사건 때문에 주민들의 기분이 많이 예민해져 있어서 일단 경찰서에 신고부터 하는 식이죠. 새롭게 찾은 단서가 있습니까?"

"아직 없어요." 매트가 솔직하게 털어놓았다. "〈내셔널 앤섬〉에 들렀다가 오는 길인데 주인 이야기를 들어보니 지난 금요일 폐점 시간에 손님들을 내보내 달라는 요청을 받고 경찰이 출동했었다면서요?"

"네, 그런 일이 있었습니다. 그야말로 엉망진창이었죠. 스티브 라이언은 영업 제한 시간을 지키지 않았어요. 원래는 벌금을 내야 마땅한데 손님들을 핑계로 내세울 속셈으로 경찰을 부른 거예요. 아주 약삭빠른 사람입니다. 경찰을 불러놓고도 여분의 시간에 시치미를 떼고 추가 주문을 받아 수입을 챙기는 사람이죠. 스티브 라이언에게 무슨 볼 일이 있었습니까?"

"월터가 〈내셔널 앤섬〉이 문을 닫을 때까지 거기에 있었는지 확인해 보려고요."

"알래스카를 살해한 범인으로 월터를 의심하는 겁니까?"

"피해자와 관련 있었던 인물들을 탐문 수사해 꼬인 실타래를 풀어보려는 겁니다."

"월터는 서글서글한 친구지만 술이 들어가면 달라져요. 갑자기 난폭해지면서 공격성을 드러내기도 하죠. 예전에 월터와 사귄 여자 친구가 있는데 한번 만나보세요. 이름이 데보라 마일즈인데 여전히 이 지역에 살고 있습니다."

"월터와는 어떻게 되었는데요?"

"데보라가 헤어지자고 하자 월터가 폭발했어요. 한밤중에 경찰서에 접수된 신고를 받고 데보라의 집으로 출동해보니 그야말로 난장판이 되어 있더군요. 월터가 데보라의 집 유리창을 돌로 박살 냈어요. 알래스카가 죽은 날 월터에게 헤어지자고 했다면서요. 그 이야기를 듣는 순간 그때 일이 떠오르더군요."

페리가 데보라의 연락처를 받아 적고 나서 미첼 서장에게 말했다.

"내일 이 사건의 증인을 찾는 공고가 이 지역 여러 신문에 올라오게 될 겁니다. 공고를 보고 나서 기억이 되살아나 연락해올 증인이 있으리라 기대합니다. 혹시 이 지역 경찰서에서도 연락을 받을 경우 우리에게 알려주세요."

"형사님들도 겪어봤겠지만 이런 사건이 발생하면 뭔가 알고 있다는 듯이 과장되게 떠벌리는 사람들이 나오기 마련입니다. 대개는 관심을 끌려는 수작이죠. 지금껏 주목할 만한 증언을 해온 사람은 〈로카트 책방〉 주인 신지아 로카트뿐입니다."

"그 사람이 어떤 증언을 했는데요?"

"금요일에서 토요일로 넘어가는 새벽 1시 45분쯤에 파란색 차 한 대가 〈캐리 헌팅 앤 피싱〉이 있는 도로에서 급히 출발하는 걸 봤답니다. 매사추세츠주 번호판을 단 차였고요."

"알래스카의 차와 같은 색이었다는 겁니까?"

"그렇다니까요."

〈로카트 책방〉은 일요일에도 문을 열고, 페리 일행이 서 있는 곳에서 길을 하나만 건너면 곧바로 갈 수 있었다. 공간이 그다지 넓진 않아도 다양한 서적을 갖춘 책방이었다. 카운터 뒤편 벽에 이 책방에서 사인회를 연 작가들의 사진이 걸려있었다.

신지아 로카트는 〈캐리 헌팅 앤 피싱〉 옆 건물에 살고 있어서 우연히 그 장면을 목격했다고 설명했다. 신지아 로카트가 사는 건물은 구조가 독특했다. 출입구가 이면도로로 나 있고, 거실에서 중심가가 내다보였다.

"제가 잠을 이루지 못하는 날이 많은데 금요일에서 토요일로 넘어가는 새벽에도 그랬어요. 그럴 때는 아예 침대에서 일어나 책을 읽죠. 허브티를 만들어 거실 소파에 자리 잡고 앉아 여러 가지 책을 뒤적여요. 그날 새벽 1시 40분경에 거리에서 뭔가 와 장창 깨지는 소리가 들려왔어요. 무슨 일인지 궁금해 창가로 가서 밖을 내다보았더니 자동차 한 대가 급히 출발하더군요. 거리가 멀어 차량번호를 확인할 수 없었지만 매사추세츠주 번호판이라는 건 알 수 있었죠. 가로등 불빛이 밝아 파란색 자동차라는 걸 확인했고요."

"그때가 1시 40분이었다는 말이죠?"

"정확하게는 1시 39분이었어요. 만약을 대비해 주방에 걸린 벽시계를 보고 확인해두었죠."

"만약을 대비해서라고요?"

"뭔가 수상쩍어 보였어요. 하긴 내가 본 장면을 남편에게 이야기했더니 피식 웃으며 범죄 영화를 너무 많이 봤다고 하더군요."

"파란색 자동차 모델이 뭐였죠?" 페리가 물었다.

"아쉽게도 모델이 뭔지는 확인하지 못했어요." 신지아 로카트는 난처한 표정을 지었다.

"컨버터블이었나요?"

"잘 모르겠어요."

＊

〈로카트 책방〉을 나온 일행은 생각을 정리하느라 잠시 발걸음을 멈췄다.

"매사추세츠주 번호판을 단 파란색 차라고 했어. 알래스카가 자기 물건을 챙겨가려고 다시 집에 들렀던 게 아닐까?" 니콜라스가 말했다.

"그럴 가능성도 배제할 수 없지." 매트가 동료의 가설에 힘을 보태주었다. "월터가 말하길 그날 오후 5시경 살림집으로 올라갔을 때 알래스카와 마주쳤다고 했잖아. 그때 알래스카는 물건을 챙기는 중이었는데 예기치 않게 월터가 나타나는 바람에 일을 끝내지 못했을 수도 있어. 그래서 나중에 다시 들렀을 수도 있지 않을까?"

"새벽 1시 45분에?" 페리가 미심쩍은 표정을 지었다.

"그 시간이면 월터가 깊이 잠들었으리라 생각할 수도 있잖아. 하지만 월터는 그 시간에 〈내셔널 앤섬〉에 있었어. 적어도 그의 주장이 사실이라면 그래. 아무튼 알래스카가 집에 다시 들렀다고 해도 꼭 집 안에까지 들어갔다고 봐야 할까? 집 앞까지 왔지만 마음이 내키지 않아 들어가지 않고 돌아갔을 수도 있잖아. 어떤 경우든 차를 서둘러 출발시켰을 수는 있어. 그 시점으로부터 불과 얼마 되지 않아 알래스카는 그레이비치에서 살해당했지. 알래스카는 왜 새벽 2시에 호숫가에 갔을까?"

"알래스카는 그날 밤 마운트플레전트를 떠나지 않았어." 페리가 말했다. "이 근처 어딘가에서 누군가를 만나 '로맨틱한 저녁 식사'를 하기로 했던 거야. 데이트 상대는 누구였을까? 이 지역 식당들을 돌아봐야겠어. 알래스카의 사진을 보여주면 목격자를 더 찾을 수도 있을 거야."

"마운트플레전트에만 해도 식당이 수백 군데야." 니콜라스가 말했다.

"데이트를 하기에 적합한 식당이 그리 많지 않아. '로맨틱한 저녁 식사'와 어울리는 분위기의 식당만 추려봐야지. 일단 마운트플레전트 관광안내소를 찾아가 어떤 식당들이 있는지 알아보는 게 좋겠어."

페리와 매트, 니콜라스는 필요한 경우 따로 움직일 수 있도록 두 대의 차에 나눠 타고 마운트플레전트에 왔다. 니콜라스가 식당을 알아보기로 했다. 페리와 매트는 일단 주유소로 이동해 루이스가 방문을 요청한 이유를 알아보고 나서 미첼 서장이 말한 월터의 전 연인 데보라 마일즈를 만나볼 생각이었다.

***

루이스는 주유소 사무실 문을 열고 들어서는 페리와 매트를 보자 안도하는 기색이었다.

"눈이 빠지게 기다렸는데 이제야 나타나시네요."

루이스가 사무실 안쪽을 가리켰다. "직접 보시는 게 좋겠습니다. 아무것도 손대지 않고 그대로 두었으니까요." 루이스가 두 형사를 뒷방으로 안내하면서 말했다. 책상이 놓인 자그마한 방으로 직원들이 이용하는 공간이었다. 방 한쪽 구석에 큼지막한 금고가 놓여 있었다.

"오늘 아침에 발견했습니다."

루이스가 책상 위에 놓인 옷 한 벌, 편지, 얼마간의 돈을 가리켰다. 페리와 매트는 비닐장갑을 낀 손으로 책상 위에 놓인 물건들을 살펴보았다. 주유소 로고 색상 폴로셔츠에 알래스카의 이름이 새겨진 명찰이 가슴 위치에 달려 있었다.

"알래스카가 금요일에 입고 있던 옷이군요." 페리가 CCTV 영상에서 본 알래스카의 복장을 떠올리며 말했다.

루이스가 고개를 끄덕였다.

"금요일 저녁에 알래스카는 주유소 문을 닫고 떠나기 전에 이 옷을 여기에 벗어두었을 겁니다. 어제는 경황이 없어 미처 보지 못했습니다. 현장을 목격한 로렌이 주유소 사무실에 와서 문을 두드렸을 때만 해도 이 방문을 열어보기 전이었고요."

매트가 편지를 살펴보고 나서 페리가 들을 수 있도록 읽어주었다.

제이콥 씨

주유소를 그만두게 되었다는 사실을 직접 말씀드릴 용기가 나지 않았습니다. 다시는 마운트플레전트로 돌아오는 일은 없을 거예요. 그동안 베풀어주신 배려에 깊이 감사드립니다. 편지 보낼게요. 사무실 열쇠는 우편함 속에 넣어두었습니다.

알래스카 올림

추신 : 윈터에게는 아무것도 몰랐다고 해주세요. 부탁해요.
문제를 일으켜서 죄송합니다.

"CCTV 영상을 보니 알래스카가 무언가 우편함에 집어넣는 장면이 찍혔던데요." 페리가 말했다.

"열쇠였어요." 루이스가 확인해주었다.

"이 편지를 보면 알래스카는 이미 떠날 계획이 있었나봐요." 매트가 말했다. "문제를 일으켜 죄송하다는 말은 무슨 뜻일까요? 혹시 짐작되는 일이라도 있습니까?"

루이스가 어깨를 으쓱 추어올렸다.

"기억나는 일이 없습니다. 알래스카는 완벽주의자라 가끔 사소한 일도 부풀려 문제 삼긴 하죠. 아무튼 알래스카는 언제나 나를 도우려고 애썼습니다. 두 달 전, 일요일에만 근무하던 사만다가 그만두었을 때 알래스카는 내 부담을 덜어주려고 휴일까지 반납해가며 일했습니다. 이따금 상품 발주나 회계에서 사소한 실수를 빚은 적이 있었지만 그때마다 즉시 전화해 사과했습니다. '제가 도움이 되어야 할 텐데 일을 그르쳐서 죄송해요.'라고요. 얼마나 솔직하고 상냥한지."

페리는 지폐를 집어 들고 액수를 셌다.

"알래스카가 놓아두고 간 돈입니까?"

"네, 그래요." 루이스가 대답했다. "나는 철제금고에 돈을 넣지 바깥에 두지 않습니다. 액수가 얼마죠?"

"400달러입니다."

루이스는 마치 그럴 줄 알았다는 듯이 싱긋 웃었다.

"아까도 말했다시피 사만다가 일을 그만두었을 때 알래스카는 휴일을 반납하고 출근했어요. 그렇지만 초과근무 수당은 기어이 받지 않겠다고 하더군요. 내가 한사코 받으라고 해도 당연히 해야 할 일이었다면서 고집을 부렸습니다. 나는 400달러를 알래스카의 가방에 몰래 넣어두었습니다. 그 돈을 여기에 놓아두고 간 겁니다." 루이스가 갑자기 눈물을 흘리며 말했다. "미안합니다. 어린애처럼 눈물을 흘리다니? 하지만 알래스카가 죽었다는 사실을 떠올리면 슬픔이 북받쳐 견딜 수가 없습니다."

"이해합니다." 매트가 위로를 건넸다. "혹시 알래스카가 떠날 거라는 낌새가 전부터 보이던가요?"

"전혀 느끼지 못했습니다. 이따금 뉴욕으로 가고 싶다는 말을 한 적은 있습니다. 알래스카는 영화배우가 되고 싶어 했고, 계속 마운트플레전트에 머무를 수는 없을 거라 생각했습니다. 알래스카는 도시의 화려한 조명이 필요했죠. 그렇지만 갑자기 떠나려고 한 이유를 모르겠어요. 마치 도망치듯이."

"금요일 낮 CCTV 영상을 보니 알래스카가 약 30분가량 자리를 비웠다가 여행 가방 하나를 들고 다시 돌아오던데요."

"알래스카가 뭔가 챙겨 와야 할 물건이 있는데 집에 두고 왔다면서 다녀와야겠다고 하더군요."

"그런 식으로 자리를 비우는 일이 자주 있었습니까?"

"내가 기억하기로는 처음입니다. 정말이지 모범적으로 근무한 직원이었으니까요. 초과근무도 마다하지 않았고, 늘 부지런하고 친절했어요. 결근 한 번 한 적 없었고, 단 한 번도 일에 대해 불평하지 않았습니다. 내가 호박이 넝쿨째 굴러 들어왔다고 기뻐했을 정도였습니다."

"알래스카가 여행 가방을 들고 다시 주유소로 돌아왔을 때 혹시 뭔가 이상한 기색은 없었습니까?"

"솔직히 그때는 알래스카를 주의해서 보지 않았습니다. 깜박 잊고 두고 온 물건을 가지러 갔다가 가방 하나를 들고 돌아왔는데 딱히 이상하게 여길 건 없잖아요."

이번에는 페리가 나섰다.

"어제 우리에게 알래스카와 월터 사이에 갈등이 있었다고 했죠?"

"네, 그래 보였어요. 알래스카는 사실 월터를 그다지 좋아하지 않았습니다. 솔직히 나도 알래스카가 왜 월터와 같이 사는지 이해할 수 없었습니다."

"지난 금요일에 알래스카가 월터에게 결별을 통보했다던데 그 사실을 알고 있었습니까? 알래스카가 짐을 챙기러 잠시 집에 들렀을 때 월터와 마주쳤고, 그때 떠나겠다고 말했다던데요."

"그런 일이 있었다는 걸 어제 알았어요. 마운트플레전트는 어딜 가든 알래스카 사건 이야기뿐이니까요."

매트가 질문을 이어갔다.

"'로맨틱한 저녁 식사'라는 말을 들었다고 했죠. 그렇다면 알래스카는 누군가와 데이트 약속을 했다는 추측이 가능한데 그 상대가 월터는 아니었습니다. 데이트 상대가 누구인지 혹시 짐작할 수 있습니까?"

"전혀 모르겠습니다. 짐작 가는 사람이 있었다면 진작 말씀드렸겠죠."

"알래스카가 월터 말고는 연애 상대에 대해 언급한 적이 전혀 없었다는 말이죠?"

"네, 없었습니다."

***

데보라 마일즈를 찾아갔더니 집에 없었다. 일요일에도 올페 버러 마트에서 일한다고 했다. 아침 7시부터 밤 11시까지 연중 무휴로 영업하는 마트였다. 페리와 매트가 마트로 찾아갔을 때 데보라는 마침 휴식 시간이라 쉬고 있었다. 데보라는 조용한 장소에서 이야기하는 게 좋겠다면서 앞장서서 주차장으로 걸어갔다. 나이는 서른쯤 되어 보였고, 깡마른 몸에 안색이 피곤해 보였다.

"월터와 내가 사귄 적이 있다는 이야기를 어디서 들었어요?" 데보라가 물었다.

"마운트플레전트 경찰서의 미첼 서장이 알려주었습니다." 페리가 대답했다. "월터와 좋지 않게 끝났다고 하던데요."

"5년 전 일입니다. 월터가 마운트플레전트로 다시 돌아왔을 때였죠."

"월터는 그전에 어디에 있었는데요?"

"군대에 있었죠."

"군인이었나요?"

"고교를 졸업하고 해군에 입대했어요. 걸프전과 소말리아 내전에 참전했는데 부모의 가업을 물려받으려고 군대 생활을 접기로 마음먹었답니다. 게다가 월터는 사냥과 낚시가 취미이기도 하고요. 월터와는 고교 시절부터 알고 지내는 사이였습니다. 월터가 제대하고 돌아왔을 때부터 사귀기 시작했죠."

"그때가 언제쯤입니까?"

"1994년 가을이었습니다. 그런데 오래 가지 못했어요."

"무슨 일이 있었는데요?"

"난 월터를 좋아했어요. 바탕은 착한 사람이지만 우리 사이가 그리 길게 가지 않으리라는 건 금방 알았죠. 그 시절 나는 한창 나이였고, 한시바삐 결혼해 아이를 갖고 싶었습니다. 하지만 월터와 결혼해 함께 살아가긴 어려울 거라 생각했죠."

"이유가 무엇입니까?"

"마운트플레전트를 떠나 다른 곳에서 살고 싶었는데 방법을 몰랐고, 적당한 계기가 생기지도 않았어요. 5년이 지난 지금도 여기에서 벗어나지 못하고 있죠. 마운트플레전트 출신 남자와 결혼해 두 아이의 엄마가 되었고요. 내 아이들도 나처럼 여기에서 벗어나지 못하고 살아갈 게 뻔해요."

"마운트플레전트는 좁기는 해도 아름다운 곳입니다." 매트가 말했다.

"좁은 지역에 사는 사람들은 대부분 생각도 좁아요." 데보라 마일즈가 말했다. "기회가 되면 넓은 세상으로 떠날 줄도 알아야 해요."

"그 당시에도 마운트플레전트를 떠나고 싶어 했군요. 월터와 헤어지게 된 이유도 그겁니까?"

"아까도 말했지만 월터와 평생을 함께하긴 어려울 거라고 봤어요. 몇 달 가깝게 지내다가 결국 헤어지기로 마음먹었죠. 내가 헤어지자는 이야기를 처음 꺼낸 자리에서 월터는 의외로 담담하게 반응했어요. 〈더 시즌〉에서 커피를 마실 때였는데 헤어지자고 하자 월터는 분명 'OK'라고 대답했죠. 월터와 순조롭게 끝났다고 생각해 마음을 놓았어요. 그날 밤 부모님이 외출해 혼자 거실에서 TV를 보고 있는데 별안간 누군가 문을 거칠게 두드렸어요."

***

마운트플레전트
1994년 12월

초인종이 있는데 문을 심하게 두드리는 사람이 누굴까? 데보라는 의아한 생각이 들었지만 그다지 불안하지는 않았다. 마운트플레전트는 평화로운 지역이었다. 별 의심 없이 현관문을 열었고, 월터가 눈앞에 있었다. 추위에 시달렸는지 얼굴이 푸르뎅뎅했다. 데보라의 집은 주택 밀집 지역이 아니라 외딴곳에 있었고, 눈 덮인 집 주위는 적막하고 어두웠다.

"월터, 무슨 일이야?"

월터는 몹시 화가 난 듯 눈초리가 매서웠다.

"다른 놈이 생겼지?" 월터가 씹어 뱉듯이 말했다. "그동안 다른 놈하고 놀아나면서 나를 속여왔지?"

"무슨 말을 하는 거야? 난 널 속인 적이 없어."

"거짓말이잖아, 나쁜 년!"

"도대체 왜 그래? 왜 이리 무섭게 굴어?"

"지금, 그놈이 오길 기다리고 있지?"

"기다리는 사람 없어."

"그놈을 만나려고 잔뜩 꾸몄잖아?"

월터가 그토록 심하게 흥분한 모습을 본 건 처음이었다. 어떻게든 월터를 진정시켜 돌려보내야겠다는 생각이 들었다.

"난 그저 TV를 보고 있었을 뿐이야. 맹세해도 좋아."

"더러운 년!"

데보라는 몹시 큰 두려움을 느꼈고, 이 상황을 벗어나야겠다는 생각이 들었다. 월터를 피해 집 안으로 들어가 문을 잠가버리는 게 최선이었지만 그가 문손잡이를 등으로 가로막고 있었다.

모험을 걸어보는 수밖에 없었다.

"그만 돌아가. 우리 아버지가 어떤 분인지 너도 잘 알잖아. 계속 이러면 아버지가 나와서 크게 화내실 거야."

월터가 이죽거렸다.

"거짓말도 잘하네. 네 부모가 30분 전에 외출하는 걸 다 봤어."

데보라가 정색하며 되물었다.

"나를 감시한 거야?"

"너의 왕자님이 나타나는 걸 보려고 기다리고 있었지. 그나저나 날이 너무 추운데 안으로 들어가면 안 될까? 해야 할 말이 있어."

데보라는 다급한 마음에 월터를 확 밀쳐냈다. 방심하고 있던 월터는 갑자기 밀치는 바람에 눈밭에 나동그라졌다. 그 틈을 타 데보라는 재빨리 문을 닫아 걸었다. 벌떡 일어선 월터가 문을 힘껏 두드리기 시작했다. "문 열어! 어서 문 열어!"

데보라는 층계를 뛰어 올라가 부모의 침실로 몸을 피했다. 그 순간 창문이 깨지는 소리가 났다. 데보라는 전화기를 잡고 경찰서에 신고했다.

***

"월터는 유리창을 깨 경찰에 체포되었죠." 데보라가 두 형사에게 말했다. "술을 많이 마신 상태였어요."

"월터를 고소했습니까?"

"월터는 유리창을 깬 비용을 물어냈고, 부모님과 내게 사과하는 편지를 보냈어요. 아버지는 베트남 전쟁에 참전했던 군인 출신이어서 군에서 고생한 월터의 잘못을 눈감아주고자 했죠. 그 일이 있고 나서 마운트플레전트 여자들 가운데 어느 누구도 월터와 사귀려고 하지 않았어요. 월터가 친구 에릭이 있는 세일럼에 자주 놀러 간 이유였죠. 세일럼으로 가서 여자들을 만나보려고요. 월터의 잘못을 눈감아준 게 후회돼요. 나를 위해서가 아니라 다른 이들을 위해서요. 그랬더라면 막을 수 있었을 텐데."

"막다니요?"

"알래스카를 살해한 일."

바하마의 섬 하버아일랜드로 날아가 휴가를 보내려던 내 계획은 예상과 전혀 다르게 전개되었다. 우선 출발부터 계획이 틀어졌다. 레이건은 몬트리올 공항에 나타나지 않았다.

/

4장
잃어버린 낙원
2010년 4월 17일

/

나는 캐나다 항공 체크인카운터에서 레이건을 간절하게 기다렸다. 휴대폰으로 전화를 걸어봤지만 꺼놓은 상태였다. 잠시 후 문자메시지 한 통이 날아왔다.

어떡하지?
난 갈 수 없어.
미안.

나는 재빨리 통화를 시도했지만 레이건은 휴대폰 전원을 다시 꺼놓은 뒤였다. 메시지를 보내려고 잠시 휴대폰을 켰다가 껐다는 뜻이었다. 전날 밤에도 휴대폰으로 메시지를 주고받았다. 레이건은 시카고 몬트리올 노선 비행이 있었는데 많이 연착되어 집에 와서 여행 가방을 꾸리고 있다고 했다. 레이건은 나와 함께 하버아일랜드로 떠날 의사가 전혀 없었다고 봐야 했다.

내가 레이건의 해명을 들은 건 시간이 한참이나 흐른 뒤였다. 리츠칼튼 호텔에 들렀을 때 프런트 직원이 레이건이 전해달라고 맡긴 자필 편지 한 통을 전해주었다. 레이건은 이미 결혼한 여자였고, 두 아이 엄마였다. 나와의 만남은 잠깐의 불장난에 지나지 않았다. 내 집에 와서 이틀을 묵었을 때도 가족들에게는 온타리오주에 사는 할머니가 아프다는 핑계를 댔다고 했다.

그런 사실을 당신에게 어떻게 털어놓아야 할지 막막했어. 당신을 좋아하는 감정에 이끌려 여기까지 왔지만 이제는 깨달았어. 한순간의 감정으로 모든 걸 망쳐서는 안 된다는 걸.

몬트리올 공항 출국장에서 나는 넋이 나간 얼굴로 휴대폰 화면을 뚫어지게 쳐다보고 있었다. 이윽고 항공사 직원이 나를 향해 물었다.

"이제 곧 탑승 수속 업무가 마감됩니다. 어떻게 하시겠습니까?"

레이건은 오지 않았지만 나는 혼자서라도 떠나기로 했다. 복잡한 심사를 정리하기 위해서라도 떠나고 싶었다. 나는 비행기에 탑승했다. 비행기가 날아가는 동안 내 여자 친구 '라 솔리튀드*'와의 재회를 축하하기 위해 샴페인 한 병을 비웠고, 미니어처 위스키 몇 병을 연달아 목구멍에 들이부었다.

바하마에 도착해 경비행기로 갈아탔다. 20분가량 비행한 끝에 비취색 바다 한가운데 떠 있는 작은 섬에 착륙했다. 거기가 바로 하버아일랜드였다. 바야흐로 나의 새로운 지옥이 되어줄 작은 낙원이었다. 열대 숲속에 자리 잡은 고급 호텔을 상상해보라. 건물 본관 주위로 식물원을 연상시키는 수목이 있고, 수련이 가득 핀 연못에는 알록달록한 열대어와 자라들이 헤엄쳤다. 물 위에 뜬 방갈로 하나하나가 호텔 객실이었다.

고객들은 호텔의 수준 높은 서비스와 비밀을 보장받을 수 있다는 점에 후한 점수를 주었다. 사실 혼자서 하버아일랜드를 찾는 사람은 없었다. 애써 찾아볼 필요도 없이 눈을 돌리면 온통 커플 일색이었다. 은밀한 관계도 있고, 연륜이 오래된 느긋한 커플도 있고, 사랑을 갓 시작한 젊은 연인들도 있었다. 이제 사랑을 막 시작한 연인들은 식당이든 어디든 장소 불문하고 입술이 부르트도록 키스를 나누었다. 어서 그들의 혀를 음식 주문에 사용해주길 기다리는 웨이터들에게는 가혹한 시련이었다. 심지

---

*조르주 무스타키 Georges Moustaki, 〈마 솔리튀드(Ma Solitude나의 고독)〉의 노랫말 '라 솔리튀드 (la Solitude) 고독과 늘 함께 잠들다 보니, 고독은 내 여자 친구, 달콤한 습관이 되었죠.'에서 빌린 표현

어 삼인조 연인도 있었는데, 세상의 통념을 벗어던진 파격이 놀라웠다.

불쌍한 나는 이 작은 사회에 끼어 앉아 혼자 식사했다. 아마도 내가 이 호텔 역사상 처음으로 혼자 온 얼간이였을 수도 있다. 즉시 짐을 싸 뉴욕으로 돌아갈 수도 있었지만 정원에 펼쳐진 야자수와 푸른 바다가 나를 위로해줄지도 모른다는 기대감이 내 발목을 잡았다. 하지만 실연의 아픔이란 거실 소파에 앉아 있든 비치 의자에 누워 있든 결과는 다르지 않았다. 심하게 풀 죽은 나에게 아름다운 바닷가의 한가한 시간은 조금도 도움이 되지 않았다.

나는 모래밭에 앉아 끊임없이 레이건을 생각했다. 머릿속에서 레이건의 모습이 무수히 뒤엉켰다. 내게도 곁에 있어 주고, 내 이야기를 들어주고 위로해줄 사람이 절실히 필요했다. 호텔 바에 죽치고 앉아 혹시 그런 사람이 있나 찾아봤지만 여자 바텐더는 내게 신경 쓸 겨를이 없는 눈치였다. 여자 바텐더는 내가 수작을 붙일 기회를 엿본다고 생각했는지 슬슬 자리를 피했다.

나는 맥주잔을 벗 삼아 해리 쿼버트를 생각했다. 지금 해리가 하와이풍 꽃무늬 셔츠를 입고 내 곁으로 다가온다고 상상했다. 해리는 언제나처럼 내 어깨를 툭 치고 나서 말을 걸어왔다. "마커스… 마커스… 마커스……."

해리의 말을 들으며 나는 인생의 숙제가 던져주는 어떤 의미를 해석해낼 수 있었다. 해리에게는 문제를 해결하는 비결이 있었고, 내게는 그런 지혜가 절실히 필요한 순간이었다.

해리가 옆에 있었다면 나에게 어떤 말을 해주었을까?

"바에서 팔을 괴고 앉아 무얼 하는 건가? 금방이라도 울음이 터질 것 같은 얼굴이군. 자네는 지금 섬에 혼자 있어서 외로운 게 아니야. 주머니에서 휴대폰을 꺼내기만 하면 세상 어느 누군가와도 대화를 나눌 수 있잖아. 당장 친구에게 전화해. 친구는 심리 상담을 해주는 정신과 의사와 다르고, 어머니와도 다르지. 괜히 여자 바텐더 얼굴만 쳐다보지 말고 친구에게 전화해봐. 자네가 직면한 이 상황에서 훨씬 큰 도움이 될 거야."

내가 마음을 털어놓고 이야기할 사람은 페리 게할로우드 경사가 유일했다. 하지만 그때까지만 해도 알 수 없는 뭔가가 페리에게 전화하는 걸 가로막았다. 솔직히 실연당한 이야기를 하자니 창피했다. 꽃무늬 셔츠를 입은 해리가 환영해준 덕분에 나는 마침내 페리의 휴대폰 번호를 눌렀다.

"어이, 마커스!" 페리는 평소와 달리 아주 반가운 목소리로 내 전화를 받았다.

그 순간 나는 뭔가 삐걱거리고 있다는 눈치를 챘어야 했다. 페리는 결코 살가운 사람이 아니었다. 특히 나를 대할 때면 늘 상냥한 태도와 말투를 금기시했다. 페리는 그렇게 생겨 먹은 사람이라 어쩔 수 없었다. 만약 내가 일주일에 두 번째로 전화를 걸면 어김없이 시큰둥하게 받았다. "자꾸 귀찮게 해서 뭔가 위급한 일이 생긴 줄 알았잖아." 예전과 달리 내 전화를 반가워하는 페리의 태도에서 뭔가 털어놓고 이야기하고 싶은 일이 생겼다는 걸 알아차렸어야 했다. 하지만 나는 자기연민에 빠져 허우적거리느라 눈과 귀가 막혀 있었다.

"요즘 어떻게 지내요?"

"내가 물어보려고 했던 말을 먼저 하는군. 바하마는 어떤가? 일이 잘 풀리고 있나? 바하마 이야기나 풀어놔봐. 직접 가보진 못하더라도 꿈이라도 꿔보게. 여긴 지금 비가 억수처럼 퍼붓고 있고, 뼈가 시리도록 추운 날씨거든."

나는 주위에 펼쳐진 방갈로들을 쳐다보며 홀로 처량하게 지내는 내 처지를 하소연하려다가 별안간 울컥하는 심사가 되었다. 레이건과 틀어진 일을 솔직하게 털어놓을 엄두가 나지 않았다.

"여기선 모두 환상적이에요." 나는 어쩔 수 없이 거짓말을 했다. "뜨거운 태양이 내리비치는 파라다이스 그 자체라고요. 호텔 바에 내려와 맥주 한잔 하다가 문득 경사님 생각이 나서 전화했어요."

페리의 반응은 심상찮은 긴 침묵이었다. 한참 동안 말이 없던 페리가 마침내 입을 열었다. 망설이는 목소리였다.

"지난번 내 딸 생일 저녁에 우리 집에 왔을 때……."

말이 뚝 끊겼다. 페리가 마음속 깊이 넣어둔 비밀을 꺼내놓고

싫어 한다는 걸 느낄 수 있었다. 하지만 페리가 다시 말을 이었
을 때는 이미 생각을 바꾼 다음이었다.

"그날 와줘서 기뻐."

"그나저나 잘 지내시죠?"

"그럼, 난 잘 지내."

우리는 싱거운 대화를 나누고 전화를 끊었다. 4천 킬로미터의
거리가 느껴지는 어색한 대화였다. 우리는 서로 상대가 절실히
필요한 순간이었지만 말로 담아내지는 못했다.

그 당시에는 몰랐는데 그때 페리는 차에 앉아 나와 통화했다.
페리의 차는 콩코드 시내 중심가에 세워져 있었고, 운전석에 앉
아 인접한 식당에서 어느 남자와 마주 앉아 있는 헬렌의 모습을
지켜보고 있었다. 헬렌은 늦게까지 사무실에 남아 있어야 한다
고 거짓말을 했다. 게다가 그런 핑계를 대고 페리를 따돌린 게
처음이 아니었다. 페리는 이미 몇 주 전 헬렌이 다른 남자를 만
난다는 걸 눈치챘다. 그러다가 나와 통화하던 바로 그때 차 안
에서 현장을 목격하게 되었다.

***

몇 번의 낮과 밤을 흘려보낸 끝에 마침내 휴가 일정을 마무리
해야 하는 날이 다가왔다. 하버아일랜드에서의 마지막 저녁은

방갈로에 틀어박혀 보냈다. 짐을 챙기다가 여행 가방 한쪽 구석에 넣어두고 오랫동안 잊고 지낸 수첩을 발견했다. 수첩에 갈무리해둔 사진 한 장이 눈에 들어왔다. 20년 전에 찍은 사진 속에서 나는 볼티모어 골드먼들과 함께 있었다. 큰아버지 사울, 큰어머니 아니타, 사촌 우디와 힐렐.

인화지에 박제된 볼티모어 가족들을 향해 미소로 인사를 건넸다. 나는 많이 사랑했던 그들을 한참 동안 응시했다. 볼티모어 가족들을 덮친 비극의 기억이 아프게 밀려왔다. 나는 해변으로 나가 어스름 속에서 어슬렁거렸다. 야자나무 숲과 바다 사이 모래밭을 분주히 오가는 코코넛크랩이 보였다. 멀리 수평선에서 한 무리의 불빛이 반짝였다. 거기가 플로리다일 리는 없었다. 지도상으로는 바하마 바로 위에 위치해 있지만 실제 거리는 대단히 멀었다. 하지만 나는 그 불빛이 반짝이는 곳이 마이애미라 생각하고 싶었다. 볼티모어 가족들과의 추억이 깃든 곳. 지금은 큰아버지 사울이 혼자 망고나무로 둘러싸인 코코넛그로브의 작은 집에 살고 있었다. 큰아버지를 자주 찾아보는 편이었지만 《해리 쿼버트 사건의 진실》을 출간하고, 앞서 출간한 책을 각색해 영화 촬영에 돌입하면서 시간을 내지 못했다. 큰아버지를 생각하자 별안간 가슴이 울컥했고, 목소리가 듣고 싶었다. 당장 전화를 걸었다. 다행히 큰아버지의 목소리는 활기가 넘쳤다.

"오랫동안 뵈러 가지 못해 죄송해요." 내가 말했다.

"네가 얼마나 바쁜지 다 알아. 게다가 시간이 너무 빨리 흘러."

"영화 촬영장에 오셨더라면 좋았을 텐데……."

"비행기 표까지 챙겨 보내준 네 성의는 고맙다만 나는 그냥 여기서 지내는 게 좋아. 내가 가지 않았다고 너무 섭섭해하지 말길 바란다."

"이해해요. 제가 시간을 내 뵈러 가야죠."

"나야 환영이지. 그럼 언제 올래?"

"내일은 어때요?"

"내일? 그렇게 빨리." 큰아버지는 조금 놀란 눈치였다. "네가 온다면 깜짝 선물이 따로 없지."

볼티모어 가족들은 내 삶에서 매우 중요한 자리를 차지하고 있었다. 한때 볼티모어 골드먼들은 화려했고, 내가 속한 몬트클레어 골드먼들은 상대적으로 초라했다. 볼티모어 골드먼들의 역사, 운명, 인생의 변천사를 그린 책을 쓰고 싶었다. 볼티모어 골드먼들에게 바치는 책을 쓰고 싶다는 생각이 내 안에서 싹을 틔운 곳이 바로 하버아일랜드였다.

2년 후 나는 볼티모어 골드먼들의 이야기를 썼다. 《볼티모어의 서》가 바로 그 책이다.

/

경찰보고서 발췌
월터 캐리의 진술

/

본 신문은 1999년 4월 4일 일요일, 뉴햄프셔주 경찰청 형사
과에서 녹취되었다.

— 데보라 마일즈가 누군지 알죠?

네, 물론입니다. 5년 전 사귄 여자죠. 이름을 아는 걸 보니 데
보라와 나의 관계를 알고 있겠네요. 내가 난동을 부린 일도.

— 그해 12월에 데보라의 집을 찾아가 가택침입을 시도했던
이야기를 해줄래요?

가택침입을 시도한 적은 없습니다. 그저 이야기를 나누고 싶
어 찾아갔는데 데보라가 눈앞에서 문을 닫아걸었습니다. 화가

나서 돌을 던져 창문을 깼을 뿐입니다. 내가 멍청했고, 그 일에 대해서는 입이 열 개라도 할 말이 없습니다. 술을 너무 많이 마신 건 변명이 될 수 없고요. 다만 데보라에게 해코지할 마음은 전혀 없었고, 집 안으로 들어갈 생각도 없었습니다. 데보라가 나에게 돌아가라고 요구했다면 그 즉시 그렇게 했을 거예요. 그런 일이 있은 이후 동네에서 한심한 놈 취급을 받게 되었죠. 그나마 내 편이 되어주는 에릭이 있어서 다행이었습니다. 기분이 꿀꿀한 날이면 세일럼에 가서 에릭과 어울려 놀다가 올 수 있었으니까요.

— 에릭 도노반과 언제부터 친한 사이였나요?

어릴 적부터 함께 자란 사이죠.

— 에릭 덕분에 알래스카를 만나게 되었다고 하던데 사실인가요?

알래스카는 세일럼에 갈 때마다 자주 어울리는 여자들 가운데 하나였어요. 그 당시 에릭과 만나던 여자가 매번 친구들을 데리고 나와 함께 어울리게 되었죠. 에릭은 여자 친구에게 미쳐 있었지만 정작 그 여자는 제멋대로였어요. 달랑 문자메시지 하나로 에릭을 차버렸으니까요. 에릭은 큰 상처를 받았습니다. 그때 받은 상처가 에릭이 마운트플레전트로 돌아오게 된 이유 가운데 하나였어요.

　— 에릭도 그렇게 말하더군요. 그럼 에릭이 마운트플레전트
로 먼저 오고, 그다음에 알래스카와 당신이 함께 온 건가요?
　정확한 날짜는 기억나지 않지만 에릭이 먼저 오고 나서 몇 주
후에 우리가 왔어요.

　— 알래스카가 세일럼을 떠난 이유는 무엇인가요?
　이미 여러 번 말했지만 환경을 바꿔보려고 했어요.

　— 혹시 알래스카가 에릭을 다시 만나고 싶어 마운트플레전트
에 왔을 가능성은 없나요?
　그럴 리가요? 자꾸 뭔가 오해하시나 본데 알래스카와 에릭은
그런 사이가 아닙니다. 누가 그런 말을 했기에 자꾸만 그런 말
을 꺼내는지 모르겠네요.

　— 당신의 어머니에게서 들은 말을 참고로 했습니다.
　엄마 말은 곧이곧대로 믿으면 결코 안 됩니다. 아들인 내가 어
느 누구보다 잘 알죠.

　— 알래스카와 만난 이야기를 듣고 싶습니다.

1998년 봄에 알래스카를 처음 만났어요. 세일럼에 있는 〈블루라군〉이라는 술집에서였죠. 알래스카를 보는 순간 첫눈에 반했죠. 눈을 뗄 수 없었습니다.

— 알래스카도 같은 감정이었습니까?

처음에는 슬쩍 뒤로 빼면서 나를 조바심치게 했죠. 알래스카가 내게 호감이 있다는 걸 알았지만 어느 정도 시간이 필요했습니다. 사실 나도 알래스카를 보기만 해도 설레는 마음을 즐겼고요. 알래스카가 마침내 나에게 키스한 저녁이 생각나요. 거리로 나왔을 때 알래스카가 갑자기 내 재킷을 움켜잡더니 키스했어요. 알래스카가 죽었다는 사실이 여전히 믿기지 않아요.

[울음]

— 잠시 중단할까요?

아니 괜찮습니다. 좀 힘들지만 중단할 필요는 없어요.

— 알래스카가 누군가로부터 협박받고 있다고 느낄 만한 단서가 있었나요?

아뇨.

— 그렇지만 알래스카는 실제로 협박을 받았습니다.

형사님들이 그 사실을 나에게 알려주었죠.

— 알래스카가 협박당하고 있다고 말한 적 없습니까?

없어요.

— 알래스카의 행동이 평소와 달라 보인 적 있습니까?

이미 말했지만 우리 사이에는 어느 정도 갈등이 있었어요. 알
래스카는 화가 날 때면 공격적인 모습을 보이기도 했죠.

— 왠지 불안해 보이거나 걱정거리가 있어 보였는지 물은 겁
니다. 알래스카가 평소와 다른 태도를 보인 적이 없다는 말이
죠?

없었습니다.

— 알래스카는 살해되던 날 밤 집에 다시 들렀다가 곧바로 그
레이비치로 갔습니다.

그게 무슨 말입니까?

— 새벽 1시 40분에 알래스카의 차를 본 사람이 있습니다. 알
래스카가 자기 물건을 챙겨가려고 왔던 걸까요?

그건 저도 모르겠습니다.

— 금요일에서 토요일로 넘어가는 새벽 1시 40분에 당신은 어디 있었죠?

〈내셔널 앤섬〉에 있었다고 이미 말했을 텐데요.

— 〈내셔널 앤섬〉이 문을 닫은 시간에 당신이 거기 있었다는 증거가 없다는 점이 문제입니다.

그때까지 손님이 아주 많았습니다. 게다가 모두들 자리를 뜨려 하지 않아서 경찰이 왔었다고요. 내가 거기 없었다면 그런 사실을 어떻게 알겠습니까?

— DNA 감식을 위해 시료를 채취해야 하는데, 동의해 주시겠습니까?

물론이죠. 난 DNA 검사를 거부할 이유가 없어요.

/

살인사건 이틀 후
1999년 4월 5일 월요일

/

과학수사대 전문 요원이 DNA 시료 채취를 하려고 면봉으로 월터의 입 안을 문질렀다. 시료 채취가 끝나자 월터는 옷을 걸쳐 입고, 가져온 신문을 챙겨 들었다. 그날 아침 뉴햄프셔주의 모든 신문 1면에는 알래스카의 사진이 올라왔다. 경찰서 취조실을 나서기 전 월터는 형사들을 향해 혼잣말처럼 웅얼거렸다. "언젠가 스타가 되어 신문 1면을 장식하는 게 알래스카의 꿈이었죠."

사람들은 저마다 가정에서, 카페에서, 버스 안에서, 관공서 대기실에서 알래스카의 얼굴 사진이 대문짝만하게 나온 신문을 펼쳐 들었다. 신문 기사를 끝까지 다 읽은 사람들은 다음과 같은 공고문에 한 번씩 눈길을 주었다.

'4월 2일 금요일 저녁에 알래스카 샌더스를 보았거나 관련 정보를 알고 계신 분은 뉴햄프셔주 경찰청 형사과로 연락주시기 바랍니다.'

삼인조 형사들은 증인을 찾는 공고문에 기대를 걸었다. 수사를 진척시키려면 실마리가 필요했다. 전날 니콜라스는 그 지역 식당들을 둘러보았지만 소득이 없었다. 금요일 밤에 알래스카를 보았다는 사람이 없었다. 그들은 신문 기사가 크게 나고, 전단지를 만들어 대량 배포한 만큼 새로운 증인이 나타나길 기대했다.

마운트플레전트에서 북쪽으로 20분 거리에 있는 콘웨이 타운의 마트 지배인이 연락해왔다. 알래스카를 보았고, 어떤 남자와 다투고 있었다고 했다. 페리와 매트는 즉시 콘웨이로 달려갔다.

마트는 공용주차장을 중심으로 각종 상점이 밀집한 복합 상업 시설 내에 있었다. 마트 지배인은 그날 목도한 장면을 이야기했다.

"정확한 날짜는 기억나지 않는데 아마 2주쯤 되었을 겁니다. 그날, 알래스카를 봤어요. 솔직히 너무 예뻐서 눈에 확 띄더군요. 변태처럼 훔쳐볼 생각은 전혀 없었습니다. 나도 알래스카 또래 딸이 있거든요. 아무튼 눈길을 확 잡아끄는 매력이 있었어요. 그 자리에 있던 남자들 모두가 알래스카를 쳐다볼 정도였습니다. 알래스카가 계산을 마치고 나간 뒤 얼마 있다가 직원 하나가 달려오더니 마트 앞에서 싸움이 벌어졌다고 했어요. 무슨 일인지 확인하러 가봤습니다. 알래스카는 울고 있고, 그 앞에 덩치 큰 남자가 버티고 서서 소리를 버럭버럭 지르더군요. '나에게 그러면 안 되지.' 나는 알래스카에게 다가가 괜찮은지 물었어요. 그러자 남자가 나에게 당장 꺼지라며 윽박지르더군요. 나는 마트 안으로 돌아와 경찰서에 신고했습니다. 그런 다음 다시 밖으로 나가보니 두 사람은 어느새 주차장에 가 있더군요. 알래스카가 남자를 향해 외치는 소리가 들려왔습니다. '갈 테야!' 남자는 운전석에 올라 있었고, 알래스카는 조수석에 앉아 있었어요. 그 모습이 수상했습니다. 알래스카가 자유로운 의사로 차에 탔는지 의심스러웠거든요. 잠시 후 경찰이 주차장에 도착했습니다."

"그래서요?"

"경찰은 간단한 신원확인만 하고 두 사람을 보내주었습니다. 별일 아니라면서요. 하지만 내가 보기에는 뭔가 심상치 않은 일이 있었던 게 분명해요."

페리는 눈을 들어 CCTV 위치를 확인했다. 마트 입구를 비추는 카메라가 보였다.

"그날 CCTV에 찍힌 영상을 확인할 수 있을까요?"

"유감스럽게도 영상 파일은 48시간마다 자동으로 삭제됩니다."

***

마트 지배인이 목격한 여자는 과연 알래스카일까? 그렇다면 알래스카와 다툰 남자는 누구일까? 콘웨이 경찰서를 찾아간 페리와 매트는 콜센터에 통신 기록을 요청해 마트에서 신고가 접수된 날을 찾아냈다. 3월 22일 월요일이었다. 당시 현장에 출동했다는 경찰관은 정확한 기억이 나지 않는다고 했다.

"무슨 일이 있었는지 기억나지 않는 걸 보면 별일 아니었다는 뜻 아닐까요?" 경찰관이 두 형사에게 말했다. "가뜩이나 허위신고로 진을 빼는 경우가 허다합니다. '한발 늦기보다는 한발 더 먼저 경찰을 부르자.'는 식으로 신고를 권장하는 분위기 탓에 막상 출동해보면 사소한 일인 경우가 많거든요."

페리가 알래스카의 사진을 경찰관에게 다시 들이밀며 물었다.

"이 얼굴을 잘 봐요. 정말로 알아보지 못하겠어요? 마트 주차장에서 알래스카가 남자와 다투고 있었을 텐데……."

경찰관은 질문에 대답하는 대신 사용자가 자리를 비운 컴퓨터 앞으로 이동해 앉았다. 경찰관이 자판을 두드리면서 물었다.

"콜센터에서 보고서를 넘겨주던가요?"

"보고서라니?" 매트가 물었다.

"응급 전화로 신고가 들어오면 출동 보고서를 작성하게 되어 있어요." 경찰관이 설명했다. "순찰차에 탑재된 컴퓨터를 통해 출동 보고서를 곧바로 입력하거든요."

"그럼 그때도 출동 보고서를 썼겠네요." 페리가 반색했다.

경찰관은 자판을 두들기더니 프린터로 걸어가 방금 출력한 문서를 가져왔다.

"그날 출동 보고서입니다." 경찰관이 그렇게 말하면서 문서를 눈으로 훑어보았다. "마트 주차장에서 말다툼이 있었네요. 이제야 기억납니다. 젊은 남자가 운전석에 타고 있었고, 젊은 여자가 조수석에 앉아 있었습니다. 젊은 여자는 울었는지 눈언저리가 빨갛게 물들었더군요. 무슨 일인지 묻자 여자가 대답하길 말다툼을 했을 뿐이고 별일 아니라고 하더군요. 그때 젊은 여자가 했던 말이 기억나네요. '누구나 부부 싸움을 하잖아요.' 그러더니 이런 농담까지 했어요, '집 밖에서는 부부 싸움도 못하겠네. 경찰이 어김없이 달려오니까.' 결론적으로 허위 신고였다는 뜻이죠. 운전석에 타고 있던 젊은 남자의 면허도 문제없다는 걸 확인했습니다. 이 보고서를 보니 나도 일을 제법 열심히 했네요. 혹시라도 그들이 탄 차가 도난 차량은 아닌지 차적 조회까지 해봤으니까요. 결과적으로 정상 차량이었습니다."

"출동 보고서를 볼 수 있을까요?" 페리가 요청했다.

"그럼요, 얼마든지 보세요."

1999년 3월 22일 월요일, 오후 2시 25분
신고사유 : 공공장소에서 남녀 간 다툼 발생
출동상황 : 차량에 탑승한 커플. 폭력 흔적 없음. 개입 불필요

조치내역 : 운전자 면허 조회 및 차적 조회. 등록번호 뉴햄프셔 SDX8965 검은색 포드 토러스. 도난신고 없는 정상 차량으로 확인됨. 오후 2시 33분 사건처리 완료

페리는 문서에 시선을 고정한 상태로 매트에게 물었다.

"월터 캐리의 차량번호를 갖고 있지?"

매트가 메모장을 넘겼다.

"뉴햄프셔 SDX8965."

"마트에서 알래스카와 함께 있었던 남자는 월터였어."

***

"월터와 알래스카가 마트에 함께 장을 보러 갔다가 다투었다는 사실이 이상하지 않아?" 매트가 말했다. 두 형사는 콘웨이 경찰서를 나와 달리고 있었다.

"월터는 4월 2일에 알래스카가 떠나겠다고 말할 줄은 미처 몰랐다고 주장했어. 어쨌거나 지금 밝혀진 대로 이전부터 다툼이 있었다면 그날 알래스카의 결별 통보는 결코 느닷없는 일이 아니었다고 봐야 해. 월터가 순박한 연인 행세를 하고 있지만 여자 친구와 싸우는 상황에서 경찰이 출동했다면 이미 오래전에 끝장난 사이라고 봐야겠지."

매트가 고개를 끄덕였다.

"나도 같은 생각이야. 내가 보기에 월터는 처음부터 우리를 속였어."

페리와 매트는 콘웨이에서 매우 중요한 정보를 하나 더 얻었다. 자동차 후미등 파편과 차량 페인트 자국이 발견된 산림 도로에 대해서였다. 콘웨이는 미국 국립공원 관리국 지국이 있는 곳으로 알래스카의 시신이 발견된 화이트마운틴 국유림 역시 지방정부가 아닌 국립공원 관리국 관할이었다.

"간단히 말해 그 숲은 워싱턴 소관이야." 니콜라스가 전화로 동료들에게 설명했다. 니콜라스는 연방정부의 복잡한 행정체계에 질린 것 같았다.

"산림 관리가 무척이나 잘되겠네." 매트가 빈정거렸다.

"실제로도 잘되고 있어. 국립공원 관리국의 각 지국이 영역을 나누어 실질적으로 관리하고 있으니까. 지금 콘웨이 지국장이 자네들을 기다리고 있어. 내가 전화로 협조 요청을 해놓았거든. 지국장도 그 숲의 산림 도로에 대해 잘 알고 있더군. 그 도로 때문에 골머리를 앓은 지 제법 오래되었대. 오죽했으면 '개망나니 길'이라고 부르겠냐고 하면서."

페리와 매트를 맞이한 콘웨이 지국장이 책상 위에 지도를 펼쳐놓고 문제의 도로를 가리킬 때 입에서 튀어나온 명칭도 바로 '개망나니 길'이었다. 그 산림 도로는 마운트플레전트의 21번 도로에서 갈라져 나와 10킬로미터에 걸쳐 숲을 통과한 뒤 16번 도로로 이어졌다.

"이 '개망나니 길'은 1988년 옐로스톤 대화재를 계기로 만들어졌습니다." 지국장이 설명을 시작했다. "국립공원 관리국은 소방관들이 국유림 중심부로 신속하게 접근 가능해야만 불길의 확산을 막을 수 있을 거라고 내다본 겁니다. 그 산림 도로가 생긴 덕분에 관리인들은 접근이 힘들어 방치 상태로 놓아둔 잡목림에 들어가 산불의 원인이 되는 고사목을 베어낼 수 있게 되었죠. 산불 예방 차원에서는 좋은 생각이었는데 이제 누구나 그 길을 이용할 수 있게 되었습니다. 자동차, 에이티브이, 오토바이들이 수시로 지나다니는 길이 되었죠. 심지어 그 산림 도로를 이용해 스코탐 호수로 요트를 실어 나르는 작자들도 있습니다. 몇 년 전부터 캠핑카 한 대가 산림 도로에 방치되어 있습니다. 누군가 망가진 캠핑카를 내팽개쳐두고 달아난 거죠. 직원들이 매번 그 문제를 해결해달라고 하는데 난들 어쩌겠어요. 마운트플레전트 시장에게 말했더니 관할구역이 아니라네요. 국유림에서 발생한 문제니까 연방정부가 처리해야 한답니다. 워싱턴의 그 어떤 정치인이 뉴햄프셔주 국유림의 호숫가에 방치해둔 캠핑카에 관심을 갖겠습니까? 산림 도로에 일반 차량은 드나들지 못하도록 입구에 차단기를 설치할까 생각해봤는데 좋은 방법이 아니었어요. 만약 산불이 발생할 경우 소방관이 신속하게 투입되어야 하는데 차단기를 여느라 시간이 지체되면 곤란하잖아요. 유일한 방법은 일반 차량은 통행 불가로 하고, 만약 위반할 경우 과태료를 매기는 것뿐이더군요. CCTV에 찍힌 차량번호를 보고서에 첨부해 워싱턴으로 보내면 위반자들에게 범칙금 딱지가 날아가게 됩니다. 우리로서는 어지간히 번거로운 일이죠. 우린 산림 관리인이지 경찰 보조원이 아니잖아요."

"법규 위반으로 고발한 차량 명단을 보관하고 있습니까?"

"네, 있습니다."

잠시 후 페리와 매트는 컴퓨터 화면을 마주하고 앉았다. 화면에 지난 몇 주 동안 산림 관리과에서 고발한 차량 명단이 떴다. 차량 대수는 그리 많지 않아 3월 20일 토요일 자로 고발장이 작성된 차량을 금세 찾아낼 수 있었다. 두 형사는 그 차를 금세 알아보았다. 뉴햄프셔 SDX8965 번호판을 단 검은색 포드 토러스는 월터의 차였다. 고발장에 'KM1 구역, 운전자 없이 주차된 차량'이라고 언급되어 있었다.

"KM1 구역이라면 어떤 의미죠?" 페리가 지국장에게 물었다.

"차량이 적발된 위치가 산림 도로 반경 1킬로미터 안에 있다는 표시입니다. 이의제기에 대비해 장소를 기록해두죠. 범칙금을 물릴 때는 워싱턴 당국이 직접 나서고, 고지서를 받은 사람이 항의해올 경우 그다음 일처리는 고스란히 우리에게 떨어지게 됩니다. 위반 사실을 '입증'하는 건 우리 몫이니까요. 그야말로 골치 아픈 일이죠."

"1킬로미터 반경이면 이 지도상으로 대략 어디까지죠?" 매트
가 물었다.

지국장은 지도 쪽으로 몸을 돌려 그 거리에 해당하는 지점들
을 손가락으로 짚어 나갔다. 그런 다음 도로를 하나의 선으로
연결해 보이며 말했다.

"조금 전에 말한 캠핑카가 방치되어 있는 지점도 이 범위 안에
있어요."

차량 명단에 같은 날인 3월 20일에 같은 구역에서 적발되어
고발된 차가 한 대 더 있었다. 검은색 폰티악 선러너로 매트는
니콜라스에게 전화해 차량번호를 알려주고 조회를 부탁했다.

차량 소유주의 이름이 화면에 뜨자 니콜라스가 중얼거렸다.
"에릭 도노반의 차야."

***

페리와 매트는 곧장 마운트플레전트의 에릭을 찾아갔다. 문
제의 차가 식료품점 앞에 주차되어 있었다. 에릭은 손님들의 관
심을 끄는 게 불편한지 두 형사를 즉시 뒷방으로 안내했다.

"무슨 일입니까?" 에릭이 불쾌한 기색으로 물었다.

"폰티악 선러너를 타죠?" 페리가 물었다.

"내 차가 맞아요. 문제가 뭡니까?"

"그레이비치 인근 산림 도로에서 법규 위반으로 범칙금을 부과받았죠?"

"산림 관리인들이 일을 멍청하게 하고 있어요. 그 산림 도로는 내가 낚시하러 갈 때마다 줄곧 이용하는 길이었습니다. 그 길이 생기고 나서 10년 동안 아무 문제 없이 이용해왔는데 돌연 통행 금지를 시키고 어길 경우 범칙금을 물리고 있습니다. 산림 도로를 이용한 게 무슨 문제라도 있습니까?"

"산림 도로에 간 이유가 뭡니까?"

에릭은 그 질문에 놀란 눈치였다.

"월터와 함께 송어낚시를 다닙니다. '송어 낙원'이라고 불리는 포인트가 있죠. 어릴 때만 해도 걸어서 가거나 자전거를 타고 갔는데 지금은 산림 도로가 있어 자주 이용합니다. 편의상 그 길을 이용하지 않을 이유가 없잖아요? 낚시도구를 차에 싣고 갈 수도 있고요. 그렇게 편한 길이 있는데 포기할 수야 없죠."

"그렇다면 그 길을 잘 알겠군요. 월터도 마찬가지고."

"그레이비치 부근은 누구나 잘 알아요. 아주 유명한 곳이잖아요."

"최근에 차를 운전하다가 사고를 낸 적이 있죠?" 매트가 물었다.

"그런 적 없는데 무슨 말씀이죠? 혹시 숲에서 찾아낸 후미등 조각 때문에 묻는 건가요?"

"후미등 조각이 발견되었다는 건 어떻게 알게 되었죠?"

"마운트플레전트 경찰이 이야기하고 다니던걸요. 게다가 어딜 가나 다들 그 사건 이야기만 하고 있어요. 형사님들은 알래스카의 죽음과 관련해 나에게 의심을 품고 있는 겁니까?"

"차를 잠시 살펴봐도 될까요?"

두 형사는 차를 세워둔 식료품점 앞으로 갔다. 검은색 폰티악 선러너는 어느 한 군데 부서진 곳 없이 멀쩡했다.

에릭을 만나고 온 직후 니콜라스가 두 형사에게 전화를 걸어왔다.

"과학수사대에서 작성한 1차 조사보고서가 나왔어. 법의관이 부검 결과도 보내왔고. 알래스카의 후두부 상처가 직접적 사인은 아니라네."

***

경찰청으로 돌아온 페리와 매트는 니콜라스와 함께 법의관을 만나러 갔다. 법의관은 형사들에게 부검 결과를 상세히 설명했다.

"알래스카 샌더스의 사인은 질식사입니다. 목둘레에 나타난 혈종들로 볼 때 누군가가 맨손으로 목을 졸랐어요."

"목을 졸랐다고요?" 매트가 깜짝 놀라며 되물었다. "뒷머리를 세게 가격당한 게 사인일 줄 알았는데."

"실제로 머리를 가격당했지만 치명상을 입지는 않았어요." 법의관이 몇 장의 사진을 가리켜 보였다. "여기 이 사진을 보면 후두골이 움푹 함몰된 모습이 보일 겁니다. 후두부가 심하게 함몰되긴 했어도 그때까지 숨이 끊어지진 않았어요."

"그러니까 뒤통수를 심하게 가격당한 이후 목이 졸려 숨졌다는 뜻이네요."

"바로 그렇습니다."

"후두부를 가격할 때 사용된 둔기는 뭡니까?"

"상처로 보아 관성의 법칙이 적용된 아주 강력한 일격이었습니다. 둔기를 들고 팔을 크게 휘둘러 후두부를 가격했다는 뜻입니다. 정확하게 무얼 휘둘렀는지 알 수 없지만 쇠몽둥이로 보입니다."

"야구 배트가 아닐까요?" 매트가 물었다.

"야구 배트는 아닙니다. 함몰 부위에서 나무 성분은 검출되지 않았거든요. 철봉이나 그와 유사한 둔기일 겁니다."

"사망 장소가 호숫가인 건 확실한가요?" 페리가 물었다.

"시신이 옮겨진 흔적은 없어 보입니다." 법의관이 설명했다. "현장에서 발견한 혈흔으로 볼 때 피해자는 그 모래밭에서 후두부를 세게 가격당했어요. 시신의 콧구멍과 귓속에서 스코탐 호수에만 사는 파리의 유충이 나왔거든요. 만약 구더기가 있다면 사망 시각을 짐작해볼 수 있을 겁니다. 파리가 알을 깐 시각이 피해자가 숨진 시각과 크게 다르지 않으니까요. 범행 시각은 금요일에서 토요일로 넘어가는 새벽 1시에서 2시 사이가 유력합니다. 약물과 독극물 반응 검사를 해봤는데 정상이었어요. 마약을 하지는 않았다는 뜻이죠. 피해자는 술을 조금 마신 상태였어요."

"혹시 성폭행을 당했습니까?" 매트가 물었다.

"아니, 성폭행이나 성관계 흔적은 없었습니다."

***

법의관을 만나본 다음 삼인조 형사는 과학수사대 책임자 키스 벤튼으로부터 자세한 설명을 들었다. 키스 벤튼은 우선 사진 한 장을 화면에 띄웠다. 알파벳 M과 U, 두 글자가 새겨진 회색 스웨트셔츠 사진이었다.

"방치된 캠핑카 안에서 찾아낸 스웨트셔츠입니다. 셔츠에 묻어 있는 혈흔은 알래스카 샌더스의 피가 맞아요. 이 스웨트셔츠에서 피해자의 DNA 외에 다른 두 사람의 DNA를 더 찾아냈습니다."

"범인이 두 사람일 수도 있다는 뜻입니까?"

"그런 가능성을 배제할 수 없습니다."

"내가 생각하기에 그 두 사람의 DNA는 경찰이 구축한 데이터베이스에 없을 겁니다." 페리가 단정적으로 말했다.

"페리 게할로우드 경사 말대로 두 사람의 DNA를 데이터베이스에 조회해봤는데 일치하는 유전자를 찾지 못했습니다. 시료를 제출한 적이 없는 인물들이라는 뜻입니다. 염색체 구성이 XY인 걸로 봐서 둘 다 남자입니다. 게다가 이 스웨트셔츠의 치수는 XL입니다. 남자가 입었던 옷일 가능성이 큽니다."

"살인범이 이 스웨트셔츠를 입고 있었을 수도 있다는 뜻인가요? 살인범이 하나가 아니라 둘일 수도 있고요?"

"그럴 가능성이 있습니다." 키스 벤튼은 고개를 끄덕였다. "법의관의 소견에 따르면 피해자는 먼저 후두부를 가격당한 뒤 목이 졸렸을 거라고 하더군요. 범인이 피해자의 목을 조르는 과정에서 피가 묻었을 거라 추측할 수 있죠."

"스웨트셔츠에 새겨진 M, U라는 글자가 의미하는 건 뭘까요? 혹시 짚이는 게 있습니까?" 매트가 물었다.

"글쎄요, 그 문제는 생각해보지 않아 모르겠습니다. 솔직히 말해 우리는 주어진 자료를 분석하는 일이 급선무거든요."

"오늘 오전에 월터 캐리라는 남자의 DNA 시료를 채취했습니다." 페리가 말했다. "스웨트셔츠에서 나온 DNA 가운데 월터와 일치하는 유전자가 있는지 확인해 주시겠어요?"

"오늘 오후 늦게라도 결과를 알려줄 수 있도록 애써볼게요. 아무리 늦어도 내일 오전까지는 대답해줄 수 있을 겁니다."

"감사합니다."

키스 벤튼이 이번에는 그레이비치 주차장에서 발견된 파란색 컨버터블 사진을 화면에 띄웠다. 알래스카의 자동차였다.

"이 차량에서는 피해자의 DNA만이 나왔을 뿐 다른 사람의 흔적은 없습니다. 이 차에 피해자의 핸드백과 여행 가방이 들어 있었고, 그 안에 든 물품들은 따로 목록을 작성해 놓았습니다. 주로 개인 소지품과 옷가지, 세면용품 등입니다. 집을 떠나 며칠 지낼 목적으로 짐을 챙긴 것 같은데 아쉽게도 도움이 될 만한 정보를 찾아내지 못했습니다. 그 반면 몇 장의 협박 편지에 대해서는 설명이 가능합니다."

키스 벤튼은 알래스카의 시신에서 발견된 협박 편지와 집에서 찾아낸 단서들을 분석한 결과를 꺼내놓았다.

"협박 편지는 모두 같은 종이를 사용했습니다. 마트에서 구매할 수 있는 표준형 프린트 용지죠. DNA가 검출되지는 않았지만 지문을 찾아냈어요. 하나같이 피해자의 지문과 일치합니다. 이 편지들은 모두 하나의 프린터에서 출력되었습니다. 육안으로는 구별할 수 없지만 인쇄할 당시 가벼운 흠이 생긴 부분이 있거든요. 이런 흠이 편지마다 똑같은 위치에 나타나 있습니다. 프린트할 때 사용한 잉크젯프린터의 프린트 헤드가 손상되었을 때 나타나는 현상입니다."

"그렇다면 협박 편지를 인쇄할 때 사용한 프린터를 찾아낼 수도 있겠군요." 페리가 말했다.

"내 앞에 프린터를 여러 대 갖다 놓고 그 가운데서 확인해달라고 하면 얼마든지 찾아낼 수 있습니다. 협박 편지를 보낸 용의자를 찾아오세요. 그가 사용한 프린터를 보고 범인이 맞는지 확인해줄게요."

"후미등 파편으로 해당 차량을 찾아내는 일은 어때요?" 페리가 물었다.

키스 벤튼이 웃으며 대답했다.

"방금 전 브리핑한 분석 결과를 도출해내기 위해 과학수사대 한 팀이 주말 시간을 꼬박 바쳐야 했습니다. 물론 수사는 시간을 다투는 일이죠. 하지만 자동차 후미등 파편을 분석하려면 몇 달이 소요되기도 합니다. 혹시 후미등 조각으로 해당 차종을 찾아내려면 어떤 과정을 거쳐야 하는지 알고 있습니까?"

"순서를 바꿔 차종을 먼저 제시하고 후미등 파편이 해당 차종과 일치하는지 확인하는 작업은 어떨까요?"

"그 경우는 훨씬 간단하죠. 이 나라 경찰은 뺑소니 차량을 추적하느라 지금까지 생산된 모든 차종의 사양을 데이터베이스로 가지고 있으니까요. 차량 페인트나 후미등도 물론 입력되어 있습니다. 의심 가는 차가 현재 거리에서 흔히 굴러다니는 종류라면 몇 시간 만에 작업을 해낼 수 있어요."

"후미등 파편이 검은색 포드 토러스나 검은색 폰티악 선러너에서 부서져 나왔는지 알아봐주세요." 페리가 차종을 말해주었다.

키스 벤튼은 재빨리 메모하고 나서 손목시계를 들여다보며 말했다.

"내일 아침까지 시간을 줘요. 월터 캐리의 DNA 분석 결과를 가져올 때 숲에서 발견한 후미등 파편들이 방금 말한 차종에서 나온 게 맞는지도 확인해드릴 테니까."

***

그날 저녁, 매트와 니콜라스는 헬렌의 초대를 받아 페리의 집에 갔다. 수사 동료이자 친구로 우정을 나눌 수 있는 시간이었다. 삼인조 형사는 저녁 식사를 함께하면서 알래스카 샌더스 사건을 잠시 잊었다. 헬렌이 솜씨를 발휘해 요리한 미트로프는 맛이 기가 막혔다. 매트는 세 번째로 접시를 내밀면서 헬렌의 수고에 대해 호들갑스럽게 감사를 표했다.

"피자를 주문해 먹을 거라더니 이 맛나는 요리들은 언제 준비했어요?"

"피자를 먹는다고 해야 부담 없이 올 거라고 생각해 거짓말을 좀 했어요." 헬렌이 그렇게 대답하면서 장난스러운 표정을 지었다. "몸이 만삭이라서 그렇지 팔다리는 멀쩡해요."

모두가 헬렌의 말에 웃음을 터뜨렸다.

"당장 아기가 나오겠다고 하면 어쩌려고요?" 매트는 여전히 걱정스러운 눈치였다.

"날 믿어." 페리가 끼어들었다. "만삭인 여인을 말로 이기려 해선 안 돼."

"어쨌거나 입구에 걸어둔 팻말이 마음에 들어. '살아가는 기쁨' 이라니, 이 집과 아주 잘 어울려. 이 집에 들어오니 실제로 살아 가는 기쁨이 느껴져. 다음번에는 아내를 데려와야겠어. 살아가 는 기쁨을 느껴보게."

"자네 부부는 요즘도 열렬히 싸워?" 매트가 니콜라스에게 물었다.

"안 싸울 때가 드물지."

"페리와 나도 싸워요." 헬렌이 말했다."

"알아요. 싸우고 나서 두 사람이 어떻게 화해하는지도 알고." 매트가 헬렌의 둥근 배를 가리키며 농담을 건넸다.

또다시 모두들 웃음을 터뜨렸다.

"나는 싸워봐야 헬렌에게 매번 지는 신세야." 페리가 한마디 덧붙였다.

"안 봐도 알아." 매트가 말했다. "나는 미혼에 아이도 없는 처 지를 후회한 적 없는데 유일한 예외가 있어. 헬렌과 자네를 보면 결혼하는 게 좋았을 수도 있다는 생각이 든다니까."

모두들 느긋하게 즐기는 분위기는 헬렌이 후식을 내올 때까지 이어졌다. 페리가 맥주를 마시자고 하자 니콜라스가 곧바로 맞장구를 치며 환영했다. 매트는 아무런 반응도 내비치지 않았다. 매트의 눈길이 허공을 헤매고 있었다. 고통을 억누르는 표정이었다.

"매트, 무슨 일 있어?" 페리가 물었다.

"알래스카 사건과 관련해 문득 생각난 게 있어."

모두들 얼굴이 어두워지면서 분위기가 급격히 가라앉았다.

"형사는 어디를 가도 형사라니까." 헬렌이 한숨을 내쉬었다. "난 이제 방으로 올라갈게요. 그 가엾은 여자 이야기는 너무 많이 들었어요."

헬렌은 삼인조 형사와 인사를 나누고 2층으로 올라갔다.

"마음에 걸리는 게 있어?" 페리가 물었다.

"법의관이 해준 말이 생각났어." 매트가 대답했다. "알래스카는 후두부를 가격당하고 나서 목이 졸렸다고 했잖아."

"그런데 왜?"

"범인이 알래스카를 살해할 때 주저한 이유는 뭘까?"

"뭐라고?" 페리는 매트가 무슨 뜻으로 그런 말을 하는지 금세 이해되지 않았다.

"범인은 알래스카의 후두부를 강하게 가격했어. 머리뼈가 깊이 함몰될 정도로 강한 일격이었지. 처음부터 알래스카를 죽이려는 의도가 다분했던 거야. 하지만 알래스카는 죽지 않았어. 범인은 끝장을 내야 했고, 이번에는 목을 졸랐지. 왜 그랬을까? 손에 든 쇠몽둥이로 내려치지 않고 왜 목을 졸랐을까? 알래스카를 죽일 의도로 쇠몽둥이를 휘두른 건 맞지만 죽지 않았어. 계속 쇠몽둥이를 휘둘렀다면 쉽게 숨을 끊어놓았을 텐데 왜 방법을 바꾸었을까? 목을 졸라 '일을 복잡하게 만드느니' 쇠몽둥이로 몇 번 더 가격해 끝을 보는 편이 범인 입장에서는 더 쉽지 않았을까?"

"자네는 답을 알고 있을 때면 꼭 그런 식으로 묻더라." 페리가 말했다.

매트가 답을 알고 있다는 뜻으로 고개를 끄덕였다.

***

1999년 4월 3일 토요일
새벽 1시에서 2시 사이(매트 반스 경사의 가설에 따른 범행 추정 시각)

그레이비치는 스코탐 호수에서 반사되는 달빛에 잠겨 있었다. 알래스카는 혼자 물가로 걸어와 모래밭에 섰다. 뒤에서 다가오는 발자국 소리는 알아차리지 못했다. 물결 소리, 개구리 울음 소리, 밤이 내는 온갖 소리가 자갈을 밟으며 다가오는 발걸음 소리를 지워버린 탓이었다.

묵직한 쇠몽둥이가 알래스카의 후두부를 가격하자 뼈가 부서지는 둔중한 소리가 울려 퍼졌다. 알래스카는 비명을 지를 새도 없이 그저 작은 숨을 한 번 토해냈을 뿐이었다. 이내 몸이 모래 바닥으로 쓰러지는 소리가 들려왔다. 순식간에 벌어진 일이었다. 범인은 쓰러진 알래스카를 잠시 바라보다가 쇠몽둥이를 호수를 향해 힘껏 내던졌다. 쇠몽둥이가 날아간 궤적을 추적하기에는 날이 너무 어두웠지만 묵직한 둔기가 호수로 떨어지는 소리가 또렷이 들려왔다.

이제 다 끝났으니 어서 자리를 떠야 했지만 등을 돌려 걸음을 떼어놓는 순간 가늘게 숨을 헐떡이는 소리가 들려왔다. 깜짝 놀라 뒤를 돌아본 범인은 질겁했다. 알래스카가 고통스럽게 몸을 꿈틀거리고 있었다. 단말마의 신음이 알래스카의 입에서 새어나왔다. 범인은 공포와 혐오가 뒤범벅된 전율이 온몸을 타고 퍼져나가는 걸 느꼈다. 알래스카는 결국 숨이 끊어질 것이다. 쇠몽둥이로 후두부를 가격할 때 손에 전해진 감각으로 충분히 알 수 있었다.

혹시라도 살아난다면?

알래스카는 범인의 얼굴을 봤다. 크게 열린 알래스카의 두 눈이 언제부터인지 범인을 뚫어지게 응시하고 있었다. 범인은 이제 물러설 곳이 없었다. 어차피 끝을 봐야 했다.

범인은 쇠몽둥이를 호수에 던져버린 게 후회됐다. 주위를 둘러보았지만 여자의 숨통을 끊을 적당한 둔기는 보이지 않았다. 돌을 이용할까 생각해봤지만 주변에는 온통 자잘한 조약돌뿐이었다. 그렇다면 목을 조를 수밖에 없었다. 범인은 쓰러져 있는 알래스카에게로 돌아가 목에 두 손을 두르고 손가락에 힘을 주었다. 범인에게는 서투른 방식이었다. 알래스카를 질식시킬 만큼 힘을 주자면 상체를 상대 쪽으로 바짝 숙여야만 했다. 곧바로 범인의 스웨트셔츠에 알래스카의 피가 묻었다.

마침내 알래스카의 숨이 끊어졌고, 범인은 숲을 가로질러 달아났다. 차를 주차해둔 산림 도로 근처까지 왔을 때 관목 사이에 방치된 캠핑카 한 대가 보였다. 범인은 스웨트셔츠를 벗어 캠핑카 안으로 집어 던졌다. 그런 다음 차에 올라타 재빨리 시동을 걸었다. 서두르느라 뒤쪽을 보지 않고 후진하다가 나무 밑동을 들이받았다. 범인은 욕설을 내뱉고 나서 곧바로 전진 기어로 바꿔 가속페달을 힘껏 밟았다. 범인의 차가 어둠 속으로 사라졌다.

***

"자네 가설대로라면 범행도구는 호수에 가라앉아 있겠네." 페리가 고개를 끄덕이며 입을 열었다.

"그럴 가능성이 농후해." 매트가 말했다.

"범인은 왜 둔기를 범행 장소 근처에 버렸을까?" 니콜라스가 맥주병 마개를 따며 물었다.

"살인사건 때 사용한 범행도구가 주변 쓰레기통에서 발견되는 예는 두 번에 한 번 꼴이야. 범인들은 경찰의 불심검문에 걸릴 위험을 피하려 하거든. 스웨트셔츠도 마찬가지지. 범인은 범행을 저지르다가 옷에 피를 묻히고 말았어. 그 자신도 미처 예견하지 못한 상황이라 옷을 버리는 쪽을 택했어. 사람들의 시선을 끌지 않으려는 이유도 있지만 만약 용의선상에 올라 차를 수색당했을 때 혈흔이 발견되면 끝장이니까."

"매트의 추론은 설득력이 있어." 페리가 말했다. "스코탐 호수 바닥을 수색해보는 거야. 금속 재질 흉기를 찾아내야지."

***

다음 날 삼인조는 경찰청에 출근하자마자 수중 탐색대에 연락해 그레이비치로 잠수부들을 파견해달라고 요청했다. 거의 같은 시각에 과학수사대 책임자 키스 벤튼이 사무실 문을 열고 나타났다.

"DNA 분석 결과가 나왔습니다." 키스 벤튼이 손에 든 분석 결과 서류를 흔들어 보이며 말했다.

"결과가 예상대로인가요?" 페리가 서둘러 물었다.

"스웨트셔츠에서 검출된 DNA 가운데 하나는 월터 캐리의 DNA와 일치합니다."

삼인조는 곧장 마운트플레전트로 달려갔다. 빠른 속도로 중심가를 거슬러 올라간 형사들은 〈도노반 종합식품〉이 보이는 지점에 도달했을 때 차를 멈춰 세웠다. 그 지점부터 통행이 금지된 상태였다. 바리케이드 뒤편으로 소방차 몇 대가 보였다. 페리와 매트, 니콜라스는 서둘러 차에서 내려 달려갔다. 〈캐리 헌팅 앤 피싱〉까지 달려간 그들은 아연실색해 발길을 멈추었다. 밤사이 상점에 화재가 일어났다고 했다. 월터가 거주하는 건물 2층도 일부분 불에 탄 상황이었다.

바하마에서 플로리다까지 비행기로 50분 거리였다. 바하마에서 아침에 출발한 나는 정오가 되기 전 마이애미 공항에 도착했다. 공항에서 차를 렌트해 코코넛그로브로 갔다. 큰아버지 사울이 거기에 있었다.

/

5장
볼티모어 골드먼
2010년 4월 24일. 플로리다주, 마이애미

/

운전 도중 어머니의 전화가 걸려 왔다.

"휴가는 즐거웠니?"

"최고였어요."

"혼자 갔어?"

"예."

"지금 네가 거짓말을 하는 거라면 얼마나 좋을까? 사실은 멋진 아가씨와 함께 휴가를 보냈고, 그 아가씨가 네 등에 선크림을 발라주었고, 이제 곧 아이들을 낳아줄 거라면 얼마나 좋을까? 지금은 뉴욕에 있니? 오늘 저녁에 집에 와서 식사하지 않을래?"

"플로리다에 들렀어요. 지금 큰아버지를 뵈러 가는 중이에요."

잠시 침묵이 흘렀다. 어머니는 내가 플로리다에 온 걸 반기지 않는 눈치였다. 이윽고 어머니가 말을 이었다.

"플로리다에 가봐야 너에게 도움이 되지 않아. 네 사촌 형제들이 겪은 비극을 다시 떠올리게 만들어줄 뿐이지."

지금 내가 필요로 하는 게 있다면 과거의 그 시간을 들여다보는 것일 뿐이라고 어머니에게 말해주고 싶었다. 하지만 나는 통화를 간단히 끝내는 편을 택했다.

"걱정하지 마세요. 며칠만 지내다가 돌아갈 거예요. 뉴욕에 도착하면 전화할게요."

전화를 끊자마자 또다시 벨이 울렸다. 운전 중이라 나는 새로 울리는 전화의 발신 번호를 미처 확인하지 못했다.

"엄마?" 나는 어머니가 깜빡 잊은 말이 있나보다 생각했다.

"엄마가 아니라 나야." 전화기 저편의 상대는 출판사 사장 로이였다. "자네가 원한다면 나를 엄마로 불러도 좋아."

"실수였어요, 로이. 운전 중이어서 미처 번호를 확인하지 못했어요."

"자네 지금 뉴욕에 있나? 오늘 저녁에 〈더 피에르〉에서 함께 식사하는 게 어때?"

"플로리다에 있어요."

"플로리다라니?" 로이의 목소리에서 원망이 묻어났다. "자네의 방랑벽에 두 손 두 발 다 들어야겠군."

"잠시 머리를 식힐 필요가 있었어요."

"무슨 걱정거리라도 있나?"

"실연당했어요."

"마침 잘됐네. 실연에 좋은 약이 생겼거든. 무려 200만 달러야."

"《해리 쿼버트 사건의 진실》 영화 판권을 팔았어요?"

"흡족할 만한 제안이었어."

"팔기 싫다고 했잖아요. 그 책은 영화로 만들고 싶은 마음이 없다고요."

"자넨 정말 못 말리는 친구야. 어느 누가 200만 달러가 눈앞에 있는데 노라고 말할 수 있을까?"

"돈이 많다고 행복해지는 건 아니잖아요."

곧바로 로이의 대답이 돌아왔다. "가난하다고 행복해지는 건더욱 아니거든."

나는 전화를 끊어버렸다.

***

큰아버지는 코코넛그로브의 작은 집 현관 포치에서 나를 기다리고 있었다. 우리는 긴 포옹으로 서로의 온기를 나누었다. 큰아버지는 더 수척해진 모습이었다. 그 비극을 겪고 나서 제대로 손질한 적 없는 수염만 무성해져 있었다. 큰아버지는 한때 모든 걸 가진 적이 있지만 이제 다 잃어버린 사람이었다. 큰아버지를 바라볼 때면 볼티모어 최고의 변호사로 활약하던 그 모습이 눈에 선하다. 그 시절, 큰아버지는 오크파크 고급 주택가에 자리한 대저택, 햄프턴의 여름 별장, 겨울 휴가를 보내던 마이애미 고급 주거 타워의 아파트를 소유하고 있었을 만큼 성공의 증표에 둘러싸여 있었다.

이제 큰아버지는 화려한 과거의 유산을 뒤로 하고 홀로 남았다. 가진 재산이라고는 4년 전 남은 돈을 긁어모아 마련한 이 작은 집이 전부였다. 지금은 코랄게이블스에 위치한 마트에서 점원으로 일하며 얼마간의 생활비를 벌었다. 큰아버지가 하는 일은 계산대에서 대기하고 있다가 고객들이 계산을 끝내면 구매한 물품들을 종이봉투에 담아주는 일이었다.

나는 코코넛그로브의 큰아버지 집이 좋았다. 큰아버지의 삶에는 여전히 과거의 그림자가 드리워져 있었지만 그 집에서 떠도는 평온한 분위기가 마음에 들었다.

큰아버지와 나는 오후가 되면 주로 테라스로 나와 망고나무와 아보카도 나무가 드리운 그늘 아래에서 시간을 보냈다.

"어제저녁에 수첩에서 이 사진을 우연히 찾아냈어요." 나는 사진을 큰아버지에게 내밀며 말했다.

전성기이던 볼티모어 골드먼들을 찍은 사진이었다. 큰아버지는 사진을 한참 동안 들여다보더니 몇 마디 중얼거렸다. 나에게 건네는 말이라기보다는 큰아버지 자신에게 하는 말 같았다.

"돈의 함정이 뭔지 아니? 돈을 주면 모든 종류의 감각을 살 수 있어. 하지만 감각과 진짜는 달라. 돈은 행복하지 않아도 행복하다는 감각을 만들어줘. 진짜로 사랑받는 게 아니어도 사랑받는 느낌을 만들어주기도 하고. 돈으로 비바람을 피할 지붕은 살 수 있어도 내면의 평화를 사지는 못 해."

큰아버지는 사진에 손을 뻗어 가족들의 얼굴을 손끝으로 쓰다듬었다. 그 순간 큰아버지가 머릿속에 떠올렸을 과거의 기억이 무엇일지 궁금했다. 큰아버지의 손가락이 큰어머니의 얼굴에서 멈췄다. 큰어머니 아니타는 큰아버지가 몹시 사랑한 여인이었다.

"큰어머니는 정말이지 아름다운 분이셨어요." 내가 중얼거렸다.

"그래, 멋진 사람이었지." 큰아버지가 덧붙였다.

"제가 바라는 이상형이었죠."

"아니타가 네 이상형이라는 말이니?"

"큰아버지와 큰어머니 같은 커플이 이상형이에요."

나는 그 말을 내뱉고 나서 아차 했다. 큰아버지에게 상처가 될 수 있는 말이었다.

큰아버지는 내 말실수를 무마해주려고 했다.

"우리 부부의 마지막 비극은 제외하고 그렇다는 말이지?"

"제가 하고 싶었던 말이 뭔지 아실 거예요. 죄송해요, 저는……."

"그래, 잘 알고 있으니까 괜찮아."

우리는 큰어머니에 대해 더는 이야기하지 않았다. 하지만 그날 밤 내 머릿속은 큰어머니 아니타의 추억으로 채워졌다. 다시 사진을 꺼내 큰어머니를 응시했다. 잠은 이미 멀리 달아나버렸다. 밤공기는 화덕처럼 뜨거웠고, 에어컨은 성능이 시원찮았다. 수많은 추억이 밀려와 몸을 뒤척이게 했다. 한밤중에 결국 몸을 일으켜 주방으로 갔다. 그 순간 지난날 볼티모어 골드먼 가족의 집에 가서 머물 때의 일이 떠올랐다. 다시 그 시절로 돌아간 느낌이었다.

*****

메릴랜드주 볼티모어
1995년 9월

새벽 5시에 손목에 찬 전자시계 알람이 울리기 시작했다. 알람 소리를 작게 맞춰놓았지만 나는 거의 반사적으로 알람을 껐다. 같은 방에 잠들어 있는 힐렐과 우디를 깨우지 말아야 했다.

노동절을 앞둔 주말이었다. 연휴에는 매번 그래왔듯이 나는 볼티모어 골드먼 가족의 집에 와 있었다. 볼티모어 골드먼들과 주말을 함께 보내며 내 눈에 완벽해 보이는 가족의 일원이 되는 경험은 늘 경이롭고 행복했다.

내가 볼티모어 골드먼들의 집을 방문할 때마다 큰어머니 아니타가 볼티모어 중앙역으로 나를 마중 나왔다. 플랫폼에서 내가 도착하길 기다리던 큰어머니, 아름다운 그 얼굴과 우아한 자태, 두 팔 벌려 나를 안아주던 품의 부드럽고 따스한 감각, 은은하게 풍겨오던 향기는 내가 평생토록 간직하고 싶을 만큼 가슴 설레는 추억으로 남아 있다.

큰어머니는 나를 데리고 볼티모어 골드먼 가족의 집, 고급주택단지 오크파크에 있는 대저택으로 데려갔다. 아름다운 정원과 잘 정돈된 산책길, 웅장한 대문이 있는 그 집은 내 눈에 세상 그 어느 곳보다 멋지고 화려했다. 그 집에 가면 나의 사촌 우디와 힐렐이 있었다. 그들은 외동인 나의 형제가 되어주었다. 그리고 큰아버지 사울이 있었다. 큰아버지는 해리 쿼버트와 더불어 내 삶에 가장 큰 영향을 미친 사람이었다. 큰아버지는 미남이었고, 세련되고 유쾌하고 명석했다.

오크파크에 가서 지낼 때마다 시간은 너무 빨리 지나갔다. 그 귀중한 시간을 조금이라도 허비하지 않으려고 나는 아침 일찍 일어났다. 발걸음 소리를 죽여 가며 주방에 내려가 원래부터 그 집의 일원인 듯이 행동했다. 오렌지를 꺼내 주스를 만들고, 커피메이커에 커피를 내리고, 이른 아침마다 배달부가 문 너머로 던져놓은 신문을 가져왔다. 주방 카운터에 앉아 땅콩버터를 바른 토스트를 먹으며 방금 가져온 《볼티모어 선》의 기사 제목을 훑었다. 그러면서 오크파크의 그 집에서 영원히 살아가는 내 모습을 상상했다.

매일 아침마다 특별히 맛보는 행복은 늘 일찍 일어나는 큰어머니 아니타와 함께 보내는 둘만의 시간이었다. 주방으로 들어온 큰어머니는 나를 보자마자 다가와 내 머리카락을 쓰다듬어주며 다정하게 인사를 건넸다.

"잘 잤니, 마커스?"

그런 다음 내가 내려놓은 커피를 한 잔 따라 들고 주방 카운터 내 옆자리에 앉아 함께 신문을 뒤적였다. 그럴 때 큰어머니는 이따금 내 토스트 한 쪽을 먹기도 해서 내게 더없는 행복감을 안겨주었다.

이윽고 큰어머니는 가족이 아침 식사로 먹을 팬케이크와 파이를 구웠다. 음식 만드는 재주가 없는 나는 요리책을 펼치지 않고도 언제나 맛깔스런 음식을 척척 만들어내는 큰어머니의 솜씨에 감탄했다. 그나마 만드는 방법이 쉬워 큰어머니가 내게 가르쳐주었던 요리가 바나나 케이크였다. 밀가루와 달걀, 소금 약간 그리고 잘 익은 바나나를 으깨 섞은 다음 구워내기만 하면 되는 음식이었다.

***

오븐에서 풍기는 바나나 케이크 냄새에 끌려 큰아버지가 주방으로 들어섰을 때 아침 해는 어느덧 코코넛그로브를 환하게 비추고 있었다.

"네 큰어머니가 자주 굽던 바나나 케이크지?" 나에게 묻는 큰아버지의 눈이 반짝였다.

"제가 만들 수 있는 유일한 케이크이기도 해요."

큰아버지는 환하게 웃으며 커피를 한 잔 따랐다.

"잠을 설쳤나보구나?"

"아뇨, 아주 푹 잤어요." 물론 거짓말이었다.

큰아버지는 바나나 케이크 한 조각과 커피잔을 들고 식탁에 앉았다. 오크파크에서도 자주 보았듯이 큰아버지는 케이크 조각을 커피에 적셔 입으로 가져갔다.

"이 케이크 덕분에 친구도 얻게 되었어요."

"어떤 친구인데?"

"해리 퀴버트 사건 때 수사를 담당했던 형사죠. 저도 그와 함께 사건을 추적했고요. 그 형사 가족과도 잘 지내요. 아주 좋은 사람들이죠."

우연의 일치인지 운명의 선택인지 알 수 없지만 바로 그날 저녁에 나는 게할로우드 가족을 다시 만나게 되었다. 점심때 SNS

에 접속했다가 말리아 게할로우드가 페이스북에 올린 사진을 보았다. 그 사진을 보니 게할로우드 가족은 마이애미 북쪽 아벤투라 쇼핑센터에 있는 '치즈케이크 팩토리' 테라스에서 식사하고 있었다.

나는 곧장 페리에게 전화했다. 페리는 입 안의 음식을 우물거리며 전화를 받았다.

"스테이크 맛이 어때요?" 나는 다짜고짜 물었다. "그 식당은 치즈 도넛이 끝내주게 맛있죠."

"마커스, 자네 어디야?" 어리둥절한 페리의 모습이 목소리를 통해 전해져왔다. "내가 여기 있는 건 대체 어떻게 알았어?"

"이런 게 SNS의 마법이랍니다."

페리가 딸을 향해 뭐라 투덜대더니 다시 말했다. 평소 나를 대할 때마다 그랬듯이 어느새 목소리도 삐딱해져 있었다.

"내가 이미 아는 사실 말고 달리 알려줄 게 있나? 내가 지금 스테이크를 먹고 있다는 사실은 자네가 굳이 알려주지 않아도 알거든."

"아무튼 꼼짝 말고 거기서 기다리세요. 내가 갈 테니까."

내가 식당으로 들어섰을 때 게할로우드 가족은 디저트를 먹고 있었다. 그들을 다시 만나 더없이 기뻤다.

게할로우드 가족은 봄 휴가를 맞아 플로리다에 왔다고 했다.

"자네가 바하마로 떠날 계획이라는 말을 들으니까 나도 가족들과 모처럼 여행이라도 떠나자는 생각이 들더군." 페리가 나에게 털어놓은 말이었다. "우리도 따스한 햇볕을 쬐고 싶었거든."

식사를 마친 페리의 두 딸이 쇼핑하길 원했다. 나는 게할로우드 가족을 안내해 쇼핑센터 여기저기를 돌아다녔다. 페리가 쇼핑센터를 둘러보는 데 진력이 난 기색을 내비쳤다. 나는 페리를 카페로 데려가 커피를 주문했다.

"자네가 무슨 말을 꺼낼지 슬슬 걱정되는군." 페리가 말했다.

"걱정되는 이유가 뭔데요?"

"지난번에 만났을 때는 오로라의 해리 쿼버트 집 앞에서 어슬렁대고 있었잖아. 그런데 이번에는 플로리다의 큰아버지 집에 와 있네."

"그게 왜요?"

"도무지 집에 붙어 있을 겨를이 없어 보여서 하는 말이야. 집에 있는 게 싫어?"

"아뇨, 전혀 문제없어요."

"집에서 행복한 사람이 굳이 다른 사람 집에서 끼어 살려고 애쓰지는 않잖아."

페리는 형사 특유의 눈빛을 내게 던졌다. '이미 다 아니까 어서 불어.'라고 다그치는 눈빛이었다. 속 시원히 털어놓으라고 압박하는 그 눈빛에 굴복해 수많은 범인들이 스스로 죄를 털어놓았을 게 틀림없었다. 나도 예외는 아니었다. 레이건과 함께 하버아일랜드에서 보내려고 했던 휴가가 무산된 사실을 고백하지 않을 수 없었다. 페리는 진지하게 내 말에 귀를 기울였다. 이야기를 나눌 누군가가 필요할 때마다 마법처럼 내 앞에 나타나 주는 사람이었다. 내가 이야기를 하면 성의 있게 들어주기만 할 뿐 판결을 내리거나 평가하려 들지 않았다. 페리에게는 그런 미덕이 있어 나는 절박한 외로움, 나와 함께 잠들 수 있는 사람이 수백만 명이라고 해도 잠을 깨면 언제나 혼자인 그 느낌에 대해 털어놓았다.

매번 그랬듯이 페리는 나를 진심으로 염려해주었다. 그때도 나는 페리 역시 내게 털어놓고 싶은 이야기가 있다는 사실을 까맣게 몰랐다.

게할로우드 가족과 함께 시간을 보낸 그날 하루는 내게 가슴 아픈 기억으로 남았다. 페리와 작별할 때 가슴이 조여 왔다. 일종의 통증이었다. 게할로우드 가족을 완전한 모습으로 볼 수 있는 마지막 기회라는 걸 아마도 나는 무의식적으로 느끼고 있던 것 같다.

뉴욕으로 돌아왔다. 한 달가량 하는 일 없이 시간을 흘려보냈다. 그 사이 페리와 소식을 주고받지 못했다.

그리고 5월의 그날 저녁, 죽음이 게할로우드 가족을 덮쳤다.

/

살인사건 사흘 후
1999년 4월 6일 화요일

/

    살인사건의 범인이 피해자 주변 인물인 경우 범인이 검거되고 수사가 종결되기까지 통상 72시간을 넘기지 않는다는 통계가 있다. 알래스카 샌더스 사건의 범인도 예외가 아니었다.

    아침에 마운트플레전트로 달려온 페리, 매트, 니콜라스는 〈캐리 헌팅 앤 피싱〉이 있는 건물을 즉시 알아보지 못했다. 지난밤 건물에서 화재가 발생했다. 건물의 2층 전체가 화재로 유실되었다. 1층은 화염을 피했지만 화재 진압에 사용된 물과 유독한 연기로 복구가 힘들 정도로 큰 피해가 발생한 상태였다.

    마운트플레전트 경찰서의 미첼 서장이 삼인조 형사에게 상황을 설명해주었다.

    "순찰 중이던 대원들이 새벽 4시에 화재 현장을 발견했고, 연락을 받은 소방대가 즉시 출동했습니다. 인명피해가 없어서 그나마 다행입니다. 월터 캐리는 집에 없었고요."

"화재 원인이 밝혀졌나요?" 매트가 물었다.

"소방대 감식원이 건물 안에서 화재 원인을 조사하고 있으니까 곧 알게 되겠지요. 누구한테 연락받은 겁니까?"

"화재 소식을 듣고 온 건 아닙니다." 페리가 대답했다. "이 집에 사는 월터 캐리를 만나러 왔습니다. 알래스카의 혈흔이 묻은 스웨트셔츠에서 월터의 DNA가 검출되었거든요."

"젠장맞을!" 미첼 서장이 혼잣말처럼 중얼거렸다. "믿어지지 않아요. 월터는 분명 나쁜 친구가 아닌데 잠시 머리가 돌아버렸나 봐요."

"이제 곧 알게 되겠죠. 월터의 신원을 빨리 확보해야 합니다."

"월터의 부모가 와 있는데 저리 가서 궁금한 점이 있으면 물어보세요." 미첼 서장이 말했다.

샐리 캐리와 조지 캐리가 보도에 서 있었다. 화재로 처참하게 변한 상점을 보고 망연자실한 표정이었다.

페리가 캐리 부부에게로 다가갔다.

"화재가 발생해 유감입니다."

샐리는 얼이 빠진 듯 가까이 다가온 형사들을 말없이 바라보기만 했다. 현실적인 성격인 조지는 보험료를 얼마나 받을 수 있을지 따져보느라 여념이 없었다.

"우리는 월터를 찾고 있습니다." 페리가 찾아온 목적을 말했다.

"월터가 어디 있는지 우리도 몰라요." 샐리가 말했다. "화재가 났을 때 월터가 마침 집에 없어서 다행이에요."

"새벽 4시에 불이 났다고 들었는데 그 시간까지 집에 들어오지 않았다면 대체 어디에 있었을까요?"

"휴대폰으로 전화해봤는데 꺼놓았는지 받지 않아요."

"아드님을 마지막으로 본 게 언제입니까?"

"어제저녁에 봤어요. 우리 집에서 식사를 같이 했거든요."

"식사를 마치고 나서도 월터는 계속 부모님 댁에 있었습니까? 월터는 그때까지 무얼 했죠?"

"미안합니다만 나도 지금 제정신이 아니라서 기억나지 않아요."

그때 마침 에릭이 눈에 들어왔다. 에릭은 〈도노반 종합식품〉 앞에 서서 소방대원들이 분주히 움직이는 모습을 바라보고 있었다. 페리가 살짝 옆으로 다가갔다. 에릭 역시 월터의 행방을 모른다고 했다. 전날 잠시 마주친 적은 있다고 했다.

"평소와 다른 점은 없었나요?"

"그다지 편한 표정은 아니었습니다. 알래스카가 그렇게 되었으니."

그때 매트가 페리를 불렀다.

"페리, 이리 와봐. 봐둬야 할 게 있어."

페리는 불에 탄 건물 앞에 있는 매트에게로 갔다. 계단은 불길에 그을리긴 했어도 이용하는데 문제없었다. 위층으로 올라가자 니콜라스가 기다리고 있었다. 복도 벽에 스프레이 페인트로 휘갈겨 쓴 글자들이 눈에 들어왔다.

부정한 여자

형사들은 집 안쪽으로 들어갔다. 거실은 불길이 닿아 황폐했다. 정면의 나무 벽은 전소되어 훤히 뚫려 있었다. 화재의 잔해를 훑어보던 형사들은 바닥에서 굴러다니는 알래스카의 사진들을 발견했다. 사진이 모두 그을거나 오그라든 상태였다. 침실로 들어가는 입구는 나무 바닥이 불길에 손상되어 괜히 발을 잘못 디뎠다가는 무너질 염려가 있었다. 밖에서 들여다봐도 침실이 화재 피해가 가장 심했다. 침대는 완전히 불에 타 검은 재밖에 남지 않았다.

소방대 감식반원 한 사람이 삼인조 형사에게 조사 결과를 설명했다.

"방화 사건입니다. 누군가 불을 질렀고, 불길이 순식간에 집 전체로 번졌습니다. 범인이 방화할 당시 인화성 물질을 사용했는데 휘발유일 가능성이 큽니다."

"현관 출입문은 부서진 데 없이 멀쩡해 보이던데요." 페리가 말했다. "소방대원들이 집 안으로 들어올 때 어떤 방법을 쓴 겁니까?"

"소방대가 현장에 도착했을 때 현관문은 열려 있었습니다. 잠금장치도 그대로인 걸 보면 문을 부수지 않고 열었다는 뜻입니다."

"열쇠를 가진 사람이 집에 불을 질렀다는 뜻이네요."

"월터가 한 짓일까?" 니콜라스가 중얼거렸다.

"만약 그랬다면 무슨 이유로?" 매트가 말을 받았다.

"흥미로운 점이 한 가지 더 있습니다." 감식원이 말했다. "방화범은 침대에 불을 질렀어요."

"그런 경우는 처음 보네요." 매트가 고개를 갸웃거렸다.

"나도 처음 봅니다. 방화범들은 보통 커튼에 불을 붙이죠. 그래야 불이 쉽게 번지니까. 그렇지만 보시다시피 침대가 다 타버렸습니다. 나름 의미 있는 행위라고 생각됩니다. 침대를 불에 태워 없애버리고 싶었다는 뜻인데 벽에 써놓은 글과 연관이 있어 보입니다."

침실 벽에도 복도에서 본 다섯 글자가 적혀 있었다.

부정한 여자

"알래스카의 배신을 증오한 월터의 짓이었겠지." 매트가 말했다.

"알래스카는 이미 죽었는데 이런 글을 쓴 이유는 뭘까?" 니콜라스가 의아하다는 듯 중얼거렸다.

"분노를 삭이지 못해 알래스카를 살해해놓고도 여전히 앙금이 가시지 않아 이런 짓을 저질렀겠지."

"당장 지명수배를 신청해야겠어." 페리가 말했다. "월터를 체포하는 게 급선무야."

월터 캐리에 대한 지명수배령이 내려졌고, 대규모 인원이 동원된 검거 작전이 펼쳐졌다. 뉴햄프셔주 경찰청이 검거 작전에 동원되었다. 월터의 최근 사진이 인상착의에 대한 설명과 함께 일선 경찰서에 배포되었다. 뉴햄프셔의 모든 지방 TV 채널은 정규 프로그램을 잠시 중단하고 속보를 내보냈다. TV 화면 가득 월터 캐리의 사진이 나왔고, 알래스카 샌더스 살인사건의 용의자로 지명수배가 내려졌다는 설명이 덧붙여졌다.

마운트플레전트 사람들은 경악과 우려로 들끓기 시작했다.

삼인조 형사가 화재 현장에서 벗어나 다시 차에 올랐을 때 과학수사대의 키스 벤튼이 페리의 전화로 연락해왔다.

"역시 페리 게할로우드 경사님의 직감은 정확하네요. 숲에서 찾아낸 후미등 파편은 포드 토러스에서 나온 게 맞습니다. 1995년부터 현재까지 생산되고 있는 차종이죠. 페인트 자국은 분광측색계로 확인한 결과 검은색에서 나왔습니다. 그러니까 나무 밑동을 들이받은 차는 검은색 포드 토러스가 맞습니다."

페리는 전화를 끊고 나서 키스 벤튼이 전한 사실을 동료들에게 설명해주었다.

"그럼 월터의 차가 산림 도로에 들어갔다는 거야?" 매트가 고개를 가우뚱했다.

"월터의 차에는 충돌 흔적이 없었어." 니콜라스가 말했다. "범퍼는 멀쩡했고, 후미등도 깨지지 않았어."

그러자 페리가 나섰다.

"월터가 차를 몰래 수리했을 수도 있잖아. 이 지역 자동차 정비소를 조사해보면 알 수 있겠지. 월터가 차를 수리했다면 주말에 했을 테니까. 주말에 예약도 없이 들이닥친 차를 손봐주었다면 평소 친분이 있는 카센터 정비 기사일 거야. 마운트플레전트의 카센터들부터 알아봐야겠어."

미첼 서장이 앞장서서 마운트플레전트에 있는 카센터로 삼인조 형사를 안내해 시간을 대폭 줄일 수 있었다.

처음에 들른 카센터 두 곳에서는 소득이 전혀 없었다. 세 번째로 찾아간 카센터는 포드자동차 전용 서비스센터였다. 미첼 서장이 지배인에게 정비 기사들을 신문할 수 있도록 해달라고 요청했다. 미첼 서장은 직원들을 한 사람씩 살펴본 끝에 데이브 버크라는 정비 기사에게로 다가갔다. 몸이 깡마른 남자로 월터와 나이대가 비슷해 보였다.

"데이브." 미첼 서장이 이름을 부르자 정비사는 당황한 기색이 역력했다. "자네가 월터와 함께 다니는 걸 종종 봤는데 인정하지?"

"아마 그럴걸요."

"아마 그럴걸요?" 미첼 서장이 버럭 목청을 높였다. 처음부터 기선을 제압하려는 의도로 보였다. "다시 한번 말해봐. 내 말이 맞지?"

"네, 맞아요." 기세가 꺾인 데이브가 풀 죽은 목소리로 대답했다.

"지난 주말에 월터가 여기에 와서 차 수리를 했을 텐데?"

"모르겠는데요."

"내 말을 잘 들어둬." 미첼 서장이 다그쳤다. "월터가 지명 수배된 사실을 알고 있을 거야. 괜히 공범으로 몰리지 않으려면 모든 사실을 정확하게 털어놓는 게 좋아."

데이브가 잠시 머뭇거리다가 입을 열었다.

"지난 토요일에 월터가 왔었어요."

***

사흘 전
4월 3일 토요일

그날 오후, 점심을 먹고 두세 시간쯤 지났을 때였다. 데이브는 정비소 건물 앞에 나와 담배를 피워 물었다.

"데이브! 어이, 데이브!"

문득 이름을 조심스럽게 부르는 소리가 들려왔다.

데이브는 사방을 둘러보다가 월터를 발견했다. 월터는 길 건너편에 일렬로 주차된 자동차들 뒤에 반쯤 몸을 숨기고 있었다. 월터가 손짓을 해 가까이 오라는 신호를 보냈다.

"여기서 뭐해?" 길을 건너간 데이브가 물었다.

"데이브, 나를 좀 도와줘."

"무슨 일인데 그래?"

"오늘 아침에 차에서 내릴 짐이 있어서 문에 최대한 가깝게 주차하려고 후진하다가 출입문을 들이받았어."

"차가 많이 손상됐어?"

"후미등 하나가 부서지고, 뒤쪽 범퍼가 우그러졌어. 내일 부모님이 휴가를 떠났다가 돌아오셔. 출입문 기둥에 생긴 흠이 내 차로 들이받아 생겼다는 걸 알게 해서는 안 돼. 어머니는 이때다 싶어 상점 전체에 페인트를 다시 칠하려고 할 거야. 물론 비용은 내 월급에서 제하겠지."

데이브는 키들거리며 웃었다.

"차를 카센터로 끌고 와. 내가 손봐줄게. 오늘은 마침 손님도 별로 없으니까."

"카센터로 차를 가져오면 부모님이 금세 냄새를 맡을 거야. 아버지가 카센터 사장과 자주 포커를 치는 사이라는 걸 알면서 그래."

"그럼 어쩌라고?"

"창고에 부품 재고가 있지?"

"포드 토러스 부품이야 있지."

"오늘 해가 진 다음 부품과 도구를 챙겨서 우리 집으로 와. 차고에 차를 넣어놓았어. 차고 안에서라면 사람들 눈에 띄지 않고 수리할 수 있을 거야."

***

"그래서 월터가 말한 대로 했다는 거죠?" 페리가 데이브에게 물었다.

"약 30분에 걸쳐 작업을 했어요. 먼저 후미등을 교체하고 나서 우그러진 범퍼를 편 다음 페인트를 칠하고 왁스로 마무리했죠. 작업을 끝내고 보니 새 차 같더군요."

"월터를 의심하지는 않았나요? 그날 아침에 월터의 여자 친구가 시신으로 발견된 사실을 알고 있지 않았어요?"

"후미등이 깨지고 범퍼가 찌그러지고 도색한 페인트가 떨어져 나가긴 했지만 곧장 살인사건과 연관 짓는 건 무리 아닌가요?" 데이브는 방어적 태도를 취했다. "난 그저 친구를 도와주었을 뿐입니다. 월터가 시신으로 발견된 알래스카 이야기를 한마디도 꺼내지 않아 좀 놀라긴 했어요. 여자 친구가 시신으로 발견되었는데 전혀 충격을 받지 않은 듯했어요."

***

매트는 카센터를 나오면서 분을 삭이지 못했다.

"빌어먹을! 월터에게 감쪽같이 속았네. 놈이 도주하기 전에 체포했어야 마땅한데 한발 늦었어."

"지금은 월터를 체포해 유치장에 넣어봐야 의미 없어. 변호사를 고용하면 한 시간 안에 풀려날 수 있을 테니까. 월터의 범행을 입증할 수 있는 증거가 필요해. 우린 아직 이렇다 할 증거를 확보하지 못했어."

삼인조 형사를 기다리는 소식이 한 가지 더 있었다. 정오 무렵 뉴햄프셔주 경찰청 소속 잠수부들이 그레이비치에 도착해 스코탐 호수 바닥을 수색했다. 페리와 매트, 니콜라스는 모래톱에서 잠수부들이 펼치는 수색작업을 지켜보았다. 호수에 입수한 지 30분쯤 지났을 때 잠수부들이 호수 바닥에서 발견한 곤봉 하나를 건져 올렸다. 조디악 고무보트를 타고 대기하고 있던 경찰이 곤봉을 전달받아 호숫가로 나왔다. 접이식 곤봉이었다.

"네 예상이 정확했어." 페리는 매트가 세운 가설을 인정했다. "범인은 알래스카를 가격한 직후 범행에 사용된 도구를 호수에 던져버린 게 맞아. 그러니 끝을 보려면 결국 목을 조를 수밖에 없었겠지."

저녁 7시, 월터의 행방은 여전히 오리무중이었다. 햄프셔주 경찰청으로 돌아온 삼인조 형사는 사무실 탁자에 둘러앉았다.

"그만 퇴근하는 게 좋겠어." 매트가 말했다. "아무리 급해도 여기서 밤을 새울 수는 없잖아."

그때 페리의 휴대폰이 울렸다. 형사들은 잔뜩 긴장한 상태로 통화 내용에 귀를 기울였다. 그들은 오후 내내 휴대폰이 울릴 때마다 월터를 체포했다는 소식이 전해지길 기대했다.

"헬렌이야." 페리가 잠시 통화를 중단하고 동료 형사들에게 말했다. "미안, 아직 꽝이야."

"아직 꽝이라니, 무슨 소리야?" 남편의 말을 들은 헬렌이 되물었다.

"알래스카를 살해한 놈이 누군지 밝혀내긴 했는데 아직 체포하지 못했어. 당신은 컨디션이 좀 어때?"

"아직은 괜찮아. 하지만 곧 진통이 시작될 것 같은 느낌이야."

페리가 동료들에게 소리쳤다. "헬렌이 이제 곧 진통을 시작하려나봐."

매트가 벌떡 일어나더니 자동차 열쇠를 챙겨 들었다.

"지금 당장은 아니니까 서두를 필요 없어." 휴대폰 저편에서 헬렌이 말했다. "그저 가벼운 수축이 시작되고 있는 느낌이야."

"양수가 터졌어?" 페리가 소리쳐 물었다. 매트도 덩달아 안절부절못했다.

"모두들 진정해요." 헬렌이 휴대폰 너머에서 말했다. "아직 양수가 터지지는 않았고, 아무 일 없으니까 걱정 말아요. 난 욕조에 몸을 담그고 좀 쉬어야겠어요."

"지금 집으로 갈게." 페리가 말했다. "집에서 봐."

페리가 전화를 끊었다.

"어서 헬렌에게 가봐." 매트가 재촉했다. "나중에 헬렌이 출산하면 우리에게도 알려줘. 내가 아기를 만나보러 가장 먼저 달려갈 테니까."

하지만 페리는 출발하지 못했다. 페리의 휴대폰이 울리기 시작했고, 곧이어 매트와 니콜라스의 휴대폰도 울려 댔다. 월터 캐리가 올페버러 경찰서를 찾아가 자수했다는 소식이었다.

한 시간 뒤 월터는 햄프셔주 경찰청으로 호송되어왔다. 월터는 곧바로 형사과로 인도되었다. 페리와 매트가 신문을 맡았다.

"내가 알래스카를 죽여요? 말도 안 되는 소리!"

"범죄 현장에서 당신의 DNA가 검출되었어. 당신은 현장에서 급히 벗어나려고 서두르다가 차 뒷부분을 나무 밑동에 들이받았고, 토요일 오후에 망가진 부분을 급히 수리했지. 이미 다 알고 있으니까 솔직하게 인정하는 게 좋을 거야."

"난 그레이비치에 간 적도 없어요. 그날 밤 〈내셔널 앤섬〉에 있었다고 했잖아요. 차를 수리한 건 내가 어리석었어요. 토요일 아침에 보니 후미등이 깨져 있는 거예요. 도무지 이유를 알 수 없었어요. 내가 모르는 사이 누군가가 차를 들이받고 달아났다고 볼 수밖에 없었죠. 그렇지만 깨진 후미등만 바라보며 시간을 축낼 수는 없잖아요. 토요일 오후에 경찰서에서 근무하는 친구와 이야기를 나누다가 형사들이 그레이비치 숲에서 후미등 파편과 검은 차 페인트 자국을 찾아냈다는 이야기를 들었어요. 그때부터 몹시 걱정이 되더군요. 내가 범죄 혐의를 뒤집어쓰게 되면 어쩌지 했죠. 그래서 내 친구 데이브에게 도와달라고 부탁했던 거예요."

"알래스카를 살해하지 않았다면 서둘러 차를 수리할 이유가 없었을 텐데요." 페리가 신문을 이어갔다.

"내가 왜 그랬는지 모르겠어요. 당신들이 나를 찾아와 겁을 줬잖아요. 당신들이 몇 가지 묻겠다면서 나를 유력한 용의자로 옭아매는 걸 보고 머리가 쭈뼛해질 만큼 놀랐어요."

"옭아맸다고?"

"경찰들이 뜻대로 안 되면 차 안에 몰래 마약을 숨겨두고 무고한 사람을 마약 운반책으로 몰기도 한다면서요."

"헛소리 작작해!" 매트가 버럭 소리를 질렀다. "경찰이 자기 집에 불을 질렀다고 고발할 새끼네."

월터가 멈칫하더니 말했다.

"아뇨, 내가 집에 불을 질렀어요."

"왜 그런 짓을 했는데?"

"그 여자가 추잡한 짓을 저지른 침대를 태워버리려고요. 그 부정한 여자가 옷을 홀라당 벗고 그 침대에서 나뒹굴었거든요."

"알래스카에게 다른 남자가 있었다는 말이지? 그 여자가 부정을 저질러 살해했다는 건가?"

"난 알래스카를 살해하지 않았어요."

"그렇다면 불을 지르고 도망친 이유가 뭐야?"

"밤새 술을 마시다가 새벽이 되자 별안간 울컥 분노가 치밀며 전부 불살라버리고 싶었어요. 벽면마다 몇 글자 휘갈겨 써놓고 나서 침대에 불을 질렀죠. 순식간에 불길이 번졌어요. 실수를 깨닫고 불을 끄려고 했지만 속수무책이었죠. 허둥지둥 집에서 도망쳐 나와 28번 도로변에 있는 모텔로 갔어요. 객실로 들어가자마자 침대에 쓰러져 잠이 들었죠. 다시 눈을 떴을 때는 어느새 정오가 지났더군요. TV를 켜자 거의 모든 채널에서 내 얼굴이 대문짝만하게 나오고 있더군요. 겁이 덜컥 나서 방에서 한 발짝도 나올 수 없었죠. 그러다가 정신이 번쩍 들며 내 발로 경찰서에 출두해야겠다고 마음먹었어요. 난 알래스카를 살해하지 않았으니까."

"궁지에 몰리니까 얼간이 행세라도 해서 빠져나갈 속셈이지?"

"내게 국선변호인을 불러주세요." 페리와 매트는 신문을 중단하고 일단 취조실 밖으로 나왔다. 옆방에서 매직미러로 취조실 상황을 지켜보던 니콜라스도 합류했다.

"변호인을 불러달라는 건 시간을 벌려는 속셈이야." 매트가 말했다. "국선변호인실에 전화해 즉시 와줄 수 있는 변호인이 있는지 알아봐야겠어."

매트는 국선변호인실에 전화하려고 잠시 자리를 떠났다가 돌아왔다.

"국선변호인실과 통화했어." 매트가 복도에서 기다리는 두 동료에게 말했다. "최대한 빨리 보내주겠다고는 하지만 시간이 얼마나 걸릴지는 알 수 없대. 최소한 두 시간은 걸릴 거야."

"시간이 비는 틈을 이용해 식사나 하러 갈까?" 니콜라스가 제안했다.

매트는 다른 생각에 골몰해 있느라 식사에 신경 쓸 여력이 없어 보였다.

"변호사가 오기 전에 월터를 검사와 대면시키는 건 어때?" 매트가 불쑥 말했다. "사형을 면하려면 당장 범행 일체를 자백해야 한다는 말을 검사에게 직접 들으면 겁이 덜컥 날 거야."

"검사를 만나는 자리에 변호인을 배석시킬 의무가 있어." 페리가 규정을 들어 난색을 표했다. "만약 규정을 어길 경우 취조 과정에서 불법이 있었다는 이유로 놈은 빠져나가고 우리만 징계를 받게 될 거야."

페리가 손목시계를 들여다보았다. 헬렌에게서 진통이 시작될 조짐이 보인다는 말을 들은 이후 많은 시간이 흘렀기에 페리는 마음이 급해졌다.

"어서 헬렌에게 가봐. 너무 늦었어." 친구의 마음을 훤히 아는 매트가 말했다. "수사도 중요하지만 부인이 출산을 앞두고 있잖아. 어차피 국선변호인이 올 때까지 기다려야 하니까 어서 가봐."

"정말 괜찮겠어?"

"괜찮다니까." 매트가 말했다. "수사는 니콜라스와 내가 할게."

"그래." 페리가 그제야 매트의 말을 받아들였다. "달라진 상황이 있을 경우 내게 수시로 연락해줘."

"수사는 잠시 잊고 아기를 출산할 때까지 헬렌을 잘 돌보는 게 중요해. 출산이 잘 되고 있는지 수시로 상황 보고를 해주고."

페리는 뉴햄프셔주 경찰청 2층에 위치한 형사과를 나와 계단을 뛰어 내려갔다. 주차장에 도착한 페리는 서둘러 차에 올라 시동을 걸었다. 그는 이제 곧 비극적 사건이 벌어지리라는 걸 상상도 못했다.

2010년 5월 27일 목요일, 헬렌 게할로우드의 장례식이 치러졌다. 햇빛이 눈 부시게 쏟아져 내리는 화창한 오후였다. 묘지가 있는 숲에서는 새들의 노랫소리가 끊이지 않았다. 비탄에 젖은 사람들의 마음을 아는지 모르는지 자연은 의기양양하게 아름다운 날씨를 자랑했다.

/

6장
슬픔
2010년 5월. 뉴햄프셔주, 콩코드

/

흰 장미로 둘러싸인 관을 앞에 두고 접이식 의자에 앉은 게할로우드 가족과 친구들은 추도예배를 집전하는 목사의 말에 귀기울였다. 맨 앞줄에 앉은 페리는 양쪽 팔로 두 딸을 감싸 안았다. 나는 페리의 바로 뒤편에 앉았다. 페리의 얼굴이 보이지는 않았지만 가늘게 들썩이는 그의 몸에서 흐느낌이 묻어났다. 나는 손을 뻗어 페리의 어깨 위에 살며시 올렸다. 내 위로가 페리의 고통을 덜어줄 수는 없겠지만 그렇게 해서라도 슬픈 마음을 어루만져주고 싶었다.

조문객들은 저마다 절절하고 비통한 마음으로 헬렌의 죽음을 애도했다. 조문객들의 모습을 통해 고인이 생전에 얼마나 사랑받는 존재였는지 알 수 있었다.

헬렌의 두 딸 말리아와 리사는 슬픔에 젖은 목소리로 〈어메이징 그레이스〉를 불렀다. 그다음은 페리가 추도문을 낭독할 차례였다. 페리는 자리에서 몸을 일으켜 연단으로 올라가는 대신 뒤돌아 나를 바라보며 구겨진 종이 한 장을 내밀었다. 페리가 손수 쓴 추도문이었다. 페리는 말이 입 밖으로 나오지 않는다며 내가 대신 추도문을 낭송해주길 바랐다. 나는 연단으로 나가 헬렌의 관 앞에 섰다. 장미로 뒤덮인 관을 보자 생전의 헬렌이 떠올랐다. 헬렌은 기품이 있으면서도 재기발랄해 상대를 순식간에 무장 해제시키는 인물이었다. 나는 손에 든 추도문으로 눈길을 옮겼다. 눈물이 떨어져 잉크가 번져 있었다.

나는 페리가 직접 쓴 추도문을 낭독하면서 힘없이 꺾이는 무릎을 지탱하기 위해 연단을 꽉 잡아야 했다. 헬렌에게 밀어닥친 비극에 대해 언급하는 순간 지난날 겪은 한 장면이 떠올랐다. 몇 년 전 큰어머니 아니타의 죽음 역시 갑작스럽고 비통했다.

장례식을 마친 조문객들은 간단한 식사를 하러 게할로우드의 집으로 갔다. 좁은 집은 사람들로 가득 찼다. 출장 요리 업체에서 나온 종업원이 손이 모자라 쩔쩔매는 바람에 나도 나서서 도와야 했다. 조문객들은 작은 그룹으로 나뉘어 방마다 자리 잡고 있었다. 나는 한 손에 오르되브르 접시를 받쳐 들고, 다른 한 손에 포도주병을 들고 이 방 저 방 옮겨 다녔다.

헬렌의 친정 가족들과 직장동료들도 만나보았다. 그들이 나를 작가 마커스 골드먼이 아니라 페리 게할로우드의 친구로 보아주어서 감사했다. 아주 오랜만에 작가 마커스 골드먼이라는 겉옷을 벗어버리고, 나 자신으로 돌아온 느낌이었다.

두서없이 오가던 조문객들의 대화는 점점 헬렌이라는 하나의 주제로 모아졌다. 저마다 헬렌과 함께한 추억을 꺼내놓았다. 내 차례가 되었고, 사람들은 내가 헬렌을 어떻게 만나게 되었는지 궁금해했다.

"헬렌은 저에게 정말 특별한 사람입니다. 헬렌을 만나는 행운을 누리기 위해 저는 우선 페리를 감당해야 했죠." 듣고 있던 사람들 사이에 짧은 웃음이 번졌다. "페리를 처음 만난 건 2년 반 전, 해리 쿼버트 사건의 진실을 파헤치기 위해 동분서주할 때였습니다. 기억하기로 2008년 6월 18일이었죠. 사건의 진실을 밝혀내려고 현장을 기웃거리고 있을 때 페리가 저를 덮쳐 누르며 다짜고짜 이마에 총구를 들이대더군요. 그게 전부가 아니었어요. 제가 쓴 책이 형편없는 졸작이라 도저히 읽을 수 없으니

책값 15달러를 물어내라고 우기는 거예요."

"졸작이라고 한 말은 진심이야." 페리가 끼어들었다. 그 말에 모두들 웃음을 터뜨렸다.

"어쩔 수 없이 페리에게 50달러를 주었죠. 페리는 거스름돈이 없다면서 돈을 다 챙겨 넣더니 입을 싹 닫아버리더군요."

"돈은 있었지만 자네가 하는 짓이 마음에 들지 않아 일부러 거슬러주지 않았어." 그 말에 조문객들은 다시 입가에 웃음을 흘렸다.

"그 일이 있고 나서 페리는 마침내 제가 아주 멋진 사람이라는 걸 알아차렸고, 저를 저녁 식사에 초대했습니다."

"멋진 사람이어서가 아니라 불쌍해서 초대했습니다. 그때 협박을 받고 주눅 들어 있었거든요."

"그 여름날 저녁이 생각납니다. 그날 저녁 헬렌이 제 삶에 들어왔습니다. 헬렌은 저에게 마음을 열어주었고, 늘 친절하고 다정하고 너그럽게 대해 주었습니다. 헬렌은 어느 자리에서든 함께하는 사람들을 행복하게 만들어주었죠. 저는 지금 헬렌을 잃은 상실의 슬픔을 회복할 길이 없지만 내 생에서 헬렌을 만날 수 있었던 건 커다란 행운이자 기쁨이었습니다. 새삼 헬렌에게 고마움을 느낍니다. 죽음은 인간의 힘이 닿지 않는 영역입니다. 헬렌은 아직 우리의 가슴속에 살아 있습니다. 우리는 앞으로도 계속 헬렌에 대해 이야기하게 될 겁니다. 몇 주일 전 저는 플로리다에서 게할로우드 가족을 만난 적이 있습니다. 우리는 플로리다에 있는 저의 큰아버지 사울의 집에서 저녁 식사를 함께 했습니다. 제가 마음 깊이 사랑하는 큰아버지가 헬렌을 만나보게 되어 무척이나 기뻤습니다. 큰아버지 또한 부인을 일찍 잃은 분입니다. 큰어머니 장례식 때 큰아버지가 읽은 추도사를 이 자리에서 그대로 되뇌어 보겠습니다. '죽음의 결정적인 약점은 육신만을 끝장낼 수 있을 뿐이라는 점입니다. 추억과 감정은 죽음이 침범할 수 없는 영역입니다. 죽음 이후에도 추억과 감정은 우리 안에서 영원히 살아 숨 쉬니까요. 죽음은 우리에게서 많은 걸 빼앗아 가지만 가장 소중한 유산을 남겨두었습니다. 아니타는 저의 마음 안에서 언제까지나 남아 있게 될 겁니다.' 이상으로 저의 추도사를 마치겠습니다."

그날 게할로우드 가족의 집에서 가장 의아했던 건 조문객들 가운데 페리의 동료들이 보이지 않는다는 점이었다. 뉴햄프셔주 경찰청장 랜스데인만이 장례식에 유일하게 참석했다. 나는 해리 쿼버트 사건 당시 랜스데인 청장을 만난 적이 있었다. 적어도 제복 경찰 수십 명이 동료를 위로하기 위해 와줄 거라 예상했던 나는 몹시 당혹스러워 랜스데인 청장에게 그 이유를 물어보았다.

랜스데인이 연어 카나페를 두 번이나 접시에 담는 걸 봐두었다. 나는 연어를 얹은 카나페를 쟁반에 담아 들고 랜스데인 청장에게 내밀며 슬며시 말을 붙였다.

"경찰 조문객은 청장님이 유일하네요."

랜스데인 청장은 입 안에 든 음식을 한참 동안 우물거리고 나서 대답했다.

"페리의 동료들이 아무도 조문 오지 않아 몹시 놀랐나?"

"네, 사실 그렇습니다. 페리의 동료들은 어디 있습니까?"

랜스데인 청장은 나를 신중한 눈빛으로 쳐다보았다.

"해리 쿼버트 사건 때 담당 형사로 만난 페리가 파트너 없이 늘 혼자 다닌다는 사실을 눈치채지 못했나봐."

"그때는 그런 점을 의식해본 적 없어요. 하지만 지금 생각해보니……."

"형사들은 주로 2인 1조로 움직이지 혼자 사건을 도맡아 하는 적은 없어. 페리 게할로우드만이 예외야."

"이유가 뭔데요?" 나는 솔직히 이유가 궁금했다.

"자네도 11년 전에 있었던 일에 대해 들었을 텐데?"

"저는 들은 적 없어요."

"하긴 몰라도 상관없어." 랜스데인 청장이 말했다. "어쨌거나 페리는 해리 쿼버트 사건 당시 동료들과 사이가 좋지 않았어. 페리가 맡은 사건을 아주 잘 해결했지만 그 자신의 문제는 명쾌하게 해결하지 못했으니까."

"해리 쿼버트 사건이 페리와 무슨 관계였는데요?"

"오래전 일이고, 지금은 그런 이야기를 할 자리도 아니잖아."

"그래도 저에게 들려주고 싶은 말이 많아 보이는데요."

랜스데인 청장은 고개를 돌려 주위를 살폈다. 주위에 엿들을 사람이 아무도 없다는 사실을 확인하고 나서야 랜스데인 청장은 이야기를 시작했다. 그는 마치 큰 비밀을 누설하듯 목소리가 낮았다.

"놀라 켈러건의 시신이 발견되고 나서 처음에는 다른 두 형사에게 사건이 배당되었어. 페리는 자신이 그 사건을 수사하겠다고 고집을 부렸지. 조심스러운 접근이 필요한 사건이었어. 해리 쿼버트는 유명 인사이고, 그런 만큼 많은 사람들의 눈과 귀가 사건에 쏠려 있었으니까. 페리는 수사를 맡겨달라고 나를 졸랐지. 지금은 내 위치가 경찰청장이지만 그 당시에는 형사과장이었고, 페리의 직속상관이었지. 결국 나는 그 사건을 페리에게 넘겨주었고, 그 일 때문에 동료들은 그에게 불편한 감정을 갖게된 거야."

"페리는 왜 놀라 켈러건을 살해한 범인을 찾아내는 데 집착했죠?"

"내 생각에는 페리가 그 사건 수사를 속죄의 기회로 여긴 것같아. 내가 자네를 좋아하는 이유가 뭔지 아나?"

"글쎄요, 뭔지 모르겠는데요."

"자네가 해리 쿼버트 사건에 끼어드는 바람에 일이 뒤죽박죽

되긴 했지만 결과적으로 페리에겐 도움이 되는 일이었어. 자네가 페리를 도와주어서 어느 정도 자기 자신을 치유할 수 있었으니까."

"자기 자신을 치유했다고요? 페리에게 어떤 문제가 있었는데요?"

"이제 그 이야기는 그만두지. 페리가 그 일을 자네에게 털어놓지 않은 걸 보면 그럴만한 이유가 있었을 거야. 어느 쪽을 택하든 페리의 마음에 달렸다고 봐야지."

렌스데인 청장은 그 말을 끝으로 몸을 돌려 가버렸다.

***

마지막까지 자리를 지키던 조문객들과 출장 요리 업체 직원들이 떠난 다음에도 나는 페리의 집에 남아 집 안을 정리했다. 딸들은 위층으로 올라가 잠자리에 들었고, 페리 역시 잠을 청하러 들어간 듯 눈에 보이지 않았다. 나는 페리가 아침에 일어났을 때 깨끗이 정리된 집을 마주할 수 있도록 청소에 열중했다. 식기세척기에서 접시들을 꺼내 가지런히 정리하고, 담배꽁초로 가득한 재떨이를 비웠다. 서빙 접시들은 차곡차곡 포개 수납장에 집어넣었다.

이제 불을 모두 끄고 밖으로 사라질 일만이 남아 있었다. 가까운 호텔로 이동해 하룻밤 잘 생각이었다. 내가 가까이 있어 페리를 불편하게 만들 가능성도 있지만 만약 그가 나를 원한다면 다음 날 곧바로 달려올 수 있어야 했다.

옷을 챙겨 들고 몸을 돌리는 순간 페리가 주방에 나타났다. 지옥에서 살아나온 사람 같았다. 안색을 보니 산 사람 같지 않았다. 페리의 눈에서 견디기 힘든 고통이 그대로 묻어났다. 우리는 서로의 얼굴을 마주보았다. 그 순간 호텔에 가지 말고 이 집에 머물러야 한다는 걸 깨달았다. 페리가 낮게 우물거렸다. "간이침대에 깔 시트가 어디 있는지 알지?"

페리는 의자를 끌어당겨 앉았다. 뭔지 모르지만 나와 이야기를 나누고 싶어 한다는 걸 알 수 있었다. 사실 옆에 있어 달라고 직접 말하는 건 그의 방식이 아니었다. 나는 잔 두 개에 위스키를 따랐다.

페리가 이야기를 시작했다. 헬렌을 죽음으로 몰아간 사고에 대해 서글픈 목소리로 설명했다. 사실은 이미 내게 말해준 내용이었다. 페리가 조문객을 상대로 수십 번은 반복했을 이야기, 앞으로도 끊임없이 이어져 미래에 누군가와 안부 인사를 나눌 때마다 되풀이해야 할 이야기였다. 이발소, 마트, 시장, 거리에서 우연히 마주친 옛 지인과 이야기를 나누다가 '헬렌이 죽어요? 대체 무슨 일인데요?'라는 질문에 그는 또 고통스러운 이야기를 다시 입에 올릴 수밖에 없을 것이다. 헬렌의 퇴근이 늦어진 어느 저녁에 일어난 일이었다고, 패스트푸드점 주차장에 차를 세운 걸 보면 아마도 저녁 식사를 해결하려고 그랬나보다고, 그렇게 주차해놓고 정작 차 밖으로 나오지 못했다고.

그로부터 두 시간 뒤 자동차 옆을 지나던 사람이 헬렌이 앉아 있는 운전석 쪽으로 흘깃 시선을 던졌다가 심상찮은 상태라는 사실을 알아차리고 응급구조대를 불렀다. 구급차가 급히 달려왔지만 헬렌은 이미 숨이 멎어 있었다.

헬렌의 사인은 심장마비였다. 오래전부터 이상을 느꼈지만 대수롭지 않게 여겼다. 헬렌은 등의 통증과 구역질 증상을 동료들에게 말한 적이 있었다. 그 말을 들은 동료 하나가 입덧할 나이는 지나지 않았냐고 농담을 건넸다. 헬렌은 그 말을 웃음으로 받아넘기며 피로가 누적돼 일시적으로 나타나는 증상이라고 치부했다.

"헬렌의 건강에 문제가 있다고 느낀 지 제법 오래됐어." 페리가 말했다. "지난번에 플로리다로 휴가를 떠난 이유도 헬렌의 기운을 북돋아주고 싶었기 때문이야. 사망사고는 의무적으로 부검을 해. 부검을 담당한 의사 말이 심장마비로 사망하는 여성 절반이 전조증상이 나타났을 때 대수롭지 않게 여기고 지나쳐버린다고 하더군."

나는 페리가 죄책감에 짓눌려 있다는 느낌을 받았다.

"경사님 잘못이 아니잖아요. 위험을 미리 알았더라도 경사님이 할 수 있는 일은 없었을 거예요."

페리의 얼굴이 고통스럽게 일그러졌다.

"그렇게 단순하게 치부하고 넘어갈 일이 아니야. 헬렌은 그날 저녁 심장이 멎기 전에 나에게 연락하려고 애썼어."

"알고 있어요." 나는 페리를 다독이려고 애썼다. "말리아와 리사가 말해줬어요. 경사님은 선잠이 든 탓에 휴대폰이 울리는 소리를 듣지 못했다고요. 누구에게나 벌어질 수 있는 일이죠."

"나는 잠들어 있지 않았어. 아이들에게는 거짓말을 한 거야. 그날 저녁 난 이 주방에 앉아 있었고, 테이블에 올려둔 휴대폰이 진동하는 모습을 지켜봤지. 헬렌의 전화를 일부러 받지 않은 거야."

나는 말문이 막혀 페리를 쳐다보았다. 페리가 말을 이어갔다.

"내가 전화를 받지 않자 헬렌은 음성메시지를 남겼어."

페리가 휴대폰을 꺼내 음성메시지를 열었다. 5월 20일 오후 9시 5분에 수신된 메시지라는 안내 음성에 이어 곧바로 헬렌의 목소리가 흘러나왔다.

페리, 어디 있는 거야? 제발 빨리 전화해줘. 급한 일이야.

"나 자신을 결코 용서하지 못할 거야." 페리가 울먹이며 말했다. "헬렌의 전화를 받았어야 해. 음성메시지도 열어보지 않았어."

"헬렌과 무슨 일이 있었는데요?"

"헬렌이 다른 남자를 만나고 있었어."

"확실해요?"

"거의 확실해."

"난 믿어지지 않아요."

"그런 일이 원래 그래. 납득하기 쉽지 않아."

페리는 몇 주 전부터 헬렌이 평소와 달리 행동한다는 사실을 눈치챘다.

"헬렌이 전과 달리 집을 비우는 일이 잦았어." 페리가 말했다. "일이 많아 사무실에 늦게까지 남아 있었다고 하는데 전에 없는 일이었거든. 내가 이상하게 여기자 새로 부임한 사장이 전임자보다 일을 많이 시킨다고 하더군. 헬렌이 뭔가 숨기고 있다는 인상을 받았어. 왠지 나를 피하는 느낌이었지."

"언제부터 그런 일이 시작되었는데요?"

"지난 4월에 자네가 리사의 생일을 맞아 우리 집에 들렀던 날을 기억할 거야. 그날로부터 며칠이 지난 후였어."

"그럼 플로리다에서 만났을 때는 이미 위기 상황이었겠네요?"

"그랬지."

"내 눈에는 두 분 다 전혀 문제가 없어 보였는데요."

"그 정도 연기는 누구든지 해낼 수 있을 거야. 감정을 쉽게 들켜선 안 되지. 포커페이스는 사회생활을 견고하게 만들어주는 시멘트 같은 거야. 그 속을 들여다보면 모든 게 무너져 내리고 있지. 게다가 헬렌의 비밀을 눈치챈 시점이 플로리다로 출발하기 직전이었어. 언젠가 밤에 우리가 통화했던 날을 기억해? 자네가 바하마에 같이 가기로 약속했던 항공사 여직원에게 바람맞은 날 말이야."

"그날 경사님에게 뭔가 심각한 일이 있어 보였어요."

"헬렌이 퇴근이 늦을 거라고 연락해왔어. 프레젠테이션을 마무리해야 한다고. 나는 덜컥 의심이 들어 헬렌의 사무실로 찾아갔지. 밤 9시쯤이었는데 헬렌이 일하는 사무실 불은 이미 모두 꺼져 있더군. 청소를 마치고 퇴근을 서두르는 청소부들밖에 없었어."

"사무실 불이 꺼져 있었다고 해서 헬렌이 다른 사람을 만난다는 근거가 될 수는 없잖아요."

"헬렌에게 전화해봤지만 응답이 없었어." 페리는 힘겹게 말을 이어갔다. "사무실 근처를 한 바퀴 돌며 혹시 헬렌이 있는지 찾아봤지. 오래 찾아 헤맬 필요도 없었어. 어느 식당 테이블에 앉아 있는 헬렌을 보았으니까. 새로 부임한 사장과 서로 마주보고 앉아 있더군."

나는 당황해서 물었다.

"그래서 어떻게 했어요?"

"갑자기 다리에 힘이 빠져 그 자리에서 꼼짝할 수 없었어. 직접 눈으로 보고 있었지만 믿고 싶지 않았지. 난 가까스로 힘을 내 집으로 먼저 돌아왔고, 헬렌은 늦은 밤이 되어서야 돌아왔어. 짐짓 모른체하며 헬렌에게 일을 잘 마무리했는지 물었지. 그랬더니 태연하게 컴퓨터 화면만 눈이 빠지도록 들여다보고 왔다고 둘러대더군."

"그래서요?"

"다음 날에 하필 플로리다로 출발하기로 되어 있어서 아무 말도 하지 않기로 마음먹었어. 괜한 말을 꺼냈다고 파국으로 치닫게 될까봐 겁이 나기도 했고, 플로리다에서 지내는 동안 소원해진 우리 관계를 회복할 수 있는 기회로 삼고 싶기도 했지."

"경사님은 며칠 뒤 마이애미에서 만났을 때 저에게 아무 말도 하지 않았어요. 그렇게 한 이유가 뭐죠?"

"어디서부터 이야기를 시작해야 할지 알 수 없었어. 사람들은 배우자가 부정을 저지르면 즉시 갈라설 거라고 장담하지만 현실은 그리 간단하지 않아. 차라리 모든 걸 덮어버리는 게 바람직할 수도 있겠다는 생각이 들기도 하지. 이혼하려면 아이들 양육 문제도 있고, 재산 분할 문제도 있고, 복잡한 난제들이 한두 가지가 아니야. 아무튼 플로리다에서 돌아온 이후 헬렌과 나는 한층 더 소원해졌어. 헬렌이 내게 거짓말을 한다는 건 이미 확인된 사실이었으니까."

"그다음에는 어떻게 됐어요?"

"헬렌은 자주 어딘가에 다녀왔어. 난 헬렌의 차 주행계에 찍힌 거리를 매일 확인했지. 차를 평소와 다른 용도로 사용했을 때 알아내는 방식이야. 헬렌의 말대로 밤늦게까지 사무실에 남아 있었다면 차의 이동 거리가 집과 회사를 왕복한 정도에 그칠 테니까."

"차가 다른 용도로 쓰인 적이 있던가요?"

"내 짐작대로였어."

"그럼 헬렌이 숨을 거둔 날 저녁에는 무슨 일이 있었죠?"

"그날 역시 헬렌이 퇴근이 늦을 거라고 한 날이었어. 헬렌은 저녁 식사 시간이 임박해서야 그 말을 전해왔지. 나는 딸들과 함께 저녁을 먹고 나서 혼자 이 주방에 남아 있었어. 헬렌이 돌아오기를 기다렸지. 이제는 모든 걸 다 털어놓고 이야기할 수밖에 없다고 생각했어. 거짓 연극을 마쳐야겠다고 마음먹은 거야. 헬렌이 전화했을 때 받지 않은 건 더는 거짓말을 듣고 싶지 않기 때문이야. 아직 작성해야 할 서류가 하나 더 남아 회사에 있다면서 기다리지 말고 먼저 자라는 말을 계속 들어줄 수는 없잖아. 헬렌에게 달아날 기회를 주는 셈이니까. 나는 전화기가 진동하는 걸 보면서도 손을 내밀지 않았어. 음성메시지가 도착했지만 여전히 미동도 하지 않았지. 한참 뒤 랜스데인 청장이 찾아와 초인종을 눌렀어. 그는 헬렌이 쓰러져있는 걸 행인이 우연히 발견했다고 말했지만 사실이 아니야. 헬렌이 직접 랜스데인 청장에게 전화해 도움을 요청한 거야. '왜 헬렌은 랜스데인 청장에게 도움을 요청했을까?' 다른 방법이 없었을 거야. 하지만 랜스데인 청장이 달려갔을 때는 이미 늦은 뒤였어. 여기까지가 모두 진실이야. 난 헬렌의 휴대폰이 울려댔지만 그저 보고만 있었고, 죽게 내버려둔 거야."

"너무 자책하지 말아요."

"전부 내 탓이라니까!"

페리는 억눌렀던 감정을 폭발시키듯 주방 벽에 위스키 잔을 집어 던지고 나서 두 손으로 얼굴을 감쌌다.

"그만 방으로 들어가시죠. 눈을 좀 붙여야 해요. 여긴 내가 치울 테니까."

페리는 말없이 몸을 일으키더니 마치 혼이 빠져 달아난 사람처럼 침실로 올라갔다. 그날 밤 나는 한시도 잠을 이루지 못했다. 헬렌이 남긴 음성메시지가 계속 머릿속을 맴돌았다. 헬렌은 '급한 일'이라고 소리쳤다. 나는 헬렌이 말한 '급한 일'이 의학적으로 위급한 사태를 의미하는 게 아니라 어떤 정보를 알려야 한다는 호소로 들렸다.

헬렌이 숨을 거둔 날, 대체 무슨 일이 있었던 걸까? 헬렌은 무엇을 알게 되었기에 그런 메시지를 남겼을까?

***

다음 날 아침, 뜬눈으로 밤을 보내고 나서 현관 포치 아래에 앉아 커피 한잔의 힘을 빌려 피로감을 떨쳐내고 있을 때 우편배달부가 눈앞에 나타났다. 그 여자는 우편함에 편지를 넣고 나서 나를 향해 손짓을 건넸다. 내가 다가가자 우편배달부가 물었다.

"헬렌 게할로우드와 가족 사이인가요?"

"그런 셈이죠."

"정말 좋은 분이었는데 이런 사건이 생기다니 마음이 아파요. 아직 젊고, 저에게 늘 다정하게 인사해주고, 연말에는 빼먹지 않고 선물도 챙겨주신 분이었어요. 그분 남편과 딸들에게 애도를 전해주세요. 저는 에드너라고 해요."

"꼭 전해줄게요, 에드너."

우편배달부는 잠시 망설이더니 다시 입을 열었다.

"헬렌이 그 편지에 대해 말하던가요?"

"어떤 편지요?"

***

몇 주일 전

그날 아침 에드너는 여느 때처럼 동네를 돌며 우편물을 배달했다. 헬렌이 문 앞에 나와 서서 우편배달부가 오길 기다리고 있었다. 왠지 불안해 보이는 기색이었다. 헬렌이 손에 쥔 파란 봉투가 에드너의 눈에 들어왔다. 헬렌은 우편배달부가 가까이 다가오자 물었다.

"어제 이 편지를 우편함에 넣었어요?"

헬렌의 목소리에서 당혹감이 묻어났다.

"매일 배달하는 편지가 수백 통입니다." 에드너는 다소 어리둥절한 표정으로 대답했다. "편지를 일일이 기억하긴 힘들지만 그걸 이리 줘봐요. 한번 살펴보게요."

에드너는 편지를 받아 앞뒤를 뒤집어보았다. 봉투 어디에도 주소나 이름이 보이지 않았다. 우표도 없고 소인도 찍혀있지 않았다.

"일단 우체국에서 배달한 편지는 아닙니다. 수취인 이름도 없고 주소도 없어요. 어느 주소로 보내는지 어떻게 알고 이 우편함에 집어넣겠어요."

"그렇다면 다른 누군가가 이 편지를 우리 집 우편함에 넣었을까요?"

"당신을 아는 사람일 거예요. 그러니까 이 집 우편함에 편지를 넣어 곧바로 당신에게 전달되게 했겠죠. 이웃에 사는 사람이 아닐까요? 아니면 당신을 남몰래 연모하는 사람이든지." 에드너가 장난스럽게 말했다.

"제가 농담을 건네도 헬렌은 평소와 달리 웃지 않았어요." 에드너가 말을 이었다. "이유를 모르지만 무척 화난 표정이더군요."

"어떤 내용의 편지였습니까?"

"헬렌은 편지 내용에 대해 말하지 않았어요. 제가 헬렌을 본 건 그때가 마지막이었죠."

"그게 언제죠?"

"정확하게 기억나지는 않네요, 시간이 훌쩍 지나서요. 아마 두 달 전쯤일 거예요."

"기억을 좀 더 더듬어볼 수 있겠어요? 헬렌과 이야기를 나눌 당시의 세부 정황도 괜찮아요."

우편배달부는 잠시 생각에 몰두하더니 별안간 뭔가 기억난 듯 입을 열었다.

"그날 뉴햄프셔주 의사당을 폭발하겠다는 테러 경고가 있어 아침 내내 난장판이었죠. 경찰의 검문 검색 때문에 시내 전역이 교통 체증으로 몸살을 앓았어요. 그 바람에 저도 제시간에 우편물을 배달하지 못했죠. 이제야 분명하게 기억나네요. 그게 바로 그날 일이었어요."

즉시 인터넷을 검색해 문제의 그날이 4월 7일이라는 사실을 확인할 수 있었다. 헬렌은 4월 7일에 우편배달부와 이야기를 나누면서 편지를 전날인 4월 6일에 받았다고 했다. 그렇다면 내가 게할로우드 가족의 집을 방문한 날, 즉 리사의 생일에 그 편지를 받았다는 뜻이었다.

그저 우연이었을까? 그 편지 안에는 어떤 내용이 담겨 있었을까?

헬렌이 숨을 거둔 그날 밤 남겨진 음성메시지는 과연 그 편지와 어떤 연관이 있을까?

그 편지가 헬렌의 불륜과 연관되어 있을 가능성이 컸다. 누군가 편지로 헬렌을 협박했을 수도 있다. 이 문제를 풀기 위해 가장 먼저 만나보아야 할 사람은 헬렌이 근무한 회사 사장이었다.

나는 콩코드 시내에 있는 헬렌의 회사를 찾아갔다. 페리에게는 알리지 않았다. 헬렌의 사장 매즈 베르슨은 덴마크 출신이었다. 그를 보자 헬렌의 장례식장에서 인사를 나눈 기억이 났다.

"여긴 어쩐 일로 오셨습니까?" 내가 가죽 소파에 앉기 무섭게 그가 물었다.

"헬렌과 관련해 물어볼 게 있어서요."

"뭔지 말씀해보세요."

나는 곧장 본론으로 들어가기보다는 에두르는 쪽을 택했다.

"헬렌의 남편은 아내가 자신을 멀리하는 느낌을 받았다고 하더군요. 헬렌의 행동이 평소와 달랐고, 늦게까지 사무실에 남아 있을 때가 많았다고요. 뭔가 중요한 프로젝트를 맡았기 때문이라고 하던데 사실인가요?"

매즈 베르슨은 가벼운 한숨과 함께 거북한 기분을 드러냈다.

"아시다시피 나는 덴마크 사람입니다. 덴마크에서는 그런 식의 행위를 환영하지 않습니다. 어리석은 짓입니다."

"어리석은 짓이라니, 뭐가요?"

"늦게까지 사무실에 남아 있는 행위 말입니다. 미국에서는 그런 식으로 일해야 환영받는 분위기가 있습니다. 다른 사람보다 더 오래 사무실에 남아 일하고, 한밤중이나 주말에 회사에 이메일을 보내 열심히 일하고 있다는 사실을 입증하려고 하죠. 퇴근을 미루고 초과근무를 해야 한다면 주어진 과제를 제시간에 해내지 못한 탓이고, 그런 사람은 오히려 해고되어야 마땅합니다. 내가 헬렌을 포함해 우리 직원들 모두에게 늘 강조해온 말입니다. 퇴근 시간인 오후 7시가 되면 나는 가장 늦게 사무실에서 나간다는 원칙을 지킵니다. 어느 누구도 사무실에 남아 있을 수 없어요. 내 소신에 반하는 일이니까요."

"헬렌이 사무실에 남아 초과근무를 한 적이 한 번도 없다는 말씀입니까? 그럼 남편에게 거짓말을 했다는 건가요?"

매즈 베르슨은 그렇다는 뜻으로 고개를 끄덕여 보였다.

"헬렌은 저녁 시간에 무슨 일을 한 걸까요?"

"그건 나도 모르지요."

나는 매즈가 솔직하게 이야기하지 않는다는 느낌을 받았기에 내가 가진 패를 꺼내기로 마음먹었다.

"어쨌거나 그날 저녁에 발생한 일에 대해 당신은 알고 있을 겁니다." 나는 차가운 말투로 그를 몰아가기 시작했다. "그날 저녁에 당신은 헬렌과 식당에 마주앉아 식사를 했으니까요. 헬렌의 남편이 그 장면을 봤다고 하더군요. 당신은 여직원들과 늘 그런 식의 관계를 맺습니까? 덴마크에서는 그런 방식이 통용됩니까?"

대답 대신 매즈는 몸을 일으키더니 책상 위에 놓인 사진액자를 내게 내밀었다. 사진 속에서 매즈는 신랑 예복 차림으로 또 다른 남자에게 키스하고 있었다.

"벤자민과 나는 두 달 전에 결혼했습니다. 우리는 뉴햄프셔에서 동성 결혼이 합법화된 이후 가장 먼저 결혼식을 올린 커플입니다."

"내가 오해했나봐요." 나는 그만 풀이 죽어 목소리가 기어들어 갔다.

"아뇨, 당신은 친구가 걱정되어 발 벗고 나선 것뿐입니다. 헬렌이 당신에 대해 종종 이야기해서 알아요."

"헬렌이 나에 대해 뭐라고 이야기했는데요?"

"당신이 좋은 사람이라고 했어요. 내가 봐도 그렇게 보이네요. 헬렌은 당신이 자기 남편 곁에 있어서 기쁠 겁니다. 뭔지는 모르지만 헬렌이 어떤 문제로 고민하고 있었던 건 분명합니다. 내가 저녁 식사를 하자고 청했던 것도 사실이고요. 헬렌이 걱정되었거든요."

***

2010년 4월 19일

저녁 7시, 매즈는 퇴근하려고 사무실 문을 닫았고, 작업을 시작한 청소부들에게 인사를 건네고 나서 엘리베이터를 향해 걸어갔다. 헬렌의 사무실 앞을 지나갈 때 유리창 너머로 안을 들여다보았다. 헬렌은 자리에 앉아 울고 있었다. 매즈는 조금 열린 문 사이로 얼굴을 들이밀고 물었다.

"헬렌, 무슨 일 있어요?"

헬렌은 급히 눈물을 닦으며 대답했다.

"아무 일도 아니니까 신경 쓰지 말아요. 미안해요."

"내게 사과할 일은 아니잖아요. 뭔가 힘든 일이 있어 보여요."

"사장님이 아직 퇴근 전인 줄 미처 몰랐어요."

"퇴근 전이어서 다행이네요." 매즈가 말했다. "어차피 이렇게 되었으니 헬렌의 고민이 뭔지 내게 털어놔봐요."

"걱정하지 말아요. 이만 가봐야겠어요."

"어디로?"

헬렌은 움직임을 멈추고 매즈를 바라보더니 별안간 울음을 터뜨렸다.

"요즘 좀 신경이 날카로워졌어요." 헬렌은 고개를 떨어뜨렸다.

매즈는 위로하려는 마음에 헬렌의 어깨에 팔을 둘렀다.

"그러지 말고 어디 가서 저녁을 먹으면서 이야기를 나누어보는 건 어때요?"

그들은 사무실 인근 이탈리안 레스토랑에 마주앉았다. 헬렌은 분명 조언이 필요한 상태였지만 마음을 털어놓을 준비가 되어 있지 않았다. 매즈는 일이 힘들어 과민해진 건 아닌지 생각해 업무수행에 어려운 점은 없는지 물었지만 헬렌은 완강하게 고개를 저었다.

"페리와 관계된 일이에요." 헬렌은 마지막에 한마디를 꺼내놓았다.

"그에게 무슨 일이 생겼는데요?" 매즈가 물었다.

"페리는 아직 모르고 있어요."

***

"페리는 아직 모르고 있어요?" 나는 방금 전 매즈가 한 말을 되뇌었다.

"헬렌이 그렇게 말했어요. 그 이상은 이야기하지 않으려 하더군요. 헬렌은 만약 페리가 사무실에 찾아와 퇴근이 늦어지는 이유를 물으면 업무 때문이라 말해달라고 부탁했어요. 실제로 페리가 나를 찾아온 적은 없습니다."

"페리는 아내가 다른 남자를 만난다고 의심했어요. 그 상대는 바로 당신이고요."

"내가 헬렌의 상대가 될 수 없는 이유를 잘 아실 텐데요. 아니, 헬렌이 외도를 했다는 사실을 믿을 수 없어요. 헬렌은 늘 페리에 대해 걱정했죠. 적어도 나는 그렇게 느꼈어요."

"혹시 헬렌이 어떤 편지에 대해 말한 적이 있나요?"

"아뇨."

"헬렌의 사무실을 잠시 둘러봐도 될까요?"

***

헬렌의 사무실은 모든 게 그대로 놓여 있었다. 페리가 회사에 와서 헬렌의 물건을 챙겨가기 전까지 매즈는 아무도 손을 대지 못하게 했기 때문이다. 나는 헬렌의 사무실을 혼자 살펴보고 싶었다. 내가 서랍을 열어보고, 책상 위에 놓인 서류들을 들춰보는 동안 페리는 계속 내 동작을 지켜보며 문간에 서 있었다. 내가 왜 그러는지 이해할 수 없다는 듯 언짢은 기색이 역력했다. 헬렌의 사무실을 열어준 걸 후회하는 눈치였다. 급기야 페리가 화를 내며 물었다.

"도대체 무얼 찾는 건가? 뭔가 중요한 단서가 여기에 있다는 근거라도 있나?"

"헬렌이 쓴 일기를 사무실에 놓아두었을지도 모르잖아요."

나는 결국 아무것도 찾아내지 못했다. 단서가 될 만한 건 그 어디에도 없었다.

***

나는 사무실을 나서 헬렌이 숨을 거둔 장소를 찾아가 보았다. 국도 톨게이트 옆에 있는 패스트푸드 식당 〈패니즈〉의 주차장이었다. 헬렌의 자취를 따라가다 보면 뭔가 실마리를 발견할지도 모른다는 기대감이 컸다. 주차장에서 사람들이 차를 운전해왔다가 다시 떠나는 모습을 지켜보면서 심장마비가 찾아온 헬렌의 주차 위치를 짐작해보려고 애썼다. 나는 주차장에서 한 시간 이상 서성거리다가 〈패니즈〉 안으로 들어가 커피를 주문했다. 종업원이 커피를 건네주면서 내게 물었다.

"경찰인가요?"

"아뇨, 왜요?"

"당신이 주차장에서 그 자리를 둘러보는 모습을 봤거든요. 거기가 바로 지난달 그 부인이 사망한 지점이거든요. 그래서 그 부인과 관련이 있어서 찾아온 거라고 생각했는데요."

종업원의 말을 듣자 정신이 번쩍 났다.

사망 원인이 심장마비인데 사건 발생 한 달 후 경찰이 그 자리를 다시 찾은 이유가 무엇일까?

"사실 그 부인과 가까운 사이였어요. 부인이 마지막으로 눈을 감은 지점에 와보고 싶었죠."

"고인의 명복을 빕니다."

"사고가 났던 그날 밤에 근무한 분입니까?"

"네, 그 부인과 이야기도 나누었어요. 가엾은 분이죠. 한눈에 봐도 뭔가 좋지 않은 일이 있다는 걸 알 수 있었죠."

"건강 상태를 말하는 건가요?"

"왠지 심리적으로 불안해 보였어요. 손님이 별로 없는 시간이라 저는 계산대를 지키고 앉아 있었죠. 그 부인이 식당으로 들어와 테이블에 앉았어요. 뭔가 큰 충격을 받은 사람처럼 얼굴빛이 파리했어요. 나쁜 소식을 들었거나 뭔가에 겁을 먹었거나 그래 보이더군요. 음식을 시킨 손님에게만 테이블 착석이 허용되기 때문에 그 부인에게로 다가갔죠. 말을 꺼내려다 그만 머쓱해졌어요. 부인이 신경질적인 손놀림으로 모바일 게임을 하고 있었거든요. 완전히 몰두한 모습이었어요. 그래도 식당의 지침을 따라야 하기 때문에 부인에게 정중하게 말했죠. 주문을 하고 나서 테이블에 앉아야 한다고요. 그러자 부인이 '아무거나 주세요.'라고 했어요. 그래서 손님이 계산대로 가서 직접 주문해야 한다고 했죠. 종업원이 대신 주문받는 건 금지되어 있다고. 감시카메라가 있어 내가 주문을 받는 걸 지배인이 확인할 경우 해고당할지도 모른다고요. 부인은 몇 마디 웅얼거리더니 자리에서 일어나 밖으로 나갔어요."

"그때가 몇 시쯤입니까?"

"10시쯤일 거예요."

"그다음에는 무슨 일이 있었습니까?"

"그러고 나서 그가 왔죠. 그 경찰."

종업원은 일반적인 경찰 출동이 아니라 어떤 특정 인물이 식당에 왔다는 뜻으로 이야기하고 있었다.

"그 경찰이라면?"

"부인이 밖으로 나가고 나서 한참 뒤에 어떤 남자가 식당에 왔어요. 실내를 휘둘러보더니 계산대로 와서 경찰 신분증을 꺼내 보여주더군요. 식당에서 만나기로 약속한 여자가 있다면서 인상착의를 설명했는데 그 부인으로 짐작되더군요. 내가 부인과 잠시 전에 있었던 일을 이야기해 주었죠. 경찰은 주차장에서 부인을 찾아보겠다면서 밖으로 나갔어요. 그 경찰이 잠시 후 자동차 안에 쓰러져있는 부인을 발견했고요."

"혹시 경찰이 이름을 밝혔습니까?"

"무슨 일이 생기면 꼭 연락해달라고 하면서 명함을 남겼어요. 기억하기로는 계급이 무척 높은 분이었는데, 잠시 기다리세요."

종업원은 안쪽으로 들어가더니 명함 하나를 가져왔다. 나는 명함에 적힌 이름을 확인하고 깜짝 놀랐다. 뉴햄프셔주 경찰청장 모리스 랜스데인이었다.

"바로 이 사람이 여기서 부인을 만날 약속이 되어 있다고 했다고요?"

"그렇다니까요." 종업원이 자신 있게 말했다.

뭔가 이상하게 돌아가고 있었다. 페리가 내게 해준 말에 따르면 사고 당일에 헬렌이 랜스데인 청장에게 전화해 도움을 요청했다고 들었다. 하지만 랜스데인 청장이 이 식당에 온 이유는 헬렌과 만나기로 한 약속 때문이었다. 그렇다면 헬렌이 랜스데인 청장에게 전화한 건 도움을 청하기 위해서가 아니었다. 헬렌은 이 식당에서 랜스데인 청장을 만나 뭔가 할 말이 있었던 게 분명했다. 하지만 랜스데인 청장이 식당에 오기 전에 헬렌은 종업원의 등쌀에 차로 돌아갔고, 차 안에서 심장마비를 일으켰다. 그렇다면 랜스데인 청장은 헬렌에 대해 페리와 내가 모르는 뭔가를 알고 있다고 봐야 했다.

나는 곧바로 랜스데인 청장에게 전화했다. 내 입에서 헬렌이라는 이름이 나오자마자 그는 말했다. "그 문제는 직접 만나 이야기하는 편이 좋겠어. 한 시간 후 어때?"

***

랜스데인 청장이 정해준 약속 장소는 콩코드 중심가의 한 시민공원이었다. 때 이른 여름이 다가와 날씨가 무척이나 더웠다. 공원 바닥에 뜨거운 햇빛이 쏟아졌다. 랜스데인 청장은 큰 분수대 앞 돌 벤치에 앉아 나를 기다리고 있었다. 그는 나를 보자마자 즉시 본론을 꺼냈다.

"미리 말해두지만 나 역시 제삼자야. 나는 페리를 좋아하지만 개인적으로 가까운 사이라고 할 수는 없지. 몇 주 전, 헬렌이 나를 만나고 싶다고 연락했어. 카페에서 헬렌을 만났는데 안색이 몹시 좋지 않더군. 헬렌이 무슨 말을 전하고 싶어 하는지 명확하게 이해되지 않았어. 내가 알아들은 바로는 헬렌이 어려운 시기를 겪고 있어 걱정이 많은데, 페리와 의논할 입장이 아니라는 거야."

"페리와 의논할 수 없는 이유는 뭐라고 하던가요?"

"나 역시 같은 질문을 했는데 헬렌이 뭐라고 대답한 줄 아나? '페리를 보호하기 위해서'라고 하더군."

"페리를 무엇으로부터 보호한다는 걸까요? 헬렌이 받은 그 편지와 연관이 있을까요?"

"그 편지에 대해 알고 있었나?"

"우편배달부에게 들었어요. 헬렌이 어떤 편지 한 통을 받았는데 그 일이 있은 이후 감정이 몹시 예민해졌다더군요. 청장님도 그 편지의 존재를 알고 계셨네요."

"나도 헬렌이 사고를 당한 그날 밤에야 알았어. 헬렌과 나는 예전에 인사를 나눈 사이기는 했지만 서로 소식을 주고받을 만큼 친분이 있지는 않았어. 사고가 벌어진 그날까지도 크게 다르지 않았지. 그날 저녁 제법 늦은 시간에 헬렌이 내게 전화했어. 내가 필요하면 연락하라며 명함을 준 적이 있었으니까 전화번호를 찾아냈겠지. 그때가 바로 헬렌에게 내가 필요한 경우였나봐. 헬렌은 무척이나 당황한 목소리로 말하길 페리와 연락이 되지 않는다면서 도움이 필요하다는 거야. 익명의 편지를 한 통 받았는데 마침내 발신자를 알아냈다면서. 우리는 〈패니즈〉에서 만나기로 약속을 잡았지. 내가 도착했을 때 헬렌은 식당 안에 없었어. 결국 자동차 안에 있는 헬렌을 찾아냈지만 이미 숨을 거둔 뒤였어."

"그 편지를 보셨어요?"

"자동차 안을 살펴봤는데 편지는 없었어. 콘솔박스도 뒤져보고, 글러브박스도 열어봤지만 허탕을 쳤지."

"혹시 헬렌이 그 편지 내용에 대해 언급한 적이 있나요?"

"헬렌에게 들은 말로는 그 편지가 알래스카 샌더스 사건과 연관이 있다는 것뿐이야."

"알래스카 샌더스 사건이요?"

"1999년 봄에 사건이 발생했으니까 벌써 11년 전이네. 어떤 젊은 여자가 뉴햄프셔주 화이트마운틴 국유림에서 살해당한 시신으로 발견된 사건이야. 페리가 수사를 맡았지. 친구이자 동료인 매트 반스 경사가 이인조로 함께 움직였어. 용의자를 체포하기까지 그리 많은 시간이 걸리지 않았지. 피해자의 남자 친구가 저지른 짓이라는 게 곧 밝혀졌거든. 하지만 불행한 일은 거기서 끝이 아니었지."

랜스데인 청장이 내게 들려준 이야기는 충격적이었다.

살인사건 사흘 후
1999년 4월 6일 화요일

한 시간 전, 둘째 딸 리사를 얻은 페리는 밤 10시 45분에 콩코드 병원 산부인과 복도로 나와 장인, 장모에게 전화해 손녀의 탄생을 알렸다. 산모는 건강하고, 지금 쉬고 있다고. 아기 역시 매우 건강하다는 말을 덧붙이길 잊지 않았다.

통화를 마친 페리는 자판기에서 저녁 식사 대용으로 커피와 초콜릿 바를 하나씩 뽑았다. 매트에게 전화해 둘째 딸의 탄생을 알려야겠다는 생각이 들었다. 월터를 신문해 뭔가 얻어낸 게 있는지도 궁금했다. 미처 페리가 전화하기도 전에 휴대폰이 울렸다. 랜스데인 과장이었다. 둘째 딸의 탄생을 축하하는 전화라고 생각해 쾌활한 목소리로 먼저 외쳤다.

"둘째 딸 이름을 리사라고 지었어요."

랜스데인 과장은 대답이 없었다. 한참 침묵이 흐르고 나서 낮고 침울한 목소리가 들려왔다.

"당장 뉴햄프셔주 경찰청으로 와. 심각한 일이 생겼어."

***

뉴햄프셔주 경찰청으로 달려온 페리는 건물 앞에 늘어선 구급차량을 보았다. 구급차에서 돌아가는 푸른 경광등 불빛으로 사방이 환했다. 특공대 소속 호송차, 과학수사대의 구급차와 밴도 있었다.

페리는 건물 출입을 통제하는 1차 폴리스라인을 넘어 안으로 들어갔다.

"무슨 일이야?" 페리는 누군가와 마주칠 때마다 물었지만 돌아오는 대답은 똑같았다. "얼른 형사과로 가보세요."

페리는 계단을 성큼성큼 뛰어 올라갔다. 2층 복도로 들어서자 취조실 앞에 사람들이 잔뜩 몰려선 모습이 보였다. 페리가 달려가자 랜스데인 과장이 문 앞을 가로막았다.

"무슨 일입니까?" 페리가 물었지만 랜스데인 과장은 입을 꾹 다물고 아무런 대답도 하지 않았다. 페리는 심장이 세차게 요동치는 걸 느끼며 열린 문틈으로 머리를 들이밀었다. 눈앞에 펼쳐진 모습이 그를 얼어붙게 했다. 피 웅덩이가 된 취조실 한가운데에 매트의 시신이 너부러져 있었다. 총상을 입은 머리의 일부가 사라지고 없었다. 매트 옆 월터의 시신 역시 같은 형상으로 쓰러져 있었다.

페리는 큰 충격을 받아 정신이 아득해졌다. 몸이 휘청하는 순간 옆에 서 있던 랜스데인 과장이 부축해 다른 장소로 데려갔다. 페리는 한동안 혼이 나간 상태로 정신을 차리지 못했다.

***

그날 밤, 페리는 니콜라스로부터 끔찍한 사건의 자초지종을 들었다. 사건의 발단은 매트와 니콜라스가 변호인이 도착하길 기다리고 있을 때였다. 월터가 변호인이 입회해야만 신문에 응하겠다며 고집을 부렸다.

"월터는 수갑을 찬 상태로 취조실에 혼자 남아 있었어." 니콜라스가 말했다. "나랑 매트는 옆방에서 매직미러를 통해 월터를 지켜보고 있었지. 변호사가 곧 온다는 연락을 받았는데 계속 늦어지고 있었어. 매트와 나는 변호사를 기다리는 동안 전략을 세워봤지. 변호인 입회 아래 용의자를 신문하려면 요령이 필요하잖아. 내가 나쁜 경찰, 매트가 말을 들어주는 경찰을 맡아 월터를 구슬려보기로 했지. 취조실에 있는 월터가 갈증이 난다며 물을 가져다 달라고 하더군. 월터의 경계심을 누그러뜨릴 기회라면서 매트가 나섰지. 물을 들고 취조실로 들어간 매트는 우선 캐리의 수갑을 풀어주었어. 그때 매트의 겉옷 아래로 삐져나온 권총 손잡이가 보였어. 취조실에 들어가기 전에 권총을 풀어놓아야 한다는 걸 깜박한 거야. 솔직히 말해 나도 그 규칙을 철저히 지키지 않는 경우가 많았지. 월터가 입을 열었어. '내가 그년을 죽였어요. 더러운 년.' 매트는 지극히 침착하게 대응했어. 자백을 받아낼 절호의 찬스로 생각한 거야. 만약 용의자가 자백을 하더라도 그런 상황에서 받은 진술은 법적으로 유효하지 않아. 매트는 지금 국선변호인이 오고 있다며 혹시 변호인 선임을 포기할 용의가 있는지 물었어. 월터는 그 말에는 대꾸하지 않고 뭔가에 홀린 사람처럼 똑같은 말을 쏟아냈어. '그년을 죽였다고요. 그 더러운 년을. 그년이 내 침대에서 다른 놈과 그 짓을 했어요. 변호인을 선임해본들 나에게 뭘 해줄 수 있죠? 어차피 난 사형을 피할 수 없어요.' 그런 말을 늘어놓다가 월터는 울기 시작했어. 마치 어린아이처럼 훌쩍였지. 사형 집행일에 부모가 전기의자에 앉아 있는 자신을 보러올 거라고 주절거리기도 하고. 매트는 어떻게 해서든 월터를 달래보려고 애썼어. 사형을 피할 방법이 있다고, 자백이 무엇보다 중요하다고 말하면서 그의 어깨를 두드려주기까지 했지. 월터가 마침내 신문 내용을 기록하자는 데 동의했어. 매트가 탁자 정면 삼각대에 설치된 카메라를 작동시켰지. '지금 자백한 내용을 한 번 더 말해줄 수 있겠어요?'

그러자 월터가 또다시 울음을 터뜨렸어. '내가 그 여자를 죽였습니다. 내가 알래스카를 죽였다고요.' 월터는 잠시 말을 멈추었다가 덧붙였어. '내가 알래스카를 죽인 건 분명하지만 혼자 한 짓은 절대로 아닙니다. 에릭 도노반과 함께한 짓입니다.' 매트와 나는 깜짝 놀랐지. '에릭 도노반이 살해에 가담했다고요?' 매트가 물었어. '네, 나도 혼자만 죽을 수는 없잖아요. 에릭과 내가 함께 알래스카를 죽였습니다. 형사님들이 찾아낸 그 스웨트셔츠는 에릭이 입었던 옷입니다. 스웨트셔츠에 찍힌 M과 U는 모나크 유니버시티(Monarch University)의 머리글자이고, 에릭은 그 학교 출신입니다. 확인해보시면 내 말이 사실이라는 걸 알게 될 겁니다.' 매트가 카메라를 끄고 매직미러 쪽으로 몸을 돌리더니 내게 눈짓을 보냈어. 그때 갑자기 월터가 매트에게 달려들며 허리춤에서 총을 빼냈지. 그 모든 일이 순식간에 벌어진 거야. 내가 미처 개입할 틈이 없었어. 매트는 총을 되찾으려고 월터를 덮쳤고, 그 와중에 첫 번째 총성이 울려 퍼지며 매직미러가 박살났지. 나는 엄폐물을 찾아 일단 몸을 피한 다음 내 총을 꺼내들었어. 다시 몸을 일으켜보니 월터가 매트를 제압해 몸으로 내리누르고 있더군. 내가 월터를 쏘려고 총구를 겨누는데 어느새 그가 매트의 총을 관자놀이에 갖다 대고 방아쇠를 당겼어. 갑자기 사방이 고요해지더군. 나는 일단 비상벨을 누르고 매트에게로 달려갔어. 응급처치를 할 겨를도 없이 숨이 멎은 상태라

소리 질러 도움을 청했지. 도대체 다들 어디에 가 있었던 거야?"

뉴햄프셔주 경찰청에서 비극적인 사건이 벌어진 건 매우 늦은 시각이었다. 모두들 퇴근한 이후라 경찰청 건물은 거의 비어 있다시피 했다. 그런 탓에 니콜라스는 구조반이 당도할 때까지 제법 오래 기다려야 했다.

니콜라스는 설명을 이어나가다가 옷에 묻은 피를 무의식적으로 문질렀다. 그러고는 손을 들어 올려 검붉어진 손가락을 빤히 보더니 별안간 토하기 시작했다.

페리는 좀처럼 충격에서 헤어날 수 없었다. 끔찍한 악몽에 시달리는 느낌이었다. 그날 밤 시신이 되어 취조실 바닥에 누운 사람이 어쩌면 자신이었을 수도 있었다는 생각이 들었다.

'취조실을 지킨 사람이 나라면 뇌수가 터진 상태로 쓰러져 있어야 하는 사람도 나겠지?'

매트는 그날 밤 자리를 비운 페리를 대신해 일했다. 그 결과 끔찍한 비극이 페리 대신 매트를 덮치게 되었다. 친구를 죽게 했다는 생각이 한시도 뇌리를 떠나지 않았다.

***

다음 날 아침 해가 떠오를 무렵 경찰차들이 마운트플레전트를 가로질러 달려와 도노반 가족의 집을 포위했다. 경찰특공대원들이 현관문을 부수고 집 안으로 진입했다. 그때까지 잠들어 있던 에릭 도노반은 침대에서 체포되었다.

경찰차에서 울려 퍼지는 요란한 사이렌 소리에 놀라 잠을 깬 이웃 주민들은 에릭이 잠이 덜 깬 얼굴로 거리로 끌려 나오는 모습을 지켜보았다. 수갑을 찬 에릭은 등을 떠밀려가며 경찰차에 올랐다. 재닛 도노반이 아들을 체포해가는 경찰들을 향해 고래고래 욕설을 퍼부었다.

에릭은 집을 돌아보았다. 장미꽃이 만발한 현관 포치에 앉아 마시던 커피, 정든 이웃과도 영영 이별이었다.

그날 아침, 이웃들은 상냥한 청년 에릭이 살인범이라는 사실에 경악했다. 언제 봐도 싹싹하고 친절했던 청년 에릭은 헝클어진 머리에 얼빠진 얼굴로 마치 덫에 걸린 짐승처럼 잔뜩 겁을 집어먹은 상태로 경찰차에 실려 갔다. 에릭 자신도 그날 아침 서둘러 꿰입은 추리닝을 주황색 죄수복으로 갈아입게 될 줄은 미처 몰랐다.

에릭은 평소 그 어디에도 구속되지 않고 자유롭게 살고 싶어 했다. 나무와 숲, 플라이낚시, 탁 트인 들판에서 느끼는 여유를 좋아했다. 에릭은 미결수 구치소로 옮겨졌다가 호송차에 실려 교도소에 들어갔다. 알래스카 샌더스를 살해한 혐의로 종신형을 받은 그가 평생을 살아야 하는 곳이었다.

***

에릭은 처음 경찰청에 끌려왔을 때만 해도 범행을 완강하게 부인했다. 페리는 진실을 털어놓게 하려고 월터의 자백 장면이 녹화된 영상을 에릭에게 보여주었다. 에릭은 근접 카메라로 잡힌 월터가 범행을 시인하고 나서 곧바로 공범으로 자신을 지목하자 믿기지 않는다는 듯 깜짝 놀란 표정을 지었다.

"나는 알래스카를 죽이지 않았어요!" 에릭이 항의했다.

"이 피 묻은 옷이 당신이 입던 스웨트셔츠 아닌가요?" 페리는 투명비닐 팩에서 스웨트셔츠를 꺼내 에릭의 눈앞에 갖다 댔다.

"나도 이런 스웨트셔츠가 하나 있긴 해요. 하지만 모나크 대학교 학생 수천 명이 똑같은 스웨트셔츠를 갖고 있을 텐데요."

"월터가 당신 옷이라고 진술했습니다."

"월터가 그렇게 말했다면 나한테 빌려 간 스웨트셔츠일 거예요."

"언제 빌려주었는데요?"

"3월 20일 토요일에요. 월터와 내가 국립공원 관리국으로부터 고발당한 날이라 정확하게 기억해요. 그날 우리는 그레이비치 부근의 한 지류에서 낚시를 했어요. 내가 그날 낚시를 간 사실은 월요일에 이미 말했잖아요. 아무튼 그날 낚시를 하는데 별안간 하늘에서 먹구름이 잔뜩 몰려오더니 빗방울이 떨어지기 시작하더군요. 잠시 지나가는 소나기라고 생각해 나무 밑으로 몸을 피했죠. 월터는 강에서 꾸물대다가 비를 쫄딱 맞아 처량한 생쥐 꼴이 되었어요. 얼마나 추운지 몸을 덜덜 떨고 있더군요. 나는 비를 맞지 않아 월터보다는 견딜만했고, 그다지 추위를 타지 않는 편이었어요. 스웨트셔츠를 벗어 추위에 떠는 월터에게 건네주었죠. 그게 바로 이 스웨트셔츠입니다. 우리는 비가 그치지 않아 낚시도구를 챙겨 각자 차를 세워둔 곳까지 달려갔어요. 그때 나는 월터 쪽을 다시 돌아보았죠. 차에 오른 월터는 흠뻑 젖은 스웨트셔츠를 벗어 뒷좌석에 던지며 말하더군요. '깨끗이 빨아서 돌려줄게.' 그럴 필요 없으니 그냥 달라고 말했지만 월터는 한사코 세탁해서 돌려주겠다고 고집을 부렸어요."

"월터한테 스웨트셔츠를 돌려받지 않았다는 뜻인가요?"

"네, 그래요."

"제법 그럴듯한 이야기네요." 페리가 빈정거리듯이 말했다. "비록 나를 완벽하게 속이지는 못했지만."

"난 사실대로 말한 겁니다. 그 일이 있고 나서 며칠 지나 스웨트셔츠를 찾아오려고 했어요. 알래스카에게 그 이야기를 꺼냈더니 버럭 화를 내더군요. 캐리 부인은 그 장면을 보고 내가 알래스카와 싸웠다고 말했을 겁니다."

"두 사람이 싸우기는 했네요. 어째서 우리에게 거짓말을 한 겁니까?"

"거짓말이 아니었어요. 그 정도는 싸움이라고 할 수도 없으니까요. 나는 스웨트셔츠를 돌려받으려고 했을 뿐입니다. 그때 월터는 마운트플레전트를 떠나 며칠 뒤에나 돌아올 예정이었고, 대신 알래스카에게 스웨트셔츠를 찾아달라고 했어요. 내 요구를 들은 알래스카가 벌컥 화를 냈고요. 알래스카는 내가 월터에게 전화해 해결할 일이라고 하더군요. 월터에게 전화했더니 마운트플레전트에서 출발하기 전에 스웨트셔츠를 차 안에 넣어두었다고 했어요. 월터의 차가 마운트플레전트에 그대로 남아 있어 알래스카에게 부탁한 거죠. 스웨트셔츠를 찾아야겠으니 차 안을 둘러봐 달라고요. 그런데 차 안에 스웨트셔츠가 없다는 거예요."

"스웨트셔츠가 감쪽같이 사라졌다는 그 이야기도 역시 믿어지지가 않는군요. 지금 했던 이야기를 지난번에는 하지 않은 이유가 뭐죠?"

"스웨트셔츠가 살인사건과 관계가 있다는 걸 내가 어찌 알겠습니까?"

페리가 자신의 말을 믿지 않는다고 생각한 에릭이 다시 말했다.

"내가 한 말은 결단코 분명한 사실입니다. 월터에게 가서 물어보세요. 제가 방금 말한 게 전부 사실이라고 인정할 수밖에 없을 테니까."

"월터는 죽었어요." 페리가 불쑥 말했다.

"월터가 죽어요?"

용의자 신문이 길어지고 있었다. 에릭은 한사코 알래스카 샌더스를 살해하지 않았다며 범행 일체를 부인했다. 살인사건과는 아무런 관계가 없다고도 했다. 에릭은 변호인을 선임할 권리를 내세워 패트리샤 위드스미스라는 보스턴의 변호사를 선임했다. 형사사건을 전문으로 하는 젊은 여성 변호사였다. 하지만 에릭에게는 불리한 증거가 쌓여 있었다. 무엇보다 스웨트셔츠에서 발견된 두 가지 DNA 가운데 하나가 그의 DNA와 일치했다.

패트리샤 위드스미스 변호사는 다음과 같이 반박했다. "이 스웨트셔츠는 에릭이 입었던 옷이니 그의 DNA가 검출되는 건 당연합니다. 에릭은 이 스웨트셔츠를 입고 있다가 월터에게 벗어주었고요. 제 의뢰인은 이런 사실을 이미 형사님께 말씀드린 바 있습니다."

에릭에게 불리한 점은 살인사건이 일어난 날 밤 알리바이가 입증되지 않았다는 사실이었다. 그날 밤 11시 30분경에 에릭은 누이동생과 함께 부모의 집으로 돌아왔고, 이내 잠자리에 들었다고 주장했다. 하지만 가족들이 모두 잠든 사이 아무에게도 들키지 않고 집 밖으로 빠져나왔을 가능성이 존재했다.

결정적 증거로 에릭의 방에서 워드 프로세서로 작성한 협박 편지 한 장이 나왔다. 알래스카가 받았던 협박 편지와 같았고,

인쇄된 문구 역시 같았다.

나는 네가 한 짓을 알아.

에릭의 프린터를 압수해 분석한 결과 프린트 헤드가 손상되어 인쇄물의 특정 위치에 흠이 생기는 특징을 찾아냈다. 알래스카가 받은 편지에도 나 있는 흠이었다.

"누군가 우리 집에 몰래 들어와 내 프린터를 사용했을 수도 있잖아요." 에릭은 그렇게 주장했다. "낮 동안에는 현관문을 잠그지도 않아요. 마운트플레전트의 다른 집들도 대부분 그래요. 우린 서로 믿을 수 있으니까."

에릭의 주장은 증거를 뒤집기에는 역부족이었다. 에릭의 변호사 패트리샤는 결백을 주장하기 쉽지 않았다. 불리한 상황이 되자 에릭은 의기소침해져서 모든 진술을 거부하고 묵비권을 행사했다. 그러다가 재판 직전, 에릭은 알래스카 샌더스를 살해한 사실을 시인했다. 에릭에게는 가석방 없는 종신형이 선고되었다.

에릭의 범죄 행위에 대한 법정 선고가 내려지던 날 페리는 랜스데인 과장의 사무실로 갔다. 페리는 서류 한 통을 랜스데인 과장에게 내밀었다.

"이 서류는 뭔가?" 랜스데인 과장이 물었다.

"사직서입니다."

랜스데인 과장이 당혹스러운 눈길로 쳐다보았다.

"사직서를 받지 않겠네." 잠시 말이 없던 랜스데인 과장이 다시 입을 열었다. "자네는 내가 만난 형사들 가운데 최고의 실력자야."

"그럼 사직을 받아들이지 않는 대신 한 가지 조건을 허락해주세요."

"공직자가 조건을 걸고 흥정하는 건 옳지 않아."

"제가 형사로 남기 위해 꼭 필요한 조건입니다."

"뭔지 말해봐."

"이제부터 파트너 없이 혼자 일하겠습니다." 페리가 선언하듯 말했다.

"혼자 움직이면 여러모로 불리해."

"차라리 혼자가 낫습니다. 동료를 죽음으로 내몰 위험도 없고요."

"매트 일은 정말 안됐네만 자네 탓이 아니야."

"아무튼 저는 혼자 해나갈 겁니다." 페리는 고집을 꺾지 않았다. "반드시 조를 짜서 다녀야 한다는 규칙은 없잖아요."

랜스데인 과장은 마지못해 허락했다. 페리가 당장은 고집을 부리지만 시간이 지나면 달라지리라 생각했다.

랜스데인 과장이 사무실 문을 나서는 페리를 불러 세웠다.

"알래스카 샌더스 사건이 공식적으로 종결된 걸 축하해."

"어떤 사건이든 종결될 수는 없어요." 페리가 말했다.

"그게 무슨 뜻인가?"

"저는 그들로부터 벗어날 수 없을 테니까요. 살아 있는 자들과 죽은 자들 모두로부터."

랜스데인 과장으로부터 1999년 4월 6일의 사건에 대해 들은 나는 한동안 충격에서 헤어 나오지 못했다. 이어서 한 가지 생각에 매달렸다. 헬렌이 받았다는 그 편지를 찾아내야 했다.

/

7장
익명 편지
2010년 5월 29일 토요일

/

그날 아침에 페리가 두 딸을 데리고 헬렌의 묘지에 간 틈을 타 나는 집 안을 뒤져보기로 마음먹었다. 헬렌이 그 편지를 집에 숨겨두었다면 그 장소는 어디일까? 가족이 공동으로 사용하는 공간에 두었을 리 없으니 개인적으로 사용하는 공간일 가능성이 컸다. 헬렌의 옷장, 옷 안주머니, 화장품 상자를 열어보았지만 전혀 소득이 없었다. 어느 정도 예상한 결과이기도 했다. 헬렌이 그 편지를 감추려고 했다면 페리가 발견할 수 있는 장소에 둘

까닭이 없었다. 헬렌의 사무실은 이미 뒤져보았으니 차 안에 있을 공산이 컸다. 헬렌이 사고로 숨지던 날 밤, 랜스데인 청장은 차 안을 뒤져보았다고 했다. 하지만 충격적인 상황에서 차 안을 꼼꼼하게 살펴볼 수 있었을지 의문이었다. 다시 확인해볼 필요가 있었다.

차고로 가니 헬렌의 차가 자전거, 운동기구와 함께 나란히 놓여 있었다. 헬렌이 운전석에서 쓰러져 있는 모습이 눈앞에서 아른거렸다. 머리를 흔들어 상념을 떨쳐버리고 차 문을 열었다. 운전석에 앉아 실내를 응시했다.

편지를 차 안에 두었다면 과연 어디에 숨겼을까?

도어포켓이나 글러브박스 안에는 없었다. 선바이저 안쪽과 콘솔박스도 살펴보았지만 허사였다. 마지막으로 바닥에 깔린 매트를 하나씩 들춰보았다. 우편배달부가 말한 파란 봉투가 차 바닥 매트 아래에 있었다. 파란 봉투 안에서 반으로 접힌 종이를 꺼내 펼치자 다음과 같은 문장이 나타났다. 신문에서 한 글자씩 오려내 이어붙인 문장이었다.

월터와 에릭은 범인이 아니다.

***

내가 편지를 내밀자 랜스데인 청장은 어이가 없다는 듯 나를 빤히 쳐다보았다. 그의 얼굴 표정으로는 놀란 건지 신중한 태도를 취하는 건지 알 수 없었다.

"페리에게 편지 이야기를 했나?"

"아직 말하지 않았어요."

"'월터와 에릭은 범인이 아니다.'" 랜스데인 청장은 그 말의 의미를 음미하듯 한 글자 한 글자 소리 내어 읽어보았다.

"두 사람이 알래스카를 살해한 범인이 아니라는 뜻이겠죠?" 나는 그렇게 묻고 나서 대답도 듣지 않고 말을 이었다. "이 편지가 페리의 집에 전달된 날은 지난 4월 6일이었습니다. 월터 캐리가 죽은 날로부터 정확히 11년째 되는 날이죠."

"솔직히 나도 당혹스러워서 뭐가 뭔지 모르겠어." 랜스데인 청장이 중얼거렸다. "정말이지 뜻밖이라서."

"누군가 장난을 치는 것일 수도 있어요." 내가 말했다.

"과연 그럴까?" 랜스데인 청장은 미심쩍다는 듯 내 말을 받았다.

"장난 편지가 아니라고 확신하는 근거라도 있으세요?"

"편지를 보낸 사람의 의도대로라면 이 사실을 가장 먼저 알아야 할 사람은 페리야. 헬렌이 먼저 발견하긴 했지만 내용상 페리가 먼저 봤어야 할 편지야. 그렇다면 하찮은 장난 편지일 리 없지. 페리는 알래스카 샌더스 사건의 담당 형사였고, 장난의 대상으로 삼기에는 그리 만만하지 않은 상대니까. 이 편지를 보낸 사람은 페리가 사건을 재수사하길 바란 거야. 이 편지를 장난으로 보낸 게 아니야."

"11년이나 지난 사건을 다시 들추려는 이유는 뭘까요?" 나는 고개를 갸웃거렸다.

랜스데인 청장은 재미 있다는 듯 슬며시 웃었다.

"자네가 《해리 쿼버트 사건의 진실》을 세상에 내놓는 바람에 세상 사람들 모두가 한 형사의 존재를 알아버렸어. 말은 퉁명스럽게 해도 범인을 잡는 솜씨는 기가 막힌 형사지. 자네 소설을 읽은 수백만 독자들이 페리 게할로우드 경사를 주목하게 되었어. 누군가가 잠을 깨고 움직이기 시작한 거야. 일이 이렇게까지 된 건 책을 쓴 자네 책임도 무시 못 해."

랜스데인 청장의 말이 내 머릿속에서 파장을 일으켰다. 그때까지 나는 헬렌이 왜 나에게 도움을 청하지 않았는지 이유를 알지 못했다. 내가 또다시 수사에 개입하는 걸 원하지 않았다는 뜻이다.

"페리가 이 편지를 보면 재수사에 나서리라는 걸 헬렌은 알고 있었네요." 비로소 의문이 해소되었다. "페리가 그 사건에 또다시 발목이 잡히길 원하지 않은 거예요. 페리는 그 사건 때문에 아주 힘든 시간을 보내야 했으니까요. 그렇다고 편지를 무시해 버릴 수는 없었겠네요. 편지 내용의 사실 여부를 혼자서라도 더 알아보고 싶었을 거예요. 과연 남편에게 알려야 할 문제인지 판단하려고요. 결국 헬렌은 혼자 조사에 나섰고, 그 결과 편지 내용을 페리에게 알려야 한다고 마음먹을 만큼 확실한 증거를 찾아냈을 거예요. 하지만 헬렌은 자신이 찾아낸 걸 결국 남편에게 알리지 못했어요. 바로 그날 불행한 사고를 당했으니까요. 숨을 거둔 그날 밤, 헬렌은 뭔가를 알고 있었던 게 분명해요. 그게 뭘까요? 대답을 얻으려면 이 편지를 보낸 사람이 누군지부터 찾아내야 하겠네요."

랜스데인 청장이 고개를 끄덕였다.

"무엇부터 시작해야 할까?"

"우선 이 편지를 과학수사대에 보내 지문을 확인해볼 필요가 있지 않을까요?"

"지문 검출을 해봐야 소용없을걸. 자네와 나, 우체부, 헬렌 말고도 수많은 사람의 손이 편지를 스쳐 갔을 테니까. 게다가 페리에게 알리기를 원치 않는 한 이 일에 대한 조사는 과학수사대를 거치지 말고 우리 선에서 끝내야 해. 다른 경찰들이 알게 될 경우 페리의 귀에 들어가는 건 시간문제니까. 이 일을 정말 페리에게 알리지 않고 조사할 생각인가?"

"그렇습니다."

페리에게 이야기해서는 안 되는 문제였다. 페리가 편지에 대해 알게 될 경우 한층 더 고통스러워할 게 뻔했다. 페리는 당분간이라는 단서를 달긴 했지만 휴가를 내고 집 안에 틀어박혀 지내고 있었다. 페리는 그 자신과 남은 가족을 돌보아야 하는 사람이었고, 그러자면 다시 힘을 내 일어서야 했다. 페리가 과거의 망령과 싸우느라 힘을 빼게 할 수는 없었다.

나는 사흘 동안 게할로우드 가족의 집에 머물면서 페리와 딸들 모르게 조사에 나섰다. 우선 자동차의 내비게이션을 작동시켜 헬렌이 패스트푸드 식당 〈패니즈〉의 주차장으로 오기 전 마지막으로 들렀던 장소가 어딘지 경유지를 알아내려고 했다. 아쉽게도 내비게이션에는 남아 있는 기록이 없었다. 가족이 공동으로 사용하는 컴퓨터의 메일함을 열어봤지만 소득이 없긴 마찬가지였다. 헬렌의 핸드백에서 찾아낸 수첩의 메모들을 차근차근 되짚어가며 일정을 재구성해 봤지만 특별히 눈에 띄는 점은 없었다.

알래스카 샌더스 사건 관련 자료도 찾아보았다. 에릭 도노반 석방 청원운동을 벌이는 한 단체가 있었다. 게할로우드 가족의 컴퓨터로 알래스카 샌더스 사건을 검색하고 싶지는 않았다. 신문 기사 몇 개와 알래스카 샌더스의 사진을 프린트해 내가 사용하는 반지하 방 간이침대 틈새에 숨겨두었다. 알래스카 샌더스의 사진이 왜 필요하다고 생각했는지 나 자신도 이유가 명확하지 않았다.

잔혹하게 살해당한 스물두 살의 그 여자야말로 문제 해결의 열쇠라고 보았기 때문이 아니었을까?

해리 쿼버트 사건의 중심에 있던 소녀 놀라 켈러건과 무의식적으로 연결된 데도 이유가 있을 것이다. 해리 쿼버트 사건 수사가 페리에게는 일종의 속죄였다는 랜스데인 청장의 말이 머릿속에서 맴돌았다. 문제의 편지를 보낸 그 인물도 랜스데인 청장과 마찬가지로 페리가 재수사를 마다하지 않으리라는 걸 알고 있었을 가능성이 컸다.

알래스카 샌더스 사건을 조사하고 난 나머지 시간은 게할로우드 가족에게 할애했다. 페리는 허깨비 같은 몰골로 방 안에 틀어박혀 밖으로 나오지 않았다. 평소에도 과묵한 페리는 이제 침묵의 벽 속에 자신을 가둬버린 듯했다. 딸들은 가급적 밝은 표정을 지으려고 애썼고, 나는 그들을 다정하게 돌보았다. 딸들의 고민을 들어주고, 말동무가 되어주고, 음울하게 가라앉은 집안 분위기를 과거의 그 유쾌한 방향으로 바꾸어보려고 애썼다. 내가 요리의 세계에 뛰어든 건 그런 이유 때문이었다. 처음에는 큰어머니 아니타에게 배운 바나나 케이크를 열심히 구웠다. 하지만 이제는 수준을 더 높여야 했고, 결국 한 끼 식사를 온전히 만들어내는 일에 매달렸다. 게할로우드의 집 주방에 혼자 내동댕이쳐진 심정으로 나는 큰어머니 아니타에게 기도했다. 그러면 큰어머니가 내 요리에 기운을 불어넣어 주었다. 곧이어 헬렌의 영혼이 내 곁에 왔다. 헬렌에게 말을 건넬 때 소리를 내야 할지 아니면 마음속으로 해야 할지 당혹스러웠지만 같은 말을 몇 번이고 되풀이했다. "헬렌, 당신이 살아 있으면 정말 좋을 텐데."
그러면 추억이 하나씩 떠오르면서 헬렌을 처음 만난 그날의 기억이 되살아났다.

***

12년 전
2008년 7월 2일

해리 쿼버트 사건을 조사하느라 좌충우돌할 때였다. 수사는 막다른 골목에 다다른 듯 앞이 보이지 않았다. 페리와 나는 뭔가 얻어낼 수 있을지 모른다는 기대로 놀라 켈러건의 아버지를 찾아갔다. 켈러건 목사에게 몇 가지 질문을 던지고 답변을 듣긴 했지만 흡족한 성과를 얻어내지는 못했다. 그렇게 된 배경에는 사실 신문에 서툰 내 잘못이 컸다. 방문을 마치고 나온 페리와 나는 목사의 집 앞에서 서로 생각을 주고받다가 토론이 길어졌다. 결국 페리는 나에게 저녁 식사를 함께 하러 가자면서 집에 초대했다.

"이렇게 불쑥 찾아가면 경사님의 부인이 불편해하지 않을까요?"

"걱정하지 마. 헬렌은 불우이웃을 돕는 일이라면 언제나 환영이니까."

***

　헬렌은 방금 마트에서 사 온 물건들을 냉장고에 정리하고 있었다. 페리가 넉살을 곁들여 나를 소개했다.

　"한 사람분 식사를 더 차려야겠어. 이 친구가 길에서 헤맬 것 같아서 데려왔거든. 이 친구가 당신이 침대 탁자 위에 놓아둔 책 표지에 나온 못난이와 닮았다고 생각되지 않아?"

　헬렌의 얼굴에 미소가 피어올랐다. 다정한 성격이 드러나는 미소였다. 헬렌이 내게 손을 내밀며 인사를 건넸다.

　"드디어 만나게 되어서 기뻐요. 당신이 쓴 책을 얼마나 재미있게 읽었는지 몰라요. 그런데 이번 수사에서 페리와 함께 뛰는 거예요?"

　"함께 뛰다니?" 페리가 펄쩍 뛰었다. "이 친구는 그저 수사 흉내를 내는 아마추어야. 나는 이 친구 때문에 머리가 지끈거려."

　"경사님은 내 소설이 형편없는 졸작이라면서 책값을 물어내라고 했어요." 나는 일러바치듯이 헬렌에게 말했다.

　"페리의 무뚝뚝한 말에는 신경 쓰지 말아요. 마음이 따뜻한 사람이니까."

　나는 식사 준비를 돕겠다며 팔을 걷어붙였다. 페리는 장바구니에서 채소를 꺼내는 나를 어떻게 해서든 놀리고 싶어 안달이 난 얼굴이었다.

"이 친구 말에 속으면 안 돼. 돕기는커녕 음식을 엉망으로 만들어놓을 거야. 이 친구 때문에 이번 수사가 얼마나 난장판이 되었는지 모르지?"

헬렌은 몸을 돌려 나를 바라보았다.

"방금 페리가 한 말은 수사에 대한 당신의 재능이 뛰어나다는 뜻이니까 괘념치 말아요."

"헬렌은 불우이웃에게 늘 자비롭다는 사실을 잊어선 안 돼."

"페리는 지금껏 파트너가 없었어요." 헬렌이 말을 이었다. "어느 누구와도 함께 일하지 않으려고 했죠. 지금껏 집에 초대한 동료가 단 한 명도 없었어요."

"난 우리 가족만으로도 충분히 행복하기 때문이야." 페리는 그렇게 변명하면서 냉장고에서 맥주 두 병을 꺼내 나에게 한 병 내밀었다.

헬렌이 나에게 눈을 찡긋해 보였다.

"이 사람이 당신을 무척이나 좋아해요."

"내가 누굴 좋아한다고 그래?"

"우린 좋은 친구 사이잖아요."

"친구라니? 자네는 나를 계속 경사님이라고 불러줘. 그러니까 우리 관계는 순수하게 직업적이야."

헬렌이 어이없어 하늘을 올려다보는 시늉을 하고 나서 말했다.

"계할로우드 가족 집에 오신 걸 환영해요, 마커스."

그날 저녁 식사를 마친 뒤 페리와 단둘이 테라스에 나와 있을 때 내가 말했다.

"완벽한 분과 결혼하셨네요. 헬렌의 단 한 가지 실수는 경사님과 결혼한 것밖에 없어요."

페리가 내 말에 피식 웃음을 터뜨렸다.

***

내가 헬렌을 처음 만난 날의 이야기를 들으며 말리아와 리사는 웃음을 터뜨렸다. 우리는 방금 전 저녁 식사를 마쳤다. 내가 만든 오소부코는 맛이 형편없어서 피자를 더 주문해 먹었다. 식탁에 둘러앉은 사람은 우리 셋뿐이었다. 페리는 2층 방에 틀어박혀 있다가 우리가 식탁에서 한참 동안 시간을 보낸 뒤에야 내려왔다. 페리의 얼굴은 한층 더 어두워 보였다.

페리의 딸들은 다음 날 학교로 돌아가야 했다. 페리의 얼굴을 보면서 차라리 딸들이 당분간 집을 떠나 있는 편이 나을 것 같다는 생각이 들었다.

페리는 피자 한 조각을 접시에 덜어내 말없이 먹었다. 잠시 후 딸들은 방으로 올라갔다. 페리와 나 단둘만이 남았다. 최근에 우리 둘만 마주할 기회는 거의 없었다. 페리는 나를 피하는 눈치였다. 내가 접시를 모아 식기세척기에 넣는 동안 페리는 피자 박스를 쓰레기통에 억지로 구겨 넣으려고 했다.

"피자 박스는 재활용품이라 따로 버려야 해요." 내가 말했다.

"재활용품을 분리 수거해본 적이 없어."

"이제부터라도 해요."

페리는 피자 박스를 주방 카운터 위에 올려놓고 투덜거리면서 나갔다.

나는 주방을 정리하고 나서 반지하 방으로 내려갔다. 침대에 누워 알래스카 샌더스의 사진을 들여다보다가 그 편지를 다시 꺼내 들여다보았다. 헬렌은 이 편지를 토대로 뭔가 새로운 사실을 알아냈을 공산이 컸다. 과연 그게 뭘까?

뭔가 힌트를 기대하는 심정으로 편지를 뚫어지게 응시했다. 문득 그때까지 보이지 않던 점이 눈에 들어왔다. 문장을 만들기 위해 이어붙인 글자들의 형태가 고르고 가지런했다. '월터와 에릭은 범인이 아니다.' 필요한 글자들을 하나씩 따로 오려냈을 텐데 한 줄로 이어붙인 결과물은 시각적으로 편하게 어우러졌다. 그렇다면 이 글자들은 모두 같은 신문에서 오려 붙인 게 분명했다. 잡지든 신문이든 여러 군데서 글자를 오려내는 편이 추적 가능성을 없애는 데 효과적인 건 분명했다.

익명 편지를 작성할 때 기본 방식을 무시한 이유는 무엇일까?

나는 침대에 누워 두 손으로 편지를 펼쳐 잡고 있었다. 두 팔을 천장을 향해 뻗은 까닭에 자연스레 편지를 실내등에 비춰보는 자세가 되었다. 빛이 비치자 투명해진 종이를 통해 글자의 뒷면이 얼비쳐 보였다. 그 글자들을 떼어내 뒤집어보자 숫자와 글자의 수수께끼 같은 조합이 나타났다.

10Nor…

게다가 이 숫자와 글자 조합은 앞면에 인쇄된 글자와 수직을 이루며 인쇄되어 있었다.

신문에서 이런 인쇄 형태는 어떤 경우에 나타날 수 있을까?

답을 찾긴 어렵지 않았다. 글자 뒷면에 인쇄된 건 신문 구독자의 주소 일부였다. 이런 주소를 가진 구독자가 받은 신문에서 글자를 오려내 페리에게 보낼 편지를 작성한 것이다.

드디어 작은 추적의 실마리를 잡은 기분이었다.

***

다음 날 콩코드 시내의 한 카페에서 랜스데인 청장을 만났다. 나는 그에게 편지를 작성할 때 사용된 글자에서 신문 구독자의 주소를 찾아냈다고 말했다.

"편지를 보낸 사람은 글자를 오려낸 그 신문의 구독자라고요."

랜스데인 청장은 나의 들뜬 어조에 찬물을 끼얹었다.

"너무 흥분하지 않는 게 좋아. 수많은 카페, 식당, 병원들이 신문을 구독하고 있어. 고객들에게 제공하기 위해서야. 글자를 오려 붙여 그 편지를 작성한 사람은 카페나 식당에서 신문을 들고나왔을 수도 있다는 뜻이야. 누군가 다 보고 나서 쓰레기통에 버린 신문을 이용했을 수도 있겠지. 주소가 찍힌 편지를 익명으로 보내는 사람이 있을까?"

"글자 뒤편에 주소 일부만 남아 있어요. 그 정도는 눈에 띄기 어려워요. 그래서 그 인물이 방심했을 가능성이 커요."

"아무튼 익명으로 보낼 편지의 문구를 작성하려고 자신이 구독하는 신문에서 글자를 오려냈다고? 그건 말도 안 돼."

"저도 과연 그럴 수 있을지 생각해봤어요. 다른 신문을 손에 넣을 기회가 없는 사람이라면 그럴 수도 있지 않을까요? 예를 들어 감옥에 갇힌 사람이라면."

"감옥에 갇힌 사람?"

"누군가 교도소에 있다고 가정해봐요. 같은 방에 있는 동료 죄수가 사실은 자신이 알래스카 샌더스를 살해한 범인이라고 그에게 털어놓았다고 쳐요. 그래서 그가 들은 내용을 익명 편지로 경사님에게 알린 것일 수도 있지 않을까요?"

"교도소의 죄수들은 신문을 받아볼 수 없어."

내가 세운 가설을 포기하고 싶지 않았다.

"신문지에 싼 소포를 우편으로 받을 수도 있잖아요. 소포 포장지로 사용한 신문을 이용해 편지를 작성할 수도 있다고요."

"교도소 수감자들이 내보내는 우편물은 검열을 거치기 마련이야. 그런 편지는 바깥으로 나오기 전에 압수당할걸."

"그 인물이 변호사를 통해 편지를 내보낸다면 압수를 피할 수도 있겠죠."

"수감자의 변호사가 우편배달부 역할을 맡아 그 편지를 페리의 집 우체통에 넣었다고? 말도 안 되는 소리야. 그래도 자네의 그 상상력 하나는 기발하군."

"헬렌이 편지 발신자를 찾아냈다고 말한 사실로 보아 주소를 알아냈을 가능성이 커요. 일부분만 남은 그 주소 조각을 통해서요."

"그럴 수도 있겠지." 랜스데인 청장도 수긍했다. "그렇다면 자네가 그걸 추적해 제대로 된 주소를 밝혀봐. 그렇게 가설만 세우고 있으면 결국 길을 잃기 마련이니까."

나는 이 사건을 대하는 랜스데인 청장의 태도가 이중적이라는 인상을 받았다. 랜스데인 청장은 이 사건에 발을 담그고 싶어 하지 않았다. 하지만 현재 벌어지는 일들을 외면하지 못했다. 그런 태도를 보자 나는 은근히 화가 났다.

랜스데인 청장이 자리에서 몸을 일으키며 말했다. "자네가 한번 파헤쳐봐. 뭔가 중요한 사실을 캐내면 내게도 알려주고. 내가 행운을 빌어줄게."

"행운이나 빌어주겠다니, 어떻게 저에게 그런 말을 할 수 있죠?" 내가 못마땅한 기색을 내비쳤다. "이 일을 저에게 몽땅 떠넘기고 혼자 잘해보라고 하시는 겁니까?"

"나를 곤란한 입장에 몰아넣지 마. 나는 뉴햄프셔주 경찰청 수장이야. 민간인의 조사 활동에 관여할 수 없는 입장이지."

"이 일을 가져가 부하 경찰에게 수사를 맡길 수도 있잖아요?"

"페리에게 알리기를 원치 않는다면서? 이 일이 경찰로 넘어오는 순간 비밀 유지는 물 건너가는 거야." 랜스데인 청장이 대답했다. "게다가 경찰이 수사를 맡게 되면 자네는 완전히 손을 떼야 해. 하지만 내가 보기에 자네는 이미 이 일에 발을 깊숙이 담근 것으로 보여."

"제가 아는 청장님은 이런 일을 앞에 두고 머뭇거리는 스타일이 아니거든요. 그렇다면 편지에 대한 수사를 경찰 내부로 끌어들이지 않으려고 하는 이유가 따로 있다는 뜻이죠. 그 이유가 뭔지 말씀해주세요. 계속 딴전을 부리시면 언론에 전부 터트려버릴 테니까."

랜스데인 청장은 다시 자리에 주저앉으며 한숨을 내쉬었다.

"페리가 자네에 대해 늘 해온 말이 있는데 뭔지 아나? 믿지 않은 골칫덩이라고 했지. 이제 보니 페리의 말이 전적으로 이해가 되네. 자네 말대로 나는 이 익명 편지 건이 바깥으로 새 나가지 않게 하고 싶어. 지금은 혼란이나 소문을 만들지 않는 게 중요해. 알래스카 샌더스를 살해한 범인이 월터가 아닐 수도 있다는 말은 이 사건을 처음부터 다시 수사해야 한다는 뜻이니까. 그렇게 되기 전에 나는 그 익명 편지를 써 보낸 사람이 누구인지 알아내고 싶어. 소문이 새 나가지 않도록 은밀히 움직여야 하는 이유는 바로 그것 때문이야. 자네라면 이 일을 완벽하게 해낼 수 있을 것 같아서 맡긴 거야."

"설마 저만 골치 아픈 일로 밀어 넣고 모른체할 생각은 아니죠?"

랜스데인 청장은 역시 한발 뒤로 물러났다.

"나는 경찰을 지휘하는 사람이야. 그만큼 책임져야 할 일이 많아."

"방금 말씀 잘하셨네요. 청장님이니까 보고하거나 허락받을 필요 없이 즉각 움직일 수 있잖아요. 자, 어서 움직여봐요."

***

주소를 알아내기 위해 랜스데인 청장과 나는 'Nor…'로 시작하는 모든 거리의 10번지를 찾아보는 수밖에 없었다. 그 조건에 해당하는 주소 목록은 현대 정보기술의 발전 덕분에 인터넷 검색만으로도 간단하게 해결되었다. 문제는 이 나라에서 'Nor…'로 시작하는 이름의 거리, 도로, 가로, 대로를 살펴보려면 족히 몇 달이 소요된다고 봐야 했다. 그렇다면 조사범위를 최소화시킬 필요가 있었다. 랜스데인 청장이 제시한 방법이 문제를 해결하는

데 도움이 되었다. 헬렌이 목숨을 잃은 날 밤 10시경에 1번 국도 서쪽 톨게이트에 자리 잡은 패스트푸드 식당 〈패니즈〉에 있었다는 건 이미 아는 사실이었다. 그렇다면 헬렌이 사무실을 나선 시각이 언제인지 알아내 그 시점부터 밤 10시까지 차로 이동할 수 있는 거리를 바탕으로 조사범위를 한정해보자는 계산이었다.

헬렌의 사무실 건물은 보안업체에서 관리하고 있었다. 보안업체를 통하면 직원들의 출입 시간을 알아낼 수 있는 방법이 있었다. 사무실 용도로 쓰이는 건물이 대개 그렇듯이 직원들은 엘리베이터를 이용하기 위해 보안대를 통과해야 하고, 그때 출입 카드를 단말기에 대는 절차를 거치기 마련이었다. 다만 헬렌의 사무실 퇴근 시간을 조회하려면 사장인 매즈 베르슨의 협조가 필요했다.

나는 매즈를 찾아가 도움을 청하면서도 자세한 설명은 피했다. 매즈는 신중한 태도를 보였다.

"직원들의 출입 기록을 확인해야 하는 이유가 뭔가요?"

"매우 중요한 문제가 걸려있지만 지금 이 자리에서 말씀드리긴 곤란합니다."

"나는 지금 당신이 벌이고 다니는 일이 미심쩍어요. 게다가 헬렌의 남편이 모르게 조사를 진행하겠다니요. 두 사람이 친한 친구 사이로 알고 있었는데요."

"친한 친구 사이기 때문에 당분간 모르게 하려는 겁니다. 헬렌이 퇴근한 시간만 확인하면 더는 귀찮게 하지 않겠습니다."

매즈는 잠시 나를 혼자 놓아두고 어딘가 다녀오더니 헬렌의 마지막 몇 주간 사무실 출입 기록을 들고 돌아왔다.

심장마비를 일으킨 날, 헬렌은 저녁 6시에 사무실을 나섰다.

***

나는 랜스데인 청장과 함께 헬렌의 마지막 날 행적을 재구성 해보기로 했다. 사람들의 눈을 피해 머리를 맞대자면 랜스데인 청장의 집이 가장 안전했다. 랜스데인 청장이 그의 집 거실 탁자에 뉴햄프셔주 지도를 펼쳐놓았다. 나는 우선 이제까지 확인된 사실들을 하나씩 짚어보았다.

"헬렌은 저녁 6시에 사무실을 나왔고, 9시 5분에 페리에게 전화했습니다. 밤 10시에 1번 국도 서쪽 톨게이트에 있는 〈패니즈〉 식당에 있었고요."

"〈패니즈〉는 헬렌이 집으로 돌아가는 중이라면 자연스럽게 약속 장소로 잡을 만한 곳이지." 랜스데인 청장이 지적했다.

"그렇다면 헬렌은 귀가 중이었다고 봐도 되겠네요. 하지만 심리적으로 큰 충격을 받은 상태였어요. 뭔가 중요한 사실을 발견했던 게 분명해요. 페리에게 전화했지만 받지 않았어요. 헬렌은 심장마비 전조증상을 느끼게 되었죠. 그때 〈패니즈〉를 생각해

냈고, 그 식당에 잠시 들러 정신을 가다듬으려고 했어요. 헬렌은 자신이 알아낸 그 사실을 어떻게 처리해야 바람직한지 방법을 몰랐고, 청장님께 전화해 도움을 청한 거예요."

랜스데인 청장이 고개를 끄덕였다. "그날 저녁 헬렌이 뭔가 중요한 사실을 발견했다면 그 즉시 페리에게 알리고자 했을 거야."

"페리에게 전화한 시간은 밤 9시 5분이었어요. 헬렌이 〈패니즈〉로부터 차로 한 시간 거리인 지점에 있었다는 의미일까요?"

"바로 그거야." 랜스데인 청장이 내 말에 동의했다. "헬렌이 사무실을 나선 시각이 오후 6시였다는 사실과도 부합해. 주차장으로 가서 차를 몰고 나오기까지 시간이 걸렸을 테고, 러시아워인 만큼 도로 정체가 빚어졌을 거야. 차량 정체를 고려하면 대략 1시간 30분이 걸려 목적지에 도달했겠지. 저녁 7시 30분경일 거야. 그런 다음에도 헬렌은 여전히 뭔가를 찾아내려고 했겠지. 아마 주소 목록과 씨름했을 거야. 우리도 그럴 뻔했잖아. 반토막짜리 거리 이름만 가지고 문제의 주소를 찾아 이 거리 저 거리 뒤지고 다니느라 1시간 30분을 썼겠지. 그러다가 마침내 뭔가를 발견한 거야."

랜스데인 청장은 이 가설에 자신감을 내비치며 도로지도 위에 자동차로 한 시간 거리에 해당하는 지점을 연결하는 원을 그렸다. 우선 그 범위 안에서 주소를 추적할 만한 단서를 찾아봐야 했다. 시간과 고된 노동이 필요한 일이었다.

***

열흘 동안 나는 거의 매일 리사를 학교에 데려다준 다음 홀로 차를 운전해 뉴햄프셔를 헤매고 다녔다. 여기저기 다니며 노스 거리 10번지, 노드햄 대로 10번지, 노포크 가로수길 10번지들을 빠짐없이 살폈다.

조사 대상에 해당하는 주소지에 도착하면 매번 그 앞에 차를 세워놓고 주민 가운데 누군가를 알아볼 수 있지 않는지, 혹은 무언가를 식별해낼 수 있지 않는지 기대를 품고 한동안 여기저기 어슬렁거렸다. 매일 이어진 수색작업은 늘 말리아나 리사의 귀가 시간에 맞춰 끝났다. 그때부터 페리를 대신해 아빠 역할이 시작되었다. 페리는 내가 날마다 집을 비운다는 사실을 곧바로 의식했다. 나도 몇 가지 알리바이를 만들어두긴 했다. 거리가 먼 지역의 마트로 장을 보러 간다거나 한적한 야외로 나가 한나절 걸으며 바람을 쐰다거나 쇼핑센터를 한 바퀴 돌아본다는 핑계를 댔다. 아무짝에도 쓸모없는 서랍장을 사 와서 쇼핑한 증거로 내민 적도 있었다. 하지만 형사라는 직업 특성상 페리는 눈치가 빨랐다. 내가 뭔가 다른 일에 몰두하고 있다는 사실을 눈치채고 무슨 일인지 캐물었다. 나는 적당히 얼버무리며 페리의 추궁을 피했지만 집요한 형사를 따돌리기에 좋은 전략은 결코 아니었다.

***

열흘간 별 소득 없이 뉴햄프셔 거리를 돌아다닌 끝에 그날을 맞았다. 목요일인 그날 아침에 나는 콩코드에서 50분 거리인 한적한 작은 마을 배링턴으로 갔다. 배링턴의 중심가 이름이 노리스 거리였다.

앞서 해오던 대로 10번지에 해당하는 건물 앞에 차를 세웠다. 붉은 벽돌로 지은 아담한 주택이었다. 양옆으로 비슷한 형태의 주택들이 잘 가꾼 잔디밭을 사이에 두고 늘어서 있었다. 나는 쌍안경을 꺼내 눈에 대고 거실로 짐작되는 창문 안쪽을 들여다보았다. 그러다가 내가 발견한 것에 놀라 서둘러 랜스데인 청장에게 전화를 걸려고 했다. 그 순간 누군가 내 차의 창문을 두드렸다. 경찰이 운전석 창을 내리라는 신호를 보내왔다.

"여기서 뭘 하십니까?" 경찰이 물었다.

그때야 비로소 내 차 바로 뒤에 경찰차가 경광등을 울리며 서 있는 게 보였다. 나는 방금 본 것에 놀라 경찰차가 다가오는 걸 미처 알아차리지 못했다.

내가 노리스 거리에 온 진짜 이유를 설명할 수 없어 대충 둘러대자 경찰은 좀도둑이 사전에 정탐을 나왔다고 판단하고 나를 배링턴 경찰서로 연행했다.

신원조회가 끝나자 배링턴 경찰서장 마틴 그로브 경정이 내게로 걸어왔다. 말할 때 입술의 움직임에 맞춰 얇은 콧수염이 춤을 추는 배불뚝이 남자였다.

"유명 인사라 내가 직접 몇 가지 묻겠습니다. 대단한 인기 작가께서 배링턴에는 무슨 일로 오셨습니까? 이 마을 사람들은 시끄러운 일이 벌어지는 걸 좋아하지 않습니다."

"나도 좋아하지 않아요. 문제를 일으킬 생각은 조금도 없습니다."

"어떤 집을 털려고 현장 탐색 중이었다고 하던데요. 재미로 절도에 나서는 행위는 할리우드 영화에 등장하는 미치광이들이나 하는 짓 아닌가요?"

"비밀리에 수사할 게 있어 왔습니다."

마틴 그로브 경정이 키득키득 웃었다.

"농담으로 받아들이겠습니다."

"내 말이 거짓말로 보여요? 그럼 당장 뉴햄프셔주 경찰청장 랜스데인에게 연락해보시죠."

"우선 혈액검사부터 해야겠습니다. 마약이 검출되는지 확인해 봐야죠."

"내 팔뚝에 주사기를 꽂을 생각은 하지 않는 게 좋을 겁니다. 그러지 말고 당장 전화기를 들고 뉴햄프셔주 경찰청장 랜스데인에게 전화를 걸어보세요."

랜스데인 청장이 나를 곤란한 상황에서 벗어나게 해주려고 직접 배링턴으로 왔다. 겨우 경찰서에서 풀려난 나는 랜스데인 청장의 차로 노리스 거리를 향해 갔다. 랜스데인 청장은 주차된 내 차 뒤에 차를 세웠다. 우리는 차에서 내려 내 차로 옮겨 탔다. 내가 그에게 쌍안경을 건네주었다.

"이 위치에서 저 집 거실을 들여다보세요. 편지 발신자가 어딘가에 갇혀 있는 사람일 수도 있다고 제가 말했던 걸 기억하시죠?"

랜스데인 청장은 쌍안경으로 잠시 창문 안쪽을 보다가 낮은 소리로 중얼거렸다.

"아무래도 내가 사과해야겠네."

그 집 거실에서 한 남자가 휠체어에 앉아 신문을 읽고 있었다. 등을 돌린 자세여서 남자의 얼굴이 보이지는 않았다. 보도에서 계단 몇 개를 올라가야 주택 출입문이 있는 만큼 그 남자는 집 밖으로 나오는 일이 없거나 가끔 나오는 일이 있더라도 상당한 어려움을 겪을 게 뻔했다.

또다시 누군가가 차창을 두드렸다. 이번에는 나이든 부인이었다. 내가 창문을 내리자 노부인이 말했다.

"경찰을 부르기 전에 남의 집 안을 살피는 짓을 그만둬요."

"우리가 경찰입니다." 마침 경찰 제복 차림인 랜스데인 청장이 상냥하게 대답했다.

노부인은 오해했다는 사실을 깨닫고 무안해했다.

"경찰인 줄 미처 못 알아봤어요. 일전에 벌어진 일 때문에 또

289

다시 온 거예요?"

"무슨 일이 있었는데요?" 내가 물었다.

"피부색이 검은 여자가 밤 9시가 다 되어갈 무렵 이웃집 앞에 차를 세웠어요. 도요타 캠리였는데 회색 차 안을 살펴보니 기웃기웃 이웃집을 염탐하고 있더라고요. 왠지 수상해 계속 여자를 지켜보았죠. 그 여자가 차에서 내리더니 이웃집으로 가서 문을 두드렸어요. 문이 열리자마자 여자가 소리를 지르더군요. 이웃집 여자도 이에 질세라 마주 소리를 지르더군요. 경찰을 부르려고 전화기를 드는데 여자가 차를 타고 떠나버렸죠."

"언제 그런 일이 있었습니까?"

"한 달 전쯤일 거예요."

나는 노부인을 똑바로 쏘아보며 물었다.

"혹시 피부색이 검다는 이유로 의심스럽게 본 건 아닙니까?"

"나는 피부 따위로 사람을 차별하지 않아요. 그저 조심성이 많아 이 동네가 안전하기를 바랄 뿐이죠. 요즘에는 도둑들이 많잖아요. 댁들은 백인이지만 나는 경찰을 부르려고 했어요. 이 동네가 시끄러워지는 걸 원치 않으니까요."

노부인은 도무지 말을 끊을 기색을 보이지 않았다. 미안한 일이지만 이제 노부인 혼자 이야기하도록 내버려두고 차창을 올리는 수밖에 없었다. 나는 랜스데인 청장에게로 몸을 돌려 다급하게 말했다.

"노부인이 말한 여자는 헬렌이 분명해요. 헬렌이 운전한 차가 회색 도요타 캠리였거든요. 그날 저녁 헬렌은 저 집을 찾아낸 거예요."

노부인이 집 안으로 사라지자 랜스데인 청장은 차에서 내려 문제의 그 집으로 다가갔다. 우체통에 붙은 이름을 확인한 그가 곧바로 몸을 돌려 차로 돌아왔다. 조수석에 다시 올라탄 그의 얼굴이 잔뜩 굳어 있었다.

"왜 그래요? 무슨 일이에요?"

"저 집에 사는 사람의 이름은 니콜라스 카진스키야."

"니콜라스라고요?" 나는 상황을 곧바로 이해하지 못하고 되물었다.

"매트 반스와 월터 캐리가 죽은 그날 밤, 취조실에 있었던 세 사람 가운데 유일하게 살아남은 사람이지."

익명 편지의 발신자가 니콜라스 카진스키일 가능성이 크다는 사실을 확인한 다음 나는 곧바로 배링턴을 떠나 콩코드로 돌아왔다. 페리에게 모든 사실을 털어놓고 이야기를 나눌 필요가 있었다. 하지만 게할로우드 가족의 집에 도착해보니 페리는 방금 전화를 걸어온 매즈 베르슨과 통화를 마친 상태였다.

/

8장
갈등

2010년 6월 14일 월요일. 뉴햄프셔주, 콩코드

/

현관문을 열고 들어서자 복도에 나와 있는 페리의 모습이 보였다. 내가 오기를 기다린 듯했다. 현관문 앞에 걸린 팻말 '살아가는 기쁨'이 가장 낯선 말이라는 생각이 들 정도로 페리의 얼굴은 침울했다.

"무슨 일 있어요?" 나는 불안감을 느끼며 물었다.

"헬렌의 뒷조사를 하고 다닌 건가? 매일 밖으로 나다닌 이유가 그거야?"

나는 그 일을 페리에게 비밀로 했던 게 후회스러웠다. 페리의 분노가 생생하게 느껴졌다. 일단 페리를 진정시켜야 했다.

"매우 복잡한 사정이 있었어요."

페리가 내 얼굴에 서류 뭉치를 집어던졌다. 알래스카 샌더스 사건에 관한 신문 기사들과 알래스카의 사진이 실린 기사였다. 내가 애써 모아둔 자료들이었다.

"난 자네가 왜 이런 짓을 하고 다니는지 모르겠어."

"헬렌은 다른 남자를 만나고 있었던 게 아닙니다. 헬렌이 마지막 몇 주일 동안 평소와 다른 행위를 한 이유는 오히려 경사님을 보호하기 위해서였어요. 경사님에게 온 익명 편지가 있어요. 그 편지를 먼저 보게 된 헬렌은 편지에 담긴 내용을 경사님에게 이야기해주기 전에 뭔가를 더 확인해보려고 했던 거예요. 심장마비로 숨진 날 헬렌은 비로소 뭔가를 발견했고, 그 사실을 알려주려고 경사님에게 전화를 걸었던 거예요. 나는 그날 헬렌이 발견한 게 무엇인지 알고 싶어 조사에 나섰고, 마침내 찾아냈어요."

나는 바지 뒷주머니에서 익명 편지를 꺼내 페리에게 내밀었다. 페리는 봉투를 열고 안에 든 문구를 읽는 순간 경악한 낯빛으로 얼굴을 일그러뜨렸다.

"이 편지를 보낸 사람은 니콜라스 카진스키입니다. 그날 취조실에 함께 있었던 유일한 사람."

"니콜라스 카진스키가 누구인지는 설명하지 않아도 돼."

"헬렌도 그가 누군지 알았겠지요. 그가 바로 익명 편지를 보낸 당사자입니다. 거의 확실해요."

"거의 확실하다고?"

"몇 가지 단서가 있어요. 편지를 작성하기 위해 글자를 오려낸 신문에 찍힌 주소가 결정적이었어요. 이제 그를 찾아가 물어보기만 하면 모든 의문이 풀릴 겁니다. 난 이 이야기를 전하러 왔어요. 어서 가서 니콜라스 카진스키를 만나 봐야 해요."

페리는 여전히 일그러진 표정을 풀지 않았다. 페리가 의심 어린 눈으로 나를 쏘아보았다. 그동안 내 조사를 비밀로 한 이유를 설명하지 않을 수 없었다.

"내가 진작 털어놓지 않은 이유는 경사님을 더 힘들게 하고 싶지 않았기 때문입니다. 가뜩이나 심신이 고통스러운데 이 문제까지……."

거북한 침묵이 흐른 뒤 페리가 마침내 입을 열었다. 참담하고 무거운 목소리였다.

"이 집에서 나가. 내 딸들이 학교에서 돌아오기 전에 어서 떠나."

어물쩍거릴 입장이 아니었다. 나는 반지하 방으로 내려가 소지품을 주섬주섬 챙겨 짐을 쌌다. 5분 후 나는 자동차 운전석에 올라탔다. 페리가 현관 포치에서 나를 지켜보고 있었다. 떠나는 모습을 끝까지 지켜볼 작정인 듯했다.

차 문을 닫기 전에 나는 페리를 향해 외쳤다.

"니콜라스 카진스키를 찾아가요. 가서 물어봐요. 왜 편지를 보냈는지 캐물어봐야죠."

"이 편지를 니콜라스가 보냈다고 장담하는 근거가 뭐지? 신문 한 장만 있으면 누구라도 이런 우스꽝스러운 편지를 만들어낼 수 있어. 자네를 보아하니 자기도취에 빠진 풋내기가 따로 없군 그래. 자네가 쓴 추리소설에 도취한 건가? 추리소설 좀 썼다고 뛰어난 형사가 된 듯 우쭐해진 건가? 고작 수사 흉내나 내본 주제에."

나도 물러서지 않았다.

"내가 무턱대고 니콜라스를 편지 발신자라고 주장한다는 건가요? 나를 풋내기라고 비난하는 근거라도 있어요?"

"월터 캐리가 범인이 아니라고 주장할 근거는 더욱 없지 않을까? 월터 캐리는 범행을 자백했고, 그 장면을 녹화한 영상까지 남아 있어. 이런 사건을 니콜라스가 11년이나 지나 또다시 들춰낼 이유가 뭔데?"

"11년 동안 진실이 니콜라스를 괴롭혔을 테니까요. 니콜라스는 휠체어에 의지해 살아가야 하는 처지이고, 남은 시간이 얼마

되지 않는다고 느꼈을 수도 있겠죠. 그래서 양심의 가책을 덜고 싶었을 수도 있지 않을까요."

"무슨 논리로 그런 말을 하는지 모르겠군 그래. 하지만 이제 자네와 작별할 시간이라는 건 알겠어."

페리는 등을 돌려 집 안으로 들어가려고 했다. 그 순간 내가 소리를 질렀다.

"헬렌은 이런 태도를 보이는 당신을 부끄러워할 겁니다."

페리가 거칠게 몸을 돌렸다. 분노한 그가 벽에서 '살아가는 기쁨' 팻말을 낚아채 나를 향해 힘껏 내던졌다. 날아온 팻말이 순식간에 내 레인지로버 보닛을 우그러뜨렸다.

***

콩코드를 떠나기 전 나는 랜스데인 청장을 찾아갔다.

"그런 식으로 욱해서 떠나는 건 옳지 않아." 페리와 있었던 일을 듣고 난 뒤 랜스데인 청장이 말했다.

"이제 제가 할 수 있는 일은 없어요. 게다가 페리의 말이 옳아요. 제가 뭐라고 이 사건에 끼어들 수 있겠어요?"

"시작했으면 끝을 봐야지."

"이제부터 청장님이 직접 해결하세요. 경찰이시니까."

"나는 할 수 없어."

"왜 할 수 없다는 거죠?"

"이 수사에 뛰어들 형편이 아니라고 몇 번이나 말해야 알아들을 텐가? 경찰이 얼마나 말이 많은 조직인 줄 아나? 구체적 물증 없이는 움직일 수 없어."

나는 랜스데인 청장의 마지막 말을 듣는 순간 어처구니가 없었다.

"그래서 저에게 수사해보라고 했던 거예요? 저에게 험한 물밑 작업을 모두 맡기고 청장님은 손을 더럽히지 않으려고요? 와, 정말 대단하시네. 이거야말로 노벨비겁상 감이네요."

"자넨 지금까지 자발적으로 조사해왔어. 내 지시로 조사한 게 아니잖아."

내가 아무런 대답도 하지 않고 몸을 돌려서 떠나려고 하자 랜스데인 청장이 버럭 소리를 질렀다.

"이런 경우 헬렌이었다면 뭐라고 말했을지 생각해봤나?"

"헬렌을 끌어들이지 말아요."

"헬렌은 이렇게 말했을 거야. 《해리 쿼버트 사건의 진실》을 쓸 때 마커스 골드먼은 포기를 모르는 사람이었어요. 이번에도 절대 나자빠지는 일은 없을 거예요.'라고 하지 않았을까?"

"작가는 현실을 미화하기 마련이죠. 그건 제가 잘 알아요."

***

나는 다섯 시간이나 차를 달린 끝에 맨해튼에 도착했다. 마침 러시아워였고, 석양빛과 도로의 소음이 도시를 가득 채우고 있었다. 3주일 만에 돌아온 내 아파트에서 샤워를 하고 나서 식사를 주문하고 창가에 서서 들끓어 오르는 뉴욕의 여름밤을 내려다보았다. 나는 그 순간에도 페리를 생각했다. 혹시 페리가 전화해오지 않을까 전화기를 힐끔거렸지만 헛된 기대였다. 내가 페리와 화해할 기회가 있을지, 아니면 마지막 남은 친구를 이대로 잃어버리고 말지 마음이 착잡했다.

***

며칠이 흘렀지만 페리는 여전히 연락이 없었다. 나는 몇 번이나 통화를 시도해 보았지만 전화를 받지 않았다. 우리 사이에 자리 잡은 냉랭한 분위기를 도무지 견딜 수 없었다. 결국에는 다시 차에 올라 콩코드를 향해 달렸다. 페리를 만나 뒤얽혀버린 우리 사이의 매듭을 풀어볼 생각이었다. 하지만 매사추세츠주를 가로지르는 동안 나는 기가 꺾이고 말았다. 어쩌다가 그렇게 되었는지, 이유가 무엇인지 모르지만 차를 멈추고 보니 내가 다닌 버로스 대학교였다. 해리 쿼버트를 만난 곳이기도 했다.

모교의 교정은 우수를 불러일으켰다. 나는 복싱체육관을 한 바퀴 둘러보았다. 1998년 어느 날 해리에게 내 존재를 각인시

켰던 대형 강의실, 룸메이트 재러드와 함께 수없이 오갔던 복도들을 기웃거렸다. 재러드는 지금 어디서 무얼 하고 있을지 궁금했다.

학기가 끝난 상태라 학교는 한산했다. 문학부 건물로 가서 해리의 연구실 앞에서 발을 멈췄다. 해리의 이름이 새겨진 문패는 오래전에 떼어냈는지 보이지 않았다. 잠시 망설이다가 문을 열어보았다. 지금은 아무도 사용하지 않는 방인 듯했다. 오랫동안 밀폐되어 있었는지 텁텁한 공기 냄새가 났다. 교수 연구실에 으레 있기 마련인 가구들과 합판으로 짠 책장과 책상이 눈에 들어왔다. 2008년 6월에 해리는 교수직에서 물러나게 되었고, 그의 자리는 후임자 없이 공석으로 남았다. 책상 서랍을 열어보았다. 위의 둘은 빈 서랍이었다. 세 번째 서랍을 열자 낡은 수첩 한 권이 보였다. 수첩 위에 작은 갈매기 조각상이 놓여 있었다. 몸이 부르르 떨렸다.

이 수첩이 어째서 여기 남아 있는 걸까?

손을 뻗어 갈매기를 집어 올리는 순간 내 귀에 목소리가 울려 퍼졌다. 나는 소스라치며 뒤를 돌아보았다.

"자네가 그 책상을 사용하게 될 수도 있네."

문과대학장 더스틴 퍼갈이었다.

"저는 그저 잠시 옛 추억을 회상하며 둘러보려고 온 겁니다."
나는 당황해 서둘러 대답했다.

퍼갈 학장이 슬며시 웃었다.

"알고 있어."

"요즘 어떻게 지내세요?"

"학장은 진작 그만두었어. 지금은 이 대학 총장이야. 말하자면 승진했지만 자네가 올라간 높이만큼은 아니야. 1998년에 내가 자네를 학교에서 쫓아내려고 했던 적이 있었는데 그러지 않길 잘했지. 이제 자네는 미국 문학계의 스타이자 우리 대학의 자랑이 되었으니까."

퍼갈 학장은 나에게 함께 저녁을 먹자며 집으로 초대했다. 나는 초대를 받아들여 대학 캠퍼스 안에 있는 총장 관사로 갔다. 나를 맞아준 퍼갈 학장의 부인은 아름답고 상냥해 나는 그의 집에서 즐거운 저녁 시간을 보냈다.

"자네가 제안한 '작가 캠프' 덕분에 버로스대의 명성이 크게 높아졌어." 식사 도중 퍼갈 학장이 털어놓은 말이었다. "작가 캠프에 참가해 오로라에서 지낼 기회를 얻으려고 수많은 학생들이 문학부에 지원하고 있지."

"저도 기쁩니다."

"캠프 운영을 맡아 우리 대학과 인연을 맺은 어니 핀커스도 정말 좋은 사람이더군."

"그렇습니다."

"오늘 학교에 온 이유가 어니 핀커스와 만날 약속이 있어서였나?"

"아닙니다."

"자네는 아직 학교를 방문한 이유를 얘기해주지 않았어. 누군가를 찾아보려고 왔나?"

"네, 맞습니다."

퍼갈 학장은 싱긋 웃었다.

"아까 연구실에서 내가 했던 말은 사실 농담이 아니라 진지한 제안이었어. 해리의 책상을 이제 자네가 물려받아 사용하는 건 어떤가? 모교에 와서 문학창작을 가르쳐봐. 이번 가을학기에 자리를 마련해줄 테니까."

"생각해보고 말씀드리겠습니다."

"우선 한 학기 동안만이라도 해보는 건 어때? 가르치는 일이 적성에 맞는지 확인해볼 수 있는 기회가 될 거야. 물론 컬럼비아 대학교 같은 초일류는 아니지만 나름 여기만의 매력이 있잖아. 어떤 매력인지는 누구보다 자네가 잘 알 거야."

나는 도전해보고 싶은 마음이 들었다.

"좋아요, 한번 해보겠습니다."

퍼갈 학장은 만족스러운 듯 가벼운 환호성을 올렸다. 우리는 방금 이루어진 합의를 확인하는 의미로 손을 맞잡았다,

퍼갈 학장은 헤어질 때 주차장까지 나를 배웅했다. 나는 가까스로 참고 있던 질문을 꺼냈다.

"혹시 해리 쿼버트 교수님의 소식을 들은 적 있습니까?"

"해리 쿼버트? 아니, 내가 어째서 그의 소식을 안다고 생각하나?"

"특별한 이유가 있어서는 아닙니다. 문득 생각나서 여쭤봤을 뿐입니다."

"계약서는 우편으로 보내겠네. 그런데 이 좋은 소식을 문학부 내부에 알려도 괜찮겠나?"

"그럼요."

이미 늦은 시간이었다. 뉴욕까지 운전해 돌아갈 엄두가 나지 않았다. 그렇지만 국도변의 우중충한 모텔에 묵기보다는 나을 듯해 보스턴까지 달려 플라자호텔로 들어갔다. 프런트 직원은 내가 좋아하리라 넘겨짚고는 어마어마하게 넓은 스위트룸을 내주었다. 객실로 들어서자 길을 잃은 기분이 들었다. 나는 한동안 찰스강을 내려다보며 어둠 속에 서 있었다. 케임브리지 시가지의 윤곽이 지평선을 그려냈다.

보스턴은 엠마 매튜를 생각나게 했다. 이 도시는 서로에게 열정은 있었지만 몇 달 만에 끝나버린 엠마 매튜와의 연애 기억이 남아 있는 곳이었다. 엠마는 어머니가 말하는 '나에게 어울리는 여자'일 수도 있었다. 엠마를 만난 건 내가 유명작가가 될 희망에 부풀어 글을 쓸 당시였다. 그로부터 일 년 남짓 지나서 나는 그때 쓴 소설로 현기증 나는 성공의 양탄자에 올라탔다.

***

2005년 3월
매사추세츠주, 버로스 대학교

"소설은 어느 정도 진행되고 있나?" 해리는 연구실로 찾아간 나에게 커피를 한 잔 만들어주며 물었다.

"아무튼 지금처럼 집중해서 글을 쓴 적은 없는 것 같아요."

"제목은 정했어?"

나는 고개를 끄덕였다.

"《골드스타인의 G》."

"제목은 괜찮군. 어떤 작품일지 궁금해."

"이제 곧 보여드릴게요."

그날 해리는 나에게 강당에서 연극 공연이 있으니 함께 보자고 했다. 체호프의 《산딸기》를 현대적인 감각에 맞게 각색한 작품이었다. 나는 해리와 함께 맨 앞줄에 앉아 연극을 보게 되었다. 끔찍할 정도로 지루한 졸작이었다. 배우들은 꿔다놓은 보릿자루 같았고, 연출은 최악이었다. 막간이 되자 차라리 안도감이 밀려올 정도였다. 나는 해리와 함께 강당 내의 바로 가서 한잔했다. 2막이 시작될 시간이 되었지만 내키지 않아 그대로 바에 남아 있겠다고 했다. 해리 혼자 공연장으로 돌아갔다. 다른 관객들도 저마다 자기 자리로 돌아간 뒤 바에 남은 사람은 나와 젊은 여자 하나뿐이었다. 그 여자가 초록색 눈으로 나를 쳐다보았다.

그 눈길에서 느낀 매력에 저항할 수 없었다. 그 여자가 말을 건네왔다.

"형편없는 연극 공연이네요."

"내가 본 건 연극 공연이 아니라 체호프 암살 현장이었어요."

젊은 여자는 웃음을 터뜨리며 내게 악수를 청했다.

"엠마입니다."

"마커스입니다. 마커스 골드먼."

여자는 놀라며 되물었다.

"당신이 마커스 골드먼?"

"우리가 서로 아는 사이인가요?"

"아뇨, 하지만 해리 퀴버트 교수님이 수업 시간에 당신에 대해 말한 적이 있어요."

"그래요?"

한순간 나는 해리가 나를 칭찬했을 거라 믿었다. 하지만 엠마가 나에 대해 아는 건 뜻밖의 종류에 속했다.

"미스터 펠라티오라면서요."

나는 몸이 얼어붙고 말았다. 7년 전 대학 초년 시절, 해리 퀴버트의 수업 시간에 나는 오럴섹스의 열렬한 예찬자 행세를 해서 내 존재를 알린 적이 있었다. 그 당시는 클린턴 대통령의 오럴섹스 스캔들인 르윈스키 사건으로 세상이 떠들썩할 때였다. 나는 이 화려한 자기 홍보 덕분에 하마터면 버로스 대학에서 쫓겨날 뻔했다. 그 후로도 오랫동안 펠라티오 신봉자라는 꼬리표를 떼어낼 수 없었다. 내가 억울한 기색을 보이자 엠마는 몸을 숙여 내 귀에 대고 낮은 소리로 속삭였다.

"내가 펠라티오를 싫어한다고 하지는 않았어요."

다음 순간 나는 엠마에게 한잔하자고 했다. 엠마는 문학부 졸업반이라고 했다. 우리는 꽤 많은 이야기를 주고받았지만 나는 엠마의 그 예쁜 얼굴에 감탄하느라, 입술을 쳐다보느라, 그 입술이 내게 와 닿을 때를 상상하느라 처음 해주었던 그 말 한마디만 기억했을 뿐 다른 말들은 흘려듣고 말았다. 엠마는 다음과 같은 질문으로 나를 꿈속에서 끌어냈다.

"그럼 당신의 생각은 어때요?"

나는 엠마가 왜 그런 질문을 했는지 맥락을 놓친 상태였지만 그래도 뻔뻔하게 밀고 나갔다.

"당신과 같은 생각이에요." 내 말투는 꽤 자신만만했다.

"마침내 생각이 통하는 사람을 만났네요. 백스터 교수님의 강의는 연대학을 전체적으로 조망할 수 있게 해줘요. 모든 것의 전후 관계를 이해할 필요가 있다는 말이죠. 그야말로 자명한 이야기잖아요."

"자명하죠. 연대학은 기본이니까!"

"해리 퀴버트 교수님의 수업도 마찬가지죠. 아주 재미 있어요. 지난주 수업 때는 레녹스에 있는 이디스 워튼의 집을 견학했죠. 뛰어난 소설가예요. 워튼의 작품은 훌륭해요. 하지만 이번에도 과거 작가예요. 해리 퀴버트 교수님의 수업은 고인이 된 작가의 작품만 읽는 게 아쉬워요. 현대 작가들을 강의에 초청해도 괜찮을 텐데요. 물론 해리 퀴버트 교수님 자신이 뛰어난 작가이긴 하죠. 아무튼 현대 작가들을 초청해 직접 대화를 나눠보면 그들의 작품을 깊이 있게 이해하는 데 큰 도움이 될 거예요. 누구라도 좋으니 작가를 만나봤으면 좋겠어요."

나는 즉시 대답했다.

"마침 잘됐네요. 내가 바로 현대 작가거든요."

엠마는 눈을 크게 떴고, 눈과 입술이 미소 짓고 있었다. 미소가 걸린 얼굴이 훨씬 더 예뻐 보였다.

"당신이 작가라고요?"

"첫 소설을 쓰고 있어요. 에이전트는 내 작품이 성공할 거라고 자신하던데요."

그 말은 절반만 진실이었다. 더글러스 클라렌이라는 뉴욕의 한 에이전트에게 《골드스타인의 G》 첫 부분을 보냈다. 하지만 아직 원고를 읽어보았다는 회신을 받지 못한 상태였다.

어쨌든 에이전트를 언급한 효과가 있었다. 엠마가 나를 바라보는 눈길이 끈끈해졌다. 말할 수 없이 끈끈하지만 불쾌감을 불러일으키는 눈길과는 달랐다.

"나도 읽어볼 수 있을까요?" 엠마가 물었다.

"안 돼요."

"읽어보고 싶어요."

"곤란해요."

"정말 읽어보고 싶어요. 제발."

"정 그렇다면……."

엠마가 또 한 번 미소 지었다. 승리의 미소였다.

"멋져요, 당신은 내가 처음으로 만난 작가예요. 기분이 짜릿하네요."

엠마는 계속 내게 질문을 퍼부었다. 글을 쓸 때 종이와 펜을 사용하기도 하는지, 작품 소재나 발상은 어디에서 구하는지, 본인의 이야기를 소설로 녹여내기도 하는지, 초고를 쓰는 데는 어느 정도의 시간이 걸리는지, 하루에 쓰는 분량은 몇 페이지 정도인지, 글을 쓸 때 아침이 밤보다 더 효율적인지 따위를 쉴 새 없이 물었다.

바로 그때 한 여자가 다가왔다. 엠마의 친구였다.

"여기 있었어? 여기서 대체 뭐해? 공연이 시작되었는데."

엠마는 한숨을 내쉬며 몸을 일으켰다. 내가 일어설 기색이 없자 엠마가 말했다.

"내가 저 재미없는 연극을 나 혼자 보도록 내버려두지는 않을 거죠?"

나는 순순히 일어나 공연장 안으로 따라 들어갔다. 빈자리가
있어 엠마와 나란히 앉았다. 엠마가 내 손 위에 자기 손을 포갰
다. 엠마의 살갗이 와닿자 몸이 부르르 떨렸다. 2막 공연은 더
욱 끔찍했지만 나는 엠마 덕분에 충분한 보상을 받았다. 엠마가
고개를 내 어깨에 기대고 잠이 들었으니까.

***

2010년 6월 그날 밤, 보스턴 시내를 내려다보면서 나는 엠마
를 다시 만나보고 싶었다. 어떻게 지내고 있는지, 무얼 하는지
궁금했다. 인터넷 검색으로 엠마가 어디에 있는지 알아낼 수 있
었다. 케임브리지에서 실내장식 전문점을 운영하고 있었다.

다음 날 아침에 엠마를 찾아 나섰다. 문을 열고 들어서는 나
를 본 엠마는 몹시 당황한 표정이었다.

"마커스?"

"이 앞을 지나던 중이었는데 쇼윈도 너머로 당신 모습이 보였
어. 기막힌 우연이네!"

엠마는 내게 무슨 일로 보스턴에 왔는지 물었다. 나는 친구의
집이 보스턴에 있어서 들렀다고 대답했다. 엠마가 함께 나가서
커피를 마시자고 제안했으므로 나는 손목시계를 들여다보며 시

간 계산을 하는 척했다. "그래, 좋아. 아직 시간이 좀 있네." 엠마는 상점을 종업원에게 맡기고 나와 함께 길을 나섰다. 우리는 근처의 비스트로에서 마주 앉았다.

내가 엠마를 마지막으로 본 날은 2005년 8월 30일이었다. 그날 우리는 헤어졌다. 그 후 엠마는 결혼했고, 지금은 딸이 하나 있었다.

"이 모든 일이 5년 사이에 벌어진 일이네?" 내가 말했다.

"그 5년 사이에 당신은 스타가 되었잖아."

"내가 유명해졌다고는 하지만 나 자신은 뭐가 달라졌는지 잘 모르겠어."

엠마는 소리 내어 웃었다.

"실내장식 일은 어때?" 내가 물었다. "그때 당신은 문학부를 졸업한 직후였는데."

"문학부에 진학한 건 부모님이 원했기 때문이었어. 당신도 알다시피 나는 유행이나 장식에 관심이 많았지. 부티크를 갖는 게 내 꿈이었으니까."

"그런 이야기를 내게 한 적은 없었어."

"그래, 맞아. 당신을 통해 깨달은 거야."

"나를 통해서라니?"

"그래, 주변의 기대에 순응하지 않고 삶을 자신이 바라는 모습으로 만들어가려고 애쓰는 당신의 모습을 보면서 나도 깨달았지.

당신은 자유롭고 강렬하게 살기를 바랐어."

그렇게 말하는 엠마를 보면서 나는 우리가 사귄 그 몇 달간의 시간을 돌이켜보았다.

***

2005년 6월
매사추세츠주, 보스턴

엠마와 만날 때면 우리는 늘 시내의 유서 깊은 공원 보스턴커먼의 잔디밭으로 가서 일광욕을 즐기며 시간을 보냈다. 나는 잔디밭 위에 엎드려 책 한 권을 받침 삼아 글을 썼다. 엠마는 머리를 내 등에 얹은 자세로 내가 쓰는 글을 읽었다. 그러다가 내 위로 몸을 포개오는 바람에 결국 내가 손길을 멈추게 하기 일쑤였다. 그럴 때면 우리는 폭신한 잔디밭 위에서 서로를 껴안고 뒹굴었다. 우리는 걱정거리 없는 젊은 연인들이었다. 그렇게 지낸 시간들이 석 달 동안 이어졌다.

어느 날 저녁, 연극 공연을 보고 난 뒤 엠마는 자기 집이 있는 보스턴에 가서 한잔하자고 했다.

"버로스에서 보스턴까지 차로 30분밖에 안 걸려."

나는 당연히 제안을 받아들였고, 우리는 보스턴의 술집 몇 곳을 순회했다. 엠마는 나를 집으로 초대했다. 부유한 편인 엠마의 부모는 보스턴의 상류층 주거지역인 비컨힐 지구에 딸의 아파트를 마련해주었다. 엠마의 아파트에서 테킬라를 마시며 웃고 떠들다가 우리는 함께 침대에 들어 밤을 보냈다.

당시 내 생활은 삼박자 곡에 맞춰 왈츠를 추는 식이었다. 1. 몬트클레어의 부모님 집에 가서 《골드스타인의 G》를 쓴다. 나를 위해 부모님이 손님방을 새 단장해 마련해준 집필실에서. 2. 작품에 어느 정도 진척이 있거나 그렇지 않더라도 열흘에 한 번씩은 이메일로 해리에게 내가 쓴 원고를 보낸다. 그때마다 내 에이전트가 된 더글러스 클라렌에게도 같은 원고를 보낸다. 3. 그런 다음 나의 포드 자동차에 올라 오로라를 향해 달려간다. 내가 쓴 글을 놓고 해리와 의견을 나누기 위해서이다. 오로라로 가는 길에 통과의례로 보스턴에 들러 엠마를 만난다. 돌아오는 길에도 마찬가지다.

2005년 6월, 그날도 엠마와 나는 공원 잔디밭에서 나뒹굴고 있었다. 별안간 엠마가 머리를 조금 뒤로 젖히더니 내 눈을 빤히 들여다보았다. 엠마는 내 머리카락을 다정하게 쓰다듬으며 물었다.

"신경 쓰이는 일이 있지?"

"없어."

"생각이 많아 보여."

엠마는 벌써 나를 잘 알고 있었다.

"로이 바나스키와 전화로 이야기를 나누었어."

엠마의 눈이 휘둥그레졌다.

"로이 바나스키라고? 〈슈미트 앤 핸슨〉 출판사 사장?"

"그가 직접 전화를 걸어왔어."

"그래서 무슨 이야기를 나누었는데?"

"내 에이전트에게서 《골드스타인의 G》 앞부분을 받아 읽어보았대. 원고가 아주 마음에 들었다며 나를 만나자고 했어. 다음 주 화요일에 뉴욕에 가야 해."

"와, 멋지다!"

엠마는 내 가슴에 얼굴을 밀착시켰다가 떼고는 다시 고개를 들었다. 별안간 조심스러운 표정이 되었다.

"그 전화를 언제 받았는데?"

"그제."

"그제라고? 그런데 어째서 여태껏 내게 아무런 귀띔도 하지 않았어?"

"글쎄, 일종의 징크스 같은 거야. 그사이 로이 바나스키가 내 원고를 좀 더 읽어보고 나서 실망해 만남을 취소해버릴 수도 있으니까."

"실패가 두려워? 아니면 성공이 두려운 거야?"

"좋은 질문이네."

엠마는 두 손으로 내 얼굴을 감싸며 말했다.

"다 잘될 거야. 자신감을 가져."

***

그날 저녁, 엠마는 일요일마다 늘 그랬듯이 부모님 집으로 나를 데려가 같이 저녁 식사를 했다. 나는 엠마의 가족 저녁 식사에 자주 동행하는 인물이 되었다.

엠마의 부모인 마이클 매튜와 린다 매튜는 보스턴 교외 첼시에 살았다. 아름다운 정원, 수영장, 테니스코트, 잘 손질된 정원수, 자갈 깔린 진입로와 아무 데나 오줌을 갈기는 작은 개가 있는 대저택이었다. 일요일마다 엠마의 부모는 세 딸인 엠마, 도나, 안나를 각자의 파트너와 함께 불러 만찬을 열었다. 도나는 스물여덟 살로 다가오는 9월에 테오도르라는 정보기술 엔지니어와 결혼할 예정이었다. 테오도르가 나에게 건넨 첫마디는 '나를 테디라고 불러줘.'라고 한 말이었다. 테디는 미치도록 재미없는 작자였다. 안나는 서른한 살로 채드와 결혼했다. 채드는 본인 소개에 따르면 재능 있고 전도유망한 변호사였다. 테디와 채드는 장인과 장모 앞에서 더 잘난 모습을 보이기 위해 치열한 경쟁을 벌였다. 두 사람은 가족 만찬을 예의를 차린 격투기장으로 삼아 서로 자신의 성공을 과시하려고 들었다. 그런 상황에서 우연히 끼어든 나는 그 두 사람이 보기에 넝쿨째 굴러들어온 호박이었다. 그들은 자신을 돋보이게 할 대상으로 자칭 작가라고 하는 나를 들러리로 세우기 일쑤였다.

두 사람의 경쟁은 매튜 저택 앞에 차를 세우면서부터 시작되었다. 채드는 오픈형 스포츠카, 테디는 고급 스포츠유틸리티 차량을 운전했다. 하나같이 차체에 윤기가 자르르 흐르고, 타이어 휠은 빛나는 광채를 내뿜었다. 내가 엠마와 함께 낡은 포드에서 내렸다. 범퍼의 한 귀퉁이가 심하게 우그러진 내 차는 국도를 달려오느라 먼지를 뽀얗게 뒤집어쓴 상태였다. 최고급 셔츠 차림의 채드와 테디는 자만심에 가득 차 마치 마음이 통하는 사이인 양 내 차를 턱짓으로 가리키며 서로를 팔꿈치로 툭툭 쳤다.

6월의 일요일 저녁에 채드와 테디는 서로 자신이 잘났다고 과시하느라 분주했다. 채드가 새로운 소송을 맡았다는 이야기를 꺼내며 두둑한 수임료가 나올 거라고 자랑했다. 테디는 수익성 좋은 신흥시장이 열릴 거라며 좋은 기회가 될 거라고 자신했다. 그들이 서로 돋보이려고 애쓰는 사이 그때까지 적당히 고개를 끄덕여주던 마이클 매튜가 고개를 돌려 나에게 물었다.

"자네는 새로 시작한 일이 있나?"

"소설을 계속 쓰고 있습니다." 나는 짤막하게 대답했다.

로이 바나스키가 만나자고 전화했다는 이야기는 의도적으로 하지 않았다. 매번 나를 두둔하고 싶어 하는 엠마가 그 이야기를 꺼내려 했고, 나는 말리려고 테이블 밑으로 손을 잡아 지긋이 힘을 가했다.

"자네도 'B 옵션'을 생각해놓아야 하지 않겠나?" 마이클 매튜가 말했다.

"'B 옵션'이요? 무슨 말씀이신지." 나는 마이클 매튜가 무슨 의도로 물은 의도인지 잘 알면서도 짐짓 모른체하며 되물었다.

"대부분의 작가들은 글만 써서 먹고 살기 힘들어. 강단에 서거나 비슷한 종류의 일을 해야 겨우 먹고 살지. 자네도 고등학교 교사는 충분히 될 수 있고, 눈을 조금만 더 높여 박사학위를 취득하면 대학교수로 자리 잡을 수도 있잖아. 아무튼 좀 더 큰 야망을 가질 필요가 있다는 뜻이야."

잠시 거북한 침묵이 흘렀다. 엠마가 나를 도우려고 나섰다.

"마커스가 지나치게 겸손해서 말씀드리지 않았는데 다음 주 화요일에 로이 바나스키를 만나기로 했어요."

엠마는 자신이 애써 꺼낸 이름이 그 자리에서 시큰둥한 반응을 불러일으키자 서둘러 설명을 덧붙였다.

"로이 바나스키는 미국에서 가장 권위 있는 출판사 대표죠. 그런 사람이 마커스의 작품에 매료됐대요. 마커스를 만나자고 연락한 걸 보면 중대한 제안을 하려는 거예요."

그러자 마이클 매튜가 거만하게 몸을 뒤로 젖히며 말했다.

"자네 기분을 상하게 할 생각은 없네만 책을 내봐야 얼마나 벌

수 있겠나? 예술가로 살고 싶다는 생각은 높이 사줄 만해. 하지만 작품 한 편을 쓰는 데 들이는 노력과 시간을 고려할 때 작가는 전혀 수익성이 없는 직업이야. 야망을 크게 가져. 내가 계열사에 관리직 자리를 하나 만들어줄 테니까 당장 와서 일하는 건 어떤가? 보수는 웬만큼 받을 수 있을 테고, 시간도 여유 있게 쓸 수 있을 거야. 건강보험도 제공되지. 미래를 위해 건설적인 일을 하는 게 좋아. 엠마와 자네를 위해서 하는 말이야. 자네도 평생 글이나 쓰면서 살아가는 데 만족하지는 못할 거야."

엠마가 파르르 떨며 화를 내는 게 느껴졌다. 엠마를 진정시키기 위해 나는 대응을 자제하기로 마음먹었다. 하지만 채드는 유머 감각으로 점수를 딸 기회라고 판단했는지 냉큼 한마디 보탰다.

"백번 옳은 말씀이죠. 마커스, 평생 저 낡아빠진 포드를 굴릴 생각은 아니지?"

***

엠마와 헤어지고 나서 5년을 흘려보낸 뒤 보스턴의 그 카페에서 마주 앉았을 때 나는 묻고 싶었다.

우리가 계속 함께 지내왔다면 내 삶은 어떤 모습이 되었을까? 보스턴에 와서 자리 잡았을까? 지금쯤 아이 아빠가 되어 교외의 예쁜 빌라에서 살며 아메리칸드림을 실현하고 있을까?

머릿속에서 밑도 끝도 없는 질문이 끊임없이 이어졌다.

엠마와 헤어져 지금 내 인생이 평온해졌을까?

"무슨 일이야?" 엠마가 나를 상념에서 끌어냈다. 엠마는 내가 상점 문을 열고 들어섰을 때부터 줄곧 묻고 싶은 말이 있었다고 했다. "여긴 무슨 볼일로 왔어? 아무런 이유 없이 온 건 아닐 것 같은데."

"우리 사이에 뭐가 잘못되었는지 생각 중이었어."

엠마는 놀란 얼굴로 되물었다.

"진심이야?" 그러다가 금세 농담을 건네는 표정으로 바뀌어 있었다. "그 질문의 답을 아직 찾지 못했다고?"

"내가 그동안 어떤 삶을 살아왔는지 모르겠어."

그러자 엠마가 나지막이 말했다. 목소리에 슬픔이 배어 있었다.

"작가로서 성공했잖아. 당신의 성공이 우리를 갈라놓았지."

우리는 카페를 나와 차를 세워둔 곳까지 함께 걸었다. 엠마는 내가 타고 온 레인지로버를 보며 묘한 표정을 지었다.

"나는 낡은 포드를 타는 마커스를 좋아했지." 엠마가 말했다. "왜인지 알아? 그 낡은 차는 당신이 다른 사람과 다르다는 표식이었거든. 당신에게 재능이 있다고 느꼈고, 성공을 예감했지만 그 차를 보며 당신이 세속적인 욕망에 휩쓸려 들지 않으리라 믿었어. 내가 당신을 떠난 이유는? 책이 당신의 삶에서 이미 너무 큰 자리를 차지하고 있었기 때문이야. 당신이 곧 유명해지리라는 걸 알 수 있었지. 당신은 성공하기 위한 모든 조건을 갖추고 있었어. 내가 당신을 떠난 이유야. 당신이 나를 떠나리라는 걸 알았기 때문에."

나는 아무 말도 할 수 없었다. 엠마는 레인지로버 보닛의 우그러진 부분에 눈길을 주었다. 페리가 팻말을 던져 만들어놓은 자국이었다.

"수리해." 엠마가 말했다. "보기에 좋지 않아."

"수리해도 우그러진 자국은 없어지지 않을 거야. 일종의 흉터거든."

나는 차 문을 열었다. 그 순간 엠마가 물었다.

"혹시 종이와 펜을 갖고 있어?"

나는 글러브박스에서 굴러다니는 메모지와 볼펜을 찾아내 엠마에게 건넸다. 엠마가 몇 자 끼적이더니 내게 내밀었다.

"내 주소야. 다음번에 나를 만나고 싶을 때는 실내장식 가게에 들를 이유를 애써 꾸며내지 않아도 돼. 곧장 집으로 찾아오면 될 테니까."

나는 케임브리지를 떠나면서 잠시 상상해보았다. 내가 여전히 낡은 포드를 타는 마커스, 엠마가 사랑한 마커스였다면 지금 어떤 모습을 하고 있을까? 나는 엠마의 아버지가 정해준 운명에 따라 보스턴의 어느 고등학교에서 교사가 되어 있을 공산이 컸다. 엠마와 나는 유복하고 견실한 가정이 제공해주는 안정적이고 안락한 삶을 누리고 있을 것이다. 비록 작가로 성공하지 못했다고 하더라도 지금보다는 더 평온한 삶을 살고 있을 것이다.

나는 뉴욕을 향해 차를 달렸다. 남쪽인 플로리다로 향하는 95번 국도로 접어들 때까지는 그랬다. 마이애미까지는 논스톱으로 달리기에 너무 먼 거리였다. 버지니아주 리치몬드에서 차를 세웠고, 하룻밤 묵고 나서 다시 출발했다. 다음 날 늦은 오후에 큰아버지 댁에 도착했다. 큰아버지는 내가 연락도 없이 갑자기 나타났음에도 무척이나 기뻐했다.

큰아버지와 함께 지내는 동안 볼티모어 골드먼들에 대한 추억 몇 가지를 되살려 기록해두었다. 큰아버지는 내가 준비하는 작품이 어떤 내용인지 궁금해했다. 나는 말하지 않았지만 큰아버지는 내가 볼티모어 골드먼들에 관한 이야기를 쓰려는 계획을 알아차린 게 분명했다. 며칠 뒤 큰아버지는 나에게 사진 한 장을 건네주었다. 서랍을 정리하다가 찾아낸 사진이라고 했다. 1995년에 내가 볼티모어에 갔을 때 사촌들과 함께 찍은 사진이었다. 사진 속의 우리는 아직 앳된 티가 났다. 우리 곁에는 알렉산드라도 있었다. 내 삶에서 가장 큰 자리를 차지하고 있는 여자였다. 그 시절 나는 알렉산드라가 내 인생의 여자라고 생각했는데 사촌들을 잃을 때 같이 잃고 말았다.

사진을 한참 들여다보다가 큰아버지에게 돌려주려고 손을 내밀었다. 큰아버지는 사진을 내가 가지고 있는 게 좋겠다고 했다.

그 사진이 내 삶에 가져올 파급 효과를 미리 생각하고 한 말은
아니었다.

　그날, 페리의 전화를 받았다. 그 전화는 나를 그해 여름의 어
지러운 소용돌이 속으로 휘말려 들게 했다. 페리는 활기를 되찾
은 목소리로 말했다.

　"내가 어리석었어. 사과할게. 자네 생각이 맞았어. 지난 11년
동안 한 살인자가 시치미를 떼고 거리를 활보하고 다닌 거야."

2부

살인의 파장

플로리다에서 뉴햄프셔까지 무려 2천4백 킬로미터를 차로 달렸다. 이틀하고도 반나절이 걸렸다. 운전대를 잡고 있었던 시간을 모두 합하면 무려 26시간이었다. 12개 주를 통과했고, 주유소에서 일곱 번 기름을 채웠고, 커피 3리터를 마셨고, 도넛 16개, M&Ms 초콜릿 4봉지, 치즈 칩 3봉지를 먹었다.

/

9장
화해
2010년 6월 30일. 뉴햄프셔주, 콩코드

/

게할로우드 가족의 집에 도착한 시간은 오후 5시였다. 페리는 현관 포치에 나와 앉아 나를 기다리고 있었다. 마치 우리가 다툰 이후 그 자리에서 한 발짝도 움직이지 않은 사람 같았다. 내가 차에서 내리자 페리의 딸들이 집에서 나와 내 품으로 달려들었다. "마커스 아저씨, 다시 와주셨네요!" 반가움에 내 이름을 거듭 부르던 리사가 문득 물었다. "그런데 영화 촬영 문제는 어떻게 되었어요?"

내가 인사도 없이 떠난 이유를 둘러대느라 페리가 두 딸에게 무슨 말을 했는지 짐작할 수 있었다.

"잘 해결됐어." 나는 간단히 대답했다.

두 딸이 집 안으로 들어간 뒤 페리와 나는 현관 계단에 나란히 앉았다. 페리는 나를 위해 아이스박스에 미리 넣어둔 맥주를 꺼냈다.

"마커스⋯⋯." 맥주병을 내게 건네는 페리의 목소리에서 난처한 기색이 느껴졌다.

"굳이 설명할 필요 없어요."

페리가 턱짓으로 내 레인지로버를 가리켰다.

"보닛을 망가뜨려 미안해."

"괜찮아요. 나도 요즘 저 차가 미웠어요."

"아니, 왜?"

"이야기하자면 길어요."

페리는 맥주를 한 모금 삼키고 나서 다시 입을 열었다.

"11년 전, 4월의 어느 날 저녁이었어. 그날 나는 바로 이 계단에 앉아 있었지. 나와 같은 조인 동료 형사 매트 반스와 함께였어. 이 집으로 이사 온 지 얼마 되지 않았을 때야. 리사가 세상에 태어날 무렵이었어. 알래스카 샌더스가 살해당한 날이기도 했고. 매트가 말하길 자신이 수사를 맡는 건 그 사건이 마지막이 될 거라면서 경찰을 떠나고 싶다고 했지. 사흘 뒤 매트는 시신이 되어 취조실에 누워 있었어. 도대체 무슨 일이 있었던 걸까?"

페리의 마지막 질문은 그때까지 해답을 찾지 못했다. 페리가 내 앞에서 그런 질문을 꺼낸 이유는 이제 과거로 다시 들어갈 준비가 되었다는 걸 나름의 방식으로 내게 알리고자 해서였다.

"1999년 4월 6일에 벌어진 사건의 진실이 지난 11년 동안 경사님이 믿어온 사실과 다를 수도 있다는 뜻이죠? 그렇게 생각하게 된 계기가 뭐죠?"

"자네가 나를 설득했어. 자네의 그 희생정신, 눈 뜨고 못 봐줄 정의감, 귀찮게 달라붙는 집요한 설득에 당한 셈이지. 결국 그 당시 사건기록을 다시 들춰봤어."

"그랬더니요?"

"뭔가 이상한 점이 눈에 잡혔어. 그때는 아무것도 보지 못했는데 이제야 보이는 거야. 자네에게도 보여줄게."

페리는 나를 데리고 집 안으로 들어가 주방 식탁에 앉았다. 페리가 식탁 위에 경찰 조서 복사본을 꺼내놓았다.

"조서를 복사해오는 건 불법 아닌가요?" 내가 물었다.

"불법이지. 그래서 나를 감찰국에 고발하려고?" 페리가 구시렁거렸다.

"경사님이 어떤 마음으로 이번 일에 나섰는지 궁금해서 한 말이었어요." 나는 헤벌쭉 웃었다.

"결심이 섰어." 페리가 대답했다.

"좋아요. 이제부터 페리 게할로우드와 마커스 골드먼이 알래스카 샌더스 사건을 다시 수사하는 겁니다."

"이 사건을 소재로 책을 쓰려는 건 아니고?"

"아직 책을 쓰겠다는 약속은 못 해요."

페리는 우선 조서에 기록된 내용을 꼼꼼하게 살펴보았다고 했다. 매트의 리볼버 탄창에 남은 총알의 개수와 취조실에서 찾아낸 탄피 세 개, 총을 맞아 박살 난 매직미러, 사건 현장을 감식한 전문가들의 결론은 니콜라스 카진스키의 진술과 일치했다. 월터의 손에서 검출된 화약 성분이 매트의 손에서도 발견되었다. 아마도 매트가 월터로부터 총을 다시 빼앗으려고 드잡이하는 순간 첫 총탄이 발사되며 남은 화약 성분으로 보였다.

"그렇다면 이상한 점이 없잖아요?" 내가 페리의 설명 중간에 끼어들었다.

"내 말을 끊지 말고 끝까지 들어봐. 이제부터 본격적으로 재미있어질 테니까."

페리는 조서에 기록된 니콜라스의 진술 내용을 되짚었다. 매트는 권총을 풀어놓아야 한다는 걸 깜박 잊고 취조실로 들어가 월터에게 물을 가져다주었다고 했다.

"이 사진을 봐." 페리는 내 눈앞에 몇 장의 사진을 내밀었다.

사건 현장 사진이었다. "내가 찾아낸 걸 자네도 볼 수 있을지 모르겠네. 아니면 내가 미처 발견하지 못한 걸 볼 수도 있겠지."

나는 몇 장의 사진을 꼼꼼히 살펴보았다. 같은 장면을 여러 각도에서 찍은 사진들이었다. 피 웅덩이가 된 바닥에 두 구의 시신이 각각 머리에 총상을 입은 상태로 쓰러져 있었다. 두 시신은 하나같이 얼굴이 날아가고 없었지만 누가 누구인지 알아보긴 어렵지 않았다. 매트는 허리에 경찰 배지와 빈 권총집을 차고 있었고, 월터는 권총을 손에 쥐고 있었다. 나는 그 사진들 속에서 특별히 이상한 점을 발견하지 못했다. 내가 뭐가 문제인지 잘 모르겠다고 털어놓자 페리는 마치 그 대답을 기다리고 있었다는 듯이 냉큼 말을 이어나갔다.

"그 어디에도 물이 보이지 않아. 물병도 없고, 컵도 없어. 범죄 현장을 기록한 사진이야. 아무도 현장을 건드리지 않은 상태에서 과학수사대가 출동해 찍은 사진이야. 니콜라스의 진술이 사실 그대로라면 취조실 어딘가에 매트가 월터에게 가져다주었다는 물병이든 컵이든 있어야 마땅하잖아."

"그렇다면 어디로 사라졌을까요?"

"니콜라스가 거짓말을 한 거야."

페리의 추론은 타당해 보였지만 그렇다고 완벽하게 수긍이 가지는 않았다.

"물컵이 존재하지 않는다는 사실을 증거로 삼기에는 좀 빈약하지 않을까요?"

"증거로 삼기에는 빈약하지. 하지만 내가 의심을 갖기에는 충분해. 자, 이 사진들을 한 번 더 들여다봐."

나는 사진들을 다시 들여다보았다.

"두 사람의 시신을 집중해서 봐." 페리가 말했다. "뭔가 머릿속에 떠오르는 게 없나?"

"머릿속에 떠오르는 건 없지만 목구멍으로 치밀어 오르는 건 있어요."

"농담하지 말고 주의 깊게 보라니까!"

"수수께끼 놀이는 그만하시죠." 나는 사진을 보는 데 진력이 나서 고개를 절레절레 저었다. "이제 내가 이 사진들에서 무엇을 찾아내야 하는지 말해줘요."

"조서에 보면 월터가 자신의 왼쪽 관자놀이에 총알을 박아 넣었다고 기록되어 있거든."

"왼손에 총을 쥐고 있었으니까 지극히 자연스러운 일 아닌가요?"

"월터가 오른손잡이가 아니었다면 모든 게 지극히 자연스럽지." 페리가 말했다. "내가 확인해봤는데 월터는 오른손잡이였어. 그런 사실을 지금껏 간과해온 거야. 게다가 니콜라스의 진술이 과학수사대의 분석 결과와 일치한 탓에 그 사건이 실제로 어떤 식으로 전개되었는지 아무도 의심을 품을 이유가 없었지.

그런데 알래스카가 시신으로 발견된 날 밤에 매트가 나에게 털어놓은 이야기가 생각나더군. 매트는 알래스카 사건을 해결하고 나서 경찰을 떠날 계획이라고 했어. 메인주 뱅고어 경찰서 소속일 때 가비 로빈슨이라는 열일곱 살 여자아이가 살해당한 사건을 담당한 적이 있는데 범인을 체포하지 못하고 수사가 미결로 종결되었나봐. 그 사건이 시종 매트를 괴롭히는 마음의 짐이 되었던 거야. 그날 매트는 알래스카 사건을 보자 지난날의 악몽이 되살아나 괴롭다고 했어. 그때 들은 이야기를 좀 더 자세히 알아보기 위해 매트의 옛 동료를 만나보았지. 그가 말하길 가비 로빈슨을 살해한 범인을 잡지 못하고 수사를 미결로 마친 일이 매트에게 평생 지울 수 없는 죄책감을 안겨주었을 거라고 하더군. 수사가 미결로 끝난 이유는 증거를 찾지 못했기 때문이야. 하지만 매트는 계속 그 사건을 파고 들었나봐. 그러다가 마침내 범인으로 추정되는 한 남자를 체포해 입 안에 총구를 쑤셔 박고 죄를 실토하라고 협박했다는군. 그때 매트는 그 작자에게 이런 말을 했대. 마침내 가비 로빈슨의 부모 앞에서 얼굴을 들 수 있게 되었다고. 비로소 정의가 실현되었다고. 나중에 알고 보니 그 작자는 정작 가비 로빈슨 사건과 전혀 관련이 없었다는 거야. 그 일이 상관들 귀에 들어가는 바람에 매트는 다른 곳으로 근무지를 옮겨야 했나봐. 메인주 경찰청은 그 일 때문에 시끄러워지는 게 싫었겠지. 그일 때문에 매트는 메인주에서 뉴햄프셔주로 옮겨온 거야."

나는 문득 머릿속을 스치는 생각에 머리카락이 쭈뼛했다.

"그럼 월터가 스스로 자기 머리를 쏜 게 아니라 말하자면……."

"그래, 월터는 자살한 게 아니라 그런 식으로 처형당한 거야."

진실을 말해줄 사람은 니콜라스 카진스키밖에 없었다. 니콜라스가 거짓 진술을 한 건 분명했다. 다음 날 페리와 나는 니콜라스를 만나러 배링턴의 노리스 거리 10번지로 갔다. 니콜라스는 휠체어에 앉은 자세 그대로 현관문을 열었다. 니콜라스가 눈앞에 서 있는 페리를 보고 나서 짧게 말했다.

"오랫동안 자네를 기다려왔어."

***

니콜라스는 기어이 우리에게 차를 대접하려고 했다. 차를 마시는 일이 반드시 치러야 할 특별한 의식이라도 되듯이. 우리 세 사람은 주방에 앉아 주전자의 물이 끓어오르길 기다렸다. 수증기를 흩날리며 울리기 시작한 주전자의 휘파람 소리는 우리에게 일종의 해방감을 주었다. 니콜라스는 우리를 거실로 안내하더니 도자기 잔에 든 차를 내왔다.

니콜라스가 별안간 당황한 목소리로 외쳤다. "비스킷을 깜박했네. 아내가 맛있는 비스킷을 구워놓았는데." 니콜라스는 휠체어를 굴려 주방으로 가더니 비스킷이 담긴 틴케이스를 들고 돌아왔다. 그러더니 대뜸 페리에게 말했다.

"내 편지를 받아보았지?"

"이 미친 짓은 대체 뭐야?"

"나는 이제 끝났어. 내 몰골을 봐. 몸을 일으키지도 못하는 빌어먹을 신세를 보란 말이지. 이 너절한 집 안에 생쥐처럼 틀어박혀 세월을 보내고 있어. 이런 나 자신을 더는 견디기 힘들어. 이런 생각을 한 건 벌써 몇 년 전부터야."

"무슨 생각을 했다는 거야?"

"자살."

니콜라스는 취조실의 비극이 벌어지고 나서 일 년도 지나지 않은 2000년 초에 경찰을 나와 처남이 운영하는 보안업체에 들어갔다고 했다.

"가뜩이나 그만두고 싶어 구실을 찾고 있었지. 사실 보안장치를 판매하는 일은 내 성격에 맞지 않아 처음에는 거절했어. 하지만 처남은 전직 경찰이 보안경보기를 판매할 경우 고객들에게 가장 설득력 있는 마케팅 포인트가 될 수 있을 거라고 하더군. 그 말은 일리 있어 보였어. 내가 고객들에게 보안경보기를 팔면서 한 말은 이랬지. '이 보안경보기를 출입문에 달아놓으면 도둑이나 강도 걱정 없이 두 발 뻗고 잘 수 있습니다.' 결과적으로 대단히 많은 보안경보기를 팔았고, 수입도 두둑했지. 2년간 그렇게 지내다가 사고를 만난 거야."

"무슨 사고였는데?" 지금은 니콜라스가 무슨 말이든 이어가도록 하는 게 중요했다. 살아온 이야기를 주저리주저리 늘어놓는다는 건 숨겨온 뭔가를 꺼내놓기 위한 일종의 예열 작업이 분명했으니까.

"2002년 1월 30일, 아침 6시쯤이었어. 조깅을 하려고 문밖으로 나섰는데 사방이 어둠에 잠겨 있었지. 게다가 비까지 추적추적 내리는 날씨였어. 그때도 나는 달리기라면 질색했지. 하지만 꼴통 처남이 세미 마라톤 대회에 참가 신청을 하면서 내 이름도 함께 등록해 놓았으니 훈련을 해야지 어쩌겠어. 나는 대회에 나가고 싶은 마음이 손톱만큼도 없었지만 망신을 당할 수는 없다는 생각에 달리기 연습을 시작한 거야. 게다가 아내가 운동해서 나쁠 게 없다며 내 등을 떠밀었지. 그때는 달리기 연습을 시작한 지 몇 주 지난 때였어. 그날은 하필 쓰레기 수거일이라 동네 주민들이 보도에 내놓은 쓰레기통 탓에 차도로 내려서서 뛰어야 했지. 아직 날이 어둑어둑한 시간이어서 차 한 대가 나를 발견하지 못하고 사정없이 들이받은 거야. 정신을 잃었다가 깨어나 보니 구급차 안인데 두 다리에 감각이 없었어. 지금도 감각이 없긴 마찬가지야. 내 물건은 이제 서지도 않고, 오줌이 줄줄 새지. 빌어먹을 앉은뱅이 신세가 된 거야. 나는 신을 믿지 않지만 혹시 천벌을 받은 게 아닐까 하는 생각이 들어."

니콜라스가 말을 끊었다. 페리가 물었다.

"천벌을 받다니, 무엇 때문에?"

니콜라스가 어깨를 으쓱 추어올렸다.

"그 일을 한시도 잊은 적이 없어. 내가 조금이라도 더 용기가 있었다면 진작 자네에게 털어놓았을 거야."

"결국 이렇게 용기를 냈네요. 그럴 만한 계기라도 있었나요?" 내가 물었다.

니콜라스가 눈을 돌려 나를 쳐다보았다. 그의 눈길을 받자 별안간 몸이 오싹했다.

"당신이 쓴 책《해리 쿼버트 사건의 진실》이 계기가 되었어요. 아내가 그 책을 사와 흠뻑 빠져들어 읽기에 나도 들여다보게 되었죠." 니콜라스가 다시 페리 쪽으로 얼굴을 돌리고 말을 이어 갔다. "그 책에 자네도 등장한다는 걸 알고 있었어. 그 책을 읽는 동안 자네를 다시 만난 느낌이었지. 우리가 다시 뭉쳐 함께 일하는 기분이 들었어. 난 자네가 놀라 켈러건을 살해한 범인을 찾아내려는 결의에 감탄하지 않을 수 없었지. 그러다 보니 어쩔 수 없이 알래스카 샌더스 사건을 생각나게 하더군. 매트가 죽고 나서 자네는 변했지. 자네 스스로 벽을 두르고 고립을 자처했어. 2인 1조로 일하길 거부했다는 것도 알아. 자네는 아침 브리핑을 마치고 혼자 출동하고, 혼자 수사에 나서고, 혼자 운전하며 차를 타고 다니고, 식사도 혼자 하는 모습을 지켜본 적이 있어.

자네의 그런 고독을 《해리 쿼버트 사건의 진실》에서 다시 볼 수 있었지. 가슴이 아팠어. 자네는 그 긴 시간 동안 직접 개입하지도 않은 일에 죄책감을 느끼고 자신을 유폐시켜버린 거야." 니콜라스가 다시 나를 향해 얼굴을 돌렸다. "내가 《해리 쿼버트 사건의 진실》을 왜 좋아했는지 아세요? 지금이라도 늦지 않았으니 속죄해야 한다는 생각을 갖게 해주었거든요. 페리, 나는 자네를 짓누르는 짐을 벗겨주고 싶었어. 그래서 편지를 보내기로 마음먹은 거야. 처음에는 편지에 모든 이야기를 털어놓았지. 하지만 그렇게 써놓고 나서 다시 읽어보고는 불태워버렸어. 도저히 용기가 나지 않더군. 그다음에는 신문에서 글자를 오려내 다시 편지를 작성한 거야. 나를 드러내지 않더라도 자네가 일을 풀어갈 수 있기를 바랐지. 끝까지 비겁한 선택을 했지만 그나마 그렇게라도 털어놓아야 내 마음이 편할 테니까. 내가 자네에게 보낸 그 익명 편지도 몇 번이나 고쳐 작성한 거야. 쓸데없는 말은 전부 빼고, 가급적 짧고 명료하게 의미를 전달하고 싶었지. 그렇게 편지를 만들고 나서 가사도우미에게 100달러를 쥐어주고 자네가 사는 집 우체통에 넣어달라고 시켰어. 그런데 어느 날 저녁에 헬렌이 불쑥 찾아온 거야. 헬렌이 어떻게 우리 집 주소를 추적했는지 모르겠어. 가사도우미가 몰래 일러바쳤을지도 모르지. 아니면 멍청하게 편지를 우체통에 넣고 오라고 했더니 집을 찾아가 현관문의 벨을 눌렀거나."

"신문에서 오려낸 글자 뒷면에 이 집 주소의 일부가 찍혀 있었지." 페리가 말했다.

니콜라스가 이마를 치며 말했다. "이런 바보가 있나! 그렇게 해서 헬렌이 나를 찾아오게 되었군. 아무튼 헬렌은 몹시 화가 나 있었어. 아내가 문을 열어주었고, 나는 거실에 있었는데 헬렌이 화를 내는 소리가 들려왔어. '니콜라스는 안에 있나요? 나는 페리 게할로우드의 아내입니다. 당신 남편이 페리에게 익명의 편지를 보냈어요.' 나는 현관으로 나가지 않고 계속 숨어 있었어. 두 사람은 한동안 문간에서 옥신각신 입씨름을 벌였고, 끝내 헬렌은 돌아갔지. 나는 아내에게 시치미를 뚝 뗐어. 전혀 모르는 일인 척했지. 아무튼 헬렌에게 내가 정식으로 사과한다고, 정말 미안하다고 전해줘."

"헬렌은 죽었어." 페리가 짧게 말했다.

"뭐라고? 그게 무슨 소리야?"

"헬렌이 이 집에 왔다가 돌아오는 길에 심장마비를 일으켰어."

니콜라스는 큰 충격을 받은 기색이었다.

"맙소사! 정말이지 가슴 아픈 일이야."

페리가 서둘러 화제를 돌렸다.

"니콜라스, 1999년 4월 6일에 있었던 일에 대해 사실대로 말해주겠나?"

"내 말을 공식적인 증언으로 사용할 생각이라면 난 이야기하지 않겠네." 니콜라스가 선을 그었다. "녹음도 안 돼."

"좋아, 약속할 테니까 이제 말해봐. 월터가 스스로 머리에 총알을 박아 넣지 않았으리라는 건 알아. 그날 밤 도대체 무슨 일이 있었던 거야?"

니콜라스는 금방 입을 열지 않고 한동안 뜸을 들였다. 그는 차를 한 모금 마시더니 비스킷도 한 입 베어 물고 우물거렸다. 그러고 나서 휠체어를 굴려 창가로 가더니 우리에게 등을 돌린 상태로 거리를 내다보았다. 우리와 눈을 마주 바라보고 있기가 힘든 듯했다.

니콜라스가 이윽고 이야기를 시작했다.

***

1999년 4월 6일

어느새 밤 10시 40분이었다. 뉴햄프셔주 경찰청 2층 형사과에서 퇴근하지 않고 남아 있는 사람은 니콜라스와 매트뿐이었다. 페리는 진통이 시작된 헬렌에게 달려가고 없었다. 두 형사는 취조실에 앉아 매직미러를 통해 옆방에 있는 월터 캐리를 주시했다.

"변호인을 보내주겠다더니 세월아 네월아 하네." 니콜라스가 투덜거렸다.

"변호인이 오길 기다릴 필요 없어. 오지 않을 테니까." 매트가
말했다.

"그게 무슨 말이야. 변호인이 오지 않는다니? 최대한 빨리 보
내주겠다고 했다면서?"

"국선변호인실에는 아예 연락조차 하지 않았어. 난 용의자를
신문하는 동안 누군가 자꾸 엉겨 붙는 게 질색이거든. 저 망할
놈의 월터 캐리 자식이 이제 진실을 털어놓을 때가 됐는데."

"그럼 어쩌려는 거야?"

"변호인 입회 없이 우리끼리 월터에게 자백을 받아내야지. 다
들 퇴근하고 없으니까 저 자식이 아무리 소리를 질러도 달려올
사람도 없잖아. 나는 페리를 좋아하지만 그 친구는 우직하게 법
대로를 고집하지. 일이 급하면 때로 비상 수단을 쓸 줄도 알아
야 하는데 말이야."

"어떤 비상 수단?" 니콜라스는 낯빛이 하얘져서 되물었다.

매트는 대답 대신 허리에 찬 권총을 두드려보였다. 니콜라스
가 질겁해서 말을 더듬었다.

"자네 지금 뭘 하려는 거야? 설마 총을 용의자에게 들이대고
자백하라고 협박할 작정이야?"

"왜, 무섭나? 내 식대로 하면 나를 일러바칠 건가?"

니콜라스는 겁이 많은 성격이라 상대가 누구든 정면으로 맞부

딮치는 일을 피하고 싶어 했다.

"괜히 귀찮은 일이 생길까봐 그러지."

"그럼 자네는 끼어들지 말고 잠자코 있어. 자네와는 전혀 상관없이 나 혼자 벌인 일로 할 테니까. 자네는 나중에 페리와 함께 범인을 검거한 포상이나 받아. 그 대신 이 방에서 조용히 지켜보고만 있어. 탄창을 자네가 맡아두고 있으면 되잖아."

매트는 허리춤에서 반자동 리볼버 권총을 꺼내 들더니 탄창을 빼내 니콜라스에게 건네주었다. 권총을 다시 허리춤에 찔러 넣은 매트가 말했다. 니콜라스의 겁먹은 눈이 마음에 걸리는 듯했다.

"걱정하지 마. 그냥 겁만 줄 생각이니까."

"월터가 자네가 협박했다고 고발하면 어쩌려고? 저 자식은 총으로 위협해 자백을 강요받았다고 떠들어댈 거야."

"저 자식이 없는 말을 꾸며냈다고 자네가 증언하면 되지. 그게 자네가 할 일이야."

"난 그런 일이 내키지 않아."

"그럼 형사과에 있지 말아야지. 이봐, 내가 하는 걸 보고 배워."

매트가 방을 나섰다. 니콜라스는 매직미러로 매트가 바로 옆 취조실로 들어서는 걸 지켜보았다.

"수갑을 좀 풀어줄 수 있어요?" 월터가 요구했다. "손목이 너무 아파요."

"안 돼."

월터는 형사의 냉랭한 말투에 놀란 눈치였다.

"국선변호인이 오기로 되어 있죠?"

"아니." 매트는 상대를 차갑게 쏘아보며 짧게 말했다.

"그럼 변호인은 안 와요?" 월터가 펄쩍 뛰며 항변했다. "난 법적으로 변호인을 부를 권리가 있어요."

매트는 아무 말 없이 월터를 쏘아보기만 했다. 월터가 차츰 겁먹은 기색을 보이기 시작했다. 그러자 매트는 느린 걸음으로 월터 앞으로 바싹 다가서더니 별안간 멱살을 움켜잡고 벽으로 밀어붙였다. 그런 다음 권총을 뽑아 들고 총구를 월터의 성기에 처박으며 윽박질렀다.

"권리? 웃기고 있네."

"이러지 말아요!" 월터가 겁에 질려 소리쳤다. "당신은 완전히 돌았어요."

"범행 일체를 털어놔. 모두 털어놓으면 놓아줄게."

"뭘 털어놓으라는 거예요?" 월터는 몸을 부들부들 떨며 울먹이는 소리로 물었다.

"알래스카 샌더스를 죽였다고 자백해."

"난 알래스카를 죽이지 않았어요. 난 그 시간에 〈내셔널 앤섬〉에 있었다고 했잖아요. 그 가게가 문을 닫을 때까지 있었다고."

"허튼소리는 당장 집어치워. 네 놈이 〈내셔널 앤섬〉에 있었다고 증명해줄 사람이 아무도 없어. 네가 그 시간에 숲에 들어갔었다는 건 이미 증명이 되었어. 네 자동차, DNA가 명백한 증거야. 이젠 빠져나갈 구멍이 없으니까 어서 다 털어놓는 게 좋을 거야."

궁지에 몰린 월터는 급기야 울음을 터뜨렸다. 월터는 덫에 걸린 짐승이 부러진 발톱으로나마 필사적으로 앞발을 휘젓듯이 매트에게 저항했다.

"변호인을 불러 협박당한 사실을 다 털어놓을 거야. 당신은 나를 협박할 권리가 없어!"

"권리가 없다고? 그럼 너에게는 알래스카를 살해할 권리가 있니? 내 말 잘 들어. 만약 나를 고발할 경우 크게 후회하게 만들어 줄 테니까. 범행 사실을 있는 그대로 자백하든 말든 넌 유죄 선고를 받고 수감될 처지야. 교도소에 들어가면 나 같은 친구가 필요할 거야. 내가 독방에 들어갈 수 있도록 힘써볼게. 6인실에 들어가면 허구한 날 비럭질을 당할 테니까. 내가 너를 보호해줄게."

매트는 말을 마치자마자 총구를 들어 월터의 관자놀이에 갖다 댔다. 월터는 공포에 짓눌려 비명을 질렀다. 월터의 비명이 뒤이어 터져 나온 다급한 울부짖음과 뒤섞였다.

"자백해! 지금이 마지막 기회야. 늦으면 나도 널 위해 해줄 게 아무것도 없어."

"나는… 나는……."

"얼른 네가 살해했다고 말해." 매트가 미치광이처럼 월터를 을러댔다. "사실대로 말하면 다 끝낼 수 있어."

니콜라스는 그 모습을 아연실색한 얼굴로 지켜보고 있었다. 매직미러를 통해 월터가 어린애처럼 우는 모습이 보였다.

"부모님을 불러줘요." 월터가 애원하듯 말했다.

"어느 누가 와도 넌 유죄를 면하지 못해." 매트는 계속해서 총구로 월터의 머리를 찌르면서 말했다. "네가 저지른 범행 일체를 솔직하게 털어놓으면 돼. 그래야 끝나."

한순간 월터가 뭔가 망설이는 눈치를 보였다. 매트는 월터의 입을 우악스럽게 잡아 벌리고 입 속으로 총구를 박아 넣었다. 월터는 사색이 되어 계속 비명을 질러댔다.

"이제 자백할 마음이 드나?" 매트가 차갑게 내뱉었다.

총구를 거둬들이자 월터가 소리쳤다.

"예, 다 말할게요. 내가 알래스카를 죽였어요. 이제 됐어요?"

매트의 얼굴에 회심의 미소가 떠올랐다. 매트가 매직미러 쪽으로 몸을 돌려 니콜라스를 불렀다.

"니콜라스, 자네가 이리 와서 카메라를 작동시켜!"

니콜라스는 몸이 얼어붙었다. 매트의 말이 좀 전과 달랐기 때문이었다. 혼자 다 책임지겠다고 해놓고 이제 와서 이름까지 들먹이며 개입시키려고 들었다. 니콜라스가 오지 않자 매트는 조급증이 났다. 다 움켜잡은 물고기를 놓칠 수는 없었다. 혼자서라도 탁자 옆 삼각대 위에 설치해둔 카메라를 작동시켜야만 했다.

"매트, 너무 나갔어." 니콜라스가 인터폰을 통해 말했다.

"닥쳐, 니콜라스! 당장 이 방으로 와서 빌어먹을 카메라를 작동시키라니까."

"그건 안 돼, 매트. 난 협조할 수 없어."

매트의 입에서 욕설이 튀어나왔다. 매트는 계속 총구를 월터에게 겨누고 뒷걸음질로 삼각대까지 가서 자신의 모습이 앵글에 잡히지 않도록 위치를 조절한 다음 카메라를 작동시켰다.

매트가 침착하고 신중한 목소리로 말했다.

"월터, 우선 확인해둘 사항이 있습니다. 지금 우리가 나누는 이 대화는 당신의 동의를 받아 녹화되고 있습니다. 조금 전 나에게 했던 이야기를 다시 한번 더 해줄 수 있습니까?"

월터 캐리가 흐느끼면서 외쳤다.

"내가 죽였어요. 내가 알래스카를 죽였다고요." 월터의 말이 잠시 끊겼다가 이어졌다. "'우리가' 죽였어요. 나 혼자 한 짓이 아니라 에릭 도노반과 함께 했어요."

뜻밖의 폭로를 접한 매트는 깜짝 놀란 듯 잠시 반응이 없다가 방금 들은 말이 영상에 분명하게 담기도록 다시 물었다.

"에릭 도노반도 알래스카 샌더스 살해에 가담했습니까?"

"그래요, 나 혼자 죽을 수는 없잖아요. 에릭과 내가 알래스카를 죽였어요. 경찰이 찾아낸 스웨트셔츠는 에릭이 입었던 옷이죠. 스웨트셔츠에 새겨진 글자 M, U는 에릭이 공부한 모나크 유니버시티 머리글자고요. 조사해보면 내 말이 모두 사실이라는 걸 확인할 수 있을 겁니다."

그 말을 끝으로 월터는 입을 꾹 다물고 눈물만 쏟아냈다.

"자, 이제 모두 털어놓았으니 오히려 마음이 홀가분해질 겁니다."

매트는 위로의 말을 더한 뒤 카메라를 껐다. 월터는 겁에 질려 벽에 등을 찰싹 붙이고 서 있었다. 매트가 다가가 말했다. 목적을 달성했다는 흡족한 마음이 목소리에 묻어났다.

"관자놀이에 총구를 들이대니 한결 착해지는군. 내가 총을 쏠 거라고 믿었나? 그렇다면 그날 밤 네가 목을 졸랐을 당시 알래스카의 마음이 어땠을지 헤아릴 수 있겠네."

매트는 또다시 월터의 멱살을 움켜잡고 관자놀이에 총구를 들이댔다.

"제발 이러지 말아요!" 월터가 사색이 되어 비명을 질렀다. "형사님이 원하는 대로 다 했잖아요."

"넌 깜박 속은 거야." 매트가 나지막이 말했다. 승리자의 득의양양한 심리가 느껴졌다. "이 총에는 총알이 없어. 이 멍청한 놈아. 눈을 질끈 감지 말고 총구를 쳐다봤으면 아마도 보였을 텐데. 사냥용품점을 운영하고 있으니 총에 대해서라면 빠삭할 테니까."

탄창을 빼놓았으니 총알이 들어있지 않다고 생각한 매트는 자신의 사냥감을 한 번 더 을러대고 끝낼 생각으로 리볼버의 방아쇠를 당겼다. 그 순간 들려온 소리는 금속성의 작은 마찰음이 아니었다. 예상치 못한 커다란 파열음이 매트의 귀를 때렸다.

모든 게 멈춰버린 듯했다. 몇 초의 시간이 흐르고 나서 니콜라스가 취조실로 뛰어들었다. 매트가 망연자실한 얼굴로 서 있었다. 피와 뇌수를 덮어쓴 모습이었다. 월터는 바닥에 쓰러져 있었고, 머리가 반쯤 사라지고 없었다.

"빌어먹을! 도대체 무슨 짓을 한 거야?" 니콜라스가 목이 갈라지는 소리를 냈다.

"총알이 없다고 생각했는데!" 넋이 달아난 매트가 이 황당한 상황이 믿기지 않는다는 듯이 웅얼거렸다. "자네도 보았다시피 탄창을 빼두었어. 내가 탄창을 빼 자네에게 줬잖아."

"총신에 한 발이 남아 있었어. 총알을 비우려면 그것까지 빼냈어야지."

"난 미처 몰랐어." 매트가 별안간 정신이 든 사람처럼 울부짖었다. "총알이 남아 있다는 걸 내게 말해주었어야지?"

"도대체 나를 어떻게 생각하기에 그런 말을 해? 월터에게 자백을 받아내려고 방아쇠를 당기는 시늉을 할 거라고는 짐작조차 못 했어."

두 형사는 월터의 시신을 향했던 눈을 들어 서로를 마주보았다.

"빌어먹을!" 매트가 거친 신음을 토해냈다. "내가 이 자식을 죽였어."

"그래, 자네가 월터를 죽였어." 니콜라스는 동료가 저지른 이

미치광이 짓에 대해 책임을 나눠 가질 생각이 조금도 없었다.

"내가 망하면 자네도 망해." 매트가 말했다. "지금은 눈물이나 훌쩍거리고 있을 때가 아니야. 신속하게 움직여야 해."

"움직이다니? 시체를 어떻게 치우려고?"

"시체를 처리하려는 게 아니야. 월터가 내 총을 빼앗아 자살했다고 둘러대면 돼."

"그렇더라도 문책을 피할 수는 없어." 니콜라스가 화를 벌컥 냈다. "취조실에 들어갈 때 형사는 총기를 휴대해서는 안 된다는 규칙을 어겼잖아."

"한 계급 강등이 살인죄로 법정에 서는 것보다는 낫잖아. 월터가 갑자기 몸이 아픈 척해 달려갔는데 그 틈을 노려 내 총을 빼앗았다고 둘러대면 다들 믿어줄 거야."

"아무도 그 말을 믿지 않을 거야."

매트는 월터가 자백하는 장면을 녹화해 두었다는 사실을 깨달았다.

"카메라에 찍힌 영상이 우리를 구해줄 거야." 매트가 희망을 찾은 듯 소리쳤다. "월터는 살인범이고, 지은 죄를 자백하는 영상이 남아 있어. 살인범의 목숨은 등급을 매길 경우 제일 밑바닥이지." 매트는 그런 생각이 얼마나 어처구니없는지 깨닫지도 못할 만큼 정신이 나간 상태였다. "자, 서둘러 움직여야 해. 누군가 총소리를 듣고 달려올 수도 있으니까. 내 탄창을 돌려줘. 그리고 월터의 수갑을 풀어줘야 해."

니콜라스가 탄창을 매트에게 건네주고는 욕지기가 터져 나오는 걸 간신히 억누르며 시신 가까이 다가가 손목에서 수갑을 풀었다.

"수갑은 어떻게 처리해야 하지?" 니콜라스가 피 묻은 수갑을 집어 들고 길 잃은 아이처럼 물었다.

"젠장맞을! 어딘가에 숨겨야지." 이제 완전히 침착한 태도로 돌아온 매트가 지시하듯 말했다. "우선 주머니에 넣어두었다가 화장실에 가서 피를 씻어내. 난 이 지랄 맞은 짓거리부터 손을 봐야겠어."

"자네가 저지른 짓이야. 자네가 저질렀으니 뒤처리도 자네가 다해!"

매트는 탄창을 다시 끼워 넣은 총을 월터의 왼손에 대고 총구가 관자놀이를 향하도록 각도를 맞추었다. 그다음은 월터의 손가락을 권총 손잡이에 붙여 일일이 구부린 다음 검지를 방아쇠 안에 조심스레 끼워 넣었다. 일을 마친 매트가 별안간 욕설을 내뱉었다.

"빌어먹을!"

"또 무슨 일인데?" 니콜라스가 신경질적으로 물었다.

"월터가 자살했다고 보고하면 분명 과학수사대에서도 현장을 조사할 거야. 법의관이 시신을 부검할 거고, 당연히 검사 결과를 내놓을 테고. 그 빌어먹을 법의관은 권총으로 자살했다는 월터의 손가락에 화약흔이 남아 있지 않다는 사실을 찾아낼 거야. 그러면 총알이 발사된 순간 월터가 아닌 다른 사람의 손에 총이 들려져 있었다고 결론 내리겠지. 이제 모든 게 끝났어!"

평소 행동이 거칠긴 해도 침착하고 흔들림이 없던 매트가 우왕 좌왕하며 무너져 내리고 있었다. 니콜라스는 그런 매트의 모습을 보며 그가 시키는 대로 하면 궁지에서 벗어날 수 있으리라는 기대를 접었다. 위기를 벗어나려면 매트에게 기대지 말고 혼자서 헤쳐 나가야 할 상황이었다. 니콜라스는 지금껏 자신이 결정해야 하는 상황을 회피해왔고, 모든 판단을 내리는 순간에 다른 사람을 의지하는 편이었다. 전날 밤, 아내와 함께 링컨 대로의 인도 음식점에 가서 식사한 적이 있었는데 그때도 아내가 요리를 선택해주었다.

"당신이 내 것까지 골라서 주문해." 지금 이 취조실 안에서 매트가 떠올린 사람도 아내였다. 어서 집으로 돌아가 아내의 품에 안기고 싶었다. 니콜라스는 이미 오래전부터 경찰이라는 직업에서 마음이 떠나 있는 사람이었다. 가뜩이나 경찰을 그만두고 싶은 상황인데 이런 일까지 겪게 되자 결심이 섰다. 이 궁지에서 벗어나면 경찰 옷을 벗으리라 다짐했다. 압박감이 지나치게 큰 직업이었다. 게다가 니콜라스는 경찰이 감당해야 할 책임감이 버거웠다. 사건 조서나 보고서를 작성하는 일은 따분했고, 용의자 신문은 고역이었다.

니콜라스는 자신처럼 겁이 많은 동료 존슨과 2인 1조로 일할 때가 그리웠다. 두 사람은 매번 시간을 넉넉히 잡아 느긋하게 점심 식사를 했고, 담당한 사건이 조금이라도 힘들면 곧바로 지원을 요청했다. 니콜라스는 페리와 매트를 도와 살인사건 수사를 맡아보라는 랜스데인 과장의 제안을 받아들인 걸 후회했다. 계속 존슨과 한 조로 남아 하루 종일 순찰차를 타고 빈둥거릴 수 있었는데 요즘은 불가능한 일이었다. 순찰차를 타고 돌다가 출동 지원자를 찾는 본부의 메시지가 날아오면 딴전을 부리면 그만이었다.

어쩌자고 이런 상황에 뛰어들었을까?

니콜라스는 이제 경찰과는 끝이라고 마음속으로 되뇌었다. 보안경보기를 파는 처남이 함께 일하자고 졸라 대고 있는 중이라 마침 기회가 좋았다. 아침마다 입을 옷을 골라주고, 저녁을 먹으러 식당에 가면 음식을 선택해주는 아내와 함께 평온하고 소박한 일상을 누리는 편이 백번 나아 보였다.

"니콜라스, 자네 지금 졸고 있는 건가?"

매트의 목소리가 니콜라스를 다시 현실 세계로 데려왔다. 니콜라스는 머릿속을 가득 채운 상념들을 잠시 옆으로 밀어놓고 생각을 모았다. 우선 궁지에서 벗어날 방법을 찾아야 했다. 어쩌면 인생의 운명이 달린 순간일 수도 있었다.

"좋은 방법이 있어." 니콜라스가 묘안이 떠올랐다는 듯이 외쳤다. "자네 권총을 월터의 손에 들려놓은 저 상태로 한 발 더 쏘면 돼! 그럼 화약흔이 생길 테니까."

"그럼 총알이 발사된 이유를 설명해야 해." 매트가 시큰둥하게 대꾸했다. "그 이유를 어떻게 설명할 건데?"

"시나리오를 완전히 바꾸면 되지." 니콜라스가 말했다. "처음부터 이야기를 다시 짜야 해. 월터가 죄를 자백하고 나서 자네는 카메라를 껐어. 그런 다음 자네는 월터에게로 다가갔어. 월터가 순간적으로 자네 권총을 빼앗아 들었고, 자네는 그의 손을 움켜잡았어. 둘이 몸싸움을 하던 도중 총알이 한 발 발사되었어. 그때까지만 해도 다친 사람은 없었지. 그러고 나서 월터가 자네를 밀쳐내고 자기 머리를 쏘았다고 하면 되지 않을까?"

"월터의 자살 동기는?" 매트가 물었다.

"죄책감 때문이라고 하면 돼. 너무나 고리타분한 얘기지만."

매트가 얼굴을 일그러뜨렸다.

"그 말을 누가 믿어주겠어. 게다가 월터가 아픈 척했다는 시나리오에도 문제가 있어 보여. 자네가 나와 함께 뛰어오지 않고 취조실에 그대로 남아 있었다는 게 이상하잖아. 왜 나 혼자 움직이게 내버려 두었냐고 물으면 자넨 뭐라고 대답할 거야?"

"그런 질문을 하는 사람이 있으면 나도 함께 이동했다고 하면 되지. 하지만 자네가 이 방에 혼자 들어왔다고 해야 이야기가 그럴싸해지는 거야. 총을 빼앗으려고 몸싸움을 벌였다는 스토리가 필요하니까. 우리 둘 다 이 방에 들어와 있었다면 월터를 간단히 제압했어야 마땅하겠지. 자, 서둘러. 아직 아무도 오지 않은 건 기적이야."

니콜라스가 권총을 들려놓은 월터의 손을 잡았다. 총구가 천장을 향하도록 맞춘 다음 손가락을 넣어 방아쇠를 당겼다. 총성이 울리면서 매직미러가 부서져 내리는 무시무시한 소리가 났다. 동작이 서툴다 보니 총알이 지붕이 아니라 매직미러 쪽으로 빗나간 것이다.

"빌어먹을!" 니콜라스가 중얼거렸다.

"제길!" 매트도 머리를 감싸 쥐었다. "이젠 정말 끝장이야."

"뭐가 끝장이라는 거야? 달라진 게 전혀 없으니까 걱정 마." 니콜라스는 이제 자신이 매트를 진정시켜야 하는 상황이 된 게 기가 막혔다. "오히려 이야기의 아귀를 맞출 수 있게 되었으니 잘됐어. 자, 이제 비상을 걸자. 지원부대가 달려오게."

니콜라스는 다시 몸을 굽혀 시신의 자세를 편안하게 고쳐보려고 했다. 그 순간 옷 밑으로 손이 쑥 들어오는 게 느껴졌다. 미처 반응할 시간이 없었다. 매트가 어느새 그의 총을 빼내 관자놀이를 겨누고 방아쇠를 당기려고 했다.

"그만둬, 매트!" 니콜라스가 기겁해 소리를 질렀다. "무슨 짓이야?"

"우린 끝장났어! 현실을 직시하라고, 빌어먹을!"

"어서 총을 내려놔. 이제 다 해결됐잖아."

"아니, 우린 끝장이야. 자네가 만들어낸 이야기는 허점이 너무 많아. 월터에게 총을 빼앗기는 순간 내가 엄폐물을 찾지 않았다는 것도 아귀가 맞지 않아. 그렇다면 내가 총구로부터 충분히 거리가 떨어져 있던 상태인데 얼굴에 이 허연 뇌수를 뒤집어쓰게 된 이유는 어떻게 설명할 건데?"

"자네는 무조건 월터가 자살하는 걸 막으려고 달려들었다고 하면 돼. 다른 설명은 필요 없어. 그러니까 어서 그 총이나 내려놔."

"아무도 내 말을 믿어주지 않을 거야."

"걱정할 필요 없어. 이제 다 해결되었다니까."

"아니, 해결된 게 아무것도 없어." 매트는 총구를 여전히 자신의 관자놀이에 들이댄 상태로 소리쳤다. "이제 평생 감옥에서 썩게 될 거야. 경찰이 감옥에 들어가면 죄수들이 어떤 짓을 하는지 알지?"

매트는 말을 마치자마자 눈을 질끈 감고 방아쇠를 당겼다.

총성이 다시 한번 울려 퍼졌다.

***

"나는 절반이 날아간 매트의 머리통을 보는 순간 넋이 나가버렸어." 니콜라스가 거실 창가에서 말을 이어갔다. 지난 11년 동안 침묵으로 일관한 끝에 꺼내놓은 진실이었다. "그런데 별안간 매트의 몸이 움찔거린 느낌이 들었어. 착시였는지도 모르지만 하여간 난 쓰러진 매트에게로 다가갔지. 뭐든 조치를 해야 할 것 같았으니까. 매트의 얼굴, 그러니까 반쯤 날아가고 남은 그 얼굴이 불과 10센티 거리에 있었어. 나는 구토를 하고 말았지. 그다음부터는 마치 최면에 걸린 듯 일종의 무통 상태가 되더군. 그러다가 문득 끔찍한 생각이 뇌리를 스쳐지나 갔어. 매트는 이미 죽었으니 감옥에 가지 않아도 되지만 그 대신 내가 처벌받아야 하는 건 기정사실이 된 셈이었지. 아마도 그다음 이어진 내 행동은 일종의 생존본능이었을 거야. 나는 매트가 손에 쥐고 있는 총을 빼내 회백질을 닦아내고 다시 내 허리춤에 꽂아 넣었지. 주머니 속에 쑤셔 넣은 수갑을 어서 숨겨야 한다는 걸 의식하면서도 방을 나와 지원부대를 요청했어. 그러다가 또 한 번 머리끝이 쭈뼛했어. 매트의 총에 남은 총알과 발사된 총알의 개수가 맞지 않는다는 사실이 그제야 생각난 거야. 난 다시 취조실로 뛰어 들어갔어. 월터의 손에 들려진 총에서 탄창을 빼내고 총알 한 발을 꺼낸 다음 다시 탄창을 끼워 넣었어. 그 일을 다 마친 순간 동료들이 뛰어 들어왔지. 나는 미리 꾸며놓은 이야기를 쏟아냈어. 설명이 필요한 상황이었으니까. 모두들 내 말을 곧이곧대로 믿었어. 동료 경찰이 하는 말이라서 더욱 의심하지 않았겠지. 그날 밤 현장에 출동한 경찰들 가운데 누군가 나를 체포해 몸을 수색했다면 주머니에든 수갑과 탄창에서 빼낸 총알 하나를 발견했을 텐데."

"왜 그 당시에 진실을 털어놓지 않은 겁니까?" 내가 물었다.

그때까지 창가에 붙어 서서 꼼짝도 하지 않던 니콜라스가 휙

체어를 돌려 내 눈길을 정면으로 바라보았다.

"진실이 가져올 파장을 감당할 수 없었으니까요. 매트에게 동조해 사고의 빌미를 만들고, 그를 말리지도 않았다고 다들 나를 비난했을 테니까요. 심각한 사태가 벌어지고 있는 도중에라도 즉시 지원을 요청해 매트가 더는 미친 짓을 저지르지 못하도록 막았어야 했다면서 나에게 모든 책임을 물었을 테니까요."

"그래서 거짓말을 한 건가?" 페리가 싸늘하게 말했다.

"그래, 난 비겁자야. 세상 사람들 모두가 자네와 똑같지는 않아. 이 빌어먹을 세상에서는 각자 자신이 할 수 있는 방식으로 살길을 찾을 수밖에 없는 거야."

모두들 입을 다물었다. 긴 침묵이 흐른 뒤 니콜라스가 머뭇거리며 입을 열었다.

"아내가 돌아오기 전에 돌아가줘. 자네가 집에 왔었다는 사실을 아내에게 알리고 싶지 않으니까."

페리가 말없이 몸을 일으켰다. 나도 따라 일어섰다. 노리스 거리 10번지를 떠나면서 내가 말을 건넸다.

"괜찮아요?"

"괜찮다고 말하긴 어려워."

니콜라스를 찾아가 만나본 다음 날 아침 우리는 뉴햄프셔주 경찰청장 랜스데인을 만나러 갔다. 페리는 긴급 면담을 요청한 이유를 랜스데인 청장에게 귀띔하지 않았다. 우리는 랜스데인 청장이 11년 전 사건의 진실을 알면 몹시 놀랄 거라고 예상했지만 그 반대였다. 랜스데인 청장은 담담한 반응을 보였고, 놀란 사람은 오히려 우리였다.

/

10장
새로운 수사의 출발
2010년 7월 2일 금요일. 뉴햄프셔주, 콩코드

/

"자네도 함께 온 건가?" 내가 페리를 뒤따라 경찰청장실로 들어서자 랜스데인 청장은 몹시 놀란 표정을 지었다.

"아무것도 모르는 척 시치미 떼지 말아요." 내가 대답했다. "내가 이번 수사에 동참하게 된 건 어느 모로 보나 청장님이 부추긴 탓이 크니까요."

"수사라고? 어떤 수사를 말하지? 나는 페리가 다시 출근하겠다는 말을 하러 온 줄 알았는데."

"제가 다시 출근하겠다는 말을 전하러 온 건 맞습니다." 페리가 말했다. "덧붙여서 한 가지 더 말씀드릴 게 있습니다. 알래스카 샌더스 사건의 재수사를 맡고 싶습니다."

"알래스카 샌더스 사건은 형식상 종결되었어. 따라서 공식적인 재수사에 들어가는 건 무리야. 그 문제는 이미 마커스에게도 설명했는데."

"상황이 달라지면 이야기도 달라져야죠." 내가 말했다. "우린 매우 중요한 사실을 찾아냈거든요. 녹화된 월터의 자백은 모두 거짓입니다. 니콜라스가 어제 진실을 모두 다 털어놓았습니다. 월터는 신문 과정에서 매트에게 협박을 받았고, 이어서 살해당했어요. 매트도 자신의 머리를 쏘아 스스로 목숨을 끊었고요."

"반드시 재수사에 착수해야 합니다." 페리가 말했다. "아울러 검사에게 요청해 니콜라스에 대한 감청영장을 신청하게 해주십시오. 니콜라스는 공식적인 증언을 거부할 테니까 우린 다시 그를 몰래 찾아가 녹음해오는 방법을 쓰더라도 그의 진술을 확보해놓을 필요가 있습니다. 서둘러야 합니다. 어제는 니콜라스가 기꺼이 사실관계를 털어놓을 기분이었다고 해도 그런 태도가 그리 오래 가지 않을 수도 있으니까요."

랜스데인 청장이 우리를 빤히 쳐다보았다.

"두 사람은 아직 소식을 듣지 못한 건가?"

"무슨 소식 말입니까?" 내가 물었다.

"니콜라스가 어젯밤 자택에서 스스로 목숨을 끊었어. 머리에 총을 쐈다는군. 양심의 짐을 내려놓고 스스로 목숨을 끊은 것 같아."

페리가 화가 난다는 듯 탁자를 주먹으로 내리쳤다.

"죽을 때나 살아있을 때나 끝까지 비겁한 친구군 그래."

"니콜라스가 죽었어도 경사님과 내가 그에게 들은 내용을 법정에서 증언할 수도 있습니다."

"나도 나름 생각해둔 방법이 있어." 페리는 그렇게 말하면서 주머니에서 휴대폰을 꺼냈다.

페리의 휴대폰에 니콜라스와 나눈 대화 내용이 모두 녹음되어 있었다. 페리가 버튼을 누르자 니콜라스의 목소리가 흘러나왔다. 누군지 식별하기에 충분할 만큼 선명한 목소리였다.

페리 계할로우드 경사 : 니콜라스, 1999년 4월 6일에 있었던 일을 사실대로 말해주겠나?

니콜라스 카진스키 : 내 말을 법정에서 공식증언으로 사용할 생각이라면 이야기하지 않겠네. 절대로 내 증언을 녹음해서는 안 돼.

페리 계할로우드 경사 : 좋아, 약속하지. 자, 이제 말해봐. 월터 캐리가 스스로 머리를 쏘지는 못했으리라는 건 알아. 그렇다면 그날 밤 도대체 무슨 일이 있었던 거야?

　랜스데인 청장은 녹음된 니콜라스의 목소리를 말없이 들었다. 니콜라스의 고백이 모두 끝났을 때 랜스데인 청장은 당혹감을 감추지 못했다.

　"매트의 무모한 성격을 진작부터 알고 있었어." 랜스데인 청장이 말했다. "뉴햄프셔로 옮겨오기 전 메인주 뱅고어 경찰서 소속이었는데 그곳에서 심각한 일탈을 저지른 적이 있었지. 하지만 매트는 대체로 유능한 경찰이었어. 페리와 한 조가 되어 활동한 게 매트가 욱하는 성질을 조절하는 데 많은 도움이 되었을 거야. 내가 형사 둘만으로는 역부족일 거라고 말한 건 사실 핑계였을 뿐이지. 헬렌의 출산이 임박했다는 사실을 알고 있었기 때문이야. 페리가 수사 도중 자리를 비우면 다혈질인 매트가 혼자서 움직이는 상황을 피해야 했으니까. 니콜라스처럼 매사에 겁이 많고 신중한 친구가 옆에 붙어있으면 어느 정도 균형이 맞아 매트가 과도하게 흥분하는 일은 없으리라 생각한 거야."

　"이 녹음 기록은 어떻게 해야 할까요?" 페리가 물었다.

　"그냥 묻어야지 어쩌겠어."

　"그냥 묻는다고요?" 내가 되물었다.

　"불법으로 녹음한 증언은 증거 능력이 없다는 사실을 알잖아."

"경찰 자격으로 니콜라스를 찾아갔던 게 아닙니다." 페리가 나섰다. "이 녹음은 경찰이 아닌 일반인으로서 한 겁니다."

"자네가 원했든 아니든 니콜라스는 자네를 경찰이라 믿고 맞아들였을 거야."

"그럼 마커스가 녹음했다고 하면 아무 문제없겠네요." 페리가 말했다.

"마커스가 했든 누가 했든 자네는 경찰이야. 상대방 동의 없이, 아니면 판사가 발부한 감청영장 없이 대화를 녹음하면 불법이야."

내가 발끈해서 한마디 했다.

"형식절차나 따지고 있는 건 쉬운 일이죠."

"아무리 고집을 부려봐야 이 녹음만으로는 해결 방법이 없어. 만약 검사에게 이 녹음 기록을 내밀었다가는 당장 두 사람 얼굴을 향해 집어 던질 거야. 게다가 월터의 자백이 녹화된 정황이 미심쩍다고 해서 그가 결백하다는 증거는 그 어디에도 없어."

"정황이 미심쩍다고요? 분명 매트가 총구를 월터의 입 속에 박아 넣고 협박을 가했다고요. 협박으로 얻어낸 거짓 진술이 명백합니다."

"그 자백 영상이 없었더라도 월터는 사형선고를 받았을 거야. 페리, 자네는 수사 기록을 들춰보지 않아도 알 거야. 월터의 차와 DNA가 확실한 증거였어. 살해 동기는 명백한데 알리바이는 없었지. 에릭의 경우도 마찬가지야. 더구나 에릭은 변호인을 통해 자신의 죄를 시인했어. 이런 상황인데 뭘 더 증명해야 하지?"

"월터와 에릭이 범인이 아닐 수도 있다는 합리적 의심이 있습니다." 페리는 고집을 꺾지 않았다.

랜스데인 청장의 태도는 단호했다.

"재수사를 하게 되면 매트와 니콜라스가 월터에게 저지른 짓을 밝힐 수밖에 없어. 경찰이 어떤 질타와 항의를 받게 될지 생각해봤나? 언론은 신이 나서 경찰을 무자비하게 쪼아대겠지."

"오히려 그 수많은 비난을 감수하면서도 과거의 오류를 바로잡으려고 노력을 보이는 게 경찰의 명예를 지키는 방법 아닌가요?"

랜스데인 청장은 잠시 말이 없었다. 머릿속이 복잡해 보였다. 이윽고 그가 입을 열었다.

"내가 자네들이니까 숨기지 않고 말할게. 요즈음 주지사와 나의 관계가 신통치 않아서 큰 어려움을 겪고 있어."

"청장님과 주지사 사이가 틀어진 것과 우리가 하려는 수사와 무슨 관련이 있는데요?"

"주지사가 나를 쫓아낼 구실을 찾고 있다는 소문이야. 타당한 이유가 없을 경우 내가 아무리 미워도 쫓아낼 수야 없지. 나는 경찰 내부에서 상당한 지지를 얻고 있으니까. 하지만 주지사도 가만 있지는 않을 거야. 나를 쫓아내려고 갖은 수단을 다 동원할 거야. 가뜩이나 힘든 상황인데 이처럼 대형 스캔들이 터질 경우 나는 큰 타격을 입게 될 수밖에 없어. 자네들도 기억하겠지만 그 당시 형사과장이 바로 나였으니까. 그야말로 주지사가 나를 해고할 수 있는 절호의 기회가 되겠지."

"청장님이 수사를 회피하는 이유가 그겁니까?" 내가 씁쓸한 목소리로 물었다. "뉴햄프셔주 경찰청장 자리를 지키려고 일을 이리 복잡하게 만드시는 겁니까?"

"자넨 아직 정치를 몰라. 게다가 월터 캐리는 이미 고인이 되었어. 아무리 진실이 밝혀진다고 해도 월터가 되살아나지는 않아."

"하지만 에릭 도노반은 주립 교도소에 11년째 투옥되어 있습니다. 무고한 사람을 감옥에 방치해두는 건 죄악입니다. 이제라도 두 사람의 명예를 찾아줘야 하지 않을까요?"

"만약 그 두 사람이 진짜 범인이라면?" 랜스데인 청장이 말했다.

"그러니까 진짜 범인인지 아닌지를 밝혀내야 한다는 겁니다. 청장님이 주지사와 함께 매일 골프를 쳐 호감을 산다고 저절로 진실이 밝혀지지는 않습니다."

"내가 이 문제를 대충 퉁 치고 넘길 거라 생각하는 건가?" 랜스데인 청장도 할 말이 많은 눈치였다. "내가 이 사건에 대해 무심하다면 왜 마커스 자네에게 익명 편지를 조사해보라고 부탁했겠나?"

"청장님은 용기가 없었던 겁니다. 이 사건을 더 캐볼 필요가 있다고 하더라도 공식절차를 밟아 수사하게 될 경우 말이 밖으로 새 나가지 않을 수 없을 테니까요. 청장님은 저를 이용하려고 했던 겁니다. 저에게 페리와 헬렌 이야기를 하며 걱정해주는 척했지만 사실은 자기 이득만 챙기고 있었죠. 청장님은 인정은 있지만 너무 소심한 사람이 분명합니다."

"마커스, 자네는 인정은 있지만 지독하게 귀찮은 친구야. 이런 말은 내가 전에도 이미 했던 적이 있는 것 같군. 자, 내가 두 사람에게 한 가지 제안을 하지. 자네들은 월터와 에릭이 결백하다는 증거를 찾아오게. 결단코 뒤바뀌지 않을 증거라야만 해. 무슨 말인지 알겠지? 확실한 증거를 찾아오면 내가 공식적으로 재수사를 선언할 테니 걱정하지 말고. 그 뒤에 따라붙을 온갖 귀찮은 일들도 내가 나서서 막아줄게."

"재수사에 착수하게 되면 마커스도 공식적으로 저와 함께 뛸 겁니다. 허락하실 수 있죠?"

"자네 지금 경찰 수사에 민간인의 참여를 허용하라는 건가?"

"익명 편지를 추적해야 할 때는 저를 입맛대로 이용해놓고 이제 와서 자꾸만 딴청을 부리시네요." 내가 발끈해서 쏘아붙였다.

"좋아, 이왕 일을 시작했으니 끝을 봐야지. 자네가 수사 현장에서도 제 몫을 해낸다는 걸 증명해봐. 문학계 스타에게 범죄 수사 참여를 허락한 이유를 추궁하는 사람들 앞에서 내가 기꺼이 자네의 편을 들어줄 가치가 있다는 걸 보여 달란 뜻이야. 그런데 페리, 자네는 나서지 말아야 해. 마운트플레전트를 누비고 다니면서 경찰 배지를 앞세워 이것저것 캐묻는 사람이 눈에 잡힐 경우 여러 억측과 소문이 나돌 거야. 마운트플레전트 사람들이 바보는 아니거든. 이 일과 관련해 조금이라도 내 귀에 이상한 소문이 들려오면 수사는 끝이야. 예를 들어 마운트플레전트 경찰이 내게 전화해 뉴햄프셔주 경찰청의 형사 한 사람이 수사를 앞세워 동네를 온통 휘젓고 다닌다고 불평할 경우 이 수사를 더는 진행할 수 없게 된다는 뜻이니까 명심해."

"그렇다면 제가 마운트플레전트로 갈 명분을 만들어야겠군요." 내가 말했다. "왜 왔냐고 하면 뭐라고 하죠? 길을 잘못 들었다고 둘러댈까요?"

랜스데인 청장은 잠시 생각에 잠겼다가 말했다.

"마운트플레전트에 〈로카트 책방〉이 있지. 그곳에 가면 우선 작가 사인회를 열게. 일단 사인회를 위해 가더라도 그 아늑한 소도시에서 하루 이틀 더 머물고 싶은 마음이 들 수도 있으니까."

"그런 다음에는 어떻게 해요?" 나는 랜스데인 청장의 말뜻이 이해되지 않아 다시 물었다."

"동네를 어슬렁거리고 있으면 아마도 누군가가 자네에게 말을 걸어올 거야. 그러다가 1999년에 일어난 그 불행한 사건을 언급하기도 하겠지. 그러면 자네는 그 사건에서 문득 다음 작품의 영감을 얻을 수도 있지 않을까? 그런 식으로 일을 꾸며봐. 작품을 쓰기 위해서라고 둘러대면 자네가 그 사건을 깊이 파고든다고 해서 의심할 사람은 아무도 없을 테니까."

일주일 후 나는 마운트플레전트로 갔다. 랜스데인 청장의 조언에 따라 그곳 〈로카트 책방〉에서 기획해놓은 작가 사인회를 방문 이유로 내세웠다. 나는 그 소도시에서 며칠 머물 계획이었다.

/

11장
작가 사인회
2010년 7월 8일. 뉴햄프셔주, 마운트플레전트

/

페리는 마치 특공대 작전에 대비하듯 나를 위해 이런저런 일을 챙겨주었다. 그 당시 수사 내용을 자세히 일러주기도 했다. 페리의 조언에 따르면 〈로카트 책방〉을 통해 접근할 경우 이 지역 주민들과 쉽게 친해질 수 있다고 했다.

"자네는 그저 친절한 미소를 짓고 있기만 하면 돼. 그럼 사람들이 먼저 다가와 알래스카 샌더스 이야기를 꺼낼 거야. 그럼 놀란 표정을 지어 보이고 나서 이야기로 파고 들어가야 해."

"파고 들어가는 일도 요령이 있어야 가능하지 않나요?" 나는 짐짓 냉소적으로 비죽거렸다. "책방 주인에게 소설 소재로 쓸 만한 아주 흉악한 범죄 사건이 있었는지 물어보면 되겠네요."

"마운트플레전트 주민들을 구워삶아 친해지는 게 먼저야. 마운트플레전트에 와보니 오로라가 생각난다고 주워섬기고, 놀라 켈러건의 이야기를 미끼로 던지는 것도 괜찮을 거야. 그렇게 낚시를 하다가 보면 결국 알래스카의 이야기가 딸려 나올 거야. 상대방이 먼저 꺼낸 화제인 경우 대놓고 캐물어도 의심받을 염려는 없지."

"만나볼 사람들은 누구누구죠?"

"먼저 알래스카가 일한 주유소를 찾아가. 그 주유소 주인도 알래스카 이야기를 먼저 꺼낼 거야."

"주유소를 찾아가 무얼 어떻게 해야 하는데요? 주유소 주인을 보면 '안녕하세요, 오늘, 기름을 가득 채워주시고, 커피 한 잔 주시고, 알래스카 샌더스에 대해 몇 가지 정보도 부탁해요.' 이렇게 말해볼까요?"

"창의력을 제대로 발휘해봐. 그게 자네의 장점이고 직업이잖아."

나는 마운트플레전트를 향해 달리면서 곰곰이 생각했다. 월터와 에릭이 결백하다는 증거를 찾아내려면 가장 먼저 무엇부터 해야 할까? 목적지에 거의 다다를 무렵 출판사 사장 로이 바나스키에게서 전화가 걸려 왔다.

"안녕, 로이?"

"듣자 하니 자네가 내일 뉴햄프셔의 어느 책방에서 사인회를 연다고 하던데, 그 말이 맞나?"

"맞아요."

"도대체 무슨 바람이 불었기에 이 더운 여름에 시골구석까지 가서 사인회를 연다는 건가? 기분전환이 필요하면 내가 어디든 여행 보내줄 수 있어. 팬 아메리카 쥐구멍 순례 같은 건 빼고."

로이를 대할 때는 조심스러운 전략이 필요했다. 조금이라도 낌새를 맡으면 언론에 터뜨려 홍보의 기회로 삼는 사람이었다.

"분위기가 무척 좋은 책방입니다." 내가 말했다.

"분위기가 무척 좋은 책방은 세상에 널렸어."

"그렇긴 하지만 안타깝게도 방금 말한 그 책방이 경영난을 겪고 있답니다."

"요즘 책방은 무조건 경영난을 겪을 수밖에 없어. 책을 읽는 사람들이 갈수록 줄어들고 있으니까. 이제 보니 뭔가 농간이 있어 보여. 자네, 내게 뭔가 숨기는 게 있지?"

"숨기다니, 뭘요? 전혀 없으니까 걱정 말아요."

그 말을 하는 순간 뒤편에서 사이렌이 울렸다. 백미러에 경찰차 한 대가 경광등을 켜고 뒤따라오는 모습이 보였다.

"그만 끊어야겠어요."

"무슨 일인가?"

"경찰이 쫓아오고 있어요."

"자넨 늘 골칫덩이야."

누구나 마운트플레전트에 갈 기회가 있다면 확인하게 되겠지만 21번 도로의 마지막 구간은 곧게 뻗은 직선이어서 무심코 속도를 내기 십상이다. 나는 차를 세우라는 경찰의 지시를 수용해 도로변에 멈춰 섰다. 경찰차가 내 뒤에 와서 섰다. 차에서 내린 사람은 젊은 여자 경찰이었다. 나는 내게로 다가오는 여자 경찰의 모습을 백미러로 지켜보았다. 경찰 제복을 몸에 딱 맞게 입고, 선글라스를 착용하고 있는 모습이 무척이나 잘 어울렸다. 나이는 내 또래로 보였다.

"운전면허증과 자동차 등록증을 보여주세요."

나는 그 두 가지를 얼른 내밀었다. 내 앞에 선 여자 경찰은 매혹적인 외모와 달리 대단히 원칙적이었다.

"마커스 골드먼." 경찰은 운전면허증에 적힌 내 이름을 소리 내어 읽었다.

"내 이름입니다." 나는 여자 경찰을 향해 웃어 보였다.

"뉴욕에서 오는 길입니까?"

"네, 도중에 콩코드를 거쳐 왔습니다."

"뉴욕에서 무슨 일을 하십니까?"

"그냥 뉴욕에서 살고 있어요."

"뉴욕에서 어떤 일을 하는지 물었습니다."

"작가입니다."

여자 경찰은 눈도 깜박하지 않고 나를 쳐다보았다.

"작가라면?"

"소설을 쓰는 작가."

여자 경찰은 어깨를 으쓱해 보였다.

"유명작가는 아닌가봐요."

"그래도 조금……."

"어쨌거나 이름을 들어본 적이 없어요. 책을 팔아도 이런 고급차를 살 돈이 나오나봐요?"

나는 싱긋 웃으며 말했다.

"아뇨, 이 차는 마약을 팔아 구입했습니다."

그제야 여자 경찰이 꼿꼿하던 자세를 허물어뜨리는 게 느껴졌다. 여자 경찰은 서류철을 꺼내 뭔가를 적어 내려갔다.

"마운트플레전트에는 무슨 일로 오셨습니까? 마커스 골드먼 작가님?"

"내일 〈로카트 책방〉에서 작가 사인회를 열기로 했어요. 당신도 오면 좋을 텐데."

"그야 모르죠." 그 말과 함께 여자 경찰이 종이 한 장을 내밀었다.

"당신의 전화번호인가요?"

"과속 범칙금으로 150달러가 부과되었습니다. 안전 운행하세요."

여자 경찰은 다시 차에 올라타 멀어져갔다. 범칙금으로 150달러를 내게 되었지만 그 여자 경찰과의 만남은 내게 유쾌한 기분을 느끼게 해주었다. 범칙금 통지서 하단 경찰 번호 옆에 적힌 이름을 재빨리 눈으로 훑어보았다. 순경 L. 도노반.

나는 여자 경찰과의 첫 대면에서 멋진 척하느라 어떤 사람인지 알아보려는 시도를 하지 못했다. 그로부터 한 시간 후 호텔에서 그 기회를 얻게 될 줄은 미처 몰랐다.

마운트플레전트의 한 호텔에 미리 객실을 잡아두었다. 작은 공원의 꽃밭이 바라다 보이는 아담한 호텔이었다. 객실은 가구와 집기가 잘 갖춰져 있었고, 꽤 널찍했다. 창을 마주보는 위치에 책상이 놓여 있었다. 나는 그 책상 앞에 앉아 페리에게 건네받은 알래스카 샌더스 사건 수사 기록을 살펴보았다. 서류를 넘기면서 조금 전에 만난 경찰의 이름을 다시 떠올려보았다. L. 도노반이라는 이름이 혹시 에릭 도노반과 관련이 있지 않은지 궁금했다.

나는 곧바로 확인해보고 싶었고, 노트북을 켜 인터넷에 접속했다. 에릭 도노반의 석방 청원 운동을 벌인다는 단체의 웹주소를 찾아 들어갔다. 그 단체 홈페이지에는 몇 주일 전 알래스카 샌더스 사건에 대해 처음 조사를 시작하면서 이미 들어가 본 적이 있었다. 이번에는 시간을 들여 찬찬히 둘러볼 생각이었다. 에릭 도노반 석방 청원 운동 협의회라는 이름을 내건 메인 화면에서 몇 장의 사진이 시선을 끌었다. 그 사진들 속에서 앞서 만난 여자 경찰의 얼굴을 확인하기까지 그리 오랜 시간이 걸리지 않았다. 여자 경찰의 이름은 로렌 도노반이었고, 에릭 도노반의 여동생이었다. 최근에 뉴햄프셔 주립 교도소 앞에서 에릭에 대한 재심을 요구하며 시위를 벌일 때 찍은 사진으로 보였다. 그 교도소라면 나도 잘 알았다. 해리 쿼버트가 2008년 여름 내내 감금되어 있던 곳이니까.

에릭 도노반 석방 청원 운동 협의회는 에릭이 잘못된 재판의 희생양이라고 주장하며 재심과 석방을 끊임없이 요구해온 단체였다. 2000년, 에릭이 종신형을 선고받고 나서 얼마 뒤에 로렌 도노반과 형사전문 인권변호사 패트리샤 위드스미스가 주축이 되어 설립했고, 한 달에 한 번씩 교도소 앞에서 집회를 연다고 했다. 로렌은 오빠를 변호하기 위해 수많은 활동을 벌여왔고, 그 과정이 자료로 그대로 남아 있었다. 로렌이 시위대 선두에서 연설하거나 공개토론에서 발언하는 영상을 여럿 볼 수 있었는데, 명석하고 재치 있는 말솜씨를 보유한 인물이었다. 내가 로렌에게 마음이 끌린 건 분명했다. 홈페이지에 올려놓은 로렌의 사진들을 들여다보면서 수사에 필요해서인지 아니면 로렌을 사진으로라도 계속 보고 싶어서인지 나조차 헷갈렸다.

'이전의 삶'이라는 제목이 붙은 한 섹션은 에릭의 사진들로 채워져 있었다. 그 사진들 속에서 에릭은 낚시 중이거나 식료품점에 나와 있거나 로렌과 함께 보스턴 마라톤 대회를 대비해 연습하는 모습이 담겨 있었다. 에릭이 체포되기 몇 달 전 스물아홉 번째 생일을 맞아 부모와 함께 찍은 사진도 눈에 띄었다.

***

점심시간에 마운트플레전트 중심가로 나갔다. 이 소도시는 마치 그림 속의 한 장면처럼 아름다웠다. 상점들은 저마다 단아한 외관을 자랑했고, 독립기념일을 맞아 가로등에 매달아 놓은 장식 휘장과 배너들이 바람에 펄럭였다. 식사를 하려고 작은 카페를 찾아 들어가면서 우연히 옆 건물에 자리 잡은 지역신문사 《마운트플레전트 스타》를 알아보았다. 1999년 사건 관련 자료를 찾아보려면 신문사가 최고일 듯했다. 식사를 마치고 나서 곧장 신문사로 갔다. 안내데스크의 젊은 남자 직원이 나를 빤히 쳐다보며 말했다.

"선생님이 마커스 골드먼 작가님이시죠?"

"그래요." 어디에나 나를 알아보는 사람이 있다는 사실에 내심 마음이 우쭐해졌다.

"사진에서 본 셔츠를 입고 계시네요."

남자는 출입문에 붙여놓은 작가 사인회 홍보 포스터를 눈짓으로 가리켜 보이고 나서 말을 이었다.

"작가님을 좋아하는 어머니가 〈로카트 책방〉에서 일하세요. 솔직히 저는 작가님을 잘 모릅니다."

"언뜻 보기에도 좋은 책방으로 보여요. 자주 찾아오고 싶은 생각이 절로 드네요." 나는 그런 식으로 말을 돌렸다.

"추리소설을 쓰신다고 들었어요. 유감스럽지만 저는 그런 소설을 별로 좋아하지 않아요."

나는 고개를 끄덕여 이 어색하고 우스꽝스러운 대화를 서둘러 마무리했다. 남자는 비로소 본래 업무로 돌아와 내게 무슨 일로 왔는지 물었다.

"신문사 자료실을 이용할 수 있을까 해서요."

"우리 신문 구독자이십니까?"

"아뇨."

"구독자만 자료실을 이용할 수 있습니다."

"그럼 구독할게요."

"일 년에 400달러입니다."

신용카드를 꺼내 구독료를 결제했다.

"이제 자료를 찾아볼 수 있을까요?"

"구독자 카드가 있어야 하는데 여기 등록된 주소로 배송될 겁니다. 이틀 정도 걸려요."

"방금 구독자 등록을 했으니까 편의를 봐주면 안 될까요?"

"구독자 카드가 없으면 아무것도 할 수 없습니다. 물론 선생님 지갑에서 100달러 지폐를 한 장 더 꺼내시면 이야기가 달라질 수 있죠."

나는 몹시 기분이 나빴지만 참고 받아들이기로 했다. 100달러를 건네주고 신문사 자료실로 들어갔다. 모든 자료를 데이터베이스로 구축해놓은 덕분에 알래스카 샌더스, 월터 캐리, 에릭 도노반이 언급된 모든 기사를 쉽게 찾아낼 수 있었다. 나는 호텔에 가져가 읽어볼 생각으로 그 기사들을 모두 프린트했다. 신문사 자료실을 나서면서 나는 검색 기록을 지우지 않은 실수를 저질렀다.

***

신문사를 나와 페리가 말해준 21번 도로의 주유소를 찾아갔다. 차에 기름을 채우고 나서 편의점을 겸한 사무실로 들어서자 나이가 예순쯤 되어 보이는 남자가 카운터에 앉아 있었다. 그가 바로 주유소 주인 루이스 제이콥이라는 걸 금세 알아볼 수 있었다.

"어서 오세요." 남자는 싹싹하게 인사를 건넸다.

주유소에 와서 11년 전에 사망한 알래스카 이야기를 꺼낸다는 건 곡예에 가까운 일이었다.

나는 계산대 앞에 쌓아놓은 초콜릿 바 하나를 집어 들었다. 루이스 제이콥이 비닐봉지에 초콜릿 바를 담아 내밀면서 말했다.

"85달러 20센트입니다."

신용카드를 건네주었다. 내 이름을 읽은 루이스의 얼굴이 활짝 펴졌다.

"유명작가 마커스 골드먼 씨네요." 루이스는 나를 알아보고 반색했다. "내일 사인회 때 〈로카트 책방〉에 가려고 했어요. 내가 가진 책들이 있는데 사인을 받으려고요."

이거야말로 내게 좋은 기회였다.

"책을 갖고 계시면 당장 사인해드릴게요."

"잠시만 기다리세요. 책은 뒷방에 있습니다."

루이스는 나를 데리고 편의점 안쪽 방으로 들어갔다. 루이스가 개인사무실로 사용하는 좁은 공간이었다. 내 책이 테이블에 놓여 있었다.

"사인회 때 책을 잊지 않고 가져가려고 아예 꺼내놓았습니다."

나는 책에 헌사를 적고 나서 사인을 했다. 방 안을 둘러보다가 지금보다 한참 젊어 보이는 루이스가 금발여자와 함께 찍은 사진이 눈에 들어왔다. 척 보기에도 알래스카 샌더스였다.

"따님인가요?" 나는 사진을 가리켜 보이며 시치미를 떼고 물었다.

"난 딸이 없어요. 예전에 주유소에서 일한 직원입니다. 아주 멋진 여자였죠."

"지나간 이야기처럼 말씀하시네요?"

"오래전에 죽었으니까요."

"젊은 나이에 정말 안됐네요. 자동차 사고였나요?"

"두 남자에게 살해당했습니다. 범인 가운데 하나는 죽고, 다른 하나는 종신형을 받고 복역 중이죠. 이런 말을 해서는 안 되겠지만 혹시라도 그놈이 출소하면 내가 죽여버릴 겁니다. 알래스카는 정말 예쁘고 상냥한 여자였죠. 저 사진 좀 보세요. 저렇게 예쁜 여자를 두 남자가 한밤중에 호숫가에서 목 졸라 살해했습니다. 지나가던 여자가 시신을 발견했는데, 곰이 시신을 뜯어먹고 있었다는군요. 끔찍한 이야기를 자꾸만 들어봐야 기분만 나쁘실 테니 이제 그만 하렵니다."

"저는 내일 오후 4시 〈로카트 책방〉에서 개최하는 사인회 말고는 일정이 없어 시간적인 여유가 있습니다. 알래스카에 대해 이야기를 더 듣고 싶네요."

"커피 한잔 하시겠어요?"

"네, 좋죠."

***

1998년 10월 9일

루이스는 비가 세차게 쏟아지던 날 알래스카를 처음 보았다. 해 뜨는 시간은 이미 한참 전에 지났지만 마운트플레전트는 검은 먹구름이 태양을 가로막아 짙은 어둠에 잠겨 있었다.

알래스카는 편의점의 문을 밀어 열어놓고도 안으로 들어오지 않고 머뭇거렸다.

"어서 오세요." 루이스는 손님이라고 생각하고 알래스카에게 인사를 건넸다.

"일자리가 있다고 해서 왔어요. 에릭 도노반이 제 친구인데, 이 주유소에서 직원을 구한다고 들었습니다."

말을 마친 알래스카는 눈부신 미소를 지어 보였다.

"난 루이스 제이콥입니다. 이 주유소 대표이고요."

"알래스카 샌더스입니다. 제가 이 주유소에서 일할 수 있을까요?"

루이스는 이 매력적인 여자에게 이미 흠뻑 반한 상태였다. 엄연히 채용 면접 자리였지만 대화는 두서없는 한담으로 흘러갔다. 알래스카는 매사추세츠주 세일럼에서 나서 자랐고, 남자 친구와 함께 살려고 마운트플레전트로 왔다고 했다.

"남자 친구가 누군데요?" 루이스가 물었다. "아마 내가 아는 사람일 거예요. 여긴 소도시라 서로서로 다 알고 지내거든요."

"월터 캐리가 제 남자 친구입니다. 〈캐리 헌팅 앤 피싱〉에서 부모님을 도와 일을 하고 있죠."

"캐리 가족이라면 알다마다요. 주유소에서 일한 경험이 있습니까?"

"솔직히 주유소에서 일한 경험은 없지만 열심히 해볼게요."

루이스는 일을 맡아줄 사람이 시급히 필요한 상황이었다. 지금껏 찾아와 일할 의사를 밝힌 사람은 고작 한두 명뿐이었다. 다들 성격이나 말투가 마음에 들지 않았다. 알래스카는 싹싹하고 친절해 손님들에게 호감을 줄 수 있을 듯했다. 실제로 알래스카는 얼마 지나지 않아 마운트플레전트에서 소문난 스타가 되었다. 주유소 단골손님들은 계산대 앞을 지키는 알래스카와 이야기를 나누는 걸 즐겼다. 알래스카는 손님들의 자녀 이름을 기억해 두었다가 가족들의 안부를 물어주었고, 가끔 '배관 문제로 골치 아프다고 하시더니 이제 해결하셨어요?'라고 물어봐주기도 했다. 알래스카는 언제나 친절한 태도로 사람들을 대했다. 게다가 그 매혹적인 미소 한 번이면 사람들의 마음이 사르르 녹을 정도였다. 루이스의 머릿속에서 수시로 알래스카의 미소가 아른거렸다. 한밤중에 이미 잠든 아내 곁에 누워 오랫동안 천장을 우두커니 바라볼 때가 많았다. 그럴 때마다 알래스카가 상큼하게 미소 짓는 얼굴이 떠올랐다.

***

"알래스카는 감추는 게 많았어요." 루이스는 그렇게 말하고 나서 잔에 남은 커피를 다 마셨다.

"무얼 감추려 했는데요?"

"알래스카는 비밀이 있었어요. 항상 뭔가에 짓눌려 있는 눈치 던데 그게 뭔지 말해주지 않더군요. 어느 날 저녁에 어쩐지 표정 이 슬퍼 보인다고 했더니 알래스카가 대답하더군요. '세일럼에 있을 때 겪은 일 때문이에요.' 그 일이 뭔지는 알 수 없었어요. 하지만 만약 알래스카에 대한 책을 쓰게 된다면 그런 이야기는 절대로 빼놓아서는 안 되겠죠."

휴대폰 알림음 소리에 루이스가 말을 끊었다. 주유소 사무실 에 손님이 왔다는 신호였다. 루이스가 의자에서 몸을 일으키며 말했다.

"지금은 나 혼자 모든 일을 하고 있죠. 토요일에만 아르바이 트 직원이 와요." 루이스는 뒷방을 나가 카운터로 갔다.

우리의 대화는 거기까지였다. 주유소에서 나와 차 문을 열고 올라타려는 순간 루이스가 나를 불렀다.

"마커스 골드먼 작가님!"

처음에는 루이스가 알래스카에 대해 빠뜨린 이야기가 생각나 서 부른 줄 알았는데 비닐봉지를 흔들어 보였다.

"초콜릿 바를 두고 가셨어요."

***

    7월 9일 금요일, 마운트플레전트의 〈로카트 책방〉에서 예정대로 사인회가 열렸다. 많은 독자가 찾아와 사인회가 진행되는 3시간 동안 순서를 기다리는 긴 줄이 바깥 도로까지 길게 이어졌다.

    사인회를 마친 시간은 오후 7시였다. 대기는 누그러진 열기를 품고 있었다. 기분 좋은 여름날 저녁이었다. 호텔이 있는 쪽으로 걸음을 옮겨놓는데 나를 부르는 목소리가 들려왔다.

    "마지막으로 한 번만 더 사인해줄 수 있을까요?"

    로렌 도노반이 다가오고 있었다. 손에 든 《골드스타인의 G》와 《해리 쿼버트 사건의 진실》이 눈에 들어왔다.

    "일찍 오려고 했는데 여건이 허락하지 않았어요." 로렌이 말했다. "일이 끝나자마자 달려왔는데 이제야 도착했네요."

    나는 근처 벤치로 이동해 주머니에서 펜을 꺼냈다.

    "이름이 어떻게 되죠?" 로렌에 대해 이미 알고 있었지만 나는 짐짓 시치미를 떼고 물었다.

    "로렌 도노반입니다."

    두 권의 책에 각각 사인과 함께 짧은 헌사를 적었다. 책을 다시 내밀자 로렌은 호기심 어린 눈으로 내가 적은 헌사를 읽었다.

로렌에게

난감한 사람으로부터

M. G.

로렌이 내게 미소를 지어 보였다. 그 미소 뒤로 터져 나오는 웃음을 애써 억누르고 있다는 걸 느낄 수 있었다. 로렌의 눈이 생기 있게 반짝였다.

"혹시 내게 추천해줄 식당이 있나요? 배가 고파 죽기 직전이라서."

"〈루이니〉가 좋아요." 로렌은 망설임 없이 대답했다. "음식 솜씨가 좋은 이탈리아 식당입니다. 내가 즐겨 찾는 곳이죠."

"고마워요, 그럼 안녕."

나는 인사를 건네고 나서 그 이탈리아 식당으로 가려고 등을 돌렸다. 물론 그 식당이 어디에 있는지도 몰랐다.

"반대 방향으로 가야 해요." 로렌이 웃으며 말했다.

나는 다시 돌아섰다. 로렌이 말을 덧붙였다.

"지금은 예약이 꽉 차 빈 테이블이 없을 거예요. 내가 가면 테이블을 내주겠지만."

"경찰이니까 특별우대로?"

"아뇨, 예약해 두었거든요."

"내가 테이블의 반만 쓰면 안 될까요? 나랑 이야기를 나누어야 한다는 부담은 가질 필요 없어요. 약속할게요."

로렌은 장난기를 내비치며 말했다.

"나쁘지 않은 제안이네요."

마운트플레전트의 〈루이니〉는 밀라노의 〈일 살루마이오 디 몬테나폴레오네〉와 더불어 맛이 최고인 이탈리아 식당이었다. 오로지 〈루이니〉에 가기 위해 뉴햄프셔로 차를 돌릴만한 가치가 있었다. 조용한 거리에 위치한 건물 한 층 전체를 식당으로 개조했는데, 이전에는 인쇄소였다. 수국과 보리수가 있는 안뜰 정원 전체를 테라스처럼 활용해 테이블을 배치해 놓았는데, 보리수 꽃이 피는 계절에는 꽃향기가 대기 속으로 은은히 번져갔다. 정원 가운데 자리한 분수대가 매력적인 정취를 자아냈고, 테이블마다 놓인 촛불은 그 모든 정경을 낭만적인 분위기로 한 겹 감싸주었다.

우리는 웨이트리스의 안내를 받아 연못가 테이블에 앉았다.

"예전에 오빠와 자주 왔던 식당이죠."

"오늘 저녁에는 오빠가 시간이 없나봐요?" 나는 아무것도 모르는 척 순진한 말투를 꾸며냈다.

"오빠 이야기를 하자면 좀 복잡해요. 어쨌거나 난 야근이 있는 날은 빼고 금요일 저녁마다 이 식당에 와서 식사해요."

"혼자서요?"

"혼자서가 아니라 나 자신과 함께."

나는 기회를 봐서 자연스럽게 에릭 도노반 얘기를 꺼내고 싶었지만 로렌을 당황하게 만들고 싶지 않았다. 우리는 와인을 주문해놓고 이런저런 가벼운 주제로 이야기를 나누었다. 이를테면 서로의 독서 취향, 영화, 좋아하는 TV 드라마에 대한 얘기들이었다. 아름다운 여자와 함께하는 자리여서 얼마간 설렘이 있어 즐거웠다. 우리는 연애를 처음 해보는 사춘기 아이들처럼 진심과 장난 사이를 오가며 시시덕거렸다.

식사가 끝날 때쯤 밤공기에 열기가 스며들어 있었다. 와인을 몇 잔 더 마시고 나자 대화는 깊은 영역으로 흘러가기 시작했다.

"작가가 된 계기가 있어요?" 로렌이 물었다.

"내 사촌들이 글을 쓰게 했어요."

"사촌들 때문에 작가가 되었다고요?"

"좀 더 정확하게 말하자면 사촌들에게 일어난 사건 때문이죠. 그런 당신은 어쩌다 경찰이 되었어요?"

"오빠에게 일어난 사건 때문에요."

"무슨 일이 있었는데요?"

"이야기하자면 길어요."

로렌은 잔을 들어 와인을 한 모금 마셨다. 그 순간 문득 로렌이 손목에 찬 시계가 눈에 들어왔다. 금으로 제작된 스위스제 고급 손목시계로 시곗줄은 초록색 악어가죽이었다.

"시계가 예쁘네요."

"오빠가 차고 다니던 시계죠."

"오빠가 고인이 되었어요?"

"교도소에 있어요." 마침내 로렌이 처음으로 에릭 얘기를 꺼냈다. "11년째 복역 중이죠. 더는 말하고 싶지 않아요. 아이스크림 먹으러 갈래요?"

로렌은 이야기를 피하고 싶다는 의사를 노골적으로 내비쳤다. 굳이 로렌의 마음을 상하게 만들 필요가 없었다. 나는 로렌이 좋았고, 의사를 존중하고 싶었다. 모든 걸 솔직하게 다 털어놓지 못하는 이 상황이 마음에 들지 않았다. 알래스카 샌더스 살인사건을 재수사해 에릭의 무죄를 밝히자면 랜스데인 청장이 요구하는 증거를 찾아야만 했다. 로렌에게 내가 마운트플레전트에 온 이유를 설명할 방법이 마땅찮았다.

나는 일단 아무것도 말해주지 않는 쪽을 택했다. 우리는 식당 가까이 있는 〈디어 컵 아이스크림〉으로 자리를 옮겼다. 우리는 새벽 1시에 서로 전화번호를 주고받고, 가벼운 포옹을 한 뒤 헤어졌다.

내가 머무는 호텔은 바로 근처에 위치해 있었다. 호텔 객실 문을 열고 들어서는 순간 테이블 위에 놓인 작은 상자가 눈에 들어왔다. 상자 겉면에 내 이름이 적혀 있었다. 누구의 필체인지 알아볼 수 있었다. 믿을 수 없는 일이라는 생각이 들며 심장이 세차게 뛰었다.

상자를 열자 작은 갈매기 조각상이 나왔다. 버로스 대학교에 갔을 때 해리 쿼버트의 연구실 책상 서랍 속에서 본 조각상과 같은 제품이었다. 짧은 편지도 함께 들어 있었다.

버로스 대학교에 자리 잡으려는 생각은 그만둬.

나는 놀라서 잠시 정신이 멍했다. 해리가 여기에 왔었다는 의미였으니까. 어떻게 방으로 들어올 수 있었을까?

창문으로 가서 밖을 내다보았다. 수상한 형체가 언뜻 눈에 들어왔다.

나는 방을 뛰쳐나가 계단을 구르듯이 뛰어 내려갔다. 해리를 붙잡아야만 했다.

해리 쿼버트 사건이 벌어지기 몇 달 전인 2008년 겨울에 나는 지독한 슬럼프에 빠져 있었다. 글이 단 한 줄도 써지지 않았다. 머릿속에서 뭔가 다시 떠오를지도 모른다는 희망으로 나는 해리 쿼버트에게로 가서 한동안 함께 지냈다.

/

12장
해리 쿼버트와 함께
2008년 2월 29일. 뉴햄프셔주, 오로라

/

바닷가에 자리 잡은 해리 쿼버트의 집에 와서 지낸 지 19일째 되는 날이었다. 무려 19일 동안 나는 글을 써보려고 애썼지만 허사였다. 이야기의 골격을 만들기는커녕 첫 문장조차 쓰지 못했다. 출판사와의 계약에 따라 6월 말에는 원고를 넘겨주어야만 했다. 출판사 사장 로이 바나스키는 만약 그때까지 원고를 넘겨주지 않으면 소송을 걸겠다고 협박했다.

나는 주로 1층 해리의 서재에서 시간을 보냈다. 그날 아침에도 내 앞에 펼쳐진 백지를 응시하며 절망감 속에서 허우적댔다. 하지만 분위기만큼은 글쓰기에 더할 나위 없이 좋았다. 실내에는 마리아 칼라스가 부르는 〈카스타 디바〉가 배경음처럼 깔리고, 창문 너머로는 눈이 아늑하게 내려 쌓이고 있었다.

해리가 소리 내지 않으려고 까치발로 조심스럽게 들어와 내 앞에 따뜻한 커피 한 잔과 케이크 조각을 내려놓았다.

"편하게 들어와도 돼요." 나는 풀죽은 얼굴로 말했다. "지금은 아무것도 하지 않고 있어요."

해리가 쾌활한 목소리로 말했다.

"이 머핀 좀 먹어봐. 방금 구웠는데 어찌나 맛있는지 뒤로 벌렁 나자빠질 정도야."

"이미 나자빠졌어요."

"오 마커스, 제발. 오늘은 희망의 날이니까 그렇게 극단적일 필요는 없어."

"아, 그래요?"

"2월 29일이잖아. 매년 돌아오는 날이 아니야. 달력에서 아예 찾아볼 수 없을 경우가 더 많아. 사실은 존재하지 않는 날이라는 거지. 이런 날을 이용해 생각을 바꿔보자고. 스키를 챙겨 크로스컨트리에 나서보는 건 어때? 기분이 한결 나아질 거야."

"아뇨, 내키지 않아요."

"그렇다면 영화를 볼까? 몇 번을 봐도 좋은 영화 있잖아. 그런 작품들은 영감을 얻는 데 도움을 주지. 벽난로에 불을 지피고 커피를 내려 마셔가며 공상에 잠기는 거야. 커피에 위스키를 타 마셔도 좋지."

"그러고 나서 무얼 하게요? 서로 포옹하게요?"

해리는 웃음을 터뜨렸다.

"마커스, 정말이지 자넨 지금 기분이 엉망인가봐. 자, 어쨌거나 우리 밖으로 나가 바닷가를 걸어볼까? 그러면 머리가 좀 가벼워질 거야."

우리는 외투를 걸치고 바닷가로 나갔다. 대기는 얼음처럼 차가웠지만 한편으로는 반갑기도 했다. 이제는 제법 굵은 눈송이가 흩날리고 있었다. 썰물 때여서 바닷물이 빠져나간 갯벌을 갈매기 떼가 점령하고 있었다. 젖은 모래 위를 걸으면서 해리는 집에서 챙겨온 양철통을 열었다. '메인주 록랜드의 추억'이라는 글자가 찍힌 그 통에는 갈매기에게 뿌려줄 빵조각이 담겨 있었다.

"갈매기들에게 이렇게 먹이를 주는 이유는 뭐죠?" 내가 물었다.

"나 자신에게 한 약속이야. 약속은 지켜야지. 사실 나는 갈매기들을 좋아하지 않아. 시끄럽고 게으른 새들이거든. 쓰레기통을 뒤지고 하역해놓은 식료품을 헤집기도 하고, 고기잡이배들을 따라다니며 잡은 물고기를 훔쳐 먹지. 갈매기는 역경에 맞서기를 포기한 새야. 그런 모습이 누군가를 떠올리게 하거든."

"그 누군가가 혹시 나인가요?" 나는 자존심이 좀 상해서 물었다.

"아니, 자네가 아니고 나야. 하지만 자네는 이해하지 못하겠지. 아직은 그럴 거야."

그때는 해리의 말뜻을 다 이해하지 못했다. 그로부터 몇 달 후 일어날 일을 상상도 못 하던 때였으니까.

우리는 한동안 말없이 걸었다. 그러다가 별안간 해리가 내게 물었다.

"나야 자네가 이 집에 와서 지내는 게 무척 좋아. 내 감정과 별개로 자네는 오로라에 무슨 연유로 왔나?"

"여기에 오면 머릿속에서 뭔가 반짝하며 떠오르지 않을까 기대했어요." 나는 당연한 이야기를 또 하게 만든다는 투로 중얼거렸다.

"이 집 어딘가에 마술 상자가 있으리라 생각한 거야?"

"글을 쓸 수 있으리라 생각했어요. 환경을 바꾸면 영감이 솟아날 수 있으리라 믿었죠."

"하지만 오로라에서 제대로 글을 쓴 적은 없었잖아. 《골드스타인의 G》를 쓸 때와 비슷한 환경으로 돌아가 보는 건 어때?"

"그 책은 부모님 집에서 썼어요. 물론 그런 생각도 해봤지만 어려운 일이더군요. 엄마가 저를 편안히 놓아주지 않을 겁니다."

"자네는 이곳에 오면서 나무 아래에 가서 죽치고 있으면 잘 익은 열매가 저절로 떨어지리라 기대했던 것 같아. 갈매기가 사는 방식이기도 하지. 갈매기보다는 철새의 방식으로 살아가야 하는데!"

"무슨 뜻이죠?"

"철새들은 본능에 따라 움직여. 감내하기보다는 예측하고 대비하지."

"무슨 말인지 언뜻 이해가 되지 않아요."

"자네만의 글쓰기 공간을 찾아. 이제 성인이 되었으니까 그 공간을 부모님 댁에서 찾을 수야 없지. 이제 자네는 독자적인 작가야. 그런 만큼 내 집도 자네에게 가장 좋은 글쓰기 공간이 될 수는 없어. 자네는 내 제자 마커스가 아니라 작가 마커스 골드먼이야. 자네 자신을 있는 그대로 받아들여. 자네 자신을 책임져야 한다는 뜻이야. 그래야만 지금의 슬럼프를 벗어날 수 있을 거야."

그런 말을 주고받고 나서 며칠 뒤 해리는 내가 앉아 있는 책상 앞으로 다가와서 작은 선물상자를 내려놓았다.

"뭐죠?"

"마트 주차장에 트럭 행상이 펼쳐놓은 가판이 있어. 거기서 찾아냈어. 자네가 어디로 갈지 방향을 잡지 못하고 망설이는 날들을 위한 선물이야."

상자를 열자 갈매기 조각상이 나왔다.

"우리는 누구나 자기 안에 갈매기 한 마리를 갖고 있어. 쉽고 편하게 살려는 성향 말이야. 자기 안의 그런 유혹과 늘 맞서 싸워야 한다는 걸 잊지 말아야 해. 사람들은 대부분 군집을 이루어 살려고 하지만 자네는 달라야 해. 자네는 작가이기 때문이야. 작가들은 외따로 떨어져 사는 존재들이야. 내 말을 결코 잊어서는 안 돼."

내가 묵는 호텔의 CCTV는 비록 오래된 제품이긴 했지만 프런트 뒤편에서 촬영한 인물을 알아보는 데는 문제가 없었다. 선물상자를 들고 와 내게 전해달라고 맡기고 돌아간 사람은 다름 아닌 해리 쿼버트였다.

/

13장
첫 단서
2010년 7월 10일. 뉴햄프셔주, 마운트플레전트

/

나는 즉시 페리에게 전화해 그 사실을 알려주었다.

"해리 쿼버트라고?" 페리는 놀라움을 숨기지 못했다. "믿어지지 않는 일이야."

페리의 반응은 의외였다.

"왜요?"

페리는 잠시 머뭇거리다가 말했다.

"나는 해리 쿼버트가 스스로 목숨을 끊었을 거라 생각했거든."

"스스로 목숨을 끊어요? 그런 일은 절대 없을 겁니다. 아직 해리를 잘 모르나봐요."

"해리 쿼버트가 확실해?"

나는 호텔 지배인이 내게 보내준 CCTV 영상화면 사진을 다시 들여다보았다. 화질이 흐리고 화면 속 인물이 챙이 달린 모자를 쓰고 있었다. 하지만 나는 해리 쿼버트가 수백 명이나 되는 사람들에게 둘러싸여 있다고 해도 단숨에 알아보았을 것이다.

"해리는 분명 이 호텔에 오후 4시 30분경에 들렀어요. 내가 책방에서 열린 사인회에 참석하느라 방을 비워야 했던 시간이죠. 그러니까 우연한 일은 아니라고 봐요."

"자네가 마운트플레전트에 왔다는 사실을 해리가 알았다면 사인회 시간도 알았을 테니까. 해리가 두고 간 상자에는 무엇이 들어 있던가?"

"작은 갈매기 조각상이었어요."

"갈매기? 두 사람 사이에서만 통하는 어떤 신호 같은 건가?"

"언젠가 해리는 나에게 갈매기처럼 살아서는 안 된다고 충고한 적이 있어요. 갈매기 상은 해리가 나에게 보내는 신호가 맞아요. 일종의 위험하다는 경고 같아요."

"무엇이 위험하다는 건데?"

나는 잠시 대답을 망설였다. 버로스 대학교에서 일하기로 한

얘기를 페리에게 아직 해주지 않았고, 굳이 들려주고 싶은 마음
도 없었다.

"지금은 완전히 결정된 게 아니라서 말하기 곤란해요. 그나저
나 해리의 근황을 알아볼 수는 없을까요?"

"일 년 전에도 자넨 내게 그런 부탁을 한 적이 있어. 그 결과는
해리의 종적을 전혀 알 수 없었다는 것이었지. 해리의 주소, 신
용카드, 전화번호, 그 어떤 것도 잡히지 않았어. 미국 전역의 공
항 승객명단에도 흔적이 남아 있지 않았어. 그야말로 유령처럼
증발해버렸다고나 할까."

정말이지 페리의 말 그대로였다. 잠시 침묵이 흘렀다. 페리는
내가 느끼는 당혹감을 알아차리고 덧붙였다.

"월요일에 뉴햄프셔주 경찰청에 출근하면 한 번 더 조사해볼
게. 어쩌면 새로운 정보가 들어와 있을지도 모르니까."

"고마워요, 경사님."

"고맙다는 말보다는 지금 일이 어디까지 진척되었는지 말해주
면 좋겠어. 자넨 마운트플레전트에 도착한 지 48시간이나 지났
으니까."

"주유소 주인인 루이스와 이야기를 나누어봤어요. 알래스카
가 세일럼에 있을 때 뭔가 일이 있었을 거라는 인상을 받았다고
하더군요. 그 일이 뭔지는 모르겠지만요."

"그 일을 실마리 삼아 수사를 풀어갈 수도 있겠네. 어쨌거나

세일럼으로 가봐야겠어. 알래스카 부모를 만나 이야기를 들어 봐야지. 또 다른 소식은 없나?"

"에릭 도노반의 여동생 로렌 도노반을 만났어요. 지금은 마운트플레전트 경찰서에서 근무하는 여자 경찰이더군요."

"로렌이 경찰이 되었다고? 알래스카 사건 당시에는 생물학을 공부하는 학생이었는데."

"에릭 도노반이 유죄 선고를 받은 사실이 로렌의 삶까지 바꾸어놓은 듯해요. 로렌은 재심을 요구하는 단체를 만들었고, 회원들이 아주 적극적으로 활동하고 있어요."

"그렇다면 로렌이 알래스카 사건과 관련해 분명 많은 자료를 축적해 놓았을 거야. 우리에게도 필요한 자료들일 수 있어."

"재수사에 착수할 증거를 찾는다는 사실을 숨겨야 하는 상황인데 무슨 수로 로렌에게서 자료를 얻어낼 수 있을까요?"

"이럴 때 자네의 장기를 발휘해봐. 자네의 그 수려한 입담으로 로렌을 구워삶아보란 뜻이야."

"적어도 누군가를 말로 구워삶은 적은 없습니다." 나는 발끈해서 소리쳤다. "나는 거짓말한 적 없어요, 경사님."

"자네 직업이 작가잖아. 작가가 하는 일이 이야기를 지어내는 거잖아. 로렌에게 이런 식으로 이야기를 꺼내봐. 오빠의 일이 궁금해 인터넷을 검색하다가 재심을 요구하는 단체가 존재한다는 사실을 알게 되었다고. 나도 그 일에 관심이 있고 돕고 싶다고."

"당신 오빠 일이 궁금해 인터넷을 검색해봤어요."

페리와 전화로 이야기를 나누고 나서 두 시간 후 나는 점심 식사를 하려고 로렌과 마주 앉았다. 테라스에 자리 잡고 앉자마자 나는 본론으로 직행했다. 메뉴판을 들여다보던 로렌은 고개를 들어 올리더니 어리둥절한 표정으로 나를 빤히 쳐다보았다.

"오빠와 관련해 인터넷을 검색했다고요?"

"나쁘게 생각하지 말아요. 어제저녁에 당신이 오빠 일 때문에 경찰이 되었다는 말을 듣고, 그 일이 무엇인지 궁금했어요. 그래서 검색해보다가 당신이 만든 사건 재심 요구 단체 홈페이지에 들어가 보게 된 거예요. 깊이 들어가 보지는 못했어요. 홈페이지 메인 화면에 당신 사진이 걸려 있는 걸 봤을 뿐입니다."

로렌의 얼굴이 어두워졌다가 어쩔 수 없는 일이라는 듯 어깨를 으쓱했다.

"공개된 웹사이트니까 어쩔 수 없는 일이긴 하네요. 게다가 마운트플레전트에서 그 사건을 모르는 사람은 없으니까요. 오빠는 1999년 당시 스물두 살인 여자를 살해했다는 죄목으로 기소되었어요. 유죄 선고를 받고 지금까지 복역 중이고요. 하지만 나는 오빠가 결백하다는 걸 알아요. 오빠는 파리 한 마리도 함부로 죽이지 못하는 사람이거든요. 오빠를 아는 사람이라면 누구나 그 판결이 잘못되었다고 느낄 거예요."

"경찰이 오빠를 체포한 근거가 뭐였죠?"

"알래스카는 오빠의 친구인 월터 캐리와 사귀는 사이였어요. 월터 캐리가 범행을 자백하면서 오빠를 공범으로 지목한 거예요. 월터는 경찰의 총을 빼앗아 스스로 목숨을 끊었죠. 경찰이 범죄 현장에서 찾아낸 증거 가운데 오빠의 스웨트셔츠가 있었어요. 그 옷이 희생자의 혈흔이 묻은 상태로 현장에서 발견되었거든요. 오빠는 그 옷을 월터에게 빌려주었다고 주장했지만 받아들여지지 않았죠."

"당신 오빠가 결백하다면 왜 유죄를 순순히 시인했죠?"

로렌의 눈초리가 별안간 날카로워졌다.

"그런 사실을 어떻게 알았어요? 재심 단체 웹사이트에도 그런 내용은 없을 텐데요?"

"인터넷에서 읽은 적이 있어요." 나는 뻔뻔하게 거짓말을 했다. 내가 조금도 당황하는 기색을 보이지 않자 로렌도 곧 의심을 거두었다.

"부득이한 일이 있었어요."

"그 부득이한 일이 뭐였는지 말해줄 수 있어요?"

***

2002년 1월
뉴햄프셔주, 콩코드

뉴햄프셔 주립 교도소 건물이 차가운 비를 맞으며 을씨년스럽게 서 있었다. 세상의 빛이 모두 꺼져버린 느낌을 주는 음울한 날씨였다.

난방이 제대로 되지 않아 축축한 냉기가 도는 면회실에서 로렌은 에릭과 마주앉아 있었다. 에릭의 변호사 패트리샤 위드스미스도 함께 자리했다. 패트리샤의 나이는 고작 서른 살밖에 안 되었지만 일 처리가 야무지고 강단 있었다. 패트리샤는 신념이 확고한 사람이라 의뢰인을 위해 끝까지 싸워줄 거라 믿었다. 그다지 부유하지 않은 도노반 가족의 입장을 배려해 수임료도 대폭 할인해주었다.

재판이 시작될 때까지 48시간이 남아 있었는데 패트리샤가 눈에 띄게 불안해했다. 지금껏 패트리샤는 에릭이 알래스카 샌더스 살인사건과 무관하다는 취지에서 무죄를 주장해왔는데 이제 방법을 바꾼 듯했다. 이제까지의 방법은 위험성이 너무 컸다. 제반 상황이 불리하게 전개되는 재판에서 무죄 주장을 그대로 밀어붙였다가는 정말 손을 쓸 수 없는 결과를 받아들게 될 수도 있었다. 판사가 죄를 뉘우치지 않는다면서 사형선고를 내릴 수도 있었으니까. 그 반면 유죄를 시인하고 검사로부터 사형면

제를 약속받는 방법도 있었다.

"무죄 주장을 그대로 밀고 나가면 위험성이 클 수도 있다는 게 무슨 뜻입니까?" 에릭의 목소리에서 절박감이 묻어나왔다. "내가 죄를 인정해야 한다는 거예요?"

"마음이 내키지 않으면 하지 않아도 됩니다." 패트리샤가 말했다. "48시간이 지나면 우리는 법정에 서게 됩니다. 나는 당신이 모든 결과를 받아들일 준비가 되어 있는지 확인하고 싶어요. 로렌에게 오늘 당신을 면회하러 오자고 부탁한 이유입니다. 아직은 생각해볼 시간이 남아 있어요. 재판이 시작되면 시곗바늘을 거꾸로 돌리기에는 너무 늦게 됩니다. 아시다시피 이 사건 담당 판사는 마이크 피터스입니다. 사형제에 적극 찬성하는 판사죠. 마이크 피터스가 볼 때 당신이 유죄라고 판단될 경우 서슴없이 사형을 선고할 수도 있다는 뜻입니다."

"빌어먹을! 나는 죄가 없어요." 에릭이 화를 벌컥 냈고, 목소리도 높아졌다. "이제 당신도 나를 의심하는 겁니까?"

"전혀 아니니까 오해하지 말아요. 다만 나는 당신의 변호인이기에 느끼는 불안감을 솔직하게 털어놓지 않을 수 없습니다. 당신의 목숨이 걸린 재판입니다. 48시간 뒤에 재판이 열립니다. 검사는 피해자의 혈흔이 묻은 스웨트셔츠를 증거로 채택했습니다. 스웨트셔츠에서 당신의 DNA가 검출되었다는 사실을 강조하겠죠. 게다가 피해자가 받은 협박 편지가 당신의 프린터로 출력되었습니다. 사건 당일 밤 당신의 알리바이도 입증되지 않았고요. 나는 변호인으로서 최선을 다하겠지만 결과를 장담할 수는 없습니다. 물론 검사가 채택한 증거들을 반박하려고 3년 동안 준비해 왔습니다. 그럼에도 승소를 보장할 마땅한 카드가 없습니다. 솔직히 무죄를 장담하기 힘듭니다. 무죄가 아니라면 유죄라는 뜻이거든요. 현실적으로 사형선고를 면하기 힘듭니다."

"사형은 약물 주사형으로 집행하나요?"

"법에 사형 집행 방식이 약물 주사형으로 규정되어 있더라도 실제로는 적용받지 못합니다. 뉴햄프셔주는 약물 주사형을 집행할 시설이 없고, 주사제도 확보되어 있지 않습니다."

"약물 주사제가 아니면 전기의자에 앉힌다는 말입니까?" 겁을 잔뜩 집어먹은 로렌이 겨우 말했다.

패트리샤는 얼마간 침묵을 지키다가 고개를 저었다.

"뉴햄프셔 주립 교도소는 전기의자도 보유하고 있지 않아요. 이도저도 안 되면 교수형을 택하겠죠. 당신의 경우에도 교수형이 집행될 겁니다."

"교수형이라고요?" 로렌은 비명 같은 소리를 냈다. "어떻게 교수형을!"

에릭이 침통한 목소리로 물었다.

"유죄를 시인하면 사형선고를 면제받을 수 있나요?"

"뉴햄프셔주법에 따르면 살인죄는 사형에 처하거나 감형 없는 종신형에 처하게 되어 있습니다. 그러니 검사가 협상카드로 꺼내놓을 수 있는 건 종신형밖에 없습니다."

"변호사님 생각은 어때요?" 에릭이 절박한 목소리로 물었다.

"오빠!" 로렌이 나섰다. "유죄를 시인하면 안 돼. 오빠는 결백하잖아. 이제 와서 일을 망치지 마."

"내가 교수형을 당하게 되면 구경하러 올 거야? 내가 밧줄에 목이 매달려 고통스럽게 몸을 버둥거리는 걸 지켜볼 자신 있어?"

에릭은 이미 결심한 듯 체념한 태도를 보였다.

패트리샤가 입을 열었다. "나는 당신이 어떤 결정을 내리든 지지할 테고, 최선을 다해 변호할 생각입니다. 나도 당신이 결백하다는 걸 알아요. 마음속 깊이 무죄를 확신합니다. 그런 확신이 없었다면 여기까지 오지도 않았겠죠. 일단 죄를 시인할 경우 사형을 면할 수 있기 때문에 결백하다는 증거를 찾을 시간을 벌 수 있게 됩니다. 그런 실리를 외면하기 어려운 실정입니다. 나는 당신이 무죄라는 증거를 찾을 희망을 버리지 않고 있으니까요. 반면 사형이 집행될 경우 무죄를 입증해본들 무슨 소용이 있을까요. 당신 이름이 사형제 폐지 논쟁의 불쏘시개로 쓰이기는 하겠죠. 나는 당신을 교도소에서 구해내고 싶고, 증거를 찾아낼 시간을 벌고 싶습니다. 그 시간을 마련해줄 사람은 당신밖에 없어요."

***

　"오빠는 결국 패트리샤를 통해 유죄를 시인했어요. 사형을 면하게 해주겠다는 검사의 제안을 받아들인 거예요." 로렌이 설명했다. "사형 집행을 피할 수 있는 유일한 방법이었죠. 살아 있어야 결백을 입증할 기회를 노릴 수 있으니까요. 오빠가 검사의 제안을 받아들였기 때문에 더는 재판을 열 필요가 없게 되었죠. 그 대신 최종심에서 감형 없는 종신형을 선고받았어요. 그날 이후 패트리샤와 나는 오빠의 무죄를 주장하며 석방 운동을 벌이기 시작했죠. 우리 주장에 우호적인 여론을 조성하기 위해 '에릭 도노반 석방 청원 운동 협의회'를 만들게 되었어요. 패트리샤와 나는 자체적으로 그 사건을 재수사해 왔고요."

　"재수사로 새롭게 찾아낸 사실이 있나요?" 내가 물었다.

　"어쩌면 실마리가 될 수도 있는 자잘한 단서 몇 가지를 찾아냈어요. 하지만 지난 11년 동안 찾아 헤맨 단서치고는 너무나 빈약해 재심을 요청하기 힘든 실정입니다. 정말이지 화가 나요. 어떡해야 할지 길을 잃은 느낌입니다."

　"당신이 경찰이 된 이유는 오빠의 유죄 선고를 뒤집고 싶은 의지가 반영되었다고 볼 수 있습니까?"

　"당연히 그런 의지가 반영되었죠. 잘못된 수사와 판결을 바로잡으려면 내부로 들어가야 한다고 생각했어요. 그동안 나는 정의를 앞세워 무고한 사람을 감옥에 집어넣는 경찰을 원망해왔죠. 내가 경찰이 되어 정의를 실현해보고 싶었어요. 하지만 내가 이 지역 경찰 된 가장 중요한 이유는 따로 있습니다. 1999년 4월 어느 날 밤에 벌어진 살인사건을 파헤치려면 이 지역 경찰이 되는 게 최선이었죠."

로렌이 찬 손목시계에서 햇살이 반사되며 빛을 뿌렸다. 마치 시계의 존재를 일깨워주려는 듯이.

로렌이 손목시계를 들여다보며 씁쓸한 표정을 지었다.

"오빠가 종신형을 받던 순간 나는 맹세했어요. 절대로 포기하지 않고 오빠를 구해내겠다고요. 언젠가 오빠를 면회하러 갔는데 정작 오빠는 〈도노반 종합식품〉 운영에 타격이 클까봐 걱정하더군요. 실제로 오빠가 유죄를 받은 이후 늘 오던 단골손님들의 발길이 끊겼죠. 나는 오빠에게 이렇게 말했어요. '지금은 어렵지만 언젠가 이 고통도 다 지나갈 거야. 그러니까 걱정하지 마.' 난 오빠를 안심시키려고 그 말을 했는데 오빠는 돈 걱정을 하더군요. '패트리샤에게 줄 변호사 수임료는 어떻게 마련할 생각이야? 수임료가 얼마나 돼?' 내가 대답했어요. '패트리샤가 무료 변론을 맡아주었어. 정말 아무런 문제도 없으니까 제발 걱정하지 않아도 돼.' 오빠가 이 시계 이야기를 꺼낸 게 그날이었어요. 오빠의 방 마룻바닥에 판자 하나가 들리는 부분이 있는데 그 밑에 시계를 넣어두었다고 알려주더군요. 값비싼 시계여서 혹시 도둑맞을까봐 숨겨두었다고요. 체포되기 석 달 전에 산 시계인데 큰돈을 쓰긴 했지만 나중에 더 오른 가격에 되팔 생각이었대요. 오빠는 그날 내게 이 시계를 꺼내 팔라고 했어요. 시계를 돈으로 바꿔 경제적인 어려움을 겪고 있는 부모님을 도우라고요. 나는 차마 오빠 말을 곧이곧대로 따를 수 없었죠. 만약 시계를 팔아버리면 오빠가 영원히 세상에 나오지 못하리라는 걸 인정하는 셈이 될 것 같아서요. 그래서 시계를 파는 대신 손목에 차고 다니기 시작했죠. 시계를 손목에 차고 다니다가 오빠가 감옥에서 나오는 날 돌려주려고요. 이 시계는 내게 오빠의 억울한 유죄를 뒤집으려면 더 열심히 싸워야 한다는 사실을 일깨워줘요."

"그 시계가 당신 손목을 묶은 사슬 같아 보이기도 해요."

로렌은 내 말에 화를 냈다. 반박하기 힘든 말이었을 테니까.

"그런데 어째서 내가 하는 일에 그리 관심이 많아요?"

"2년 전에도 어떤 범죄 사건 수사에 뛰어든 적이 있어요. 아주 가까운 내 친구가 살인 혐의로 체포되었거든요. 모두들 앞다투어 그 친구를 비난했죠. 하지만 나는 그 친구의 결백을 입증했고, 결국 감옥에서 풀려나게 만들어 주었어요."

"그런 일이 있었는지 몰랐어요."

"내 책 《해리 쿼버트 사건의 진실》이 바로 그때 경험을 토대로 쓴 소설이죠."

"당장 그 책을 읽어봐야겠네요."

로렌은 휴대폰을 집어 들더니 방금 내가 말한 그 사건을 곧바로 인터넷에서 검색했다. 휴대폰 화면에 뜬 자료를 읽어 내려가는 로렌의 눈빛이 반짝였다.

"무척이나 흥미롭네요." 로렌이 말했다. "그 당시 나도 분명 다른 사람들과 마찬가지로 해리 퀴버트의 체포 사실을 접하고 크게 놀랐어요. 그의 이름을 알고 있거나 대표작을 읽어본 적은 없었지만요. 그 사건 수사에 당신이 개입했었다는 사실은 전혀 몰랐어요. 그때 갑자기 당신이 뉴햄프셔로 달려왔던 이유는 해리 퀴버트의 결백을 밝히기 위해서였던 건가요?"

"바로 그 일 때문이었어요. 6월 어느 날 아침, 뉴욕에서 해리의 소식을 듣는 순간 난 모든 일을 작파하고 차에 올라 오로라로 출발했죠. 출판사 사장, 에이전트, 가족, 모두가 뜯어말렸지만……."

"결코 포기하지 않았네요."

"나는 해리가 결백하다는 걸 알고 있었으니까요. 그 점에 대해 확고한 믿음이 있었어요. 해리가 놀라 켈러건을 살해했을 리 없다고 믿었죠. 그런 생각이 들 때는 그럴 만한 이유가 있는 법입니다. 내가 무슨 말을 하려는지 잘 알 거예요."

"무슨 말인지 알아요. 나도 지난 11년 전 오빠에 대해 당신과 같은 생각을 품고 있었으니까."

내가 로렌을 우호적으로 만들 수 있었던 건 해리 퀴버트 사건을 언급한 덕분이었다. 점심 식사를 마치고 나서 로렌은 집에 가서 커피를 마시지 않겠느냐고 제안했다. 오빠의 결백을 밝히기 위해 모아둔 수사 자료들을 보여주겠다면서.

***

로렌은 아담한 벽돌집에 살고 있었다. 지붕을 덮은 테라스가 있어 여름날 저녁이면 바깥에 의자를 내놓고 앉아 조용한 거리를 바라보며 시간을 보내기에 좋은 집이었다. 집을 둘러싼 정원은 그다지 넓지는 않지만 잘 손질되어 있어 아기자기한 정취를 느낄 수 있었다.

우리는 주방에 자리 잡고 앉았고, 로렌은 이탈리아산 크롬강 커피머신에서 에스프레소 두 잔을 뽑아 들고 나와 마주 보고 앉았다. 그런 다음 서랍에서 꺼내온 하드커버 서류철을 내 앞에 내려놓았다. 알래스카 샌더스 사건 관련 자료라고 했다. 그 자료들을 밤낮으로 읽었을 로렌의 모습이 눈에 선했다. 로렌이 내 머릿속을 읽은 듯이 말했다.

"지난 11년 동안 이 자료들을 붙잡고 씨름하지 않은 날이 없을 거예요. 하지만 아무것도 찾아내지 못했어요. 시간이 지나면서 내가 찾는 게 과연 무엇인지조차 모호해지더군요. 이래서는 안 되는데 솔직히 이제는 절망적인 생각이 고개를 들기 시작하고 있어요."

"내가 파일을 열어봐도 될까요?"

"물론이죠. 보라고 찾아온 건데요."

나는 파일을 열어 페이지를 넘겨보았다. 우선 사건 현장에서 발견된 스웨트셔츠가 첫 장에 나왔다.

"그 스웨트셔츠는 오빠의 옷이었어요." 로렌이 말했다. "하지만 이미 전에도 말했듯이 월터에게 빌려준 상태였죠. 두 사람이 플라이낚시를 하러 갔던 날에요."

"두 사람이 매우 친한 사이였나봐요?"

"어릴 적부터 함께 자란 친구 사이였으니까."

로렌이 서류철을 넘겼다. 프린터 사진이 보였다.

"이게 전에 말한 적 있는 그 프린터인가요?"

"네, 한번 잘 생각해봐요. 알래스카 샌더스는 몇 차례에 걸쳐 협박 편지를 받았어요. 그중 하나는 그 여자의 시신에서 찾아냈죠. 협박 편지들은 모두 한 가지 특징을 보여주는데, 프린터의 결함 때문에 빚어진 문제였죠. 프린터의 결함을 근거로 경찰 감식전문가들은 오빠의 프린터가 협박 편지를 출력하는 데 이용되었다고 확신했어요. 인쇄할 때 나타나는 기계적 결함으로 볼 때 협박 편지를 인쇄할 때 사용한 프린터가 분명하다는 거예요."

"그런 주장에 대해 에릭은 어떻게 반박했는데요?"

"그 당시 오빠는 부모님 집에 와서 지내고 있었어요. 여러 해 동안 세일럼에서 살다가 마운트플레전트로 돌아온 지 얼마 되지 않았을 때였거든요. 누구든 우리 부모님 집을 방문한 사람이라면 오

빠의 방을 쉽게 드나들 수 있었어요. 프린터에도 얼마든지 접근할
수 있었고요. 무엇보다 주목해야 할 부분이 있는데 알래스카가 살
해당하기 얼마 전 월터 캐리가 오빠의 방에 와서 프린터를 사용한
적이 있다는 거예요. 월터는 프린터가 고장 났다고 했어요."

"월터가 알래스카를 살해할 계획을 세우고 에릭도 함정에 빠
뜨리려고 몰래 일을 꾸몄다는 뜻인가요?"

로렌은 입술을 모으며 생각에 잠긴 표정을 지었다.

"오빠의 변호사 패트리샤는 실제로 그렇게 주장하고 있어요."

"당신은 그 가설을 주장할 생각이 없어 보이네요?"

대답 대신 로렌은 자료 파일에서 사진 한 장을 꺼냈다. 젊은
여자 몇 사람이 바에 모여앉아 생일파티를 벌이는 모습이었다.
그 무리의 배경을 이루는 위치에 한 남자의 모습이 보였다. 수사
기록을 이미 넘겨보았기에 나는 그 남자가 누군지 금세 알아보
았다. 바로 월터 캐리였다.

"이 남자는 누구죠?" 나는 짐짓 시치미를 떼고 물었다.

"월터 캐리. 알래스카 샌더스가 살해된 날 밤 시내에 있는 스
포츠 펍 〈내셔널 앤섬〉에서 찍힌 사진이에요." 로렌이 말했다.

"그런데 왜 이 사진을 보여주는 거예요?"

"이 사진이 월터 캐리가 무죄라는 사실을 말해주니까요."

"어째서죠?"

"살인사건이 일어난 그날 밤에 오빠와 월터 그리고 나는 사진

에 나오는 〈내셔널 앤섬〉에 함께 있었어요. 오빠와 나는 밤 11시쯤 자리를 떴고, 월터는 계속 남아 있었죠. 알래스카는 그날 새벽 1시에서 2시 사이에 살해당했어요. 월터는 살인이 일어난 그 시각까지 〈내셔널 앤섬〉에 남아 있었다고 주장했죠. 다만 월터의 주장이 사실이라는 걸 확인해줄 수 있는 사람이 아무도 없었다는 게 문제였어요. 하지만 월터의 알리바이를 입증해주는 증거가 바로 이 사진이죠. 술집 뒷벽에 걸린 스크린을 봐요."

로렌은 서랍에서 돋보기를 꺼내 내게 건네주었다. 사진의 주요 앵글은 카운터를 등지고 모여 앉은 여자들에게 맞춰져 있었다. 술병들이 늘어서 있는 테이블 위 먼 곳에 대형 스크린이 보였다. 사진에 포착된 화면이 뉴스 방송 채널이라는 걸 한눈에 알아볼 수 있었다. 돋보기를 눈에 대자 방송 내용이 시야에 들어왔다. 주말 일기예보였다. 뉴스 방송 채널의 화면구성이 대개 그러하듯이 화면 하단에 속보 자막이 흘러가는 중이었다. 하단 한쪽 끝에 실시간 방송 시간이 표시되어 있었다. 22시 43분 PT.

"22시 43분에 찍힌 사진이네요." 내가 말했다. "그렇다면 범행 시간보다 많이 앞선 시간 아닌가요?"

"22시 43분 PT.라고 표시되어 있잖아요. 퍼시픽 타임, 웨스트코스트 지역에서 사용하는 태평양 표준시를 적용한 시간이죠."

"시차를 계산하면 새벽 1시 43분이네요." 어느새 내 목소리가 떨려 나왔다.

"알래스카가 살해당하던 시간에 월터 캐리는 여전히 〈내셔널 앤섬〉 술집에 있었던 거예요."

나는 놀라움을 감추며 물었다.

"이 사진을 어떻게 찾아냈어요?"

"오빠가 체포되고 얼마 후 나는 패트리샤를 도와 오빠의 무죄를 입증할 증거를 찾아 나섰어요. 스포츠 펍 〈내셔널 앤섬〉 주인은 홀 안의 모습을 사진 찍어 홈페이지에 올려두고 홍보에 이용한 적이 많았죠. 분위기가 좋다는 걸 보여주면서 홍보 효과를 기대한 거예요. 마침 그날 밤은 그런 홍보용 사진을 찍을 좋은 기회였어요. 나는 그날 저녁에 〈내셔널 앤섬〉에서 벌어진 일을 꼼꼼히 되짚어보고 싶어서 주인에게 그날 찍은 사진을 전부 보여 달라고 부탁했죠. 주인이 나에게 준 사진 뭉치는 전혀 정리되지 않은 상태였어요. 그 사진들을 살펴보다가 지금 앞에 있는 이 사진을 찾아낸 거예요."

나는 흥분을 억누르기 힘들었다. 공식적으로 재수사에 착수하기 위해 페리와 내가 찾아내야 하는 증거가 바로 눈앞에 있었기 때문이다.

"이 사진에 대해 다른 사람에게 말한 적이 있어요?" 내가 물었다.

"패트리샤를 빼면 없어요."

"변호사를 제외하고 어느 누구에게도 말하지 않은 이유라도 있어요? 이 사진이 월터 캐리의 불명예를 씻어줄 수도 있었을 텐데요."

"그 대신 자칫 잘못했다가는 오빠를 더 나쁜 궁지로 몰아넣을 수도 있잖아요."

나는 그런 우려에는 동의하기 어려웠다. 내 표정을 본 로렌이 물었다.

"당신 생각은 어떤데요?"

"내가 생각하기에 당신은 잘못된 길을 선택한 것으로 보여요."

"어째서죠?"

"당신은 무슨 수를 써서든 오빠의 결백을 입증해 보이려고 애쓰고 있어요. 그러다 보니 별다른 진척 없이 제자리를 맴도는 게 눈에 보여요. 재심이 열려 오빠의 무죄판결을 이끌어내길 바란다면 사건 전체를 뒤집을 필요가 있어요. 알래스카 샌더스를 살해한 진범이 따로 있다면 그가 누군지 밝혀내야 한다는 뜻입니다. 범인은 당신 오빠도 아니고, 월터 캐리도 아닐 수 있어요. 그렇다면 진범이 따로 있어야 마땅하잖아요."

로렌은 한참 동안 내 눈을 빤히 들여다보았다.

"나는 아직 당신에 대해 잘 몰라요. 그럼에도 당신에게 내가 11년 동안 비밀로 간직해온 이야기를 털어놓았어요. 이제야 비로소 내가 그리 외롭지 않다는 느낌이 들어요. 이런 기분은 처음이에요. 나를 도와줄 수 있을까요?"

일요일 늦은 아침에 페리가 내가 묵는 호텔에 왔다. 우리는 누군가 우리의 대화를 들어서는 안 되기에 방 밖으로 한 발짝도 나가지 않았다. 페리는 마음이 몹시 무거워 보였다. 나는 페리에게 사건 재수사와 관련해 풀리지 않는 일이 있는지 물었다. 페리는 순전히 개인적인 문제라고 대답했다. 늘 그렇듯이 페리는 개인적인 이야기는 애써 피하려고 했다.

/

14장
로렌
2010년 7월 11일 일요일. 뉴햄프셔주, 마운트플레전트

/

페리가 커피를 잔에 따라 들고 소파에 가서 앉았다. 페리가 하는 식으로 나도 커피를 따라 들고 침대 끝에 걸터앉았다.

"뉴햄프셔주 경찰청 내 사무실에 캐비닛이 하나 있어. 나는 그 캐비닛을 좀처럼 열어보지 않고 지내지. 매트가 그 캐비닛을 주

로 사용했는데 그 안에 온갖 잡동사니를 쌓아두고 다녔어. 매트
가 그런 잡동사니들을 왜 버리지 않고 쌓아두는지 이해가 되지
않더군. 알다시피 나는 결벽증이 있는 편이잖아. 매트는 나와
정반대였어. 온갖 잡동사니를 끌어모으는 데 선수였지. 전혀 쓸
모없는 물건도 함부로 버리지 않았어. '혹시 알아. 쓸 데가 있을
지?' 이게 그 친구가 주로 하는 말이었지. 그러면 나는 별수 없
이 구시렁거리기나 했지. '눈에 보이지 않으면 없는 거나 마찬가
지야.' 이게 내가 위안 삼아 중얼거리던 말이야. 그 캐비닛은 그렇
게 11년간 아무도 열어보는 사람 없이 그 자리를 지키고 있어.”

***

1999년 4월 16일

페리는 사무실에 앉아 텅 빈 눈길을 멀찍이 던져놓고 있었다.
매트가 사용하던 책상에는 여느 때와 마찬가지로 온갖 잡동사니
가 널려 있어 어수선했다. 첩첩이 쌓인 서류와 메모지 사이로 볼
펜이 한 무더기 굴러다녔다. 그 볼펜들 가운데 상당수는 잉크가
나오지 않을 게 뻔했다. 페리는 얼마 전까지 어디든 같이 다녔던
매트가 그리웠다. 매트가 죽은 지 열흘째였다. 매일 아침 눈을 뜰
때마다 매트가 떠올랐다. 매트의 죽음을 받아들이기 힘들었다. 매

트의 빈 책상을 바라보며 하루하루를 흘려보냈다. 매트가 볼펜 한 자루를 쥐었다가 잉크가 나오지 않는다는 걸 깨닫고 옆으로 휙 던져버리는 모습이 눈에 선했다. 새로 골라잡은 볼펜도 잉크가 말라붙어 있긴 마찬가지였다. 그럼 또 던져버리고 다른 볼펜을 골라잡았다.

페리는 못 쓰는 볼펜이 한 무더기 굴러다니는 매트의 책상을 '볼펜 무덤'이라고 불렀다. 매트도 볼펜 무덤을 정리해야 한다는 걸 알고 있었지만 실천하지 못했다.

문을 두드리는 소리에 페리는 깊은 상념에서 빠져나왔다. 니콜라스가 사무실 안으로 들어왔다. 손에 두꺼운 봉투를 들고 있었다.

"매트에게 온 우편물이야."

페리는 봉투를 열어보았다. 월터의 집에서 발생한 화재에 대해 소방서 조사분석과에서 보내온 보고서였다. 감식원들이 공통적으로 결론지은 화재 원인은 방화였다. 각각 세 군데의 발화 지점이 있었고, 휘발유로 추정되는 인화성 물질이 방화에 사용되었다고 했다. 조사분석과에서 보내온 보고서에는 몇 장의 사진이 첨부되어 있었다. 화염이 휩쓸고 간 방들, 특히 침실 사진이 인상적이었다. 침실 벽에 갈겨쓴 큼지막한 글자들이 눈에 들어왔다. '부 정 한 여 자.'

"그 자식은 정말이지 미친놈이었어." 니콜라스가 분개해 말했다. "이 화재감식 보고서를 알래스카 샌더스 사건의 증거자료에

첨부할까?"

"쓸데없어." 페리가 말했다. "이미 사건이 종결되었잖아."

"그럼 이 보고서를 마운트플레전트 경찰서로 보낼까? 사건을 이관한다는 내용만 간단히 첨부해줘. 내가 우편으로 보낼 테니까."

페리는 더 이상 생각하기도 싫고 펜을 들기도 싫어 니콜라스에게 말했다. "이봐, 니콜라스, 나를 좀 도와줘. 매트의 책상을 비워야 해. 책상에 있는 물건들을 모아 상자에 담아. 자네 손에 든 그 봉투도 담아야 해. 책상 위에 널린 빌어먹을 물건들을 전부 담아. 그런 다음 상자를 매트의 캐비닛 속에 집어 넣어버려. 그 잡동사니들이 다시는 내 눈에 띄지 않도록."

***

"매트는 가족 없이 혼자 살았어." 페리가 말을 이어갔다. "그래도 나는 누군가 나타나 매트의 유품을 챙겨갈 거라 생각했지. 형제든 사촌이든 조카든 누군가는 연락해올 줄 알았어. 결국 아무도 나타나지 않더군. 그래서 매트가 쓰던 캐비닛은 그 자리를 지키면서 많은 세월을 넘겼지. 캐비닛을 정리해 치워야겠다는 생각이 머릿속을 스친 적도 있었지만 곧바로 단념했어. 매트를 기억나게 해주는 물건들을 마주해야 하는 상황이 두려웠거든. 나는 지난 이야기들을 좋아하지 않아. 사실 추억이 있어야 그리움도 있겠지만 과거의 유물들은 접하기 싫어. 내가 과거에 대한 향수나 우수를 그리 달가워하지 않는다는 걸 알 거야. 이봐, 마커스. 과거의 유령과 싸워야 하는 사람이 자네 혼자만 있는 건 아니야."

"왜 그런 이야기를 하는 거예요?"

"어제 우리가 나눈 이야기들이 머릿속을 떠나지 않았어. 세일럼에서 무슨 일이 있었다면 도대체 뭘까? 하루 종일 그런 생각을 하며 시간을 보냈어. 그런데 곰곰이 생각해보니 매트와 내가 수사 범위를 마운트플레전트에 한정해두고, 세일럼을 지나치게 배제했었다는 걸 알겠더군. 의도적인 배제는 아니었지만 분명 실수였다는 생각을 떨쳐버릴 수 없었어. 그런 생각을 한 이후 뉴햄프셔주 경찰청에 있는 매트의 캐비닛을 열어볼 결심을 했지. 니콜라스가 매트의 물건들을 담아 치운 종이상자를 꺼냈어. 상자를 열어보니 볼펜 자루, 식당 계산서, 세탁소 의류 보관증, 화재감식 보고서도 있더군. 그렇지만 그 무엇보다 내 눈에 확 들어온 게 있었지. 여기 복사해왔어."

페리는 주머니에서 복사본 두 장을 꺼냈다. 하나는 매트의 자필 메모였고, 다른 하나는 신문 기사였다.

매트의 자필 메모는 여러 내용이 뒤섞여 있었지만 중간에 그가 특별히 강조해놓은 문장이 눈에 들어왔다.

알래스카는 무엇 때문에 마운트플레전트에 왔을까?

신문기사는 1998년 9월, 세일럼 지역 대표신문인 《세일럼 뉴스》에 게재된 기사였다. 기사 제목이 흥미로웠다.

올해의 미스 뉴잉글랜드 우승자 알래스카 샌더스

내가 물었다.

"알래스카가 미인대회에 참가한 전력이 있다는 사실을 알고 있었어요?"

"물론 알고 있었지. 게다가 이 신문 기사는 알래스카의 어머니 도나 샌더스가 우리에게 전해준 거야. 하지만 기사 날짜를 주목해봐. 1998년 9월에 알래스카는 권위 있는 미인대회에서 우승했고, 그 직후 마운트플레전트에 왔어. 일종의 도주라고 볼 수밖에 없는데 뭔가 이상하지 않아? 내가 이제야 깨달은 건 그 당시 우리는 질문을 반대로 던지고 있었다는 사실이야. 우리는 알래스카가 무엇 때문에 마운트플레전트로 왔는지 물을 게 아니라 무엇 때문에 세일럼을 떠났는지 물었어야 해."

내 머릿속에서 환한 불이 켜지는 느낌이 들었다.

"세일럼에 가봐야 해요."

"내 생각도 그래." 페리가 고개를 끄덕이며 말했다. "자네는 에릭의 누이동생을 만나본 성과가 있었어?"

"랜스데인 청장이 재수사를 공식적으로 선언하게 만들 확실한 증거를 찾았어요. 월터 캐리의 무죄를 입증할 사진 한 장을 로렌 도노반이 가지고 있더군요."

페리가 그 말을 듣고 반색했다.

"그 이야기를 왜 이제야 하는 거야? 그 사진을 복사해왔으면 좋았을 텐데."

내가 휴대폰을 꺼내 흔들어 보였다.

"로렌이 잠시 한눈을 파는 사이 재빨리 사진을 찍어 왔어요. 그 대신 화질이 그다지 좋지는 않아요."

나는 휴대폰 화면을 페리에게 내밀었다. 페리는 사진 한 귀퉁이에 보이는 월터를 금세 알아보았다.

"이 사진은 알래스카가 살해당하던 시각에 〈내셔널 앤섬〉 홀을 찍은 거예요." 내가 설명했다. "배경에 보이는 TV 방송 화면에 시간이 표시되어 있잖아요. 그 시간을 이스트코스트 표준시로 바꾸면 새벽 1시 43분이에요."

"빌어먹을!" 페리가 중얼거렸다. "이 사진은 그야말로 결정적인 증거가 될 수 있겠어. 이 사진을 내 휴대폰으로 전송해줘. 내일 아침 일찍 랜스데인 청장을 만나 보여줘야겠어. 내가 누굴 칭찬하려고 들면 입술에 쥐가 날 정도라는 걸 알지? 자네가 이번 일은 우라지게 잘했어."

"부탁이 하나 있어요. 앞으로 로렌과 잘 지내고 싶은데 이 사건 수사가 무슨 이유로 다시 시작되었는지 알게 해서는 안 돼요.

로렌이 그 사실을 알게 될 경우 내 신용은 끝장날 거예요."

"로렌을 좋아하나?"

"그런 것 같아요."

그 순간 누군가 호텔 방문을 두드렸다. 이어서 여자 목소리가 들려왔다.

"나, 로렌이에요."

나는 몹시 당황해 몸이 굳었다. 페리도 마찬가지였다.

"로렌이 여긴 무슨 일이지?" 페리가 소리를 낮춰 중얼거렸다.

"나도 모르겠어요." 내가 속삭였다.

"로렌이 내가 여기 있는 걸 보고 반가워할 리 없어. 11년 전 우리의 만남에 대해 그리 좋은 기억을 갖고 있지 않을 거야."

"그러니까 어서 숨어요." 내가 재촉했다.

페리는 재빨리 욕실로 들어갔다.

"욕실은 곤란해요." 내가 최대한 목소리를 낮춰 페리를 말렸다.

"안 될 이유가 뭐 있어?"

"로렌이 볼일이 급해 왔을지도 모르잖아요."

페리는 어이없어하는 표정을 지었다.

"자넨 머리가 꽉 막혔구먼! 로렌은 자네에게 꽂혀 마음을 고백하러 온 거야. 화장실이 급해 호텔 방으로 찾아오다니? 말이 되는 소리를 해야지."

다시 한번 문을 두드리는 소리가 났다. 로렌이 문 너머에서 내 이름을 불렀다.

"마커스, 안에 있어요?"

"잠깐만 기다려요."

방문을 열자 로렌이 《해리 쿼버트 사건의 진실》을 손에 들고 서 있었다. 로렌이 가벼운 포옹으로 인사를 건네면서 물었다.

"페리 게할로우드가 누군지 알죠?"

로렌의 말투로 보건대 페리를 안다고 대답하는 게 그다지 유리할 것 같지 않았다.

"아니, 몰라요."

"그 사람을 모른다고요? 페리 게할로우드와 함께 해리의 사건을 수사하며 여름 한 철을 보냈다면서 모른다고 하면 말이 안 되잖아요. 나도 책을 읽어보았어요. 어제 당신이 돌아간 다음부터 읽기 시작해 밤을 꼬박 새웠다고요."

나는 농담으로 어물쩍 넘기려고 해보았다.

"혹시 책이 마음에 들지 않아 책값을 돌려받으려고 찾아온 건 아니죠?"

"농담으로 넘길 생각 하지 말아요. 페리 게할로우드와는 어떤 사이인지 말해봐요."

"해리 쿼버트 사건을 파헤치느라 잠시 만나 공조 수사를 했을 뿐 그리 친하지는 않아요. 게할로우드 가족의 집에 초대받아 가서 페리의 아내와 아이들과 함께 식사한 적이 몇 번 있긴 해요."

"책에는 그렇게 되어 있지 않던데요?"

"소설은 독자들의 즐거움을 위해 작가 마음대로 가공할 수 있으니까요."

"혹시 내 오빠 이야기로 책을 쓰려는 건 아니죠?"

"절대로 아닙니다. 며칠 전까지 난 당신 오빠와 관련된 사건이 뭔지도 몰랐어요. 이번 주말에 처음 듣게 되었죠."

로렌은 그제야 마음을 놓은 눈치였다.

"호텔에서 혼자 무얼 하고 있었어요?"

"그냥 게으름을 피우며 빈둥거리고 있었죠."

"그럼 우리 같이 바람 쐬러 갈래요? 바다를 보고 싶어요."

"나도 바다를 보고 싶네요."

나는 페리를 욕실에 남겨두고 로렌과 함께 방을 나섰다. 우린 함께 차를 타고 대서양을 향해 달렸다. 메인주 경계선을 넘어 들어가 한 시간 반 뒤 케네벙크포트에 도착했다. 우리는 다운타운을 조금 거닐다가 눈에 보이는 식당으로 들어가 점심을 먹었다. 그러고 나서 로렌은 나를 바닷가로 데려갔다. 로렌이 좋아하는 장소라고 했다. 마침 썰물 때여서 우리는 물 밖으로 드러난 바위와 물웅덩이 사이를 맨발로 돌아다녔다. 게와 새우, 불가사리가 많았다. 바다 생물을 볼 때마다 로렌은 탄성을 지르며 폴짝폴짝 뛰었다. 처음에는 생물학 전공자가 그동안 잊고 지내온 기쁨을 되찾은 줄 알았다.

"이 바닷가에 자주 와요?" 로렌이 큼지막한 게를 발견하고 몸통을 잡고 위로 들어 올리는 걸 보면서 내가 물었다.

로렌은 게를 의기양양하게 흔들어 보이고 나서 다시 물속으로 놓아주었다.

"우리 가족이 주말마다 찾아오던 곳이죠. 내 몸속에 생물학 바이러스가 침투한 곳이 이 바닷가라고 할 수 있어요. 그때만 해도 내가 경찰이 될 줄은 미처 몰랐죠."

로렌은 수평선 쪽으로 눈길을 돌리고 있다가 다시 말을 이었다.

"괜찮다면 오늘만큼은 오빠 일을 잊고 싶어요. 당신과 단둘이 있는 이 순간을 최대한 누리고 싶어요. 과거의 망령들을 떼어내 버리고 지금 이 순간을 즐기고 싶어요."

"그럼 그렇게 하면 되죠."

***

우리는 오후 늦게 케네벙크포트를 떠나 다시 마운트플레전트를 향해 차를 달렸다. 7월의 늦은 햇살이 수많은 갈래로 반짝이며 뉴햄프셔의 들판을 뒤덮었다. 마운트플레전트에 도착하자 로렌이 짧게 제안했다. "들어가서 우리 부모님께 인사할래요?" 나도 당연히 그래야 할 것 같은 기분이 들었다.

로렌의 부모, 재닛 도노반과 마크 도노반은 아담한 목조 가옥에서 살고 있었다. 소박하고 겸손하고 안정된 두 사람의 모습을 닮은 집이었다. 우리가 도착했을 때 마크는 차고에서 뭔가를 수리하는 중이었고, 재닛은 정원을 가꾸고 있었다. 재닛은 화단을 고르느라 숙였던 얼굴을 들면서 내게 경계하는 눈빛을 보였다. 그러다가 곧바로 나를 알아보고는 얼굴 가득 미소를 지으며 말했다. "TV에서 본 얼굴보다 실물이 훨씬 더 잘 생겼네요, 마커스 골드먼 작가님."

도노반 가족은 다정하고 솔직했다. 우리는 테라스에 나와 자리를 잡았다. 그들과 함께 보내는 시간이 편안하고 즐거웠다. 마크는 관청에 제출할 서류를 작성하는 중이었는데 로렌의 도움을 받고 싶어 했다. 마크와 로렌이 잠시 집 안으로 들어간 틈을 타 재닛이 내게 속마음을 털어놓았다.

"이렇게 와주셔서 감사합니다. 로렌은 집으로 누군가를 데려오는 일이 거의 없었는데 정말 처음이에요."

"마커스라고 부르세요, 도노반 부인."

"그럼 나도 재닛으로 불러줘요."

나는 재닛을 향해 한 걸음 더 가까워진 사람들이 짓는 미소를 지어 보였다. 재닛이 말을 이었다.

"로렌과 사귀는 건가요?"

"따님을 무척 좋아합니다. 정말 멋진 사람이라 첫눈에 반했습니다."

"로렌 정도면 누구나 반할 만하죠. 하지만 난 로렌이 오빠 일에서 벗어나 자신의 삶에 집중했으면 좋겠어요. 이따금 로렌이 뭔가에 죄의식을 느끼는 건 아닌가 하는 생각이 들기도 해요. 물론 당신에게도 에릭에 대한 얘기를 했겠군요."

"네, 했습니다."

"로렌은 동생이지만 늘 에릭을 보호하는 입장이었어요. 에릭은 착하기만 했지 물러터진 아이였죠. 언제나 자기 의견을 앞세우지 못하고 다른 사람들에게 끌려다니는 편이었어요. 로렌은 정반대였죠. 언젠가 고교 시절에 힘자랑하는 아이들이 에릭을 괴롭히는 일이 있었나봐요. 그때 로렌이 그 아이들에게 달려들어 그중 한 아이의 콧잔등을 주저앉혀버렸죠. 그 일로 로렌은 2주간 정학 처분을 받게 되었어요. 마커스, 내가 속마음을 솔직히 털어놓아도 될까요? 내가 생각하기에 에릭은 감옥에서 풀려나기 어렵게 되었어요. 로렌은 이제라도 자신의 삶을 찾아야 해요. 나는 로렌이 뉴햄프셔를 떠나 다른 지역에 정착했으면 좋겠어요. 그래야 11년 전부터 뒷전에 밀어두고 지낸 자신의 삶을 찾아 잘 살아갈 수 있을 테니까."

"에릭이 유죄라고 생각하지는 않으시죠?" 내가 서슴없이 그 질문을 꺼낼 만큼 재닛은 내 마음을 편안하게 해주었다.

"혹시 아이가 있어요?"

"아뇨."

"부모는 자신이 낳은 아이에 대해 절대로 객관적일 수 없어요.

그러니까 그런 종류의 질문은 애초에 불가능해요. 부모의 뇌는 자기 아이가 죄인이라고 생각할 능력이 없어요. 그런 걸 부모의 한결같은 사랑이라고도 하고, 눈먼 사랑이라고도 하죠. 내 배로 낳은 아이에 대해 느끼는 애착은 모든 한계를 뛰어넘는답니다."

***

도노반 부부와 작별 인사를 하고 나온 뒤 나는 로렌을 집까지 태워주었다. 로렌은 함께 안으로 들어가 저녁 식사를 하자고 청했고, 나는 기다렸다는 듯이 응했다.

우리는 함께 음식을 만들고 식탁에 마주 앉아 캘리포니아 카베르네 소비뇽을 홀짝였다. 여러 가지 이야기를 나누었지만 그다지 의미 있는 내용은 없었다. 대화는 주로 가벼운 쪽으로 흘러갔다. 그동안 쓰고 다니던 가면을 벗은 로렌은 눈부신 미소를 가진 여자였다. 웃을 때마다 저항하기 힘든 매력을 물씬 풍겼다.

두 번째 와인 병을 비울 때쯤 분위기는 한층 더 로맨틱해졌다. 우리는 서로의 손을 만지작거리느라 접시 위 음식은 먹는 시늉만 할 뿐이었다. 마침내 로렌이 첫걸음을 떼어놓았다. 접시를 치워야겠다면서 의자에서 몸을 일으킨 로렌이 돌연 내 입술에 키스했다. 접시는 본체만체했다. 이번에는 내가 로렌에게 받은 만큼 돌려주었다.

로렌이 속삭였다.

"마커스, 괜찮다면 여기서 자고 가도 돼."

"당장 문밖으로 꺼지라고 하지 않아서 고마워."

로렌이 웃음을 터뜨렸다. 우리는 어느새 오래된 연인처럼 서로 말을 놓고 있었다.

"내일 새벽에 근무가 있어. 좀 더 로맨틱하게 잠을 깰 수 있는 상황이었으면 좋았을 텐데. 하지만 당신이 여기 있는 것만으로도 기뻐."

"그럼 자고 갈게. 내일 아침에 경찰 제복으로 갈아입은 당신 모습을 볼 기회를 놓치지 않으면 좋을 텐데."

이번에는 로렌의 얼굴에 미소가 떠올랐다.

**

다음 날 아침에 로렌은 새벽에 일찍 일어났다. 나는 로렌이 욕실에서 샤워하는 소리를 듣고 잠을 깼다. 침대에서 몸을 일으킨 나는 로렌을 찾아 주방으로 갔다. 로렌은 경찰 제복 차림으로 커피를 마시고 있었다. 내가 들어서자 커피 한 잔을 따라주며 뺨에 입을 맞췄다. "바깥에 신문이 와 있을 거야. 내가 가져올 테니까 잠시만 기다려." 로렌이 밖으로 나갔다. 나는 커피를 한 모금 마셨다. 평화롭고 충만한 기분이었다.

로렌이 문간에 다시 나타났다. 나는 눈을 들어 로렌을 쳐다보았다. 납빛이 된 로렌의 얼굴이 눈에 들어왔다. 로렌이 나를 쏘아보았다.

"비겁자!" 로렌이 소리쳤다. "내 집에서 당장 꺼져!"

나는 몹시 당황해 허둥지둥 물었다.

"대체 무슨 일이야?"

"당장 나가, 마커스! 다시는 내 눈앞에 나타나지 마!"

로렌은 단호한 몸짓으로 나를 주방 문밖으로 밀어내고는 방금 들고 들어온 신문을 내 얼굴을 향해 집어 던졌다. 이 갑작스러운 상황의 원인이 신문에 있다는 사실을 알아차린 나는 발밑에 떨어진 《마운트플레전트 스타》를 집어 들고 펼쳐보았다. 내가 기겁한 1면 기사는 다음과 같았다.

마커스 골드먼, 알래스카 샌더스 사건 재수사에 착수!

해리 쿼버트의 결백을 입증해 보인 유명작가 마커스 골드먼이 이번에는 마운트플레전트에 나타났다. 그가 방문한 목적은 알래스카 샌더스 살인사건을 파헤치는 데 있는 것으로 보인다. 최근 《마운트플레전트 스타》를 방문해 자료실을 이용했다는 사실 역시 그런 추측을 뒷받침한다. (…)

마운트플레전트에 소재한 신문이 사건 재수사에 대한 기사를 터뜨렸다고 가장 먼저 내게 알려온 사람은 페리였다.

페리는 단단히 화가 나 있었다. "자네는 역시 풋내기야. 어쩌다가 이런 실수를 저지른 건가?" 이른 시간이라 아직 신문 기사 내용이 많이 퍼져나가지는 않은 상태였다. 서둘러 랜스데인 청장에게 보고할 필요가 있었다.

/

15장
방심한 죄
2010년 7월 12일 월요일. 뉴햄프셔주, 마운트플레전트

/

내가 마운트플레전트를 방문한 진짜 이유가 들통 난 건 《마운트플레전트 스타》 자료실에서 검색기록을 지우지 않고 남겨놓은 탓이었다. 그 신문사 안내데스크 직원이 내 뒤를 캐러 자료실로 들어가 검색기록을 확인하고는 서둘러 편집부에 알리는 바람

에 예기치 않은 사달이 났다.

나는 어쩌다가 그처럼 허술하게 행동했을까?

아연실색한 나는 페리의 조언에 따라 일단 콩코드로 돌아갔다. 사실 마운트플레전트에서 도망치고 싶다는 생각뿐이었다. 로렌과 부모, 특히 나를 믿어준 재닛에게 미안하고 괴로웠다.

해가 지평선 위로 떠오르고 있을 때 나는 뉴햄프셔 주도 콩코드로 달아나고 있었다. 오가는 차량이 단 한 대도 보이지 않았다. 나는 빠른 속도로 차를 달려 예상보다 일찍 콩코드에 도착했다. 국도 톨게이트를 빠져나오는데 패스트푸드 식당 〈패니즈〉의 주차장이 문득 눈에 들어왔다. 두 달 전 헬렌이 숨을 거둔 바로 그 장소였다. 나는 주차장으로 들어가 차를 세웠다. 그저 그 장소를 둘러보고 싶었는지 아니면 커피가 필요했던 건지 나 자신도 알 수 없었다. 얼마간 혼이 빠져나간 상태였으니까.

세상이 점차 잠을 깨면서 새벽 기사 내용이 모든 언론매체로 퍼져나갔다. 특종 기삿거리가 궁한 때이기도 해서 각종 언론들은 사람들의 관심을 붙잡을 만한 소재를 발굴하기 위해 머리를 쥐어 짜내는 형편이었다. 내가 알래스카 샌더스 사건 재수사에 착수했다는 소식은 그날 아침 갖가지 형태의 뉴스 속보로 가공되어 널리 퍼져나갔다.

출판사 사장 로이 바나스키가 전화를 걸어왔다. 한껏 도취한 목소리였다.

"이런 앙큼한 사람을 봤나." 로이는 기쁨을 주체하지 못했다. "벌써 새 소설을 준비하고 있었군 그래. 또 하나의 범죄 사건을 토대로 걸작을 만들어볼 생각이지? 그래, 좋은 생각이야. 세상 사람들이 몹시 관심 있어 하는 분야니까 나도 환영이야. 게다가 벌써 제목까지 찾아놓았네. 알래스카 샌더스 사건이라? 이 소설은 언제쯤 책으로 내놓을 수 있을까?"

"분명히 말하지만 그런 책은 나오지 않을 거예요."

"아무리 딱 잡아떼어도 내 눈은 못 속여! 그러니까 겉으로는 사인회를 내걸고, 속으로는 새로운 소설을 어떻게 쓸지 구상하고 있었던 게로군."

"지방신문사에서 일하는 어떤 헛똑똑이가 나를 걸고넘어지는 바람에 문제가 된 것뿐이에요. 괜히 넘겨짚지 말아요."

"자네가 지방신문사 사람 발에 걸려 넘어질 정도로 어수룩하지는 않지." 로이는 여전히 희희낙락하며 웅얼거렸다. "화제가 되리라는 걸 알고 일부러 걸려 넘어졌다는 걸 모르면 내가 바보지. 자네는 화제의 주인공이 되는 방법을 잘 알고 있어. 이런 나르시시스트 같으니라고! 마케팅팀을 불러 모을 테니까 화상회의라도 열어 생각을 나눠보는 거야. 이번에 또 엄청난 대박을 만들어야지."

나는 로이의 말을 더는 듣지 않고 전화를 끊어버렸다.

*****

　랜스데인 청장의 반응은 로이처럼 뜨거울 리 없었다. 그날 아침 페리와 함께 뉴햄프셔주 경찰청장실에 발을 들여놓자마자 랜스데인 청장의 고함 소리가 날아와 귀에 꽂혔다.

　"마커스, 자네는 머리를 어디에 두고 다니는 건가? 이제 보니 아예 생각이 없는 친구로군!"

　"그러게요. 머리를 집에 두고 다니나봐요." 페리가 옆에서 맞장구를 쳤다.

　"지금 농담할 때가 아니야. 혹시 무의식적으로 뉴스의 주인공이 되고 싶었던 건 아니야? 주지사도 뉴스를 보고 전화를 걸었더군. 잠시 후에는 몰려든 기자들 앞에 나서서 해명해야 되는 상황이야."

　"잠깐 방심한 게 큰 실수로 이어졌어요." 나는 잘못을 솔직하게 인정했다. "주목받고자 하는 무의식 따위는 없어요. 일을 서툴게 한 건 인정해요."

　"좋은 소식도 있습니다." 페리가 중간에 끼어들었다. "월터 캐리가 범인이 아니라는 증거를 찾아냈어요."

　페리가 범행 시각에 〈내셔널 앤섬〉 내부를 찍은 사진을 랜스데인 청장에게 내밀어 보여주었다.

　"자네가 보기에는 좋은 소식인가?" 랜스데인 청장은 타박을 이어갔다. "내 눈에는 심각한 골칫거리로 보이는데!"

나는 화가 치밀어 올라 항의했다.

"증거를 가져오면 공식적인 재수사를 선언하겠다고 했잖아요?"

"재수사를 할지 말지는 내가 결정해!" 랜스데인 청장이 퉁명스럽게 대답했다.

"처음부터 앞뒤가 맞지 않잖아요." 나도 랜스데인 청장에게 맞서 목소리를 높였다. "작품 구상을 내세워 사건을 조사해보라고 나를 부추길 때는 언제고 왜 지금은 꼬리를 내리세요? 저는 청장님이 가르쳐준 대로 했을 뿐인데요."

"조용히 해." 페리가 중간에 끼어들었다. "쓸데없이 흥분하지 말고 내 말 잘 들어. 지금은 말을 붙잡고 늘어질 때가 아니라 몸을 움직여야 할 때야. 제가 생각하기에 이 상황이 겉으로 보기에는 골치 아파 보여도 오히려 청장님이 기자들 앞에서 편하게 이야기할 수 있도록 만들어준 측면도 있습니다. 현 단계에서는 아무것도 알려진 사실이 없으니까 마커스를 총알받이로 쓰세요. 지금 신문방송에서 떠들어대는 내용은 죄다 추측에 불과합니다. 뉴햄프셔주 경찰청장이 직접 나서서 발표하면 아무래도 무게감이 다르겠죠. 형사 한 명을 신속히 마운트플레전트에 파견해 재수사에 엄중을 기할 필요가 있다고 하세요. 그럼 기자들도 더는 캐묻지 않을 겁니다."

"마운트플레전트에 파견 나갈 형사가 혹시 자네 아닌가?"

"맡겨만 주신다면 마커스와 저는 신중하게 이 사건을 재수사하겠습니다. 앞으로 기자들에게 수사 정보가 새 나가는 일은 결코 없을 거라 약속드리겠습니다. 이제 남은 문제는 마커스가 쓰고 있다고 소문이 나버린 책인데, 사람들은 갖가지 추측을 더해 억측을 만들어낼 겁니다. 진실은 우리가 재수사를 통해 모든 의문을 풀어야만 드러날 수 있을 테고요. 우리가 이 사건을 재수사해 진실을 밝히게 되면 청장님의 입지도 한층 더 탄탄해지겠죠."

랜스데인 청장이 말없이 우리 두 사람을 쳐다보았다. 무척 화난 표정이었다. 하지만 다른 선택지는 없어 보였다.

"주지사는 재수사에서 그 어떤 결과도 만들어내지 못할 경우 나를 뉴햄프셔주 경찰청장 자리에서 자르겠다고 벼르고 있어."

"최선을 다할게요." 페리가 대답했다.

"실패하면 자네도 잘려! 내가 잘리면 모두들 안심할 수 없다는 걸 명심해야 할 거야."

"청장님도 아시다시피 저는 아내를 잃었습니다. 그러니 일자리를 잃는 것쯤이야……."

**

뉴햄프셔주 경찰청을 나서면서 마음이 무거웠다. 페리는 그런 내 기분을 금세 알아차렸다. 우리는 함께 내 차에 올랐다. 내가 운전대에 손을 올려놓고 한동안 얼이 빠져 있자 페리가 말했다.

"더한 일들도 많이 겪었는데 이 정도쯤이야 뭐." 페리는 나를 위로하려고 들었다.

"잘 알아요, 경사님."

"무엇보다 로렌을 대하기 난감해서 그러지?"

"정답."

"일이 꼬이게 되어 나도 마음이 안 좋아. 하지만 긍정적으로 생각해볼 수도 있어. 자네는 이 사건 수사의 한 축이야. 로렌은 지난 11년간 공을 들여온 노력이 헛되지 않게 하려면 결국 자네와 협력할 수밖에 없을 거야. 로렌이 연락해올 테니까 두고 보면 알아."

"그럼 나는 묵묵히 기다리기만 하면 되겠네요?"

"자, 그만 출발하지. 주차장에서 하루 온종일 보낼 수야 없잖아."

"어디로 가죠?"

"오늘이 공식적인 재수사 착수 첫날이야. 자네와 내가 호흡을 맞춰야 할 두 번째 수사라고 할 수 있지. 이런 뜻깊은 날을 그냥 넘길 수야 없잖아. 자축하는 의미로 도넛이라도 먹으러 가자고."

나도 모르게 싱긋 웃음이 흘러나왔다.

"경사님한테서 그 말을 듣게 될 줄은 미처 몰랐어요."

"무슨 말?"

"우리가 함께 두 번째 수사에 착수하게 되어 기쁘다는 말. 해리 퀴버트 사건이 벌어지고 나서 우리가 처음 만났을 때 서로 어땠는 지 생각해보세요. 내가 왜 이 말을 꺼냈는지 이해가 될 거예요."

"자네는 자기 자신을 과대평가하지 마. 난 홀아비가 된 이후로는 뭐든 혼자 하기가 싫어졌어. 진짜로 고독한 사람은 고독을 좋아하지 않는 법이지."

"도넛 먹으러 가는 일과는 별개로 오늘 뭔가 다른 계획이 있어요?"

"놀라 켈러건을 살해한 범인을 찾으려고 수사에 착수했을 당시 내가 자네에게 했던 말을 기억하나?"

나는 물론 그 당시 페리가 조언해준 말을 또렷이 기억하고 있었다.

"살인자의 관점이 아니라 피해자의 입장에서 사건을 집중 조명해볼 필요가 있다고 했죠."

"그 말은 이번에도 유효해. 일단 《세일럼 뉴스》를 찾아가볼 생각이야. 알래스카의 과거를 알아보아야 할 필요가 있어. 지난날 세일럼에서 어떤 일이 있었는지."

***

《세일럼 뉴스》는 예상과 달리 세일럼이 아니라 이웃 도시 베벌리에 위치해 있었다. 원래는 세일럼에 있었지만 15년 전 《베벌리 타임즈》와 병합하면서 베벌리 산업지대인 던햄 로드 32번지에 있는 사옥을 공동으로 사용해왔다고 했다.

신문사 자료실에서 1990년대 말의 기사를 찾아보고 싶다고 하자 카운터 여직원의 얼굴에 난감한 빛이 떠올랐다.

"2000년 이전 자료 검색은 불가능해요. 전산화되어 있지 않거든요."

페리가 신문 기사 복사본을 꺼내 직원에게 내보였다. 매트가 모은 자료에서 찾아낸 그 기사였다.

"우리는 알래스카 샌더스와 관련된 기사를 찾고 있습니다."

카운터 여직원은 눈을 가늘게 뜨고 신문 기사 복사본을 살펴보더니 말했다.

"기사 주인공이 누군지 모르겠군요. 하지만 골디를 만나게 해드릴 수는 있어요. 여기 있거든요."

"골디라고요?"

"이 기사를 쓴 골디 호크 기자요. 아직 이 신문사에서 일해요."

잠시 후 세련된 차림의 50대 여자가 우리 앞에 나타났다. 그 여자는 나를 금세 알아보았다.

"마커스 골드먼 작가님이죠?"

나는 고개를 끄덕이며 인사를 건넸다.

"만나서 반갑습니다. 여기 이분은 페리 게할로우드 경사님입니다."

"《해리 쿼버트 사건의 진실》에 나오는 그 형사님?"

"네, 그 형사입니다." 페리가 마지못해 대답했다.

골디는 자신이 알래스카에 대해 쓴 기사 전부를 보여줄 수 있다고 했다. 우리를 자기 자리로 안내해 의자를 권한 골디는 서랍에서 두꺼운 서류철을 꺼냈다.

"내가 쓴 기사를 이렇게 꼼꼼하게 모은 분이 계시죠. 내 어머니랍니다. 내 쉰 살 생일에 어머니는 이 파일을 선물로 주셨어요. 어딘가에 쓸 데가 있을 거라고 하더니 과연 그러네요. 기사는 날짜순으로 정리되어 있습니다. 알래스카와 관련된 기사는 앞쪽에 주로 있겠네요."

알래스카가 처음 신문에 등장한 계기는 리틀 미스 선발대회 관련해서였다.

"그때 나는 기자 생활을 처음 시작한 초년병 시절이었죠." 골디가 말했다. "그 당시 편집장은 좀 고루한 분이었어요. 《세일럼 뉴스》는 지방신문의 정체성을 살려 나가야 한다는 생각을 고수하고 있었죠. 그러다 보니 《뉴욕타임스》 같은 신문과 달리 지역 뉴스로 한정해 지면을 채우려고 했어요. 주로 자선 바자회, 스포츠 경기, 리틀 미스 선발대회 같은 소식들로요. 물론 그런 기사들이 지역 주민들에게는 긍정적인 반응을 불러일으켰죠. 편집국의 다른 기자들은 극력 반발했지만 나는 편집장의 방침을 그대로 따랐어요. 그 결과 25년이 지난 지금도 이 신문사에 붙어 있게 되었는지도 모르죠. 과연 잘 풀린 건지는 모르겠지만요.
어쨌거나 미인대회를 취재해 기사를 쓰면 신문사 재정에도 도움
이 되었어요. 딸이 대회에 참가한 경우 그 가족이 우리 신문에
유료 광고를 내는 경우가 많았거든요."

알래스카가 신문 기사에 처음 등장한 시기는 1993년이었다.
알래스카는 열여섯 살 때부터 미인대회에 꾸준히 참가했고, 그
중 많은 대회에서 입상했다. 나는 해마다 미인대회에 참가해 기
사에 등장한 알래스카의 사진을 시간 순서대로 배열해보았다.
그 당시 알래스카는 눈부시게 아름다웠다.

"알래스카는 어떤 사람이었나요?"

"알래스카는 당시 미인대회에 참가하던 다른 여자아이들에 비
해 늦게 발을 들여놓은 편이죠. 하지만 처음부터 결과가 좋아
계속 그길로 나아가게 되었죠. 알래스카는 다른 여자아이들에
비해 도드라진 면이 있었어요."

"가령 어떤 면이?"

"다른 아이들에 비해 더 총명하고 성숙하고 아름다웠죠. 게다
가 굳이 일등으로 입상하려고 애쓰지도 않았어요. 알래스카가
미인대회에 참가하는 목적은 두 가지였죠. 영화계로 진출할 수
있는 발판을 마련하기 위해, 다른 하나는 돈을 벌기 위해. 미인
대회에서 입상하면 얼마간 상금을 받았거든요. 알래스카가 어
느 정도 돈을 모아두었다는 말을 내게 해주었던 기억이 나요.

나는 알래스카가 아이 같지 않게 생각이 깊어서 놀랐어요. 상금을 받아 부모에게 맡기면 그중 10퍼센트를 떼어 알래스카의 개인 계좌에 넣어주고, 나머지는 모두 입출금이 불가한 저축 계좌에 넣는다고 하더군요. '제가 뉴욕이나 로스앤젤레스로 가서 자리 잡으려면 목돈이 들 테니까요.' 알래스카가 겨우 사춘기를 지난 나이에 구체적으로 장래를 설계하고 준비하는 모습이 인상적이었죠. 그때 나는 알래스카가 언젠가는 스타가 되어 광고에 출연하는 모습을 보게 될 거라 확신했어요. 뉴햄프셔에서 살해당해 생을 마치게 되리라고는 꿈에도 상상하지 못했죠. 알래스카는 뉴햄프셔에서 도대체 무얼 하고 있었다고 하던가요?"

"우리도 그 점이 궁금합니다." 내가 말했다.

"나는 알래스카의 죽음에 대해서는 단 한 줄의 기사도 쓰지 않았어요. 그 기사가 처음에는 나에게 배당되었지만 동료에게 미루어버렸죠. 살인사건의 역겨운 양상들을 기사로 쓰다가 자칫 알래스카를 모욕하게 될까봐서요."

알래스카와 관련해 골디가 마지막으로 쓴 기사는 매트의 자료에서 찾아낸 1998년 9월 21일 월요일 자 기사였다. 샌더스 가족의 사진이 첨부된 그 기사는 직전 토요일에 알래스카가 미스 뉴잉글랜드로 뽑히고 나서 인터뷰한 내용이라고 했다.

"알래스카가 미스 뉴잉글랜드로 선발된 건 한 단계 비약이었어요. 성인 대상 미인대회에서 처음으로 우승을 차지했으니까요. 모두들 알래스카의 아름다움에 열광했어요. 나는 미인대회 소식을 전하는데 그치지 않고 알래스카를 집중 조명하는 기사를 쓰기로 했죠. 알래스카의 부모를 인터뷰하고, 장차 할리우드 배우가 되고자 하는 딸의 꿈을 뒷바라지하는 샌더스 가족의 일상을 담고 싶었어요. 부모와 알래스카가 함께 포즈를 취한 이 사진은 그렇게 해서 찍게 되었죠."

나는 사진을 다시 들여다보았다. 알래스카가 맥파크 구역에 있는 샌더스 가족의 집 거실에서 양편에 둘러선 부모와 함께 흰색 모슬린 드레스 차림으로 미소 짓고 있었다.

***

그 사진을 찍은 지 12년이 흘렀지만 샌더스 가족의 거실은 그대로였다. 《세일럼 뉴스》 편집국에서 나와 알래스카의 부모를 찾아간 페리와 내가 집 안으로 들어서면서 느낀 첫인상이었다. 인조가죽 소파, 두꺼운 카펫, 선반 위에 올려놓은 자잘한 장식품들까지 변한 게 전혀 없었다. 나중에 페리가 덧붙인 말에 따르면 로비 샌더스와 도나 샌더스 역시 조금도 변하지 않았다고 했다.

문을 열어준 도나 샌더스가 다짜고짜 물었다.

"재수사에 착수한 게 사실인가요?"

도나는 알래스카에 대한 이야기를 꺼내기에 앞서 딸의 추억이 담긴 종이상자를 열더니 안에 들어 있는 내용물들을 꺼내놓았다. 사진, 칫솔, 콘서트 좌석표, 플라스틱 팔찌 따위였다. 모조품 왕관 몇 개는 미인대회 유물이었다.

도나가 낮은 테이블로 고개를 숙이고 딸의 보물들을 하나하나 만지작거리는 동안 팔짱을 낀 로비는 소파 깊숙이 몸을 묻고 앉아 있었다.

"아무리 그래봐야 알래스카가 살아 돌아오지는 않아." 로비가 아내에게 핀잔을 주더니 우리를 향해 말했다. "사건을 재수사한들 알래스카는 살아 돌아오지 않아요. 이제 우리를 조용히 살도록 내버려두면 안 될까요."

"그래도 진범은 잡아야지." 도나가 남편을 타박했다. "아직 진범이 잡히지 않았다고 하잖아."

"많이 고통스러울 텐데 따님 얘기를 다시 꺼내게 되어 죄송합니다. 다만 자그마한 의혹이 있더라도 재수사로 밝혀내야죠."

"아까도 얘기했지만 그런다고 우리에게는 달라질 게 아무것도 없습니다." 로비가 씁쓸하게 내뱉었다.

"물론 재수사로 진실을 밝혀낸다고 해서 가족들의 고통을 덜어드릴 수는 없을 겁니다. 하지만 진실은 반드시 밝혀내야 합니다. 게다가 죄 없는 사람을 11년 동안 교도소에 가둬둔 경우라면 한시바삐 진실을 밝히는 게 무엇보다 중요합니다."

"명백한 증거가 인정돼 유죄 선고를 받았는데 죄 없는 사람이라니요?" 로비가 버럭 화를 냈다. "도대체 무슨 말을 하는 겁니까? 우릴 찾아온 이유가 상처를 또다시 헤집기 위해서인가요?"

"몇 가지 의문에 대한 해답을 얻으려고 왔습니다. 사건이 발생했을 당시 했으면 더욱 좋았을 질문들입니다."

"뭐가 궁금한데요?"

"알래스카가 무엇을 꿈꾸고 원하고 있었는지, 무엇을 후회하고 의심하고 있었는지 알고 싶습니다. 1999년 그때는 뭔가를 놓치고 있었다는 생각이 들어서요. 마운트플레전트의 주유소 주인이 당시 알래스카로부터 들었다는 말을 최근에야 알게 되었습니다. 알래스카가 세일럼에 있을 때 무슨 일이 있었다는 암시를 받았답니다. 그 일이 알래스카에게 큰 영향을 끼친 건 분명해 보입니다. 그 당시 세일럼에서 무슨 일이 있었습니까?"

도나 샌더스와 로비 샌더스는 당황해하며 서로를 마주보았다.

"알래스카는 성격이 밝은 아이였어요. 특별히 실패를 겪어 좌절한 적도 없고요. 누구나 그렇듯이 알래스카 역시 고민에 빠질 때가 있긴 했죠. 하지만 특별히 기억나는 일은 없는데요. 학창 시절에 겪은 일이니까 우리보다는 그 당시 친구들이 더 잘 알고 있을 수도 있겠네요. 필요하시다면 친구들 이름과 전화번호를 알려드릴게요." 도나의 이야기는 계속 이어졌다. "알래스카는 명랑하고, 똑똑하고, 유머 감각이 뛰어나고, 다정한 아이였어요. 누구에게나 상냥했고 학교 선생님들의 칭찬과 친구들의 사랑을 한 몸에 받았죠. 한마디로 완벽했던 아이였어요. 스스로 완벽을 추구하는 아이기도 했죠. 어릴 적에 사람들을 웃기길 좋아했어요. 사람들의 동작과 말투를 그럴듯하게 따라 해 폭소를 자아내기도 했죠. 타고난 배우 기질이 있는 아이였어요. 알래스카의 열두 살 생일을 축하해주려고 우리 가족 모두 뉴욕에 가서 주말을 보낸 적이 있었죠. 그 아이가 브로드웨이의 연극을 보고 싶어 해서 《베니스의 상인》 공연에 데려갔죠. 나는 알래스카가 그 고전 연극을 지루해할 거라 생각했는데 의외로 무척이나 좋아하더군요. 그 공연을 보고 나서 알래스카는 배우가 되겠다는 결심을 굳혔어요. 결국 지방극단에 들어가 고등학교를 마칠 때까지 단원으로 활동했죠. 용돈을 벌기 위해 베이비시터 일도 가끔 했어요. 아이들이 알래스카를 좋아해 많이 따랐고, 부모들도 흡족해했고요. 요일을 정해놓고 알래스카에게 아이들을 맡기는 집들이 생겨났죠. 그러다가 열대여섯 살쯤 되면서 신체상의 변화가 일어났어요. 마치 다른 사람으로 변신하듯이 달라진 거예요. 알래스카는 길쭉길쭉한 팔다리에 성숙한 몸매를 자랑하는 여자가 되어 있었고, 나날이 아름다워졌죠."

***

1993년 6월, 세일럼

"알겠습니다, 부인. 네, 괜찮습니다. 그럼 다음에 뵐게요."

알래스카가 전화기를 내려놓았다. 그런 다음 의자 위에서 책상다리로 앉아 낙심한 몸짓으로 두 손에 얼굴을 묻었다. 금요일 늦은 오후였다.

도나가 주방에 들어왔다가 의기소침한 딸의 모습을 보고 걱정스럽게 물었다.

"무슨 일 있니?"

"마이어스 부인이 조금 전에 전화했는데 오늘 저녁에는 베이비시터를 쓰지 않겠다면서 예약을 취소했어요. 남편의 몸이 좋지 않아 집에 남아 있을 거래요."

"그럴 수도 있는 일이지. 그게 뭐가 문제인데?"

"전화상이긴 해도 마이어스 부인의 태도가 왠지 이상해 보였어요. 게다가 아이를 돌봐달라고 예약했다가 취소한 일이 보름 사이에 세 번이에요. 나도 일을 해야 돈을 벌 텐데 아무런 연락도 없다가 갑자기 취소하면 어쩌라는 건지!"

도나는 웃음을 터뜨렸다.

"이왕 이렇게 되었으니 오늘 저녁에는 우리 둘이 밖에 나가 시간을 보낼까? 쇼핑센터에도 가고, 저녁도 먹고, 영화를 보는 거야."

"아버지가 화내지 않을까요?" 알래스카가 걱정했다. "언젠가 아버지가 신용카드를 과도하게 썼다고 화를 많이 냈잖아요."

"오늘 저녁에 아버지는 약속이 있어 나갔어." 도나는 생긋 웃으며 선반 위에 올려놓은 점토 항아리를 집어 들었다. 항아리 안에서 지폐 몇 장을 꺼내면서 도나가 말했다. "이럴 때 쓰려고 감춰둔 내 비상금이야. 신용카드 명세서에 찍히지 않는 돈이니까 안심해도 돼."

그제야 알래스카의 얼굴이 밝아졌다. 30분 후 모녀는 근처 쇼핑센터에 와 있었다. 쇼핑센터를 한 바퀴 돌며 물건을 사고 '뉴욕피자'에 가서 저녁을 먹고 영화를 보러 갔다. 한창 화제인 《쥐라기 공원》을 볼 생각이었다. 매표구 앞에 늘어선 긴 줄에 합류했을 때 마이어스 가족과 마주쳤다.

"마이어스 부인?" 알래스카가 어리둥절해하며 물었다. "가족이 함께 외출하신 거예요?"

마이어스 부인은 난처한 기색을 감추지 못했다. 그녀의 남편은 사정을 전혀 모르는 눈치였다.

"우리가 외출하면 안 되는 이유라도 있어요?" 남편이 알래스카에게 따지듯이 물었다.

"마이어스 부인께서 몸이 좋지 않아 집에서 쉴 거라고 하셨거든요." 알래스카가 빈정거리듯이 대답했다. "이제 몸이 훨씬 나아진 듯 보이네요. 건강을 빨리 회복하셔서 저 또한 기뻐요."

마이어스 부인이 얼굴을 붉혔다. 마침 매표구 앞의 줄이 줄어들어 도나와 알래스카의 차례가 왔다. 도나는 이 불편한 상황을 정리하려고 서둘러 말했다.

"우리 차례야, 알래스카. 그럼 이만!"

도나가 마이어스 가족에게 인사를 건네고 딸의 팔을 잡아끌었다. 알래스카가 속상한 듯 어머니에게 중얼거렸다.

"엄마, 마이어스 부인이 거짓말을 했어."

"알아."

"왜 그런 거짓말을 하지? 그동안 내가 아이들을 얼마나 열심히 돌봐주었는데."

"그럼, 잘 돌봐주었지."

도나의 눈에는 마이어스 부인이 알래스카를 베이비시터로 쓰지 않으려는 이유가 명백해 보였다. 알래스카가 지나가면 사람들은 은연중 고개를 돌려 쳐다보았다. 알래스카는 자신의 존재가 남자들에게 어떤 효과를 만들어내는지 혼자만 모르는 듯했다. 마이어스 부인이나 다른 엄마들 역시 매혹적인 젊은 여자를 남편의 눈에 띄게 하고 싶지 않을 게 뻔했다.

***

"결국 그 일은 알래스카에게 타격을 주었어요. 마이어스 부인이 뒤에서 무슨 공작을 벌였는지 베이비시터 일자리를 전부 잃어버리게 되었죠. 좁은 동네라 어떤 이야기든 쉽게 퍼져나가게 되어 있거든요. 마이어스 부인은 자주 어울리는 친구들에게 말

하길 자기 남편이 바람을 피운 전력이 있는 만큼 알래스카를 절
대로 베이비시터로 쓰지 않겠다고 떠들어댔나 봐요. 그러자 다
른 엄마들 역시 남편이 별안간 야수 같은 약탈자로 보이기 시
작했는지 다들 걱정이 많아졌어요. '알래스카를 조심해.' 그 말
이 그들끼리 주고받는 인사가 되었죠. 나는 알래스카가 걱정되
어 식욕을 잃을 지경이었어요. 알래스카는 그 정도 일로 좌절하
는 아이가 아니었죠. 그해 여름 베이비시터 대신 아이스크림 가
게에서 일자리를 찾아냈어요. 그 아이스크림 가게에 손님들이
밀려들었죠. 알래스카는 매번 팁을 두둑하게 챙길 수 있었고요.
그러던 어느 날 가게에 찾아온 손님 하나가 알래스카에게 한 가
지 제안을 했어요. 리틀 미스 대회를 준비 중인데 한번 참가해
보라고요. 입상할 경우 모델이 될 기회도 제공된다는 말에 알래
스카는 도전해보기로 마음먹었죠. 결국 대회에 나갔고, 우승한
거예요. 우승 상금도 천 달러나 받았고요. 알래스카에게는 그
경험이 하나의 계기가 되었어요. 다른 사람들의 눈에 자신의 외
모가 어떻게 비치는지 비로소 깨닫게 된 거예요. 그 후 미인대회
에 잇달아 참가했고, 매번 입상했죠. 그러고 나자 광고도 많이
들어왔어요. 자동차대리점, 식당, 집수리업체를 홍보하는 광고
였고, 지역에 한정되어 있었지만 수입이 제법 괜찮았어요. 세일
럼에서는 어디를 가든 알래스카를 모델로 쓴 광고판을 볼 수 있
었죠. 얼굴도 널리 알려져 사람들은 알래스카와 마주치면 대뜸

물었어요. '피자가게 광고판에 나오는 분 맞죠?' 고등학교를 졸업하고도 알래스카는 대학에 진학할 생각이 없었어요. 그 대신 배우가 될 수 있는 진로를 모색하게 되었죠. 미인대회에 참가해 입상하거나 홍보모델 일을 해 용돈을 벌면서 한편으로는 계속 캐스팅 기회를 엿보았어요. 뉴욕의 한 에이전트와도 연결이 되었죠. 알래스카는 배역을 따내기 위해 아버지의 비디오카메라로 오디션 영상을 찍어 에이전트에게 보내기도 했어요. 꿈을 이루기 위해 알래스카는 가능한 모든 일을 했다고 해도 과언이 아니죠."

도나가 별안간 말을 멈췄다. 그 대신 몸을 일으켜 벽난로 위에 놓인 두꺼운 앨범을 집어 들었다.

도나가 앨범을 우리 앞에 내려놓고 겉장을 열었다. 딸을 기억하기 위해 정성스럽게 꾸며놓은 사진첩이었다. 가족사진은 물론 옥외 가구 광고, 피자 레스토랑 광고, 자동차 타이어 할인판매 광고 사진들까지 모두 앨범에 들어 있었다. 알래스카는 사진 속에서도 아름답고 생기가 넘쳤다.

알래스카의 프로필 사진 포토북이 눈에 들어왔다. 뉴욕의 DM 에이전시에 보내기 위해 촬영했다는 메모가 붙어 있었다.

"알래스카는 이 포토북을 무척이나 자랑스러워했어요." 도나가 말했다. "보세요, 얼마나 멋진지."

"DM 에이전시는 어떤 곳이죠?"

"알래스카와 계약한 에이전트인데, 대표인 돌로레스 마르카도의 머리글자를 딴 이름이죠. 돌로레스는 여자 에이전트인데 알래스카가 성공할 가능성이 크다면서 일을 맡겠다고 나섰어요. 알래스카가 인기를 얻는 건 시간문제라고 장담했죠. '따님은 스타가 될 거예요.' 그 말을 몇 번이나 되풀이했을 정도였어요. 캐스팅이 있으면 알래스카는 빠짐없이 지원해 배역을 따내려고 애썼죠. 비디오카메라와 함께 방에 틀어박혀 오디션 영상을 손수 찍기도 했어요. 영상을 한번 보시겠어요?"

"그 영상을 보여줄 필요가 뭐 있어?" 로비 샌더스가 아내를 말렸다. "이분들은 그 영상을 보려고 찾아온 게 아니야."

도나는 남편의 말을 못 들은 척하고 비디오 영상을 틀었다. TV 화면에 불이 들어오면서 화질이 흐릿한 영상이 떴다. 방금 카메라를 켜 녹화를 시작한 알래스카가 근접 샷으로 정면을 응시했다. 이어서 눈부신 미소와 함께 머리카락을 쓸어 넘기며 몇 걸음 뒤로 물러나 전신이 카메라에 잡히는 위치에 섰다. 알래스카가 별안간 말을 시작했다. "안녕하세요. 저는 매사추세츠주 세일럼에 사는 알래스카 샌더스입니다. 올해 나이 스물한 살이고요. 안나 역할을 해보고 싶어 지원했습니다."

우리는 알래스카가 자신을 소개하는 영상을 홀린 듯이 바라보았다. 한순간도 고개를 돌릴 수 없을 만큼 매혹적인 모습이었다. 어느새 영상이 끝나고 지지직거리는 소리가 울려 퍼졌다. 도나가 TV를 껐고, 로비는 어느새 눈물을 훔치고 있었다. 한순간 알래스카가 다시 살아나 잠시나마 그들과 함께했던 것 같은 착각이 일었다.

"알래스카를 잃고 나서 11년의 세월이 흘렀어요." 도나가 말했다. "11년이 지났지만 나는 여전히 내 딸의 죽음을 받아들이지 못해요. 알래스카가 이제 이 세상에 없다는 사실이 믿어지지 않아요. 1999년 4월에 누군가 내 딸의 목숨을 앗아갔다고 하는데 나는 도저히 받아들일 수 없어요. 그래서 알래스카의 방을 그대로 보존해두고 있죠. 떠날 때의 모습 그대로. 난 내 딸이 다시 돌아오길 기다려요."

"그 방을 왜 보여주려고 하는 거야? 다 부질없는 짓이야." 로비가 신음하듯 소리쳤다.

도나는 우리에게 따라오라는 몸짓을 하고 나서 이미 계단을 오르고 있었다. 페리와 나는 엉거주춤한 자세로 뒤따라갔다. 도나가 우리에게 보여준 공간은 조금 전 영상 속에서 본 알래스카의 방이었다. 알래스카가 캐스팅되기 위해 녹화한 그 오디션 영상의 배경이 아직 그대로 남아 있었다. 그 방은 일종의 유령 박물관이었다. 방 한가운데에 분홍색 쿠션들로 뒤덮인 원형 침대가 놓여 있었다. 창문 맞은편에는 래커 가구 화장대가 보였다. 옷걸이에는 여전히 옷들이 빼곡하게 걸려 있었다. 벽에 붙은 당시 인기 그룹들의 포스터, 〈구구돌스〉, 〈스매싱 펌킨스〉, 〈블링크182〉는 시간과 햇볕에 바랜 모습이었다. 그 방과 마찬가지로 샌더스 가족의 집 전체가 1999년에 그대로 멈춰 있는 인상을 주었다.

마침내 나는 도나에게 묻고 싶었던 질문을 꺼낼 기회를 잡았다.

"무슨 일이 있었기에 알래스카는 마운트플레전트로 떠나게 된 겁니까? 느닷없이 이런 질문을 해서 죄송합니다만 장래를 생각한 자연스러운 행보라면 뉴욕이나 로스앤젤레스로 떠났어야 마땅할 텐데요."

"내 생각도 그래요. 골드먼 씨." 도나가 씁쓸한 미소를 지었다.

"알래스카에게 무슨 일이 있었는데요?"

"월터 캐리를 만난 게 모든 문제의 시발점이었어요. 그 녀석은 미래에 대한 아무런 계획 없이 하루하루 불나방처럼 살아가는 놈이었죠. 하필이면 그런 놈에게 내 딸의 눈이 뒤집힌 거예요. 얼굴이 핸섬하게 생긴 데다가 터프한 매력이 있었나봐요. 한편으로는 우울한 기질도 있었죠. 그 나이 때 여자아이들이 간혹 그런 남자들에게 빠지잖아요."

"알래스카가 월터를 처음 만난 건 언제죠?"

"1998년 여름이었어요. 젊은 사람들이 많이 드나드는 세일럼의 어느 술집에서 만나 서로 알게 된 거죠. 스물한 살 생일을 지나고부터 알래스카는 그 술집에 자주 드나들었어요."

"1998년 여름이라면 정확히 언제인지 기억하세요?" 페리가 물었다.

도나는 한참 동안 기억을 더듬어보다가 입을 열었다.

"6월이거나 7월쯤일 텐데 정확하게 기억나지 않네요. 어쨌든 미스 뉴잉글랜드 선발대회가 있기 전이었어요. 그 대회는 9월에 열렸으니까."

"이 지역 사람들의 관심이 큰 대회였습니까?"

"규모가 가장 크고 인기 있는 미인 선발대회였죠. 매사추세츠, 버몬트, 뉴햄프셔, 메인주를 통합한 미인대회니까. 1등 상금이 1만5천 달러나 걸려 있었고요."

"그 대회에서 알래스카가 1등으로 입상했죠?" 나는 《세일럼 뉴스》에서 본 샌더스 가족 기사를 떠올렸다.

"네, 맞아요. 알래스카가 미스 뉴잉글랜드가 되자 그야말로 사람들의 반응이 엄청났죠. 모두가 알래스카의 이야기를 했어요. 에이전트 말로는 할리우드의 어떤 감독이 알래스카의 미모와 스타일에 반했다고 하더라고요."

"그래서 어떻게 되었습니까?"

"대회가 끝나고 나서 일주일쯤 지나 알래스카가 아버지와 크게 다퉜어요."

"무슨 이유로요?"

소리 없이 뒤따라온 로비가 대신 말했다.

"내가 알래스카의 가방에서 마리화나를 찾아냈거든요."

***

1998년 10월 2일 금요일, 세일럼

도나는 그날 일을 결코 잊을 수 없었다. 이틀 일정으로 고향마을 프로비던스에 갔다가 돌아온 날이었다. 몇 달 전 세상을 떠난 어머니의 집을 처분하는 방식을 놓고 자매들과 의논해야 할 일이 있었다. 집에 도착한 시각은 늦은 오후였다. 검은색 포드 토러스 한 대가 집 앞 보도에 세워져 있었다. 운전석에 앉은 월터 캐리가 눈에 들어왔다. 도나와 눈이 마주치자 월터가 인사를 건넸다.

"안녕하세요, 샌더스 부인."

"안녕, 월터. 왜 거기 있어? 집으로 들어가지 않고."

"아닙니다. 그만 돌아가려고요. 난처한 일이 있어서요."

"무슨 일인데?"

"저도 모르겠어요." 월터는 차를 후진시키면서 말했다. "알래스카를 데려가려고 왔어요. 함께 주말을 보내려고요. 집에 도착해보니 알래스카가 아버지와 다투고 있더군요. 알래스카가 나를 보더니 어서 먼저 가라면서 잠시 후에 직접 차를 운전해 마운트플레전트로 올 거라고 했어요."

도나는 서둘러 집 안으로 들어갔다. 2층에서 로비가 고함을

알래스카 샌더스 사건

치는 소리가 들려왔다. 계단을 올라가 보니 알래스카의 방에서 딸과 남편이 서로에게 험한 말을 내뱉으며 다투고 있었다. 그 와중에도 알래스카는 옷가지를 모아 여행 가방에 쑤셔 넣었다.

"알래스카, 도대체 무슨 일이니?" 도나가 소리쳐 물었다.

도나가 나타나자 아버지와 딸은 즉시 입을 다물었다. 알래스카의 얼굴이 초췌했다. 도나는 딸의 몰골이 그 정도로 흐트러진 모습을 본 적이 없었다.

"왜 그러는지 알고 싶어요?" 알래스카가 눈물을 흘리며 소리쳤다. 목소리에서 낯선 반항심이 느껴졌다.

"이야기해봐. 무슨 일인지."

로비가 나섰다.

"알래스카가 마리화나를 갖고 있지 뭐야. 내가 가방에서 찾아냈어."

"아빠!" 알래스카가 다시 소리를 빽 질렀다.

"나랑 마리화나는 절대 피우지 않겠다고 약속했잖아!" 도나가 걱정스러운 목소리로 말했다.

"알래스카가 약속을 어기고 마리화나를 피웠어!" 로비가 또다시 버럭 소리를 질렀다. "철석같이 믿었는데 우릴 이렇게 속이다니!"

도나가 차분하게 알래스카를 나무랐다. "마리화나를 피우면 어떤 결과가 발생할지 생각해봤니? 만약 이 일이 알려질 경우 넌 미스 뉴잉글랜드 타이틀을 박탈당하게 돼. 영화배우가 되겠다는 꿈도 접어야 하고."

알래스카는 눈물이 가득한 눈으로 아버지를 노려보다가 가방을 들고 쏜살같이 방을 뛰쳐나갔다. 구르듯이 계단을 내려간 알래스카는 자동차 열쇠를 챙겨 들고 현관문을 소리 나게 닫았다. 파란색 컨버터블에 올라탄 알래스카가 차를 출발시키기까지 모든 일이 눈 깜짝할 사이에 벌어졌다.

도나가 급히 뒤따라 나오면서 알래스카를 달래보려고 했다.

"알래스카, 가지 말고 잠깐만 기다려."

도나는 이미 출발한 차를 뒤쫓아 백여 미터나 뛰어갔지만 결국 시야에서 사라지는 모습을 지켜봐야 했다.

***

"부드럽게 타일렀으면 일을 잘 해결할 수도 있었을 텐데 아쉬움이 커요." 도나가 말했다. "사실 우리 부부가 지나치게 과민 반응을 보이긴 했어요. 알래스카가 미스 뉴잉글랜드 선발대회 윤리 조항을 어기지 않겠다고 서명한 상태라 마리화나를 피우는 건 정말이지 심각한 문제이긴 했거든요. 미스 잉글랜드 윤리 지침에 보면 음주, 흡연, 마약을 하지 않고, 나체를 드러내지 않는다는 조항이 있어요. 알래스카가 마리화나를 피운 사실이 알려질 경우 다른 아이들의 어머니들이 이때다 하고 벌떼처럼 달려

들어 만신창이를 만들어버렸을 거예요."

"마리화나는 담배보다 조금 독한 정도예요." 내가 말했다.

"요즘 사람들이라면 우리가 지나치게 과민 반응을 보였다고 하겠지요. 하지만 우리 부부는 엄격한 교육을 받고 자란 세대입니다. 그 당시 우리 눈에 마리화나는 마약이나 진배없었죠. 마리화나를 헤로인과 같은 범주로 취급하던 때였으니까요. 마리화나를 피우면서 운전하는 건 불법이었어요. 운전석에 앉아 마리화나를 피우다가 적발될 경우 6개월간 운전면허 정지 처분이 내려질 때였으니까요."

"결국 알래스카와 화해할 기회를 잡지 못하셨군요?"

"알래스카는 우리를 많이 원망했어요. 그 일 때문에 평소 마음속에 담아두었던 불만들이 한꺼번에 터져나와버린 거예요. 나는 월터가 알래스카를 부추겨 우리에게 반항심을 품게 했다고 생각해요. 월터가 어떻게 꼬드겼는지 모르지만 알래스카는 그놈과 같이 살겠다면서 마운트플레전트로 떠나버렸죠. 부모가 운영하는 가게 위층에 빌붙어 사는 한심한 놈과 살림을 차린 거예요. 알래스카는 이미 성인이었는데 우리가 뭘 어쩌겠어요. 강제로라도 세일럼으로 다시 데려와야 했을까요? 배우로 성공하고 싶다는 꿈을 키우던 아이가 고작 주유소에서 일하다가 살해당하다니? 그렇게 부모를 버리고 가버리다니?"

"화해를 시도해본 적이 있었습니까?"

"여러 번 화해를 시도했지만 소용없었어요. 우리도 지쳐 시간이 약이겠거니 하고 한동안 체념 상태로 지냈죠. 하지만 시간은 전혀 약이 되어주지 않더군요. 시간이 갈수록 상처가 치유되기는커녕 오히려 점점 섭섭한 감정만 키우게 되더라고요. 나는 서너 번 마운트플레전트로 가서 알래스카와 함께 밥을 먹기도 하고, 커피도 마셨어요. 하지만 우리 사이를 이어주던 단단한 신뢰감이 느슨해졌다는 느낌을 지울 수 없었죠. 알래스카는 추수감사절이나 크리스마스에도 우리를 찾아오지 않았어요. 크리스마스만 되면 나는 알래스카가 오길 기다리며 온종일 울면서 보냈죠."

샌더스 부부를 만난 이후로도 오후 시간이 넉넉하게 남아 있었다. 이왕 매사추세츠에 들른 김에 30분 거리인 보스턴으로 가서 에릭 도노반의 변호사 패트리샤 위드스미스를 만나보기로 했다.

/

16장
포드를 타는 마커스
2010년 7월 12일 월요일. 매사추세츠주, 보스턴

/

쿠퍼 법률사무소는 매사추세츠주 의사당 바로 뒤편의 붉은 벽돌 건물에 자리 잡고 있었다. 부유층 주거 지역인 비컨힐 지구로 지난날 엠마 매튜의 아파트가 있던 곳이었다.

쿠퍼 법률사무소는 형사전문변호사들이 주축이 된 로펌으로 유력인사가 연루된 사건에 주력한다는 평이 있지만 한편으로는 정의수호 차원에서 무료 변론을 해주는 곳으로도 유명했다. 최근에 쿠퍼 법률사무소는 지난 32년 동안 억울하게 수감생활을 해온 죄수의 무죄를 입증해내 자유를 되찾아주는 성과를 올리기도 했다.

페리와 나는 스크랩한 신문 기사들이 벽면을 가득 장식한 대기실로 안내되었다. 기사 내용은 대개 이 법률사무소가 지난 수년간 승소한 사건을 보도한 신문 기사들이었다. 꽤 오래 기다린 끝에 마침내 안내직원이 우리의 이름을 불렀다.

"패트리샤 위드스미스 변호사님이 두 분을 만나시겠답니다."

우리는 고급스러운 취향이 느껴지는 변호사 사무실로 안내되었다. 마흔 살쯤 되어 보이는 패트리샤 위드스미스는 우리를 반갑게 맞아주었다. 11년 전, 수사가 종결된 이후 페리는 패트리샤와 마주칠 일이 전혀 없었다. 사무실로 들어서는 페리를 향해 패트리샤가 말했다.

"마침내 재수사가 시작되었군요. 11년이나 기다렸어요."

우리는 유리 테이블을 가운데 두고 마주 앉았다. 에스프레소 커피가 도자기 잔에 담겨 나와 테이블 위에 놓였다. 패트리샤의 옷차림은 단순했지만 티셔츠는 유명 디자이너의 작품이었고, 가격이 800달러인 운동화를 신고 있었다.

내가 농담 삼아 말했다. "이토록 호화로운 모습으로 살고 계신 줄 미처 몰랐습니다."

패트리샤가 웃으며 대답했다.

"내가 에릭 도노반의 변론을 무료로 맡는 걸 보았으니 가난뱅이 변호사로 알고 있었나봐요?"

나는 무안해져서 웅얼거렸다.

"아무튼 이렇게 호화로운 사무실에 계실 줄은 몰랐습니다."

"이 로펌을 설립한 쿠퍼의 신조였어요. '자신감은 값비싸다. 사무실은 자신감을 담을 수 있는 곳이어야 한다.' 이 로펌은 상당한 명성을 누리고 있고, 주요 고객들도 대단한 재력가들입니다. 우리가 빈곤계층을 위한 무료 변론에 나설 수 있는 바탕은 다른 고객들로부터 고액의 수임료를 받고 있기 때문이죠."

"오랫동안 에릭 도노반을 위해 무료 변론을 해주는 특별한 이유라도 있습니까?" 내가 물었다. "에릭의 유죄를 증명할 명백한 증거가 확보된 사건이잖아요. 이미 내려진 판결의 오류를 입증하기 쉽지 않을 텐데요."

"나는 에릭과 개인적으로 아는 사이였습니다. 에릭을 잘 아는 만큼 그가 여자를 살해할 수 있는 사람이 아니라는 걸 알고 있죠."

"에릭과는 어떻게 만나게 된 사이입니까?"

"세일럼에서 내가 즐겨 드나들던 술집이 있었는데 에릭도 그 집 단골이었어요. 에릭은 늘 상냥하고 유쾌한 사람이었죠. 우리는 말이 잘 통했어요. 나는 남편에 대한 신뢰가 무너지면서 기분 전환이 필요했고, 한때 에릭과 술집을 전전하며 지냈죠. 그러다가 에릭은 마운트플레전트로 돌아갔고, 그곳에서 살겠다고 하더군요. 알래스카를 살해한 혐의로 체포된 에릭은 내게 도움을 청해왔는데 나는 그가 결백하다는 걸 확신할 수 있었어요."

"에릭에게 불리한 증거들 일색인데 어떻게 뒤집으시려고요?"

"에릭은 함정에 빠졌어요. 그 증거들은 모두 가짜죠." 패트리
샤가 잘라 말했다.

"에릭을 함정에 빠뜨린 사람이 누군데요?"

"아직 밝혀내지 못했어요. 정확히 말하면 아직 에릭의 무죄를
증명할 증거를 찾아내지 못하고 있죠. 끝내 증거를 찾아낼 수
없을지도 몰라요. 월터가 덫을 놓은 건 분명한데 증명할 수 없
을 뿐이죠."

"왜 월터가 덫을 놓았다고 확신하죠?"

"월터는 의심이 많았어요. 에릭이 자기 몰래 알래스카와 사귄
다고 질투한 거죠. 월터는 질투심에 눈이 멀어 알래스카를 살해
하고, 에릭에게 죄를 뒤집어씌울 계획을 짰어요. 월터가 차를
숲에 세워두지만 않았더라도 그의 계획은 감쪽같이 성공했을 거
예요. 차가 발견되지 않았더라면 경찰이 금세 범인이 누군지 특
정하고 추적해내지 못했을 테니까요."

"나는 변호사님 주장에 동의할 수 없어요." 페리가 중간에 끼
어들었다. "특히 두 가지 사실이 맞지 않아요. 알래스카는 살해
당하기 불과 몇 시간 전에 월터에게 떠나겠다고 말했습니다. 월
터가 그 짧은 시간에 살해 계획을 수립하고 덫까지 놓을 방법을
생각해내기에는 주어진 여건이 좋지 않았죠. 다른 하나는 범행

이 일어난 그 시간에 월터의 알리바이를 증명해줄 새로운 증거물이 확보되었다는 겁니다."

"로렌이 찾아낸 사진 말인가요? 월터가 살인사건이 일어난 날 밤 새벽 1시 43분에 〈내셔널 앤섬〉에 있었다는 알리바이?"

"그렇습니다."

"월터의 새로운 알리바이는 재판에서 그다지 주목할 만한 영향을 미치지 못할 겁니다. 알다시피 알래스카의 사망 시간은 새벽 1시에서 2시 사이로 추정되고 있어요. 월터가 새벽 1시경에 알래스카를 살해하고 나서 곧장 〈내셔널 앤섬〉으로 돌아가 1시 43분에 사진에 찍혀 알리바이를 만들 수도 있었다는 뜻입니다."

나는 그런 가능성에 대해 미처 생각해본 적이 없기에 아차 하는 기분으로 페리를 힐끗 쳐다보았다. 페리는 눈도 깜박하지 않고 응수했다.

"물론 그런 가능성을 배제할 수 없지만 알래스카가 월터에게 결별을 통고하고 몇 시간 후 살해당한 사실은 변함이 없습니다. 월터가 에릭을 함정에 빠뜨릴 계획을 세우자면 어느 정도 시간이 필요했을 텐데요."

"월터는 결별하자는 말을 듣기 전부터 에릭과 알래스카 사이를 의심하고 있었어요."

"두 사람 사이를 의심한 샐리 캐리의 말을 근거로 그렇게 생각하는 건가요? 샐리 캐리는 아들로부터 알래스카가 떠났다는 말을 듣고 나서야 평소 둘 사이를 의심한 사실을 털어놓았거든요."

"월터는 어머니로부터 그 말을 듣기 전부터 이미 둘 사이를 의심하고 있었어요."

"그렇게 확신하는 근거라도 있습니까?"

패트리샤는 캐비닛에서 두툼한 자료를 꺼내왔다. 알래스카의 죽음에 대해 조사한 내용이라고 했다.

"그 당시 나는 알래스카 사건 수사가 곧 끝나리라는 걸 알아차렸어요. 범인은 금세 체포되었고, 수사는 종결되었죠. 나는 로렌과 연락을 주고받으며 나름 사건의 진실을 파헤쳐야 했어요. 그러다가 우린 서로 힘을 합하게 되었고, 또 시간이 지나면서 재심을 청원하는 단체를 만들 생각을 하게 되었죠. 나는 마운트플레전트로 가서 그 지역 주민들을 대상으로 탐문 조사를 벌였어요. 제법 흥미로운 증언들이 나왔는데 그중에서 카페 〈더 시즌〉의 주인 레지나 스펙의 말이 의미심장했어요."

패트리샤는 마운트플레전트 주민들과의 인터뷰를 기록해놓은 자료들 속에서 레지나 스펙의 증언을 찾고 있었다.

"샐리 캐리는 레지나 스펙에게 종종 속마음을 털어놓았어요. 자, 여기 있군요. 레지나 스펙의 증언이에요."

'샐리 캐리는 우리 카페에 매일이다시피 들러요. 알래스카가 숨을 거두기 일주일 전쯤 샐리 캐리가 내게 털어놓았는데 알래스카와 에릭이 몰래 만난다고 했어요. 아들이 부재일 때 알래스카와 에릭이 만나는 걸 목격하기도 했대요. 샐리 캐리는 아들이 너무 순진하다며 하소연했어요. 분명 두 사람의 관계를 진작 눈치챘지만 둘이 떠나버릴까봐 모른체 덮어두는 거라고 하더군요. 샐리 캐리가 알래스카와 에릭의 관계에 대해 주위 사람들에게 하소연하고 다닐 정도면 분명 아들에게도 이야기했을 테고, 그 시점은 월터가 알래스카에게서 결별 선언을 듣기 전일 겁니다."

"우리가 이 인터뷰 자료를 빌려 가서 살펴봐도 되겠습니까?" 페리가 협조를 구했다.

"이 자료를 복사해 드릴게요. 이 자료를 보면 내가 말한 사실을 모두 확인할 수 있을 겁니다."

"당시 경찰 수사에 대해 총체적인 의심을 했다는 말씀인데, 그렇다면 이런 새 증언을 찾아냈을 때 우리에게 알리지 않은 이유는 뭐죠?"

패트리샤는 잠시 뜸을 들였다가 대답했다.

"에릭과 알래스카가 비밀스러운 관계였다는 증언이 내 의뢰인인 에릭에게 유리하다는 확신이 없었으니까요."

"변호사님은 월터의 범행 동기를 질투심으로 보는군요. 월터가 질투심 때문에 알래스카를 살해하고, 죄를 에릭에게 뒤집어씌울 계획을 세웠다는 거죠?"

"그렇습니다."

"대단히 흥미로운 해석이네요."

패트리샤는 자료 뭉치 속에서 또 다른 서류를 찾아 우리 앞에 내밀었다. 주로 경찰 수사 기록을 옮겨놓은 내용이었다.

"그 당시 경찰이 수사로 찾아낸 증거들도 내 가설을 뒷받침해 주고 있습니다. 월터는 알래스카와 에릭이 내연관계라고 생각해 그들에게 복수하려고 알래스카를 죽이고, 그 죄를 에릭에게 뒤집어씌우려고 마음먹었어요. 그래서 낚시하러 갔을 때 기회를 엿보다가 에릭의 스웨트셔츠를 숨겼죠. 에릭을 범인으로 몰 수 있는 일차 증거를 확보한 거예요. 그다음에는 에릭과 알래스카에게 익명의 한 줄짜리 협박 편지를 보냈어요. '나는 네가 한 짓을 알아.' 아마 겁을 주려는 의도였을 겁니다. 월터는 두 사람이 겁먹고 주눅 들게 하는 데 그치지 않고 한술 더 떠서 이 협박 편지를 에릭의 프린터로 출력했어요. 월터는 친구의 집에 수시로 드나들며 지냈으니까요. 그렇게 하면 경찰의 추적이 에릭을 향하게 되리라 계산한 거예요. 다만 지금도 의아한 부분은 당시 경찰 수사가 어떻게 이 부분을 무시하고 넘어갈 수 있었는가 하는 점입니다. 살해 동기도 있고, 정황도 맞아떨어지잖아요. 살인사건에서 형사들이 찾으려고 하는 두 가지 핵심 요소를 갖췄다는 뜻입니다."

페리는 아무런 반응도 보이지 않았다. 나는 페리가 몹시 당황하고 있다는 걸 눈빛을 보고 알아차렸다. 패트리샤의 주장은 허점이 없어 보였다.

"월터가 사망한 지금 내 가설을 입증할 방법은 없습니다. 하지만 월터기 범행을 자백한 만큼 에릭에게 누명을 씌우려 했다는 사실도 밝혀져야 마땅합니다. 에릭에 대한 월터의 질투심이 단지 알래스카 때문에 유발된 것만은 아니라고 봅니다. 월터는 어릴 적부터 줄곧 에릭에게 열등감을 갖고 있었으니까요."

"그렇지만 두 사람은 각별한 친구로 지냈습니다."

"경사님은 친구를 질투해본 적이 없습니까? 에릭과 월터는 마운트플레전트에서 함께 뛰어놀며 자랐습니다. 그들은 떼려야 뗄 수 없을 만큼 가까운 친구 사이였죠. 시간이 흘러 두 사람이 성인이 되면서 처음으로 틈이 생기게 됩니다. 에릭은 명문대학교에 입학했고, 월터는 하는 일 없이 빈둥거리며 지냈죠. 에릭은 세일럼으로 가서 지내며 좋은 직장을 얻은 반면 월터는 부모가 운영하는 〈캐리 헌팅 앤 피싱〉 가게 일을 도우며 건물 위층에서 얹혀사는 신세였죠. 하루 종일 어머니의 잔소리에 시달려 가면서요. 그 시절 월터가 어떻게 살았는지 마운트플레전트에 가서 물어보세요. 내 이야기가 전부 사실이라는 걸 확인할 수 있을 겁니다. 내가 이런 말을 자신 있게 할 수 있는 이유는 그 두 사람과 한자리에 있어 봤기 때문입니다."

"에릭과 월터가 함께 있는 자리에 당신도 있었다는 말입니까?"

"네, 세일럼에서 그런 자리가 한 번 있었어요. 장소는 어떤 술집이었습니다. 에릭과 함께 있을 때인데 월터가 찾아왔더군요.

그 무렵 두 사람의 관계는 이미 틈이 벌어지기 시작할 때였지만 에릭은 어린 시절 친구라는 인연을 앞세워 주말마다 찾아와 합석하려고 드는 월터를 한 번도 거절한 적이 없었습니다. 물론 월터가 사사건건 악의를 가지고 있었던 건 아닙니다. 하지만 월터는 미련한 구석이 있는 친구였어요. 월터는 세일럼에서 여자 친구를 사귀려고 무척이나 공을 들였고, 결국 알래스카를 만나게 되었죠."

"그럼 변호사님도 세일럼에 있을 때 알래스카를 알고 있었습니까?"

"아뇨, 알래스카는 나보다 나이가 훨씬 어렸어요. 그 나이 때는 고작 한 살 차이도 크게 느껴지는 법이죠. 경사님은 혹시 에릭과 이야기를 나눠본 적이 있습니까?"

"아직 없습니다." 페리가 대답했다.

"원하시면 교도소에 나와 함께 가서 에릭을 만나보시겠어요?" 패트리샤가 제안했다.

"그렇게 해주시면 고맙죠."

"그럼 내일 아침에 갈까요? 어쨌거나 나는 가기로 되어 있습니다. 교도소 앞에서 시위를 벌일 계획이거든요."

"어떤 시위죠?" 페리가 물었다.

"매월 둘째 주 화요일에 '에릭 도노반 석방 청원 운동 협의회'는 에릭이 수감되어 있는 주립 교도소 앞에서 집회를 열고 있습니다. 2년 전, 내가 로렌에게 제안한 모임인데 순조롭게 이어지고 있어요. 에릭 사건을 재검토하고 재심을 요구하기 위해 여론의 지원을 구하는 집회라고 할 수 있죠. 안타깝게도 사법부의 고질적인 병폐 가운데 하나입니다. 여론의 압력이 없으면 절대로 움직이지 않아요. 요란한 소리를 내는 사람은 재심의 기회를 잡지만 나머지는 억울해도 그냥 죽는 수밖에 없습니다. 이번 기회에 두 분도 우리 협의회에 가입하시죠."

"우리는 공식적으로 사건 재수사에 나섰습니다." 페리가 대답했다. "임무 수행 중에는 어느 편에도 가담할 수 없습니다."

"미국 내 교도소에 아무런 죄 없이 억울하게 수감 되어 있는 죄수가 얼마나 되는지 생각해 보셨습니까?"

"어쩌다 가끔 나올 수 있는 오류를 앞세워 사법 시스템 전체를 매도하면 곤란합니다."

"어쩌다 가끔 나올 수 있는 오류라고요?" 패트리샤가 발끈했다. "경사님의 아이가 저지르지도 않은 범죄의 책임을 뒤집어쓰고 교도소에 갇혀도 그렇게 말씀하실 겁니까? 그런 경우가 발생한다면 과연 어떤 입장을 갖게 되실지 궁금하네요."

"나는 무조건 정의의 편에 설 겁니다."

"부디 그러시길 바랍니다. 나는 내일 아침 10시에 교도소에 갈 겁니다. 에릭을 만나려면 그리로 오세요. 안내해드릴 테니까."

패트리샤의 법률사무소를 나온 뒤 나는 페리를 설득하느라 애를 먹었다. 다음 날 아침 교도소에 가서 에릭을 만나보자고 했지만 페리는 빈정거리며 부정적인 의사를 표했다.

"로렌을 만나고 싶어서 그러지?"

"에릭을 만나봐죠, 경사님!"

"나는 경찰 신분이고, 에릭을 만나길 원한다면 언제든지 가능해. 변호사의 안내를 받을 필요 따위는 없어."

"하지만 담당 변호사와 동생이 데려온 경찰이라면 남다른 신뢰감이 느껴질 텐데요. 에릭을 만나는 게 목적이 아니잖아요. 그가 진실을 털어놓도록 해야죠."

"자네 말이 맞긴 하네."

"월터의 자백이 강요로 이루어졌다는 사실을 패트리샤에게 말하지 않은 이유는 뭐죠?"

"우선 나는 패트리샤인가 하는 변호사가 신뢰할 수 있는 인물인지 아직 판단이 안 서. 우리가 천신만고 끝에 수사 결과를 내놓았을 때 패트리샤는 의뢰인의 유죄를 받아들일 준비가 되어 있을까? 아니면 오히려 내게 들은 그 정보를 물고 늘어지면서 애초에 소송요건이 갖춰지지 않았다고 주장할까? 후자일 경우 우리를 법정에 증인으로 세워 공소 기각 판결을 끌어내려고 안간힘을 쓸 거야."

페리와 나는 차를 세워둔 곳까지 걸어갔다. 레인지로버 앞에
이르렀을 때 내가 페리에게 물었다.

"경사님이 내 차를 운전해 혼자 콩코드로 돌아가면 안 될까
요? 나는 나중에 따로 갈게요."

페리는 의심쩍은 눈으로 나를 빤히 쳐다보았다.

"무슨 일인데 그래?"

"아무 일도 아닙니다. 그저 쇼핑할 일이 있어요."

"나도 따라가 줄 수도 있고, 아니면 쇼핑이 끝나길 기다려줄
수도 있는데? 차도 없이 혼자 콩코드까지 어떻게 오려고?"

"내가 알아서 해결할게요. 많이 늦지는 않을 거예요."

나는 페리에게 차 열쇠를 건넸다. 페리는 더는 고집부리지 않
고 차를 운전해 떠났다. 나도 그 자리를 떠나 미리 점찍어 놓은
렌터카 대리점으로 걸어가 안내데스크 직원에게 말했다.

"오래된 포드 자동차가 필요한데 혹시 있나요? 가장 오래된
모델로 빌려주세요."

그 렌터카 대리점에서 빌린 포드 자동차는 보급형 모델로 바
로 내가 원한 차종이었다. 차 운전석에 앉자마자 나는 호주머니
를 뒤적여 주소가 적힌 메모지를 꺼냈다. 앞서 보름 전에 이곳
보스턴에 왔을 때 엠마에게서 받은 주소였다.

나는 자동차 내비게이션을 켜고 케임브리지로 향했다. 엠마가

사는 거리는 울타리나 담장 대신 잘 가꿔진 정원을 사이에 둔 아름다운 주택들이 양편에 줄지어 늘어서 있었다. 24번지 근처로 와서 적당한 위치에 차를 세웠다. 내가 탄 차에서는 엠마의 집이 보이지만 그 집에서는 내가 보이지 않는 자리여야 했다. 얼마간 기다린 끝에 어린 딸을 데리고 집 밖으로 나선 엠마의 모습을 볼 수 있었다. 엠마의 어린 딸이 잔디밭에서 뛰어노는 모습이 보였다. 한동안 엄마와 딸은 잔디밭에서 시간을 보냈다. 이윽고 자동차 한 대가 주택 진입로에 들어섰다. 넥타이 정장 차림 남자가 차에서 내렸다. 딸이 남자에게로 달려가며 소리쳤다. "아빠." 아빠는 딸을 끌어안고 맴을 돌다가 엠마와도 포옹을 나누었다. 나는 그 작은 부족을 바라보며 행복한 그림이 주는 평온을 맛보았다. 언젠가는 나도 가정을 꾸려 아빠가 될 수 있을까 생각해 보았다.

별안간 차 조수석 문이 덜컥 열렸다. 나는 기겁하며 고개를 돌려 보았다. 페리가 거기에 있었다.

"지금 뭘 하시는 거예요? 간 떨어질 뻔했잖아요."

"질문은 내가 할 차례야." 페리가 조수석에 올라타며 말했다. "자네가 이 렌터카에 앉아 저 가족을 염탐하는 이유가 충분하게 있으리라 생각하는데."

나는 씁쓸하게 웃었다.

"포드를 타는 마커스'를 오랜 기억 속에서 불러내보려고 했어요.

무명의 젊은 작가 마커스 골드먼을. 아무도 알아주지 않아도 꿈과 열정을 가진 풋내기 작가였죠."

***

2005년 8월 초 엠마와 헤어지기 3주 전, 뉴욕

〈슈미트 앤 핸슨〉 출판사가 자리한 렉싱턴 거리의 고층빌딩 꼭대기 층 사장실에서 로이 바나스키는 나의 원고에 대해 찬사를 퍼부었다. 샴페인과 카나페를 곁들인 나름 융숭한 대접이었다. 내 에이전트인 더글러스 클라렌과 나는 큰 흑단 테이블을 가운데 두고 로이 바나스키와 마주 앉아 있었다. 내 앞에 펜과 계약서가 놓여 있었다. 이제 내 서명만 써넣으면 계약이 마무리되는 상황이었다. 내 첫 번째 책의 출간 계약이 그렇게 이루어지고 있었다. 로이는 내 원고의 도입부가 정말 마음에 든다면서 출간을 제안해왔고, 그다음부터는 모든 일정이 일사천리로 진행되었다.

"이 계약이 무얼 의미하는지 알고 있나?" 로이가 툭 찌르듯이 물었다. "돈이야. 자네는 이제 주체할 수 없을 만큼 많이 쏟아져 들어오는 돈을 만지게 될 거야. 내 예측이 맞는다면 다음번에 써낼 책들도 줄줄이 대박을 터뜨리게 되어 있어."

"내 작품을 좋아해주셔서 감사합니다." 나는 지나친 칭찬에 기분이 머쓱해져서 그렇게 대답했다.

"내가 자네의 작품을 좋아하는지 여부는 중요하지 않아. 자네는 이제부터 작품 생산만 충실히 해내면 돼. 마케팅은 내가 하는 거고. 이제 시작일 뿐이야. 아직 갈 길이 멀어. 물이 들어왔을 때 최선을 다해 노를 저어야지."

"작가가 직업인데 열심히 써야죠. 나도 간절히 바라는 일이기도 합니다."

로이는 계약서를 가리키며 몇 가지 내용을 다시 주지시켰다.

"이번 작품에 100만 달러를 선금으로 줄게. 9월에 원고를 넘겨주는 즉시 자네 계좌에 입금될 거야. 앞으로 두 개의 작품을 더 써줘야 해. 다음 작품은 2008년 6월 이전에 원고를 나에게 넘겨주어야 해."

"실망시키지 않도록 열심히 쓰겠습니다."

그 말과 함께 나는 서명을 마쳤다. 로이의 얼굴에 만족스러운 웃음이 번졌다. 로이는 샴페인 병을 잡아 마개를 따고 세 개의 잔에 가득 채워 나와 에이전트에게 돌리고 나서 잔을 높이 들어 올렸다.

"미국 문학계의 떠오르는 별, 마커스 골드먼을 위해 건배!"

***

그로부터 3주 후인 2005년 8월 29일에 나는 《골드스타인의 G》를 마무리했다. 원고를 마지막 페이지까지 써놓고 보니 한밤 중이었다. 몇 시간 눈을 붙이고 일어나 포드에 올라 오로라까지 한달음에 달려갔다. 첫 작품을 해리에게 보여주고 싶었다.

"뜻깊은 날이군." 해리는 테라스 테이블 위에 놓인 내 원고를 빤히 쳐다보며 말했다.

우리는 테라스에서 아침 시간을 보냈다. 바다는 평온했고, 테라스에서 내려다보이는 해변에서 갈매기들이 날아다니고 있었다.

"해리, 덕분에 해낼 수 있었어요."

내가 고마움을 표하자 해리는 손을 내저어 내 말을 막았다.

"자네가 작가가 되는 데 도움을 준 사람은 자네 자신 말고는 없어."

해리는 자리에서 일어나 양철통 '메인주 록랜드의 추억'을 가져와 빵조각을 꺼내 갈매기들에게 던져주었다.

그날 오후에는 보스턴에 가서 엠마를 만날 예정이었다. 첫 작품을 완성한 기쁨을 엠마와 함께 누리고 싶었다. 내가 떠나려고 몸을 일으키자 해리는 현관까지 따라 나왔다. 문 앞에서 작별 인사를 나누는데 나의 초라한 포드 옆에 나란히 주차되어 있는 빨간색 쉐보레 콜벳이 눈에 들어왔다.

"해리, 저 차를 내가 며칠 빌려 써도 될까요?"

"물론이지." 해리는 단 1초도 망설이지 않고 대답했다.

나는 해리의 스포츠카를 타고 보스턴으로 출발했다. 포드는 그의 집에 남겨두었다. 매사추세츠로 가는 국도 위에서 표현할 수 없을 만큼 경쾌한 기분이 나를 사로잡았다. 과거의 마커스를 뒤에 떼어놓고 온 덕분에 한결 기분이 가벼웠다.

하지만 엠마는 나와 달랐다. 콜벳을 타고 나타난 나를 보자 내 기대와는 달리 시큰둥한 반응을 보였다.

"이 차는 뭐야?" 엠마가 어이없다는 듯이 물었다.

"네 부모님 댁에 저녁 식사하러 갈 때 타고 가려고."

내 대답은 반쯤 진심이었다.

"그만둬, 마커스." 엠마가 화를 벌컥 냈다. "난 지금 장난할 기분이 아냐. 네 차는 어떻게 했어?"

"내 포드 말이야? 그 차와는 이제 헤어졌지. 과거의 마커스와도."

"과거의 마커스? 무슨 바보 같은 소리야? 이제 책을 한 권 냈으니 다른 사람이 되어보겠다는 뜻이야?"

"내가 바뀌는 게 아니라 사람들이 나를 바라보는 눈이 달라질 거야."

그렇게 떠벌리면서도 나는 과연 내 예언이 들어맞을지 자신이 없었다.

"차를 돌려주겠다고 약속해." 엠마가 말했다.

"물론 돌려줘야지. 며칠 있다가 다시 해리를 만나러 갈 생각이야. 해리가 내 원고를 다 읽었을 즈음에."

"나는 포드를 타는 마커스를 좋아해." 엠마의 목소리에 간절함이 배어 있었다.

"알아."

해리는 내 작품을 다 읽고 나서 연락하겠다고 했다. 그렇지만 나는 그로부터 하루 뒤, 정확히 24시간에서 한 시간을 더 보탠 시각에 해리가 연락해 오리라고는 생각지 못했다.

2005년 8월 30일 밤 10시 30분경 나는 엠마와 몸을 밀착시키고 서로가 만들어내는 하모니를 즐기고 있었다. 방은 등을 켜지 않아 어둑했다. 창을 통해 스며들어오는 보스턴 시가지의 불빛이 방을 밝히는 유일한 조명이었다. 우리는 누워 있었지만 여전히 옷을 입은 상태였다. 나는 엠마의 짧은 스커트를 천천히 허벅지 위로 끌어올렸다. 그때 별안간 휴대폰이 울리기 시작했다. 휴대폰을 바지 주머니에 찔러 넣은 걸 잊고 있었다. 휴대폰을 꺼내 전원을 끄려는 순간 액정화면이 알려주는 발신자 이름이 눈에 들어왔다. 해리였다.

"누구야?" 내가 휴대폰 화면을 응시하는 걸 보고 엠마가 물었다.

"해리."

"내일 전화 걸면 되잖아."

"이런 시각에 전화한 걸 보면 뭔가 대단히 중요한 일인가봐."

내 휴대폰은 계속해서 울리고 있었다. 나는 전화를 받았다.

엠마가 한숨을 내쉬고 나서 위로 올라간 스커트를 다시 끌어내렸다.

"해리?"

"마커스?"

전화기로 듣는 해리의 목소리는 마치 저세상에서 울려오는 소리 같았다.

"해리, 별일 없죠?"

"자네의 작품 말인데 심각한 일이야. 자네의 작품 속에서 내가 뭔가를 찾아냈는데 몹시 신경이 쓰여. 자네에게 당장 이야기해야겠으니 오로라로 와줘야겠네."

"지금?"

"물론, 지금."

해리가 평소 같지 않게 서두른다는 느낌이 들었다. 나는 당장 출발하겠다고 대답했다.

"갈게요. 45분 후에 도착할 수 있을 거예요."

전화를 끊었을 때 엠마가 걱정스러운 얼굴로 나를 쳐다보고 있었다.

"무슨 일인데 그래?"

"해리가 내 작품에 대해 할 말이 있대."

"지금 이 시간에? 작품 이야기를 하려고 이 한밤중에 뉴햄프셔로 가겠다는 거야?"

"심각한 일이래."

"심각하다고?" 엠마는 발끈했다. "진짜 심각한 건 당신이 도둑처럼 내빼려는 거야. 해리에게 전화해서 내일 아침까지 기다리라고 해."

"미안해, 엠마. 해리는 내 친구야. 그가 나를 애타게 부르고 있어."

"당신은 지금 해리 때문이 아니라 그 빌어먹을 원고 때문에 달려가려는 거잖아."

나는 티셔츠에 목을 밀어 넣으면서 신발을 찾아 신었다.

"저 문을 열고 나가기만 하면……." 엠마는 날카롭게 소리쳤다. 화가 나서 목소리가 떨리고 있었다.

"저 문을 열고 나가기만 하면, 뭐?"

"그러면 당신은 내가 아는 마커스가 아니라는 뜻이지."

"당신이 나를 알고 지낸 시간은 고작 다섯 달이 전부야."

"지금 떠나면 이걸로 끝이야."

"왜 그래야 하는데? 나를 부르는 친구에게 달려간 걸 빌미로 헤어지겠다는 거야?"

"지금 당신은 해리가 불러서가 아니라 야망이 부르는 소리에 혹해 달려가려는 거니까. 야망이야말로 당신 곁을 맴도는 음흉한 사탄이야. 당신이 그 야망을 제어할 수 없다면 난 함께할 수 없어."

나는 몸을 돌려 그대로 떠났다.

앞서 이야기한 대로 그로부터 5년 후인 2010년 6월 말에야 나는 케임브리지에 있는 실내장식 전문점을 찾아가 엠마를 다시 만나게 되었다.

하여간 2005년 8월 30일 밤, 내가 차를 달려 오로라에 들어섰을 때는 거의 자정 가까운 시간이었다. 나는 칠흑 같은 어둠에 잠긴 오션로드를 더듬어 올라가 구즈코브에 도착했다. 해리의 집은 바깥에서 보기에는 불빛이 모두 꺼진 듯했다. 그래도 집 앞에 주차된 내 포드 자동차는 알아볼 수 있었다. 해리도 분명 안에 있을 거라는 생각이 들었다. 문을 두드렸다. 아무런 대답이 없었다. 문을 열고 안으로 들어섰다. 불안감이 고개를 들었다. 거실에는 아무도 없었다. 소리 내어 해리를 불렀다. 그 어디에서도 인기척이 느껴지지 않았다. 테라스로 나가보았다. 해변에 모닥불이 보였다.

바닷가로 내려가 해리에게로 다가갔다.

"해리?"

해리는 고개를 돌려 나를 맞이했다. 묘한 분위기였다.

"오, 마커스, 자네가 왔군!"

혀가 감겨 들어가는 그 말소리를 듣고 나는 해리가 많이 취했다는 사실을 알아차렸다. 위스키병이 모래밭에 놓여 있었다. 해리는 술병을 집어 들더니 나에게 내밀었다. 나는 술병을 받아들고 위스키를 한 모금 마셨다. 무엇보다 해리의 기분을 거스르고 싶지 않았다. 가슴 속에서 심장이 빠르게 요동쳤다. 이제껏 한 번도 본 적 없는 해리의 모습이 나를 긴장시켰다.

"무슨 일이에요?"

해리는 흐릿한 눈으로 나를 한참 동안 바라보더니 입을 열었다.

"자네는 그냥 작가가 아니야. 그 이상이야. 사랑할 줄 알거든. 자네의 책을 보니 알겠어. 사랑할 줄 아는 사람이라는 게 읽히더군. 그건 대단히 귀한 재능이야."

나는 다시 물었다.

"도무지 무슨 말씀이신지?"

"2005년 8월 30일 밤이야. 오늘로 딱 30년이지."

"뭐가 30년이라는 거예요?"

"그 사람을 기다린 지 30년이 되었어."

"누구를 기다렸는데요?"

해리는 내 질문에 대답하지 않았다.

"내 자신의 삶에서 누군가 별안간 사라져버렸는데 그 사람에게 무슨 일이 일어났는지 나도 모르는 상황을 생각할 수 있겠나? 그런 상황이 어떤 것인지 자네는 모를 거야. 그 사람이 죽은 걸까? 아니면 어딘가에 살아 있기는 한 걸까? 내가 그를 생각하듯 그도 나를 생각하고 있을까?"

"도무지 무슨 말인지 모르겠어요."

"모르는 게 당연하지. 자네는 비밀을 간직해봤나? 비밀을 갖고 있을 때 무엇보다 어려운 점은 그걸 발설하지 않는 것보다 그 비밀과 더불어 살아가는 일이야."

"그 비밀이 무엇인데요?"

"비밀을 밝힌다는 건 안 될 일이지. 자네도 알고 나면 겁먹을걸."

"내가 어떤 반응을 보일지 예단하는 것도 안 될 일이에요."

"그 책을 찾았어."

"무슨 책이요?"

"자네의 차 글러브박스에 있더군."

해리는 바지 뒷주머니에서 1976년에 발표한 그의 첫 소설이자 대표작인 《악의 기원》을 꺼냈다. 해리가 그 작품에 담아 넣은 1975년의 일을 기억 속에 되살려냈을 것이고, 그 바람에 술을 마셨을 거라 짐작할 수 있었다. 해리의 손에 들린 책 자체는 금세 알아보았다. 몇 년 전부터 내가 늘 지니고 다니는 책이었고, 페이지마다 뜻풀이가 빼곡하게 달려 있었다. 지난번 오로라에 와서 해리의 차로 바꾸어 타고 떠날 때 내가 포드 자동차 조수석에 놓인 그 책을 무심코 집어 들어 글러브박스에 넣었던 게 기억났다. 나는 그 당시 아무것도 의식하지 못하고 있었다. 다음 순간 해리가 책을 모닥불 속에 던져 넣으리라는 건 더더욱 몰랐다.

"해리, 무슨 짓이에요? 왜 그래요?" 내가 다급히 외쳤다.

나는 불 속에 떨어진 책을 꺼내려고 했다. 하지만 이미 늦은 상태였다. 모닥불을 헤집으려던 내 손은 날름거리는 불꽃 앞에서 움츠러들었다. 이제는 책이 타들어 가는 모습을 그저 망연히 지켜보는 수밖에 없었다. 책 뒤표지의 해리 얼굴이 불길을 받아 천천히 우그러지다가 검게 변하며 사라졌다. 고개를 들다가 해리 역시 자신의 사진이 사라지는 모습을 응시하고 있다는 걸 알아차렸다.

해리가 말했다. "내가 방금 무슨 짓을 했는지 물었나? 30년 전에 했어야만 할 일을 지금 했을 뿐이야. 저 망할 놈의 책이 원고 상태로 있을 때 불태워 버렸어야 마땅했어. 저 책이 세상의 빛을 보지 말았으면 좋았을 거야. 자네 앞에는 이제 큰 성공의 길이 열려 있어. 자네야말로 진정한 작가가 되는 거야. 내가 한 번도 되어본 적이 없는 작가 말이야."

***

그날 밤 이해할 수 없는 해리의 말을 듣고 나서 몇 달 후 나는 로이가 선금으로 보내온 돈에서 얼마를 인출해 검은색 레인지로버를 구입했다. 새 자동차를 해리에게 가장 먼저 보여주고 싶었다. 구즈코브로 가서 해리를 만나는 게 내가 산 새 자동차의 첫 여정이 되었다. 해리는 내가 광택이 번쩍거리는 레인지로버를 집 앞에 세우자 꽤 오랫동안 차에서 눈을 떼지 않았다. 이윽고 해리가 입을 열었다. 축하와는 거리가 먼 말이었다.

"그러니까 결국 이거로군. 그 긴 세월 동안 미친 듯이 글쓰기에 매달린 결과가 아직 멀쩡하게 굴러가는 포드를 버리고 고급 SUV로 갈아타는 것이었군." 해리도 내 차를 몇 번 운전해봤으니 상태가 어떤지 알고 있었을 것이다. "자네를 비난하려는 게 아니야. 자네는 아무런 잘못이 없어. 이런 식으로 굴러가는 우리 사회가 문제지. 이제 돈 말고는 그 어떤 가치도 진정한 감동을 주지 못하잖아. 게다가 이건 예술가 모두가 당면하고 있는 문제야. 사람들이 예술가에게 감탄하는 건 그가 무명일 때만 가능해. 예술가가 성공을 거두면 그때부터 사람들은 그를 경멸하지. 예술가도 세상 모든 사람들과 다를 바 없다는 사실을 확인하게 되니까. 브로커들이라면 돈으로 돈을 만들어내는 직업이니까 돈을 써도 충격을 받는 사람은 없어. 그들의 물욕을 경멸할 수는 있겠지만 말이야. 하지만 예술가는 어느 정도 경지에 올라섰다는 평을 듣는 순간 모든 걸 초월하리라는 기대를 받게 되지. 사실 돈을 많이 벌어들이는 예술가라면 돈을 쓰고 싶어 하는 게 지극히 정상이야. 자네도 이제 알게 될 거야. 성공이란 질병의 한 형태라는 걸. 성공은 태도의 변화를 초래해. 대중적 성공과 인기, 사람들의 주목이 자네의 행동에 영향을 끼치거든. 그런 걸 의식하느라 정상적으로 살 수 없게 되지. 그렇지만 겁먹지 말게. 성공이 질병인 이상 항체를 만들어내게 될 테니까. 성공은 그 자체로 저항에 직면하기 마련이지. 말하자면 성공은 예정된 실패라고 할 수 있어."

***

내가 이야기를 마치자 페리는 흥미롭다는 표정으로 나를 빤히 쳐다보았다.

"그러니까 자네가 성공하지 못했다면 포드를 타는 마커스로 남아 있었을 거라는 말이지?"

"맞아요." 내가 대답했다.

"그래서 지금보다 더 행복했을 거라고?"

"그거야 모를 일이죠."

"그런데 여전히 저 여자를 사랑하나?" 페리는 멀리 보이는 엠마를 손으로 가리키며 물었다.

"아뇨. 엠마가 구현하는 이상적 이미지를 사랑하는 거예요. 마찬가지로 내 큰어머니 아니타, 어쩌면 헬렌도 그런 이미지였을 거예요."

"이제부터 판타지는 거론하지 말고 현실로 넘어가 보자고. 어떤 커플이 있다고 쳐. 두 사람은 몇 달 동안 행복한 시간을 보냈어. 그러다가 일에 치이고 소원해지면서 서로 상대에게 실망해 눈물을 짜내겠지. 커플이라면 그런 사소한 오해들이 다 의미가 있어. 왜냐하면 그런 일을 겪어야 사랑의 연금술이나 마법을 빌리지 않고도 융합 작용을 일으켜 하나의 유닛이 될 수 있으니까. 이 유닛은 하늘에서 뚝 떨어지는 게 아니고 둘이서 만들어내는 거야. 사랑은 완성된 모습으로 어딘가에 숨어 있는 게 아니라 벽돌을 하나하나 쌓아 가듯이 애써 만들어가야 하는 거야."

내가 고개를 끄덕이며 수긍하자 페리는 내 어깨를 툭 쳤다. 내 가슴을 따뜻하게 해주는 몸짓이었다.

"자, 이 포드를 반납하러 가자." 페리가 말했다. "그러고 나서 집으로 돌아가야지."

"그러기 전에 내가 이 자리까지 오게 된 이유를 말할게요."

"이 자리에서 저 여자 가족을 훔쳐보는 이유라면 방금 전에 이야기했잖아."

"그게 아니라 내가 이 수사에 뛰어든 이유를 말하고 싶어요. 사실 나도 그 이유를 정확히는 모르지만 솔직히 털어놓을게요. 세상을 떠난 헬렌을 위해, 아니면 경사님의 죄책감을 덜어주기 위해 이 사건을 끝까지 파헤쳐볼 마음을 갖게 되었을 수도 있어요. 혹은 그게 아니라 그저 나 자신을 위해, 지극히 이기적으로 나를 위해서일 수도 있겠네요. 이 사건에 뛰어들어 허우적거리는 시간만큼은 나 자신의 삶에 대해 생각할 필요가 없을 테니까요."

페리는 한동안 말이 없다가 이윽고 입을 열었다.

"어제 아침에 내가 자네가 묵는 호텔로 찾아간 이유가 뭔지

아나?"

"수사 진행 상황을 이야기하려고 왔잖아요."

"일요일 아침에 일 이야기를? 자네가 생각하기에 내가 일요일 아침에 수사 진행 상황을 알아보려고 마운트플레전트에 가는 것 말고는 달리 할 일이 없는 사람처럼 보이나?"

"그렇지는 않지만." 나는 페리가 무슨 말을 하려는지 알아차리지 못하고 서둘러 대답했다. "경사님도 할 일이 많은 분이죠."

"아니, 할 일이 없어. 그게 바로 내가 직면한 현실이야. 이 사건 수사와 자네를 빼면 내 삶에는 이제 남은 게 없어."

"두 딸이 있잖아요."

"지난 토요일 아침에 두 아이 다 떠났어. 메인주에서 3주간 캠프가 열려. 말리아는 코치 자격으로 갔고, 리사는 참가자로 등록했지. 일 년 전부터 계획했던 일이야. 두 아이가 꼭 가고 싶어 하기도 했던 캠프야. 게다가 큰 불행을 겪은 뒤라 기분을 바꾸어볼 필요도 있었지. 그러니까 이제 내가 솔직하게 얘기할 차례인데 이번 수사를 맡지 않았다면 나는 집구석에 혼자 남아 아이들을 목 빠지게 기다렸어야만 하는 신세였어. 아마 아이들을 기다리다가 외로움에 지쳐서 죽어버렸을지도 몰라."

나는 슬며시 웃었다. 페리도 나를 보며 슬며시 웃었다.

"자, 이제 차를 반납하러 가자. 그런 다음 뉴햄프셔로 돌아가자고. 가는 길에 포드를 타는 그 문제 많은 마커스에 대해 더 이야기해줘."

　"그 마커스가 그리 문제가 많은 건 아니었거든요."

　페리는 웃음을 터뜨리고는 딴청을 피우며 중얼거렸다.

　"자네가 없었다면 난 정말 낭패였을 거야."

〈1권 끝〉